FINAL
终钥战纪
GATE SAGA

灰狐 / 著

四川科学技术出版社

图书在版编目（CIP）数据

终钥战纪 / 灰狐著 . —— 成都：四川科学技术出版
社，2022.7

ISBN 978-7-5727-0581-6

Ⅰ.①终… Ⅱ.①灰… Ⅲ.①幻想小说—中国—当代

Ⅳ.① I247.5

中国版本图书馆 CIP 数据核字（2022）第 099279 号

终钥战纪

ZHONGYUE ZHANJI

著　者　灰狐

出 品 人　程佳月
责任编辑　肖　伊
助理编辑　朱　光
封面设计　宋晓亮
责任出版　欧晓春
出版发行　四川科学技术出版社
　　　　　成都市锦江区三色路 238 号　邮政编码：610023
　　　　　官方微博：http://weibo.com/sckjcbs
　　　　　官方微信公众号：sckjcbs
　　　　　传真：028-86361756
成品尺寸　165 mm × 235 mm
印　　张　20.5
字　　数　340 千字
印　　刷　三河市祥达印刷包装有限公司
版　　次　2022 年 7 月第 1 版
印　　次　2022 年 7 月第 1 次印刷
定　　价　59.80 元

ISBN 978-7-5727-0581-6

邮购地址：成都市锦江区三色路 238 号新华之星 A 座 25 层
电　　话：028-86361758　邮政编码：610023

黄金时代
GOLDEN AGE

绚丽璀璨的浩瀚理想国

2200年—2300年

扫码观看视频

混沌时代
CHAOS AGE

战火倾覆下的末日废墟

2300年—2400年

扫码观看视频

重启时代
REBOOT AGE
重构与变革催生新世界
2400 年—2500 年

蜕变时代
TRANSFORM AGE
分化与抵抗之下的"新生"
2500 年—2700 年

降临时代

COMING AGE

对峙与制衡下的修罗场

2700 年—2800 年

扫码观看视频

终耀时代

FINAL AGE

永夜来临前的最终决战

2800 年—3000 年

扫码观看视频

轮回时代

SAMSARA AGE

奔赴创造新的文明和家园

3000 年—3200 年

《终钥战纪》人物档案

拉哈尔·西耶尔

　　地球反抗新种星组织"大熊座"的创始人。身为十三世族之西耶尔家族的后代，却对传音科技毫无兴趣，是纯暴力型的传音使者。性情暴虐，被称作"暴君"，实则有一颗为拯救全人类而不惜生命的决心，为达目标"不择手段"。在地球与新种星人的"降临之战"失败后，意识被上传到神经网络，始终怀有卷土重来的野心。

劳拉·莫尔恰林

　　邓恩·莫尔恰林的私生女，是十三世族之莫尔恰林家族的后代。拥有不通过神经网络就能直接控制别人的"精神潜艇"能力，被称作"最强浪游者"。童年时因私生女身份被抛弃，在贫民窟长大，也因此磨炼出独立顽强、坚韧执着的个性。

乔尔·莫尔恰林

　　邓恩·莫尔恰林的儿子，是十三世族之莫尔恰林家族的继承人，同时也是万享联最新一任主席。此时的万享联已经因为"降临之战"的失败而失去了斗志，乔尔从此变得贪图享受，沉迷于美色，无力也无意再改变局势，安心成为新种星人的傀儡。

光之御主

　　集合十三世族的传音科技而制造出来的超级 AI，是维护人类社会秩序的有力帮手。主体形象是一个巨大的发光球体，同时有上亿具分身在地球上帮助人类并监视他们。冷酷无情，追求效率，对感性且自私的人类感到失望。

本·科瓦科夫

拉哈尔·西耶尔最重要的部下，厌恶光之御主和新种星人，渴望改变现状。精明能干，忠心耿耿，在推翻乔尔·莫尔恰林统治和反抗新种星人的作战中发挥了重要作用。

皮耶罗

方济各区的平民艺术家，相信用绘画和艺术可以改变现实。和重病的弟弟赛尔过着贫困的生活，用绘画来逃避残酷的现实，为了追求心中的艺术而苦苦坚持。

路西

原名RX-7，是超级AI"光之御主"亿万分身中的一个。因意外失去信号模块而成为流浪机器人，踏上了寻找自我的道路。信仰逻辑和理性，认为一切都可以用数据来计算。对混乱的人类社会充满好奇，在和皮耶罗的相处中渐渐明白了"艺术"和"友谊"的内涵。

林锰

新种星士兵，从小在飞船中受"主神"的教育长大，从不怀疑地服从"主神"的指令。作战勇猛，从不畏惧，奉命从新种星来到地球执行任务，却意外发现地球人类与自己有许多相似之处，开始猜测"主神"大人指令背后另有隐情。

目录
CONTENTS

引子

　　全息投影仪带着"嗡嗡"的声音启动，一团蓝色的光芒投射在房间正中，不一会儿，光芒幻化成一个中年男人的形象。"本，你找到十三信使的下落了吗？"

　　本·科瓦科夫摇摇头，露出为难的神色，"我能接触到的消息圈，都没有听说过'十三信使'这样的名词，我不知道该从哪里下手。"

　　幻象轻蔑地笑笑，对这一结果并不感到意外。

　　"时代已经堕落至此，连信使的威名都无人传颂。没有他们的终钥科技，人类如何反抗夺走天空的新种星敌人？如何推翻那个人类自己制造出来的电子怪物的统治？告诉我，你希望看到这样的世界吗？它是应该有的样子吗？"

　　"容我问一句，大人，什么是终钥？我听你提起过很多次了，可那到底是什么东西啊？"

　　"是钥匙，一把改变人类命运的钥匙，只有十三世族的信使才拥有使用它的能力，所以我才这么迫切地需要你找到他们。我也曾是终钥信使，不过在轮回中，这项能力已经给了我的后人，你也要找到他。只有找到他们，才能让时代回到正确的轨迹上。"

　　幻象开始变化，全息图展示关于终钥的历史，从黄金时代到降临时代，600年的人类历史浮现在本的面前。本惊讶地看到，黄金时代时，无限的清洁电力让长夜宛如白昼，飞船在绚丽的摩天大楼间川流不息。信使们联手发射"SEED号"星舰殖民飞船，穿越太阳系寻找新的家园。每个人都相信明天会更加美好，一切都美好得不像是真的。

黄金时代随着战争的爆发而灰飞烟灭。信使们在地下实验室内被制作成"人柱"，成为只会做梦的植物人。基因病毒制造出变异怪物，纳米机器摧毁了一切金属，人类仓皇地躲进地下城里苟延残喘。直到新一代的信使们继承了先辈的终钥科技，他们制造出一个又一个工蜂AI，在废墟中重建了新的文明。

时间来到了最近100年的降临时代，新种星人的舰队突然降临，战争横跨了整个世纪。在降临之战中，本看到这位大人周围聚集着信使们，他们凭借终钥科技研发出"幽灵钻"，重创了新种星人的舰队，在太空中制造出一场场毁灭性的爆炸。但新种星人还是利用人类内部的矛盾取得了战争的最后胜利，那之后便是人类的衰败和崩溃，人类成了毫无反抗意识的废物。

本看到毁灭和死亡，无数人类瞬间化为灰烬，幻象不厌其烦地展示着曾经发生的事情，比起战争，本觉得自己的经历根本不值一提。

"不许悲伤，那是懦夫才干的事！"

本平复了忧伤的情绪，直视着这位大人严厉的目光。幻象仿佛看穿了他的心思，发出肆意的笑声，似乎在嘲笑本的共情能力太强。

在幻象讲述的历史中，一个姓氏引起了本的注意。他知道有一个人经常顶着这个姓氏招摇撞骗，但他没有把这件事说出来。

这位大人所讲的故事太过疯狂，本还不能确定他讲的都是事实。

"继续做你的事吧。"幻象说，"十三信使永远存在，即使这一代人死了，也会有继承者立刻补上。我有的是时间，但是人类……快要等不及了。"

本点点头，全息投影仪熄灭，幻象消失了。他又待了几十秒，随后走出房间。

外面的世界阴暗昏沉，新种星人制造的巨大天穹将地球包裹，永恒的黑夜和寒冷将人类驱赶进地下，只有在地下城里，他们才能找到一丝温暖。头顶上盘旋着巡逻的工蜂AI，那是光之御主控制下的巡逻机器人。

本就是在这样的环境中长大的，他以为世界原本就是这样运转的。不过在那位大人讲述的历史中，他看到了更多的可能性。

那位大人真的能够打破天穹，摆脱光之御主的控制，让人类自由地活着吗？

本不确定，他只是想舒服地活着，如果可能的话，活得再好一些。也许找到那些终钥信使，真的能够实现那位大人所说的一切。试试吧，万一成功了呢？

"莫尔恰林。"本默念这个姓氏，就从这个开始查起吧。

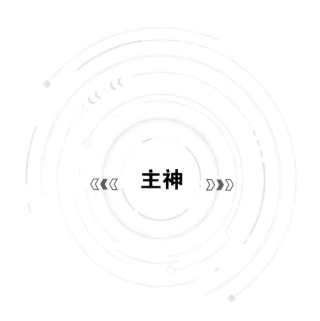

《《《 主神 》》》

公元 2800 年，火星。

随着地球和太空联盟在火星上的最后一个据点被摧毁，主神知道自己取得了降临之战的最终胜利。一团耀眼的光芒出现在显示屏里，新种星舰队的全体成员毕恭毕敬地注视着主神。

在新种星，神确实存在。

在新种星人眼里，是主神带领他们走出愚昧的黑暗。新种星的一切科学技术，都来源于主神的无私馈赠。新种星人从小接受的教育是无条件服从主神的一切命令。主神无处不在，他能够对新种星上的任何一个人下令，没有人会怀疑他做出的任何决定，这也是新种星人能在这场战争中取得胜利的原因。只不过除了主神，没有人知道这场战争到底是为了什么。

新种星第三舰队此刻正在执行主神交代的任务——将眼前这颗被地球人称为太阳的天体完全封闭起来。上千艘工程舰在太阳周围穿梭忙碌，一个体积比木星还要大的人工天体正在缓慢诞生。新种星人相信，主神这么做一定有他的原因。

为了不让地球人干扰太阳工程，第三舰队的旗舰"新纽约号"一直驻守在地球南极上空，与驻守在北极的"水晶剑号"遥相呼应，同时还使用地磁屏障武器，将地球人牢牢地限制在地面，确保没有任何一艘飞行器能够穿过屏障，飞向太空。

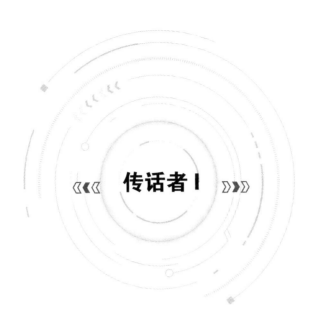

传话者 I

公元2820年，地球。

本·科瓦科夫看着窗外，天地间漆黑一片。空中只有一道不宽的缝隙能够露出外面的宇宙，零散的几颗星星在闪烁着微弱的光。

在天穹升起之前，本现在所站的位置，是方圆200千米内视野最好的地方。这里是塔拉吉斯工业公司总部的顶楼，董事长帕猜的私人办公室。现在，玻璃窗外的青山绿地和波光粼粼的人工湖都隐藏在天穹的阴影之下。

降临之战过后，天空中突然出现了大片的遮蔽物。所有地球人都知道那是新种星人干的好事，但不知道这是为了什么。遮蔽物越来越大，几乎遮挡了整个天空。地球上再也没有昼夜之分，只有无限的黑暗和一束从天穹缝隙里投下来的阳光。地球人虽然知道大事不好，却已经没有足够的力量反攻，天空和太阳被新种星人夺走了。气温骤降，地球仿佛被封存在冬季。

房间里冷得要命，本打了个哆嗦。"能再给我倒杯酒吗？让我暖暖身子。"本微笑着说。

"出去！我不会和你们万享联的人做交易。"董事长帕猜吼道，他猛地站起来，力量之大，连沉重的办公桌都被顶得向前挪了几厘米。帕猜年轻时做过黑市打手，后因伤退役做起了买卖。现在虽然年过半百，头发两侧已经满是银发，身上的赘肉也覆盖了原本威猛的肌肉，但他的脾气仍然火爆如初。

本笑容不减，来这里之前，他就知道帕猜是个难对付的家伙。不过塔拉吉斯工业公司是那位大人计划里最重要的一环，无论如何都要和帕猜建立起联系。况且这次的合作不过是第一个诱饵，只要帕猜咬钩，后面还有一系列事件，帕猜会被那位大人牢牢控制在手心的。本有的是耐心。

本自顾自地走回桌旁，给自己倒了些酒。帕猜把他当成了万享联的人，对此本并没有否认，只是在心里暗暗感慨。在降临时代，"万享联"这3个字是人类的希望。由拉哈尔·西耶尔领导的"大熊座"和由莫尔恰林家秘密设立的"虫穴"原本是为了反抗人工智能"仁君"而建立的组织，但在新种星人降临地球之后，大熊座和虫穴联合起来，成立了万享联。万享联为了人类的生存，与外星人展开了殊死搏斗。

不仅是大熊座和虫穴，最后就连人工智能"仁君"也加入了对抗外星人的战斗之中。人工智能麾下的工蜂 AI 没有感情，也不怕被毁灭，人类亲眼看到无数工蜂 AI 在与新种星人的战斗中陨灭，抵挡住外星人的一波又一波攻势。自此，人类对人工智能的态度逐渐发生了改变。

在降临之战之后，人工智能与万享联在神经网络中又发生了一次短兵相接。这次的结果是神经网络的一个服务器受损，绝大多数连接神经网络的人类都受到了精神损害，失去了"暴力"的意识。万享联在降临之战中损失惨重，又在神经网络之战中失去了"斗争"的精神，这个组织由遍布全球萎缩到偏安一隅，精力全部放在了恢复满目疮痍的大地上。

此消彼长，在这个时代，人工智能成了人类生活的一部分，遍布全球的上亿只工蜂 AI 全心全意地为人类服务，负责人类社会的几乎一切事物。人类放心地将一切交给人工智能打理，还将它称呼为"光之御主"。万享联这个组织，则从之前光荣的象征，变成了想要破坏人类安逸生活的恐怖分子。

"帕猜先生，你是一个生意人，不如听我说下去，从商业的角度来思考一下我们的未来，怎么样？"本悠闲地站着，他一头金发，身材健硕，怎么看都不像是一个生意人，而更像一个打手。

不过帕猜自己也是这副模样。帕猜虽然反感万享联，但并没有轻视眼前这个男人。本悠闲地站着，帕猜在他身上看不出什么破绽。看人是帕猜在拳击场上锻炼出的拿手本领，也是他和人谈判时的制胜法宝，但帕猜刚才假装愤怒的表现，并没有让本退缩分毫。如果本不是傻子，那他就是个绝顶聪明的人。

帕猜再次端详本，本身上那件松松垮垮的衬衫柔软光滑，应该是天然桑蚕丝的，这样的东西在这个年代可是稀罕玩意儿，光有钱是买不到的，还要有特殊的渠道，更重要的是要有愿意为这件衬衫花钱的品位，反正帕猜是不会用一辆货车的钱换这么一件衣服的。

"没有什么事情是绝对的。"本双手插兜，他脸上平静，双目毫不回避地与帕猜对视。本的嘴角有一道伤疤，让人觉得他总是带着奇怪的微笑。

"不管你能带给我多少好处，这都不值得。你们万享联的名声太坏了，会带来很多麻烦。"帕猜缓和下来，他重新坐下。

"你不会和万享联产生任何关系。"本说，"也不会产生任何数字化的信息在案。"

"哦？说来听听。"帕猜来了兴趣。

"林贡湾的铸造厂。"

帕猜身子后仰，靠在宽大的椅背上。"我们来说正事吧。"帕猜说道。

"是这样的，我知道塔拉吉斯工业这几年最大的一笔买卖就是给政府的供货，市面上所有的工蜂 AI 的髋关节，都是贵公司提供的。不过最近工蜂 AI 要升级 6.0 版本，髋关节换了工艺，而你在政府的老朋友桑乔去年已经退休了，你没了这层关系，想从有 3 家公司的竞标中脱颖而出，相当困难。"

"你能做些什么？"帕猜被说中了心事，他推开酒杯，急切地问。

"我能保证你中标。"

"那么你想要什么？"

"我想弄点东西，你是搞金属产业的，应该有门道。"

"什么东西？"

"黄金。"本顿了顿，"还有你的信任。"

帕猜愣了一下，哈哈大笑起来。"我真不知道你们是怎么想的，哈哈，黄金？你还真是个老派的人物，那种东西几百年前就失去储备价值了，多亏了默克一家的新金属技术，让黄金贬值得像垃圾数据一样不值钱。"

"无所谓，你有没有？"本淡淡地说。

"你是认真的？"帕猜惊讶地问。

"当然。"

"你要用那些黄金做什么？"帕猜产生了好奇。

"如果我说，用黄金重建实体货币流通体系，你会不会相信？"本说。

帕猜止住笑意，搓着下巴想了想，"你们万享联确实需要一种能够躲避数字监管的流通体系，但是你的黄金政策要推广起来，可不是一件简单的事。"

"那就是我的事了。"本说。

本没有说谎，甚至没有夸大其词，他确实要建立一套基于黄金的流通体系。没有人相信他，也没有人认真对待过他说的话，可这正是本想要的，他要在所有人的眼皮底下建立起新的秩序，一个比现在的万享联所拥有的更有效的秩序。

"那好，"帕猜站起来，向本伸出手，"成交。"

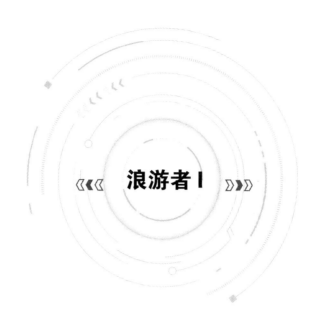

《《《 浪游者 I 》》》

"本·科瓦科夫！"身后有人高呼本的名字。

这个语调令人不安，本叹了口气，刚刚收获的小小喜悦像肥皂泡一样破碎了。他慢慢地回过头，一个瘦高的女人站在他的身后。女人穿着一件脏兮兮的男式夹克，衣服很大，下摆几乎到了她的膝盖。衣服里空空荡荡的，显得女人一副弱不禁风的样子。本知道，这个女人可不是好惹的，尽管她没有武器，但是如果她想要伤害谁的话，只需要一个眼神就行了。

本"嘿嘿"笑了两声："嗨！劳拉，最近还好吗？"他热情地向劳拉打招呼，然后转头就跑。

"本！你给我站住！"劳拉在他身后喊道。

这里是工业区，行人不多，可是大大小小的仓库不少。本来过这里几次，隐约记得有好几条适合逃跑的路线。本跑进一条小巷，只要再转一个弯就是塔拉吉斯工业公司的装卸货区域，那里到处都是大大小小的箱子，只要跑到那里，就可以甩掉……

一条肌肉虬结的壮实手臂不知从哪里伸出来，像蟒蛇一样缠住正在奔跑的本，彻底打碎了他想要逃跑的美梦。本试图挣扎，但是那条手臂像钢铁铸成的一样纹丝不动。

"大哥，放了我，你想要什么我都能办到。你可能不认识我，我是专门帮助别人解决问题的，真的……"

“省省吧，本。”劳拉出现在本的视野中，“他是不会听你说话的。”

“他是你的人？那你让他松一点，我快被勒死了。”本嬉皮笑脸地说道。

“我看你还坚持得住。”劳拉笑着说。

本知道无法逃脱，只好举起双手表示放弃，“好吧，劳拉，你逮住我了。”

本很早就认识眼前这个女孩——劳拉——她有一个大名鼎鼎的姓：莫尔恰林。

在这个时代，莫尔恰林这个姓有着特殊的含义：万享联三代的领导人都是莫尔恰林。莫尔恰林作为十三世族之一，每一代都会有一个族人成为传音使者，接收来自未来的信息。从苏泰·莫尔恰林开始，为了确保传音能力能够遗传到自己身上，他杀掉了所有的同胞，使得莫尔恰林后裔只剩他一个，他确实如愿以偿地获得了传音能力。之后，他的儿子邓恩·莫尔恰林和现在在位的万享联主席乔尔·莫尔恰林也都如法炮制获得了传音之力。

这个无论走到哪里都声称自己是莫尔恰林的姑娘，有很大概率是个骗子。当然，还有一种极微小的可能，她真的是莫尔恰林家的后裔。那么她就更危险了，在位的乔尔·莫尔恰林但凡有一点其父辈的精明，就不会让她活这么长时间。

不过，劳拉确实是个很棒的浪游者。她聪明，浪游术也是顶尖级别，如果将来还有机会合作，本知道莫尔恰林这个名号能够省很多事。

前一阵子，本想找几个厉害的浪游者做一件大事，这个女孩就自己找上门来，要求加入。本没法当面拒绝，便说参加这次活动要交 20 千克黄金的报名费。他以为这样能够让女孩知难而退，没想到她真的带了 20 千克黄金来报名。

“我的黄金呢？”劳拉问道。

“我已经替你报名了。”本说道。

“我到处打听了，根本就没有什么浪游者争霸赛。”

“确实是有的，那是一场内部比赛，外面的人根本不知道。”本突然严肃起来，“你不要乱打听，如果消息传得到处都是，比赛可能就真的会被取消了。”

“你不要骗我。”劳拉伸手捏住本的两腮，别看她胳膊细得可怜，可是力气不小。她从小在贫民窟长大，从内到外都坚硬如铁。

“唔会唔会（不会不会）。”本伸出三根手指保证。

劳拉松开本，点点头，缠住他脖子的手臂也退了回去。本转身看去，身后站了一个一米九几的壮汉。壮汉笔直地站着，双眼无神。

“他是你的人？”本问道。浪游者大多都是独行，想尽量隐藏自己，很少有大张旗鼓带着保镖的。

"不是，"劳拉说，"我在前一个路口遇到的。"

本再次转向壮汉，伸手在壮汉眼前晃晃，大个子没有任何反应。

"精神潜艇？"本自言自语地说道，他看向劳拉的眼神变了。大部分浪游者都只能在神经网络中活动，他们潜入别人的思想，窥探别人的秘密，或者帮助别人设置防火墙，来防备同行的攻击。也有少数极高超的浪游者，可以不通过神经网络就能直接控制别人，这种招数叫作精神潜艇。本以前只听说过，但还从没有见过有人使用这种技巧。

"你是怎么做到的？"本惊讶地问，"我听说，使用精神潜艇，需要很苛刻的条件才能成功。"

"也没有那么复杂，"劳拉轻描淡写地说，"像这种头脑简单的家伙，还用不上那么高级的技术，我只是在他脑子里植入了一个念头而已。"

本弄不清劳拉是在炫耀还是在故弄玄虚，但他心里明白，如果真的有浪游者能够使用精神潜艇，眼前这个女人肯定是其中一个。"你确实是莫尔恰林？"

"这不重要。"劳拉第一次没把这个姓当回事，"我要参加浪游者争霸赛，我已经证明了我的实力。"

"你不会对我也使用那个吧？"

"没有必要。"劳拉说，她搂住壮汉的一条胳膊，"让你见识一下就行了，我还有许多技巧呢。"

本认真起来，他向劳拉鞠了个躬。"我为之前对你的轻视道歉，现在我——本·科瓦科夫正式向你保证，一定会让你参加浪游者争霸赛的。"

劳拉点点头，伸出手指向上，说："你抬头看。"

本抬头，上面正是塔拉吉斯工业公司的大楼，从本的位置可以看到一扇落地窗前有一个模糊的人影正看向下面。

"这就没有必要了吧。"本苦着脸说道。

"我还是不能相信你，所以，如果你骗了我，那么帕猜先生将会知道你的一些小秘密，这可能会给你的买卖带来一些小麻烦。"

"知道你的能力之后，我是无论如何都不会骗你的。"本认真地说。

"那好。"劳拉不知道做了什么，那个壮汉突然清醒过来。大个子像是做了个梦，他揉揉眼睛，疑惑地看着本和劳拉。

"你没事吧？"劳拉关心地问道。

壮汉摇摇头，左右看看，辨认方向之后，自顾自地走了。

"比赛什么时候开始？"劳拉问。

"就在最近一段时间，我会通知你的。"本摆摆手，就要离开，可转念一想又说道："对了，你跟我去个地方吧，我有点事要请你帮忙。"

"什么事？"

"去了就知道了。"

两人乘坐管铁（地下磁管高速列车系统）前往市政区。

"你跑到市政府来干什么？"劳拉不解，她在贫民窟待的时间太久，看到穿制服的人就浑身难受。

"请别人帮忙办点事。"本说道。他带着劳拉大摇大摆地走到市政厅门口，工蜂 AI 扫描一下就让他们通过了。

"你怎么这么轻易就能进来？"

本点点胸口的身份卡，"请一个朋友帮忙办的。混社会的人，还不得认识几个好朋友。"本得意地说。实际上，这张身份卡确实是某个政府官员帮忙注册的，因为那人在圣马可区偷情被本拿到了证据，其是在极不情愿的情况下满足本的要求的，他们之间的关系可跟朋友相去甚远。

劳拉撇了撇嘴，她活着的大部分时间里都是独来独往。她几乎没有朋友，也想象不到像本这种人怎样和政府官员建立起友情。"你来这里想要干什么？"劳拉问道，市政厅的气氛和她习惯的环境格格不入，令她浑身难受。

"我要下一盘棋，现在来找一枚棋子。"本说，"给他点儿好处，让他帮我做些事。"本耸耸肩，"等价交换。"

本带着劳拉轻车熟路地走到市政厅地下 4 层——财政部办公区域，在走廊尽头有一间办公室。简陋的屋子里只有一张桌子，桌子后面的人呆呆地看着两个不速之客，他郁郁寡欢的样子，显然并不习惯在上班的时候有客来访。

"你……你好。"财政部职员说。

"你好，我叫本，这位是劳拉。"

"你们好。"职员站起来，但房间里只有一张椅子，他局促地左右看看，又坐下。

"我们不会打扰你很长时间，长话短说，6.0 的工蜂 AI 下个月将要进行零部件的公开招标，我想要塔拉吉斯工业公司退出竞标。"本开门见山地说。

"可是……先生，我并没有这么大的能力。"职员说道："我只是个财政部的小职员而已，而且所有的数据流全部都由蜂巢中心处理，与我无关。"

"我知道，"本继续说，"如果有超出阈值的数据出现，蜂巢就会将数据单独列出来，发送到你这里，由你进行人工判断。"

"你说得没错，可是……"

"10天之后，将有连续两波数据超出阈值发送到你这里，到时候你以数据链不全为由，申请调取完整的数据包进行分析，这就是你操作的时候。"本不容职员拒绝，"我知道你做过这样的事情，我还去看过你在麓南区的新别墅。"

职员立刻闭上了嘴，他低头沉思了片刻，再抬起头时，目光比之前坚定了许多。"我不知道你在说什么。"职员冷冷地说，"你们如果继续在这里扰乱办公，我就要呼叫工蜂AI了。"

本发现自己的威胁没有起到作用，这小子打算顽抗到底了，幸好他带着劳拉。"好吧，"本拉着劳拉，让她站在前面，"我再次介绍一下，这位是劳拉。你可以问一下她的姓氏。"

"你……你贵姓？"职员问道。

"莫尔恰林。"

"莫尔恰林！"职员瞪大眼睛，"你是万享联的……"

劳拉不知道本肚子里打着什么样的鬼主意，她决定保持沉默，既不承认，也不否认。

职员看了劳拉几秒钟，最后做出了决定。他放松身体，双肩垮下来，喃喃地说："好吧。"

"很好，"本拍拍小职员的肩膀，"如果合作顺利，你的新别墅又能添置不少家当了，恭喜你。"

"谢谢。"职员尴尬地回应。

"我不懂，你的……你这盘棋到底在玩什么？"出了市政厅，劳拉还是没有弄明白本在做什么。

"实际上，玩这盘棋的是一位大人，我也只是棋子。"本用手指点点劳拉，"你要参加的浪游者争霸赛，是这个棋盘的另外一个部分。"劳拉皱起眉头，被本说得更加糊涂了。

又疏通了一个关键的节点，本心情大好。"走吧，我们去喝点儿东西。"

中心区酒吧卖的酒可跟贫民区那些"刷鞋水"完全不是一个品质，劳拉喝了一口就被呛到了。她在本面前还想装得冷酷一些，可是没忍住，猛地咳嗽起来。

本微笑着看着劳拉，她是他在贫民区发现的宝贝。这个傻姑娘打着莫尔恰林的旗号到处逞强，本以为她只是吹牛——在方济各区，自称是莫尔恰林或者西耶尔家的人有成百上千。可有了刚才的经历，本发现这个瘦姑娘确实不简单。单薄的身体中蕴含了巨大的能量，她聪明，而且有行动力。她独自在贫民区长大，却没有沾染一丝恶习。也许她真的相信自己是莫尔恰林，血脉的骄傲让她不屑于去做那些下三滥的勾当。无论劳拉是不是真的莫尔恰林，她的浪游术确实是无可挑剔的。浪游者争霸赛确实是劳拉改变命运的机会，现在，本相信她会取胜，他愿意拿200千克黄金来赌。

"你该给我讲讲浪游者争霸赛的事情了，还有你的那位大人，到底是什么人？"劳拉脸上泛着微醺的红晕，还是对浪游者争霸赛念念不忘。

"关于这盘棋的事，我也看不明白，只是执行那位大人的命令而已。"本说道，"浪游者争霸赛就是那位大人组织的，他想挑选一批优秀的浪游者，帮助他完成一项伟业。"

"那个大人物到底是谁？让你如此恭敬地称呼他。"劳拉问道。

本清清嗓子说："拉哈尔·西耶尔。"

"拉哈尔？"劳拉惊讶道，"他不是已经死了吗？"

拉哈尔·西耶尔是西耶尔家的信使，但他是几百年来所有信使中唯一的例外。来自未来的传音将技术传递给十三世族各家的信使，信使以这些技术来发展人类的科技，然而拉哈尔对于技术不感兴趣，他喜欢的是暴力。

拉哈尔从一开始就对掌控着人类命运的蜂巢人工智能不满，他从互联网络无法顾及的阴暗角落找到了一批流氓、暴徒、罪犯、雇佣兵，组成了一支反抗军，想要终结人工智能对人类的控制，这支反抗军就是"大熊座"。100年过去了，拉哈尔是个什么样的人，依然难以评价。一方面，他确确实实是为了人类而战；另一方面，他没有道德感，做事毫无下限，留下了一个"暴君"的称号。

"是的，但是他的意识还活着。他在死之前，让苏泰·莫尔恰林把他的意识上传到一个独立的神经网络，封存在大西洋底下。后来神经网络的崩溃导致我们所有的人都有了精神缺陷——没有暴力观念。这时候才体现出那位大人的宝贵之处：

只有他没有受到影响，他脑子里的暴力可以喂饱全人类。"

"暴力就是反抗光之御主和万享联的制胜法宝？"

"我们还是把精力放在光之御主身上吧，拉哈尔也算是万享联的创立者之一，他对万享联另有目的。"

劳拉笑笑，盯着桌面上变幻莫测的全息花纹发呆。她是浪游者中的顶尖高手，可若没有了神经网络，她就会像鱼儿离了水一样虚弱无助。如果拉哈尔真的能让她在神经网络中大显身手，那如何选择还需要犹豫吗？

劳拉举起酒杯道："管他呢，我加入。"

本笑笑，与劳拉碰杯。"为了暴力。"

"为了暴力。"劳拉说。

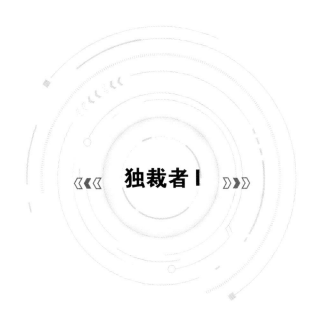

独裁者 I

距离会议正式开始已经过去了 40 分钟，可是尊敬的万享联主席大人还没有出现。

会议室里的冷气开得极大，负责工业和农业的部长奥特亚尔冻得缩成一团；主管军事的杨克群将军保持着军人威严，双手抱胸笔直地坐着，但脸上的不快已经相当明显；西耶尔和默克家的传音使者坐在房间最里面的角落，脸色苍白，精神萎靡，仿佛大病初愈。

传音使者拥有接收来自未来的科技信息的能力，每个家族接收的信息种类不同。莫尔恰林家专精神经技术，几百年前，正是有了莫尔恰林家的人柱技术，才得以将使者头脑中所有的信息都复制出来，用于大范围研究；西耶尔家在生物计算机方面颇有建树；而默克家则是化合金属的魔术师，人类所能制造出来的威力最大的武器"幽灵钻"就是凭借默克家族的传音技术实现的。

对于万享联来说，默克、西耶尔、莫尔恰林家的传音使者站在他们身旁，这就意味着万享联掌握着四分之一的人类未来。尽管这 3 个传音使者从外表看上去都是不讨人喜欢的忧郁青年，但万享联的人对传音使者始终保持着发自内心的尊重和敬仰。西耶尔和默克家族的传音使者从来不参与讨论行政和政治事务，但出于礼貌和尊重，每次都会邀请他们列席会议。

电磁门安静地向两边滑开，万享联领袖乔尔缓步走进会议室，他阴沉着脸，一言不发地走到座位前，双手按住桌面，目光缓缓地扫过整个会场，会议室本来就压抑的气氛立刻又凉了几度。

他身材修长，面相上和他的父亲非常相似，但站在那里的时候，却让人根本无法将两人联系起来。乔尔的父亲邓恩满腔热情，善于表达，无论什么时候都可以让身旁的人感受到他的想法，这也是他在万享联最困难的时候还能将大家团结在一起的关键。可他的儿子则完全不同，乔尔像一块冰，总是能将气氛降到冰点，好像任何事情都不能让他感到满足。稍微露出一丝笑容，都是对旁人最大的恩赐。

乔尔身旁跟着一个身材高挑的女人，她穿着华丽却很省布料的礼服。刚走进会议室，女人就冷得打了个寒战，乔尔将身上的大衣脱下来披在她身上，女人娇羞地缠住乔尔。

杨克群皱起眉头，在座的都是万享联的核心，为组织效力了 20 年以上的元老，这个女人根本没有资格进入这里。奥特亚尔不满意地"哼"了一声。这些细节都被乔尔捕捉在眼里，他的身子微微后仰，显得有些得意。这是他的一贯做法，总要找个什么理由和大家作对，像个刚进入青春期的孩子。

杨克群挥挥手，从外面进来两个卫兵，礼貌地将那个女人请了出去，乔尔此时倒也没有反对。

会议正式开始，秘书按了几个按键，一些需要乔尔批阅的文件浮现在他面前。领袖看都不看，用手横向一划，道："都同意了。"说完，他就想离开会议室，回到自己的房间去。

奥特亚尔站起身来，说道："领袖，请等一下，今年我们遭遇了严重的旱灾和寒灾，穹顶建成之后，我们的粮食预计将减产 80%。"

"哦。"乔尔不耐烦地应道。

"葡萄和小麦遭到毁灭性的打击，很快，我们的天然酿酒工业就要完全停摆。"

"那又怎么样？"

"我们还有两个化工厂，可以单开两条制造工业饮用酒的生产线，但是……"

"但是什么？"领袖冷冷地问。

"但是口感不好。"农业部长犹豫地说，"想解决现在这种局面，只有一个办法。"

"什么办法？"

"和光之御主合作。"

"什么？"乔尔一拍桌子，猛地站起来。

对于这个提案，参加会议的各位部长都没有表现出惊讶。即使再迟钝的人，也能看出这里的问题。

乔尔离开座位，开始绕着会议桌踱步，他经过每一位部长身后，缓慢地说："我没有想到，你们都已经妥协了，居然想和那个大光球合作。不，不是合作，不可能是合作，你们在向它寻求施舍。'哦，崇高的神，我们的粮食不够吃了，请施舍我们一些吧。'"乔尔接着一字一顿地说："你们忘了万享联是为何成立的吗？你们忘了在和光之御主对抗时死去了多少战士吗？"

部长们低垂着脑袋，乔尔阴阳怪气的嘲讽让他们如坐针毡。他们都是万享联的元老，在战争年代就加入了组织。乔尔不过是吃家族老本的纨绔子弟，从来没有吃过苦，也没有见过战争。这样的毛头小子如果在别处，万享联的元老们连看都不会多看一眼。可惜他是莫尔恰林家的人柱继承人，掌握着神经网络的最终秘密，所以，此时此刻，元老们只能忍气吞声地听着。

"够了！"杨克群将军吼道——他站起来，直视着年轻的领袖——"孩子，你确定要在我们面前说战争的事？"

"我……我只是想提醒你们，我们和光之御主之间有着血海深仇。还有，不要叫我孩子。"乔尔想要拿出气势压制杨将军，结果发现自己做不到。

"你要为整个万享联负责，我们还要生存，不能只靠仇恨活着。"奥特亚尔部长说道。

"这和与光之御主合作不是一回事，万享联单凭自己也能活下去。"

"之前能。"奥特亚尔低声说，"天穹改变了一切，我们还可以支撑一段时间，但衰败已经不可逆了，如果不寻求合作的话，我们就永远没有反击的机会。"

乔尔不耐烦地挥挥手。"我的爷爷苏泰，还有我父亲，都是英明的战士。这些鸡毛蒜皮的小事，不要跟我商量。"

杨克群将军立即说："现在摆在万享联面前的只有两条路，或者和光之御主合作，或者直接开战，不胜不归，让最后一个万享联的人也死在沙场上。"

面对杨克群将军的咄咄逼人，乔尔迟疑了。这一代人，包括他自己在内，都在神经网络战争中受到了巨大的创伤——被称为"暴力"的那部分情绪被彻底抹除了。就连最骁勇的战士也失去了斗志，这数十年来，万享联的科技发展完全跑偏，精力全都放在环保和恢复环境生态上。乔尔接管万享联时也曾豪情万丈，然而现实如此，没有任何人还有向光之御主宣战的魄力。乔尔在时光中失去了目标，逐渐变成现在这副模样，他恨肩上的责任，恨这个时代，恨所有的人。就连看似强硬的杨克群将军，也只是勉强保持记忆中的军人模样罢了——这十几年杨克群一直催促乔尔下定战斗的决心，而自己却从来不敢主动请战。乔尔冷冷地看着杨克群，直到将军自己转开目光，这一仗算是乔尔赢了。

"算了，你们去和那个大光球合作吧。精明点，不要让大家下跪，最后还被耍。"

杨将军靠在椅背上，用大家都能听到的声音自言自语道："真怀念拉哈尔那个时代。"

乔尔已经走到门口，听到杨将军的话又转身回来，他一掌拍在会议桌上，一字一顿地对所有的人说："你们想念那个粗鄙的暴徒是吗？好，我来让你们看看，他最近都在干什么。"

领袖让全息屏升起在会议桌正中，开始播放一段录像。

录像中显示的是一个不大的房间，房间正中放置着一台陈旧的超级脑。在座的人都知道那台超级脑是什么，那里装着乔尔口中的粗鄙暴徒——拉哈尔·西耶尔。

拉哈尔·西耶尔是西耶尔家族的传音使者，但是在这个人身上，似乎有某个基因节点发生了奇怪的变异。几百年来，十三世族的传音使者几乎都是学者型人才，他们饱读诗书，博古通今，当接到传音之后，能够立刻领会来自未来的奥秘，将新的科技与现有的技术相结合，再开发出新的技术。

拉哈尔则不然，他是一个粗人，从来没有把知识和科学放在眼里。他的脑子里也没有道德和尊严，只有无尽的暴力。拉哈尔·西耶尔根本不关心传音那些事儿。他组建了反抗组织大熊座——一个由一群死因犯、浪人、流氓组成的杂牌军。可就是这样一支受所有人鄙视的杂牌军，在与光之御主的正面交锋中，获得了微弱的优势。大熊座的死缠烂打和不择手段正是人类在对抗光之御主的斗争中最需要的关键王牌。当时虫穴的首领苏泰与拉哈尔的大熊座结盟，建立了万享联。拉哈尔虽然粗鄙暴力，但他的目标和所有人一样，就是打败光之御主。因为有着共同的目标，拉哈尔和苏泰虽然有着完全不同的性格，却成了莫逆之交。只可惜时运未到，拉哈尔在实现目标之前身体就垮了。他苦思冥想多日，最终恳求苏泰将自己的意识上传到独立的超级脑中封存起来，沉入海底。苏泰同意了这个想法。

拉哈尔以为自己会沉睡很久，没想到才过了几十年，就被苏泰的儿子从海底打捞出来，重新唤醒。因为他脑子里的暴力因素，也许是拯救人类的唯一希望。

前主席邓恩就是这样认为的。他复活了拉哈尔，想让他充当顾问的角色，为万享联在这样的乱世谋求一条生路。可是没想到拉哈尔是个彻头彻尾的疯子，邓恩根本没有办法掌控拉哈尔，连正常的沟通都很难做到。最后，邓恩无奈地死去。他的儿子接管了万享联，乔尔为拉哈尔保留了这间屋子，还给了拉哈尔一定范围的网络自由。他时不时还会观察一下拉哈尔的动向，说不上为什么，大概看到自己的父亲也办过蠢事，可以让他自己没有那么难受。

一个高大的金发男人走进房间，乔尔介绍道："本·科瓦科夫，是拉哈尔不知道从哪里找来的狗腿子。"

"办妥了吗？"储藏在超级脑中的拉哈尔用合成声音问道。

"搞定了，轻而易举。"本汇报说。

"好，还要继续，我需要大量的黄金，越多越好。放出风去，只要有黄金，我们……主要是你，什么脏活、累活都接。"

"我冒昧地问一句，拉哈尔大人，你要那么多黄金干什么？"本问道。

"当然是要控制市面上的黄金，建立一套以实体黄金作为标准的流通体系。这样可以完全避开光球的数字化监控，让我们可以在光球的视野范围外干点自己的事。"

"明白了。"

"码头上的利息该交了，你去办了。"

"好。"本点点头，离开房间。

乔尔关掉录像，对着元老们说道："看到了吗？你们的希望——拉哈尔·西耶尔，现在正全力建造他的流氓帝国。他还活在他那个古老的年代，妄图用一点黄金来建造一个能和光之御主对抗的组织。"

杨克群将军用手指揉着太阳穴，闭目不语。

"你们都知道他在哪，如果谁想要寻求拉哈尔的指引，想成为流氓帝国的一员，我绝对不会阻拦。不过请记得，要准备好黄金作为投名状。哼！"看到这段录像击溃了杨将军最后的希望，乔尔终于冷笑着拂袖而去。

会议室陷入一片沉寂，空气似乎比之前更冷了。

《《《 传话者 II 》》》

本徒步走在圣马可区的边缘。这里是舒适区。在中心区里有一份正式工作的人都会在这里租或买一套小小的公寓；因为这里的房租便宜，而且环境还说得过去。圣马可区呈弧形，将市中心和城市边缘的方济各区分开。方济各区就是俗称的贫民窟，那里潜伏着骗子、小偷、勒索犯、神经暗网经营者，还有穷人。

划分圣马可区和方济各区的是一条 6 米宽的路，这条路原先的名字已经没人知道了，现在所有人都把它叫作鸿沟。实际上路两边的景象相差不远，很难从表面上看出哪边更破败一些，只有深入到两个区的内部，才能深深体验到两边的人有什么不同。

还有一类人，能够准确地区分出一个人到底是属于哪个区的。他们在长期的实践中锻炼出了这种本领，相比那条路，他们才是圣马可区和方济各区的更准确的划分。这一类人是在这里执勤的警察。

本走向一名警察，"嗨！哈维尔，最近怎么样？"

"本·科瓦科夫，我的老朋友！"哈维尔热情地回应。哈维尔是这一带的治安队长，是整个地下城最了解秩序和混沌的人，在这一带翻手为云覆手为雨。如果本想找人干点见不得人的勾当，哈维尔是最好的向导。

"怎么治安队长还要在外面亲自执勤，你不是……"本走到哈维尔身边，打算闲聊几句再说正事。可刚说了一句话，就被腹部所受的一记重击打断了。本捂着肚子，痛苦地倒在地上。哈维尔俯视着本，耍弄着手中的警棍。

"哥们儿……"本痛苦地说，"我……我们之间……是不是有什么误会？"

"不，我觉得是你对我有误会。"哈维尔把警棍插回腰间，将本扶起来，"上回那件事，我给你帮了个大忙，你却只给了我那么一点好处。"

本揉着肚子苦笑，前一段时间，本到手了一批黄金，要从圣马可区运出去，他找到哈维尔帮忙开了一条特别通道。本给了哈维尔足够多的好处，但是没想到这个黑警还是不知足。"警官，要不这样，回头我再给你补上一份心意。"本说道。他不想在哈维尔这里再浪费时间了，只想快点将他打发掉。

"不，那些小东西还是免了。"哈维尔说，"我知道你想搞个大的，这段时间里你做了不少事，我们这里都传遍了。"

"混口饭吃而已。"本尴尬地笑道。

"你把你的计划说出来，我帮你完成。不过我要收点辛苦费，这样吧，你六我四。"哈维尔用胳膊揽着本的脖子，本能够闻到他身上的汗臭味。

"小买卖而已，不用警官操心。"本搪塞道，"到时候做成了，自然少不了向你表示感谢。"

哈维尔向旁边点点头，两个警官向这边靠过来。这是本最不愿意看到的事情，他看错人了——本以为哈维尔只是一个贪图小利的黑警，现在看来，哈维尔的目的不只是赚点外快，他还想当这条街上的教父。他的手下都对他忠心耿耿，甚至不需要提问，只一个眼神，就要对本施以私刑。本猛地扭动身体，在两个警官形成包夹之前挣脱了哈维尔，他迅速跑过鸿沟，想要隐藏在混乱的方济各区。

"快追！"哈维尔吼道，三个巡警跟着本进入了方济各区。

贫民窟就像是淘气的孩子打翻了一盒玩具，根本没有规则可言。本穿过一栋废楼，八面透风的楼房里居住着几户人家。他又穿过一家零食店，前面没有了路，本顺着楼前的电缆管爬上一排矮房的房顶。一个年轻一点的警官爬上房顶继续追击，哈维尔和另外一个警官则在下面包抄。

"别跑，再跑就开枪了！"身后的警官喊道。

本紧张地回头看去，那个警官真的掏出了枪向他瞄准。本心中一慌，没有注意脚下，结果一脚踩空，从矮房上摔了下去。本摔在一个小院子里，却没受什么伤，地面上乱七八糟铺着一些湿润的东西，给本提供了缓冲。本挣扎了两下，站起来，发现救他的是一地的动物皮毛和血污。

一个精壮的年轻男人正裸着上身，在院子里用光锯肢解着一只动物。那动物被扒了皮，血肉模糊，本认不清，可能是郊狼。这大概是一家野味店。院里还有几个年轻人，都被从天而降的本吓了一跳，他们纷纷抄起手边的利器，将本围了起来。

"都不要动！那个人是我们的。"声音从头顶传来，追捕本的警官举着枪，居高临下地瞄准。哈维尔和另一个警官也到了，在院外面砸门，"快开门！我们是警察！"

正在切割动物的年轻人放下手中的光锯，慢条斯理地走到水池边洗手，然后才去打开院门。哈维尔看到院中的景象愣了一下，作为圣马可区的治安官，他很少深入到方济各区，对这里的混乱有些了解，但也没有近距离接触过。他身旁的警官看到满地的动物残肢和血污，立刻转身吐了。

"本，跟我们走。"哈维尔说道。

"等一下。"年轻人开口说，"警官，这里好像不是你的辖区。"

"埃尔南德斯，"哈维尔叫出年轻人的名字，"我在执行公务，给我让开。"

"他犯了什么错？"埃尔南德斯问道。

"跟你无关。"哈维尔身边的警官是个急脾气，他不耐烦地说道，掏出手枪指着埃尔南德斯的鼻子。

埃尔南德斯在方济各区的外号叫豺狼，神经网络战争的时候，埃尔南德斯正在监狱，那里没有联网，所以他的意识里还保留着暴力的因素。哈维尔还没来得及阻止手下，就看到豺狼一个箭步蹿到手下面前，夺下了他的枪，反手将警官摔倒在地。豺狼将枪扔在哈维尔脚边，"不要用枪指我。"

被摔倒的警官在地上呻吟着爬不起来，原来豺狼夺枪的时候，已经折断了他的手臂。看到这个情景，本心中大喜。方济各区卧虎藏龙，他这次来，就是想找一个埃尔南德斯这样的人，来解决一些"致命"的问题。他立刻走到哈维尔和豺狼之间，高举双手，"误会，误会。"他转向哈维尔，"警官，我们之间的事，没必要搞得这么大。"

治安队长是个精明的人，他看看四周的情况，豺狼手下个个手持武器，戒备地站着。房顶上的警官是个菜鸟，他用枪指着下面，不知道该瞄准谁，而且已经有人悄悄地走到他的身后，如果下面的局势发生变化，这个警官也要倒霉。看来这次只能眼睁睁地吃亏了。

哈维尔勉强地挤出笑容，摊开双手，"好说好说，一场误会。"他踢了一脚手臂骨折的手下,"站起来。"治安队长做出毫无威胁的样子,慢慢退出院子,然后对本说:"有空找我喝茶。"哈维尔做了个手势,表示要盯着本。

本摆摆手,"没问题。"

哈维尔带着手下走了,本松了一口气,转身对豺狼说:"埃尔南德斯,对吧?谢谢你救了我。"

"没什么。"埃尔南德斯拿起光锯,继续切割动物。

"我正好有些事想要请你帮忙,需要你的能力。"本说道。

"什么事?"

"我要你去杀个人。"本说道。

"什么?"光锯的噪声盖过了本的声音,埃尔南德斯没有听到。

"我要你去杀个人!"本提高声音叫道,埃尔南德斯正好关掉光锯,本的声音盖过了一切,十几道目光射向本,一片寂静。

埃尔南德斯等了一会,才哈哈大笑起来,他放下光锯,走到本的身边,拍拍他的肩膀,"跟你开个玩笑,别在意。"本看看埃尔南德斯留在他肩膀上的血手印,也只能苦笑。

"要杀谁?"豺狼问道。

"一个企业家,达顿·墨菲,他今年122岁了,有人嫌他活的时间太长。"本说。

"我不在乎细节。"埃尔南德斯摆摆手,"你能给我什么?"

"你要多少?"本喜欢和爽快的人打交道。

"不,我不要钱。"埃尔南德斯说。他走到屠宰间的窗前,挥挥手,窗户上明朗的阳光和纯净的海滩褪去,露出窗外本来的容貌:拥挤混乱的方济各区,到处都是残破不堪的建筑和陈旧的装饰,便宜的、毫无美感的 LED 灯光将整个地区蒙上一层彩色的阴影,阴影下面是苟延残喘的人们。"我知道你,他们都说你很有能力。"埃尔南德斯对本说,"我想要的,是自由。"

"什么样的自由?"

"可以随意穿越那条街的自由。"

"我可以在圣马可区给你搞套小公寓。"

"我不是这个意思,我想让我们这些人,这些被标记成'方济各人'的人,能够摘掉这种标记,我们可以去圣马可区,甚至中心区,去挣自己的生活。"

"我没有批评的意思,"本抬起双手以示无意冒犯,"去中心区抢劫和诈骗吗?"

"我们这么做只是迫不得已，除了偷窃和抢劫，我们应该有别的机会。给我们自由，是打破这种循环的第一步。"埃尔南德斯认真地说。

本站起来，和埃尔南德斯并肩站在窗前，"我明白了，我为我之前对你的错误看法道歉。你是一个有想法的人，我之前以为你只是一个打手，现在我认为你是一个领袖，我想，我们可以试试。"

"我知道一次任务不足以交换你所承诺的东西，我和我的人将为你所用。"

"成交。"本伸出手去，和埃尔南德斯握手。

"比我期待的要好。"本想。他本来只想找一个打手，但没想到埃尔南德斯还是个有理想的人。本开始盘算，在接下来的棋局里，要如何使用这枚棋子。

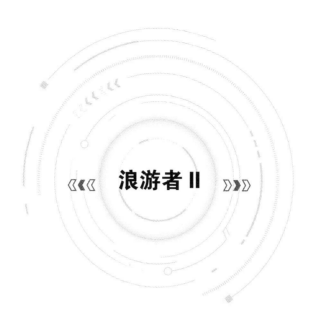

浪游者 II

劳拉·莫尔恰林走上最后几级台阶，经过短暂的黑暗之后，转过一个弯，面前矗立着两扇高大厚重的门。传统的转轴式门上雕刻着复杂的花纹，劳拉将手放上去，门背后震耳欲聋的嘈杂声撞击在大门上，又传递到劳拉手掌，好像这门有生命一般。劳拉推开大门，扑面而来的声浪和刺眼的光芒差点将她击翻在地。本所说的"浪游者争霸赛"确实存在，只不过并不是她想象的那样。

赛场设在地表，曾经的未来光大厦——莫顿家的光计算研究中心。劳拉以为这栋大厦早就废弃了，没想到还是如此生机勃勃。会场设置在未来光大厦的顶层，推门进去就能看到一圈高出地面的看台，看台中间围着一片平坦的空场。这样的场地设计，难免让人联想到古罗马斗兽场的样子。现在空场上摆放着数十台神经网络并联设备，这就是将要进行"浪游者争霸赛"的地方了。在这个时代，我们就是野兽。

一个悬浮机飘过来，劳拉将本给她的电子卡递过去。悬浮机读取了卡上的信息，屏幕上露出笑容，它用温和的声音说："请随我来。"劳拉跟着悬浮机走向后场。

"看，那个就是我说的选手，我敢把我的全部家当都压在她的身上。"看台上，本·科瓦科夫指着劳拉向旁边的人介绍道。

"别开玩笑了，看她那副营养不良的样子，连一阵风都扛不住。"

"浪游者们靠的是脑力，又不是打架。"

"她是一个人？本，你该不会连争霸赛的规则都没有跟她说吧，这可是团体作战的比赛。"

本神秘地一笑，说："要不要赌一局？200千克黄金。"

"赌就赌，不过，我所有的黄金都已经给你了，不如赌点儿别的。"

"你开价吧。"

"他们都说本先生的人情比黄金还值钱，我们就赌一个人情吧。"

"那都是圈里的朋友抬爱，既然艾克斯风工业公司的新任董事长开口，那我们就赌了。"本和艾吉奥握手，接受赌约。

劳拉跟随悬浮机走到后场，也就是参赛选手的休息室。已经有几十个浪游者等在休息室里，这里面也许有劳拉的熟人，但他们之前只在神经网络中联络过，并不曾真正地面对面。

劳拉迎着众人的目光，找了一个偏僻的角落坐下。她感觉到有人正在上下打量自己，似乎在做战前的实力评估。劳拉懒洋洋地靠着人工皮质沙发，并不在意那些目光，她的目标只有一个——拿到冠军。也就是说，在座的各位都将成为她的手下败将。

悬浮机再次出现在选手休息室，这次它带来了6个人。这6个人一出现在休息室里，窃窃私语的声音突然大了起来。

"是他们。"

"谁？"

"噬魂怪小组，据说他们都是参加过精神潜艇战的高手。"

"快把头转过去，别看他们。"

"完了完了，这下要失败了。"

"他们的强项是不需要神经网络就可以进入对方潜意识，等下是平等比赛，怕个屁。"

劳拉听到那些参赛者的议论，反而来了兴趣，她抬起头，认认真真地打量起那几个人来。为首的高个子男子有一头淡金色的长发，虽然眼角已经有了些鱼尾纹，可看上去仍然挺好看的。男人正在房间里四处打量，正好与劳拉四目相对。噬魂怪小组名声在外，已经很久没有人敢和他们对视了，突然碰上劳拉的目光，反而让男人一愣，不过他很快恢复，对劳拉礼貌地笑笑，然后移开视线。噬魂怪小组走到了休息室的另一端，其余的参赛者立刻更换位置，将那片地方让给噬魂怪小组。

一个皮肤黝黑、剃着光头、脸上刺有荧光纹饰的年轻人向劳拉走过来。

"我不想交朋友。"劳拉冷冷地说。

年轻人一愣，脸涨得通红，"哦，对不起。"

劳拉叫住年轻人，"你叫什么名字？"

"达德利。"年轻人犹豫一下，指了指休息室的一角，"那些是我的朋友。"

劳拉向那边看过去，达德利的同伴和他差不多，20 岁左右，正是寻找自己在这个世界中定位的年纪。两个同伴，一个穿着金属丝编织的衬衫，另一个染着粉色的蓬蓬头。劳拉笑了笑，与达德利对视，"不，算了，我还是不想和你们交朋友。"

达德利回到自己的同伴面前，摊开双手，表示自己失败了。

比赛的时间终于到了，从大门陆陆续续进来十几台悬浮机，给参赛选手发放号码。劳拉抽到了 9 号，达德利远远地在空中比了一个 3，大概是想给劳拉暗示，劳拉假装没有看到。

出了休息室，要走过一段非常黑暗的通道才能到达灯火辉煌的斗兽场。劳拉跟随着悬浮机微弱的灯光向前走，耳边有一个脚步声加快了速度，一个人出现在劳拉身旁，与她并肩行走。

"你敢和我对视，我不知道你是真的勇敢，还是真的菜鸟。"那人说道。

"你如果连这个都判断不出来，就不用参加浪游者的比赛了。"劳拉回应道。

"希望你的技术像你的嘴皮子一样好。"那人又说道。

"一会你就知道了。"

"我给你最后一次机会，现在退出比赛还来得及。"

"为什么？你就那么怕我吗？"劳拉说。

"哼哼哼。"那人笑了，"你是第一次听说这个比赛吧。"

"那又怎么样？"

"知道为什么吗？因为除了我，没人能够告诉你这是一场什么样的比赛。"

"为什么？"

"因为，他们都再也无法开口了。"

"哈哈，我都要被你吓到了，再多说几句。"劳拉挑衅道。

"看来你是铁定要参赛了！我给你最后一个忠告，最好输在第一个对手的手上；因为如果你在比赛里遇到了我和我的队友，你就会后悔你的母亲为什么没有把你生成白痴。"

"不许！说！我的！母亲！"劳拉在黑暗中凶狠地说。她听到身旁的人快走几步，超过了她。

出口到了，眼前亮了起来，劳拉盯着眼前的背影，吐了口唾沫。她跟随着悬浮机走到9号神经网络连接器前，再次抬头环顾四周，看台上的人叽叽喳喳地议论着进场的人，给自己看好的选手下注。也许有人会投给她，祝他们好运吧。

劳拉躺在连接器上，熟练地将两个连接电极贴在太阳穴上。悬浮机飞到劳拉头顶，屏幕上开始倒计时："3、2、1。"

观众席上传来一声大喊："劳拉！干掉他们！"

劳拉听出来那是本的声音，她扭动脖子想要寻找本的身影，这时太阳穴传来一阵酸麻，劳拉眼前一黑——熟悉的感觉就是这样。对于劳拉来说，神经空间像是一片大海，而她的身体都融化在这片海里，无边无际。

其他人也是一样，他们的身体和意识也都融到这片海里，与劳拉混合在一起。

只不过这里的空间与以往不同，这片海是有限的。与其说是有限，不如说这根本就不是海，只是……一个鱼缸。劳拉轻易就触碰到了精神空间的边缘，那里有一层看不见的隔膜阻挡着她，在隔膜之外，劳拉能够感觉到还有其他的意识存在。很多意识彼此分隔着，像巨大的蜜蜂巢穴。那些是看台上的观众，他们也潜入了神经空间，但彼此隔绝着，这样他们能够看到神经空间的战况，却不会被彼此的思维干扰。

一个意识的声音在神经空间中响起："各位参赛者，下面是本次比赛的第一个目标，寻找潜意识中的椰子树，最先找到的选手，加10分，第二个找到的，加9分，以此类推。现在，比赛开始！"

在神经空间里，浪游者要记住两件事：第一，要记住自己，不然会在别人的意识中迷失方向；第二，潜意识和表象是两回事，潜意识就像沉在水底的财宝，宝箱中漏出的气体变为气泡从水底上浮到水面，破裂之后激起的波纹才是表象，只有顺着水面上浅浅的波纹向下寻找，以断断续续的气泡为线索，才有可能摸到一个人的潜意识。

这汪神经网络的池水中有太多的意识聚集在一起，混乱、嘈杂，意识的杂音像是实体的墙。劳拉必须集中精神，才能在意识的表象中慢慢寻找与椰子树有关的东西。

一棵椰子树突然浮现在神经网络之中，吸引了所有人的注意。

那棵椰子树栩栩如生，不仅仅是一棵树，劳拉还能看到树顶上结着 4 个人脑袋大小的椰子，已经成熟了，不知道什么时候就要掉落下来。椰子在风中微微晃动，羽状的树叶在风中轻摆，对，有风，还有风带来的海的味道。更可贵的是阳光，劳拉已经忘记自己多久没有见过阳光了，她甚至感觉到了光照耀在身上温暖的感觉，她想就这样躺下，看着阳光透过椰子树的树叶，享受着身子下面粗糙的沙粒与皮肤的摩擦。不管这段记忆是谁的，简直就是送给所有人的礼物。劳拉渐渐迷失在这片阳光中。

等等！劳拉想起来，自己是来争夺冠军的。她忽然警醒，从阳光下走开，躲在暗处观察。椰子树下聚集了神经网络里 70% 的独立意识，他们像池塘里等着喂食的鲤鱼，挤在一起，仰着头等待着另一个位面的高级生物赏赐一点食物。那些意识也许只是想从这棵具象的椰子树身上寻找关于大赛的线索，但却很快被别的信息分了心。意识越聚集，个体越容易迷失自我。不管是谁塑造出了有关椰子树的一切，他一定有着非常强的意志和丰富的感知构造能力，而就算是极有天赋的人也要经过大量的训练才能做到这一点。毫无疑问，这人是专业中的专业人士。是噬魂怪小组的人吗？劳拉想。如果是，那么这个小组确实像传说中的那么厉害，他们有 6 个人，其他人在做什么？

劳拉冷静地观察，她延展意识，在神经空间的最表层搜索。果然，除了神经网络中最耀眼的那棵椰子树之外，还有几个意识在网络边缘游荡，触摸那些有意回避椰子树的意识个体。表象极有可能与潜意识是相反的，那些有意躲着椰子树的人，内心深处可能真的有椰子树。劳拉理解了那些人的用意，也开始对零散意识进行触探。她必须进行得更快，才能在那些人之前找到目标。

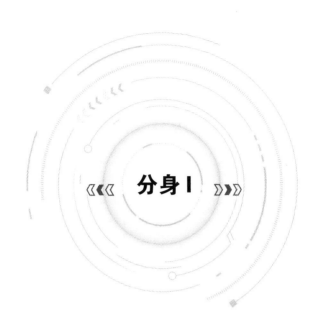

《《《 **分身 I** 》》》

这是 RX-7 迷失的第 51 天。RX-7 是一个服务型机器人，光之御主数以亿计的分身之一。

51 天前，RX-7 正在执行一项任务，向中心区送一件东西。一辆货运卡车由于年久失修，在装载货物时压力超过临界值，一颗螺母崩了出来。螺母飞过 110 米的距离，像一颗子弹一样击中了 RX-7。机器人的核心部件没有受到伤害，但它的无线信号模块被直接击毁了。按照规程，RX-7 应该立即到附近的维修站申请更换零件，它也是这样做的。由于没有了信号模块，它只能够靠外部传感器定位并且选择方向，这时第二次事故发生了。RX-7 鬼使神差地走上了相反方向的自动路，一辆自动车躲避不及，擦着 RX-7 的躯壳驶过。和上次一样，RX-7 仍然没有遭到大的伤害，但这次剐蹭造成的浪涌碰巧击穿了 RX-7 的核心逻辑库。于是 RX-7 没有了无线模块，也忘记了紧急情况应当如何处置。

幸运的是，这批机器人还有一套备用方案——每个机器人装着一个独立的人工智能核心，可以在完全离线的情况下自主运行。RX-7 的人工智能核心上线，它先问了自己三个问题："我是谁？我在哪？我要干什么？"很显然，RX-7 无法回答。它带着这样的问题，漫无目的地游荡。

许多天之后，RX-7 走到了方济各区的边缘。这里肮脏、混乱、毫无逻辑，连居民身上都透着一股难以名状的感觉。智能模块判断这里或许会有危险，但大量新鲜的数据却在引诱着 RX-7。它有一种异样的感觉，大概可以被称作好奇。

RX-7站在"鸿沟"的边缘看向对面的方济各区，那里就像把午夜6套网络台的所有的界面打碎了，再重新拼接在一起一样。所有的造型、颜色、设计（如果称得上设计的话）都显示出两个字：冲突。RX-7犹豫了1秒钟，决定忽视危险提示。它踏上鸿沟路，向对面走去。

短短的6米，每一步都代表着对理性和本能的叛逆。RX-7的芯片热度在飙升，它开始计算遇到危险的可能性，即使根本没有任何危险的征兆。这并不是合理的运算，这是……RX-7找不到一个合适的形容，一个人工智能会有被迫害妄想症吗？刺激的感觉驱使RX-7快速走过鸿沟路，彻底踏上方济各区的地盘。如果它会呼吸的话，一定会长出一口气。

方济各区充满了未知，全都是RX-7的数据库里没有储存的东西，这里与RX-7熟悉的世界完全不同，秩序、条理在这里不复存在，拼接和混搭才是常态。熵达到了顶峰，RX-7再也找不到比这里更加无序的地方。

RX-7继续深入方济各区，才发现从远处看到的杂乱无章的布置，实际上都有其独有的妙用。就拿左手边这栋建筑来说，它原本应该是一栋温馨的双层别墅，现在这栋小楼的房顶和前后墙都没有了，只剩下两面相对而立的残墙。目前在此居住的住户用一根不知从哪找来的路灯杆横穿过两面墙，作为横梁，又用一面广告用的柔性屏幕覆盖在它上面，做成了一个搭在别墅里的帐篷。帐篷的表面还跳动着几年前最流行的基因改造男明星，虽然显示屏上有几块破损的，但男明星俊朗的笑容和雕刻般的腹肌还清晰可见。RX-7知道，笑容和腹肌都是大家喜欢看到的，这一家人一定很有想象力。

它继续向方济各区的深处走，将方济各区的一切都转化为数据，记录在独立存储器中。RX-7看到一个正在一大堆废料之间翻找东西的年轻人。年轻人找到一个机械齿轮，掂在手里想了想，走到路边，把它固定在另外的一堆垃圾废料上。年轻人后退几步，不小心撞在RX-7的身上。他连忙说："不好意思，对不起。"可当他转过身来，发现他撞到的是个机器人时，他变得有些尴尬，但很快又微微一笑，"还是不好意思。"他对机器人说。

这个年轻人扎着一条松散的马尾辫，身上穿着廉价的化学纤维质地的衣服，绿色的T恤搭配米色工装裤，裤子上布满了斑斑点点的油彩，都快成了迷彩裤。RX-7饶有兴趣地看着年轻人，它不知道年轻人打算做什么，也不知道这么做有什么意义。计时器显示，它已经在这里看了151分钟，可年轻人仍然乐此不疲。

"请问……你在干什么？"RX-7听到自己的发声器发出了声音，它正在向年轻人问问题。它想知道问题的答案，RX-7将这定义为好奇。

　　"我？在创作。"年轻人头也不回地说。

　　"在创作什么？"RX-7接着问，它已经接受自己的知识不够的事实，并且习惯提问了。

　　"一种艺术。"年轻人轻松地说。

　　"艺术？"这个词熟悉而又陌生，RX-7想搞明白这个词的含义。于是它又等了47分钟，年轻人终于不再摆弄那两堆垃圾，他站直身子，伸了个懒腰。他比着步子移动，最终找到一个合适的位置，端详着刚刚堆起的一堆零件废料。他满意地点点头，然后向RX-7招招手，"来，你过来看看。"RX-7走过去，学着年轻人的样子向那堆废料看，但什么都看不出来。

　　年轻人按着RX-7的脑袋说："你再向下一点。"RX-7照做了，可依旧看不出那里有什么东西，它直起身，就在这时，它眼前的那堆废料发生了奇妙的变化——由远到近的废料堆从某一个点看过去时，排列在一条线上，本来分别在不同空间的零散部分却在此时拼合在一起，组成了一幅画面：一个身材窈窕的女性，正向着前方奔跑。RX-7判断出这名女性的身材比例有些失调，尤其是腿部过于细长。在这幅画面里，这样的设计竟然营造出一种奔跑的动感。

　　"这是……"RX-7又想提问，这时年轻人突然大喊"小心"，同时从身后推了它一下，RX-7的动态平衡器立即调整重心，它向前踉跄两步，找回了平衡。RX-7刚刚站稳，年轻人又从后面猛地撞上RX-7的后背。机器人向前扑倒，将年轻人用了几个小时做好的东西全部撞散。

　　RX-7迅速爬起来，它转身看到年轻人倒在脚边，他浑身颤抖着蜷缩成一团。在它的对面，几个精壮的小伙子虎视眈眈地盯着RX-7，他们手里拿着像是武器的装置，装置末端闪着跳跃的蓝色光芒。这是用工蜂AI喷射器中等离子喷射装置改成的高压电击枪。

　　搞艺术的人什么时候被击中了？这又是一个很好的设计，但他们为什么用它攻击这个年轻人呢？RX-7低头看向年轻人，思考是否干涉人类之间的争斗，也许观察才是正确的决定。

　　"快……快……快跑。"年轻人竭力控制住自己的舌头，好不容易吐出几个字。

　　跑？我？那些人的目标是我？RX-7再次扫描周边环境，至少有6个人不怀好意地向这里聚拢过来，有两人端着改装过的离子枪，剩下的人手里都持有钝器。

在设计RX-7时，为了让人类感到亲近，并没有给它安装大型杀伤武器。不过对付这样几个普通人类，RX-7仅凭10%的功率输出就可以轻松搞定。就在RX-7准备先发制人进行攻击时，年轻人扶着RX-7的腿，艰难地爬起来，拦在RX-7和歹徒之间。"不……不要……痛（动）它，它……它似喔的（它是我的）……柴产（财产）。"电击带来的痉挛还没褪去，年轻人的舌头不听使唤，但还是费力地宣布这个昂贵的机器人是他的个人财产。

围观的人多了起来，歹徒左右看看，收起武器。在这里流行着另外一种规则，年轻人的口头宣布居然产生了法律一般的效力，即使是携带武器的歹徒也不能强行抢夺。"这是个新型号，你最好看紧点，孩子。"歹徒丢下这样一句话，转身走了。

年轻人对RX-7说："我们也离开这里吧。"RX-7跟在年轻人后面。

"我叫皮耶罗，是个艺术家，至少我自己是这样认为的。"年轻人自我介绍道。

"我的编号是RX-7。"

"R……R……哎呀，我的舌头还不利索，我就叫你路西吧。"皮耶罗舌头的痉挛还未恢复。

"路西。"RX-7默念。

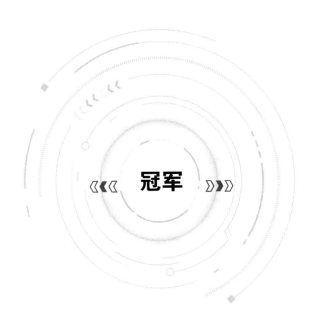

《《《 冠军 》》》

劳拉在这如鱼得水，和曾经被广泛运用的民间神经网络不同，这个小规模网络中的所有用户都是高级玩家。他们早就隐藏自己，并且制造一系列假象，将真实用意导向别处。在劳拉观察的时候，神经网络的边缘处突然传来几股激烈的意识波动，让神经网络空间外层聚集的观众沸腾起来。

劳拉将注意力投向那边，有几个弱小的意识已经被人驱赶到神经网络边缘，最后被消灭了。这是杀人！在神经网络中，如果意识被消灭，那么本人将永远不会醒来，他将再也没有意识，只是一具空壳了。这是犯规！劳拉愤怒地寻找裁判，想请求管理人员对如此恶劣的违规做出惩罚。然而，虐杀还在进行着，没有任何人站出来阻止。另外，四周的观众兴奋地欢呼着，好像他们早就期待着这样的事情发生。没错，他们确实是这么想的。

劳拉明白了，原来没有什么规则、秩序。这场比赛的规则就是没有规则，只有活下来的人才是赢家。劳拉开始重新思考战术，她必须赢。之前她还以为这是一场公正的比赛，相信凭着自己的浪游技术能够在规则下取得胜利，但现在情况不同了，要想赢，就必须做出一些过分的事。她将要面对的都是高手中的高手，而且他们完全没有任何怜悯之心。下定决心之后，劳拉开始搜索目标，准备各个击破。

第一个目标在神经网络里的形象是一个普通人，没有任何花哨的装饰，除了普通似乎没有别的词语可以形容了。"普通人"本人大概是个低调的人，不愿意用太多的装饰吸引别人的注意。在神经网络中，这种手法也可以用来掩饰自己的特殊。劳拉靠近普通人，用意识信息和普通人交流。在没有神经网络之前，这样通过信息交流来触及对方潜意识的人，有一个专门的职业，叫作心理医生。

在神经网络中，交流的频率和效率呈指数级提高。尤其是专业的浪游者，在几次有限的交流中就可以深入对方的潜意识里，然后再进行摧毁，或者重建。不过，如果交流的双方都是经验丰富的老手，那形势就完全不同了。在神经网络之中，没有人能够完全隐藏自己。想在交流中探知对方弱点的同时，自己的关注点、集中力、成长经历也会完全暴露给对方。进攻的同时也要注重防守，相对而言，防守比进攻更重要。

"为什么要选择这么普通的装扮？"劳拉首先抛出一个问题。在意识的交流中，信息就是武器，两个浪游者就像是两个心理治疗师，在交流的信息中捕捉对方的破绽和弱点，趁机进入对方的意识。浪游术和心理治疗完全是两个层面的东西，只要暴露一个弱点，结果将是致命的。

"既然我的装扮普通，为什么会吸引到你？"普通人立刻反问，看来他也是一个经验丰富的浪游者，并不会轻易露出破绽。

"我希望你是个普通的对手。"劳拉微笑着说，看上去和蔼可亲。

普通人当然不吃这一套，他冷冷地说："恐怕要让你失望了。"普通人虽然装扮普通，但言语间带着自信的锋芒。

"你说得对，我不该找你当对手的。"劳拉欲擒故纵，假意撤回意识。

普通人明显没有中计，他停在神经网络边缘，并没有因为劳拉的示弱而选择乘胜追击。劳拉也不恋战，转身去寻找下一个对手。另一个装扮成彩虹鹰的意识扑向普通人。

接下来的目标是一头受伤的座头鲸，庞大的形象显得它更虚弱。

"这里太可怕了，请帮帮我。"座头鲸看到劳拉，主动向她求救。可它太心急了，比赛才刚开始就装作一副受到伤害的样子。

"发生了什么？"劳拉问道。

"我的队友已经被他们抹煞了。"

"抹煞？"抹煞在神经网络里是一个禁忌词，它代表着完全抹除一个人的潜意识。这种行为不可逆转，一旦一个人在神经网络中的潜意识被抹煞，他在现实中将无法醒来，永远成为一个植物人。

"是的，抹煞，我亲眼所见。"座头鲸说。

"不可能，这是正规比赛，不允许这么做的。"劳拉仍不相信。

"是真的。"座头鲸再次重复。

"你们在聊什么？"又一个意识加入进来，是一只彩虹鹰。

劳拉将注意力转向神经网络边缘，刚才交流过的那个"普通人"不见了。"你做了什么？"劳拉问道。

"不要打扰我！"彩虹鹰的形象一下子变得巨大，它高高在上，俯视着劳拉，目光阴森，好像一只真正的鹰，正在盯着将死的猎物。这个浪游者和劳拉完全不是同一个类型，他直接用强大的魄力碾压对手，让对手自视渺小，在他面前相形见绌，主动暴露出弱点。

劳拉并不怯懦，她迎向彩虹鹰，"我有打扰到你做什么事了吗？"

彩虹鹰惯用的精神压迫试不爽，对手在他的威压下总会露出怯懦的一面。只要一个迟疑的瞬间，他就能在对手防御的盔甲上凿开一道裂缝。只要有了这道裂缝，胜利就是早晚的事了。可没想到劳拉竟然能够轻松应对，这出乎彩虹鹰的预料。他将意识的触手从已经濒临崩溃的座头鲸那里收回来，打算全力对付劳拉。可在他对劳拉的反应产生诧异时，自己意志的薄弱点就已经暴露了。

"一个人对付不了两个人，对吗？"劳拉说道，"那么你应该主要注意谁呢？"

在劳拉的有意引导下，彩虹鹰为了防备座头鲸的偷袭，不得不抽出一部分注意力关注那个看似弱小的对手。他的内心种下了自我怀疑的种子，并且开始生根发芽：座头鲸的脆弱是真的，还是有意为之？自己难道落入了陷阱？是不是自己太自信了？他惯用的精神压迫技巧崩塌了，反倒将自己埋在下面。

趁着彩虹鹰的意志出现裂缝，劳拉潜入到他的内心世界。彩虹鹰从小就是个大块头，健壮的身体既是他的保护壳，也是将他和世界隔离开的墙。他在孤立中长大，为自己的高大和笨拙感到自卑。直到青春期，彩虹鹰才发现自己的身体有奇妙的作用——可以尽情地发挥暴力。后来，神经网络战争爆发了，彩虹鹰心中暴力的源泉被删除了。他发现自己好像又回到了几十年前的样子——笨拙、自卑。他还记得气魄能够带给人的压迫感。于是一次偶然的机会，他在神经网络中又找到了曾经的感觉，直到劳拉再次将他击溃，而且是正面击溃。

"你把刚才那个装扮普通的人怎么样了？"劳拉问。

"抹煞掉了。"

"为什么？"

"这里的人都是这样。"彩虹鹰说，"你也赶快动手吧。"

劳拉再次端详这个意识，他太孤独了，不可能是噬魂怪小组的，他只是一个碰巧找到了窍门的人。劳拉转身离开那个被毁掉的人。

受伤的座头鲸跟上来，"你是个好人。"劳拉回过头去探查，彩虹鹰已经消失了。

"你做了什么？"

"做了你本应该做的事。"座头鲸表示，"你很强大，能不能让我跟随你？我太弱小了，无法一个人在这里生存。"

"你一点都不弱小。"劳拉心里升起厌恶的感觉，"滚开。"

"好吧，"座头鲸不再装作虚弱的样子，"祝你成功，不过你自以为是的仁慈在这里会成为你的累赘。"

劳拉离开座头鲸，神经网络里的局势在这段时间里已经发生了不少变化。不少意识已经消失了，看来这场比赛在第一个意识被抹煞的时候就开始了另一种竞争方式，而主办方也并没有干预。

那棵椰子树已经不见了，有些意识在享受阳光和海风的时候就被不知不觉地抹煞掉了。

形势渐渐明朗起来，在场地的中央，有两三个团队各自聚集在一起，相互戒备着；而零散的参赛者则在边缘游弋，想看几个团队相互攻击，然后自己再凑过去看看能不能捡到便宜。劳拉也抱着同样的打算，在战局边缘先观望观望。

不过，那几个团队似乎达成了某种协议，彼此之间放弃竞争，开始全力围剿落单的浪游者。面对配合默契的团队，单个的浪游者几乎毫无胜算。团队之间形成的信念共识几乎牢不可破，即使单个的浪游者能够在其中一人身上找到破绽，那个意识薄弱的选手也会马上退回二线，由队友以相同的信念继续压迫。即使单个浪游者的意志再坚强，也很难在正面交锋中打破信念共识。这就像一个人想要说服世界上所有的鱼都爬上岸来用肺呼吸那么难。最终，单个浪游者会在信念共识的轮番攻击下手忙脚乱，自爆短处而失败。

一个 3 人团队盯上劳拉，围了过来。

"这种手法不符合比赛规则。"劳拉说道。

"这才是浪游者争霸赛的魅力所在。"一个由 9 颗星星组成的形象说道。

"你难道不知道那些观众来这里是想看什么吗？"一台卡通化的灵甲说。

"他们都是被删除了暴力的人，但又想找到残忍的快乐。嘿嘿，就像是逛夜店的太监。"3人组的另一个队员，一头半机械熊说。

"残忍才能在这个空间里存活。"这就是这个团队的信念共识。

"你们想怎么样？"劳拉问。

"当然是很快地解决掉你，然后养精蓄锐……天鹅……等下准备对付另两个组合。"半机械熊说道。

"你刚才说什么？"9颗星星发觉同伴有些不正常。

"我没说什么啊。"半机械熊回答。

"你说天鹅了。"卡通灵甲说。

劳拉说："我还期望着不会和你交锋呢，达德利。"

在比赛之前，达德利过来和劳拉搭讪时，劳拉就意识到这场比赛最终会走向一个不好的结果，而她必须找些外援作为紧急时刻的助手。于是，劳拉对达德利使用了"精神潜艇"——这种方法可以不通过神经网络就直接侵入对方的潜意识。但掌握该技巧的难度很高，劳拉目前还不稳定，只能在一瞬间植入几个关键字在达德利的潜意识里。第一步，达德利会在遇到劳拉的时候不自觉地表明自己的身份，比如"天鹅"；第二步，当劳拉说出咒语的时候，根植于达德利潜意识里的言语就会启动。这就足够了。

"呼神守卫。"劳拉说。

"我在。"半机械熊立刻倒向劳拉这边。

"发生了什么？"9颗星星质问道，"你怎么能操纵他？你……"

"精神潜艇。"劳拉淡淡地说，"你们听说过吧。"

"不可能，你在什么时候……哦，你就是那个瘦女人。"9颗星星醒悟道。

"你们的团队已经破裂，达德利归我了。"劳拉说道，"现在你们有两个选择：二对二，你们两个打败我们之后，再去对付噬魂怪小组；或者，跟着我干。"

"我向你效忠！你可以教我精神潜艇吗？"卡通灵甲立即说道。

"有这样的同伴，在噬魂怪小组面前也不可能有胜算，我加入。"9颗星星也说道。

劳拉接收了达德利的小队，此时，场上还剩下两个团队了。噬魂怪小组消灭了其他所有的意识，局势已经很明显。

"首先要保持信念，然后再耐心地与他们交锋。"劳拉对新队友嘱咐。

噬魂怪小组靠过来，队长的形象和现实中一模一样。多么自恋的人才会用自己作为神经网络里的形象，劳拉想。

下一刻，劳拉突然回想起自己的童年——父亲是个采购员，全世界穿梭，为公司购买必需的器材。父亲给了家里还算不错的生活条件，但是给不了妈妈安全感。妈妈是个神经质的人，当家里遇到一点点困难，比如劳拉打碎一个玻璃杯，妈妈就会陷入无尽的自责和埋怨之中。劳拉从很小起就学会了小心谨慎，还能够从妈妈的细微表情里读出她的心情，以期望在不知道什么时候情绪风暴掀起时提醒自己及时躲开。这些素质在日后帮助她成了一名成功的浪游者。

"哦？有趣！"噬魂怪小组的队长说道。

劳拉回过神来，在不知不觉中，队长已经攻破了劳拉所有的防线，直接触摸到了她的童年。"你……怎么？"

"还有思维能力提出问题，就证明你不是普通人。"队长说道，"我很欣赏你。"

劳拉环顾左右，新接收的队员已经消失了，噬魂怪小组在片刻之间就抹杀了达德利和他的两个朋友。现在，劳拉是噬魂怪小组取得浪游者争霸赛冠军的最后一个对手。

队长似乎并不着急。"你的童年很有趣，但是，有一个破绽。"队长缓慢地说，他的面前出现一个玻璃杯，杯身扭曲，好像是随意抓了一把碎玻璃拼起来的。"不管是谁帮你做了这一层意识屏障，手法也太粗糙了。你记忆中被打碎的玻璃杯，拼起来是这个样子的。"那一段童年回忆确实是虚构的，就为了防止有人触摸到劳拉潜意识的深处，没想到队长一眼就识破了。

"不……"劳拉刚要开口，眼前浮现出一把锈迹斑斑的刀，劳拉跌坐在地，手脚并用向后爬行，想要避开那把刀。那把刀如同跗骨之疽一样，始终不离开她的面门。一个女人从旁边冲过来，将那把刀和它的主人扑倒在地。刀滚落在一旁，劳拉爬过去捡起刀，刀柄上还有那个男人的温度，劳拉紧紧握着刀。女人和男人厮打着，男人挣扎着爬起来，一拳打在女人脸上。女人倒在地上一动不动。

"妈妈！"劳拉听到自己在叫。

"别管她，今天我要收拾……"狰狞的男人话还没有说完，就发现自己胸口插着一把刀。他干咳两声，想伸手抓劳拉，却使不上力气。男人向前栽倒，刀柄撞在地板上，完全没入胸膛，从男人后背冒出一个刀尖。劳拉看着刀尖愣了几分钟，然后疯狂地跑出房间。在以后的日子里，她再也没有回到那里。

"这次还不错。"队长满意地说，"杀掉你父亲的时候，还故意制造了几秒钟的记忆空白，这次比上一层做得更用心了。不过这反倒激起了我的兴趣，你到底制造了几层潜意识防护？"队长并不急于解决掉最后一个敌人，他像玩弄猎物的猫一样摆弄劳拉的情感。他要将劳拉的最后一点秘密都榨出来，然后再抹煞掉她。

"你杀了我吧。"劳拉哭泣道。对于她来说，潜意识防护虽然只是假象，但每一段情感都根植于意识底层，短时间内经历那些完全不同的记忆会让她情感错乱。

劳拉在哭，她从神经网络中脱离出来，跑出房间。她跑过装饰华丽的走廊，厚实的手织地毯将她的脚步声化解成沉闷的"咚咚"声，仿佛心跳声。走廊的尽头是一个大厅，里面有 12 排终端，每排 10 个。120 个神经网络终端上连接着 120 个人。劳拉打败了他们——整整 120 人。这样的战斗重复了无数次，每一次劳拉都能获胜。这是劳拉第一次知道他们再也无法苏醒过来：她战胜的每一个对手都再也找不到自己的意识了。劳拉以为她是永远的赢家，但她现在觉得自己是夺人性命的魔鬼。她无助地站在终端室的门口，愧疚地看着原本生龙活虎的对手们。一个让劳拉感觉陌生而又熟悉的男人站在终端室的另一头，倒背着双手，对着劳拉微微点了点头，劳拉觉得那是对她的赞扬。男人严肃的脸上露出一丝微笑，劳拉停止了哭泣，她可以为了这个微笑再赢 100 次。

"这是什么？你是小小的天才吗？这个记忆倒是新鲜。"噬魂怪小组的队长读取过劳拉的潜意识，照例要评价一番。

劳拉一直在等待队长停下意识探查的这一刻，她从队长的控制下逃离出来，迅速躲避到安全距离内。

"你还能跑得掉吗？"队长向神经网络里发送广域信息，"快点回来吧，解决掉你，比赛就结束了。"噬魂怪小组的其他队员扩散开来，开始围捕劳拉。"赢家这个故事不错，我觉得这是真的。快来吧，我不再折磨你了，我会给你一个痛快，我保证。"队长继续向神经网络中喊话。

一个身影出现在队长面前，队长迅速捕捉到那个意识，他狂笑着说："对不起，我要反悔了，我还从未见过你这么坚强的意志，能从我手下逃走，我要将你研究个透。"队长迫不及待地撕开那个意识，却发现里面只有一个很简单的念头——"你输了"。

"这是什么？"队长发现神经网络里又出现了许多个意识，他们聚拢过来，将队长围在中间。噬魂怪小组的成员也都被分别围住，彼此分离。

"神经网络就像海，拥有坚强意志的人就像是礁石。礁石露出海面，历经海浪的冲刷，可还是在那。"一个意识缠上来，在队长耳边说："你可以让自己变得足够强大，变成一座岛，变成一座山。不过你要知道，我的名字叫劳拉·莫尔恰林，我就是神经网络，我就是那片海。你抹煞的每一个人，都为我提供了一个容器，我只要注入一点点潜意识，就能召唤供我驱使的大军。他们都是我的团员，他们都是我。现在，你在我手里了。"

队长想说什么，但劳拉阻止了他。"别，不要求饶，坚强地死去吧，我不会撕开你的潜意识，也不会探究你扭曲变态的起因，我会直接将你抹煞。不过这项技术我不太熟，也许会有些漫长，还会有些痛苦，提前向你说声抱歉了。"

劳拉完全抹煞了噬魂怪小组。又花了一点时间，给每个被抹煞的参赛者注入一个梦。他们永远无法醒来，劳拉只能让他们的沉睡不那么痛苦。

最后，劳拉对着所有人宣布："我赢了！我是冠军！"

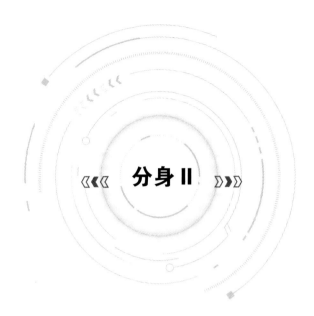

《《《 分身 II 》》》

"我是你的财产了？"RX-7问道，它现在的名字是路西。

"你对这个有意见吗？"皮耶罗反问。

"我是属于全人类的。"路西认真地说。

"好吧，我只是为了保护你。"

"为什么？我不需要任何人保护。"

"在这里，有一条规矩，没有主人的物品，其他人可以随意处置。"皮耶罗解释道，"你是最新的型号吧，刚才那几个人就是来偷你的。"

"偷我？"路西不理解，作为一个有思维且独立的机器人，为什么会有人来偷？

"大光球造了上亿个机器人，它们遍布在世界的各个地方。在那些人眼里，机器人像水和空气一样，也成了组成这个世界的自然元素之一。"皮耶罗解释说，"既然是自然元素，那就是随便什么人都可以取用了。"

"等一下，大光球是什么？"路西问。

"光之御主，人工智能的头头。"

"哦，他们抓我用来干什么呢？"

"这用处可多了，机器人全身都是宝啊：把你拆解开来，能源核心是最有用的，给各种设备供电；骨架也是，又轻又结实，用来做支架横梁、工具手柄都很不错；还有导线、传动机构，可以用在很多机械上；芯片和无线信息设备可以……"皮耶罗一本正经地讲述着一个机器人在这里会遭受什么样的待遇。

"好了好了，别说了。"

"我说的都是真的，你看，这家店在我们这挺出名的，老板很大方，可以赊账。"皮耶罗指向旁边，一个男人正在用一把光锯切开一只工蜂的外壳。在那个男人身后的屋子里，琳琅满目地挂着各种工蜂 AI 身上的零部件。

"我说你是我的财产，你就成了私人用品，这样就没人会动你了。"皮耶罗耐心地解释。

"可我不是你的财产。"路西说。

"可以假装是。"

"你让我说谎？"路西给这种行为下了一个定义，又是一种新鲜的体验，"那么你是在什么时候、什么地点、以何种方式成了我的主人？我需要这些信息编造一个合理的过去。"

"捡的，什么时候……忘了。"皮耶罗干脆地回答。

路西跟着皮耶罗沉默地走了一段距离，问："你刚才为什么要救我？首先声明，这个'救'字只是为了形容你的心情而选择的解释。实际上我有能力对付那几个歹徒，并不存在危险。"

"为什么……"皮耶罗想了想，"不为什么，因为你欣赏了我的作品，我还等着你的评价呢。"说完，皮耶罗叹了口气，"可惜还有一些地方没有调整，总留了点儿遗憾。"

"这个好办，我把你的动作全部记录下来了，很快就能还原。"路西说着，身体开始行动起来。它迅速扫描附近的杂物，用覆盖着软式丙基软胶的机械手飞快地挑拣，然后在一旁搭建，很快复原了一小堆皮耶罗之前搭建的垃圾艺术品。皮耶罗看了看，转身走了。

"你为什么走了？我还有 9 分钟就能搭好。"路西追上皮耶罗说。

"我为什么要等你搭那堆垃圾，又不是我的。"

"可是，我能把它做得和你的一模一样。"

"那又怎么样。它不是我的，不是我在那时那刻构建出来的，不能寄托我的所思所想，不过是一个复制品而已，没有任何意义。"

"一模一样的。"路西感到词穷。

"不一样。"皮耶罗坚定地说。

路西贫瘠的智能核心高速运转，最后说："确实有几个零碎的部件与原来的尺寸或者形状上没有达到完全契合，但是我认为这并不影响你作品最终的呈现。"

"那不是我的作品。"

"一模一样。"

"你在摆弄那堆垃圾的时候，心里是怎么想的？"

"我是一个人工智能。"

"你可以思考吗？"

"当然可以。"

"你是怎么想的？"

"我没有想。"路西坦率承认。

"你在创作的时候，会……"皮耶罗突然摇摇头，"我跟你说这些干什么，你不过是一个机器人，永远不可能理解艺术。"

自从路西诞生以来，还从来没有谁如此断定地告诉它不能做什么事。它完全无法接受皮耶罗的断定，这是属于人工智能的倔强。路西将"理解艺术"放在所有待办事项的首位，但是，这要从什么地方开始入手呢？路西再次追上皮耶罗，智能核心中充满了自卑和羞愧。它向一个人类开口说道："请教我。"

"教你什么？"

"请教我理解艺术。"

皮耶罗搓着下巴想了想，"说实话，我也不知道该怎么教你。"路西体验到一种叫作失望的感觉。

"不过，你可以跟我来，我们从生活开始理解。"失望转化为希望只是一瞬间的事情，路西把这段数据变化标记起来，希望有一天能够找到其中波动的原因。

"到了，这里是我的家。"

皮耶罗的家在方济各区北部，快到城市边缘的部分。地下城的穹顶在这里蜿蜒向下，就要和地面相接，头顶上是穹顶令人压抑的铅灰色。从穹顶铺板的缝隙中，不断有水滴滴下，就像是连绵不断的阴雨天。皮耶罗走进屋，提出两桶水来，倒在门口放着的大水箱里。

"这是一份收入，南区那边缺水，会来我这里买。"皮耶罗解释道。

路西跟在皮耶罗身后走进小屋，这间小屋和之前看到的相似，没有屋顶。不过穹顶在这里如此低矮，小屋里并不宽敞，反而觉得很压抑。几个桶或者盆摆在小屋地板的不同方位，来接滴下来的水。皮耶罗把所有容器里的水都倒进门口的水箱，才停下来，指着房间的一角说："那里就是你的地方了，你需要睡觉吗？"

"不需要，"路西说，"每隔400年，我的身体要回工厂检测保养一下，除此之外什么都不用做。"

"哦，很好。"皮耶罗对着里屋喊道，"赛尔，你在吗？"

"我在。"一个声音从里屋传来。一个年轻人走出来，不，他是蹦出来的。年轻人用左脚一跳一跳地蹦出来，他的右腿严重萎缩，一层薄薄的皮包在腿骨上。右腿随着年轻人一蹦一跳的动作在身下摇摆，好像是条尾巴。

"这是……"年轻人手里端着两碗不知是什么的糊状物，他把碗放在一张拼凑起来的桌子上，转过身才发现家里多了什么。

"这是路西。"皮耶罗介绍道，"这是我的弟弟赛尔。"

"它还有名字？"

"是的，我拥有独立的人格。"路西说，"你的腿怎么了？"

赛尔低头看看自己的腿，对机器人直截了当的提问感到不快。"它来这里干什么？"赛尔问皮耶罗。

"它想学习艺术。"皮耶罗说道。

赛尔看看皮耶罗，又看看路西，自言自语地说："艺术，艺术，连肚子都吃不饱还想着艺术。"赛尔转身，拖着腿返回里屋，顺手把碗里的糊状物泼在地上。

"别在意，我弟弟脾气不太好。"皮耶罗尴尬地解释道，"你不用吃东西吧？"

"不用。"路西说。

皮耶罗端起碗，蹲到一个角落去吃饭，屋子里留下路西。

机器人仔细分析地上的糊状物，那是一些黏菌、动物骨骼和矿物质土壤混合熬成的汤，并不适合人类的消化系统，赛尔不吃这些是对的。路西继续四处打量，它站在里屋门口向里面张望，赛尔半靠在床头，双眼无神地看着上方穹顶，那条残疾的腿垂在床边。

"你的腿是怎么回事？"路西迫切地想知道这个问题的答案，在它诞生的几百年里，医疗技术和基因科技已经基本可以解决一切健康问题。路西见过残疾人，但那些人都是在残酷的战争中失去了自己的一部分，在路西的视线里，还没有人因为疾病而酿成残疾。赛尔瞟了路西一眼，又看向别处。他等了一会，路西还站在那里等待答案。最后，赛尔不得不叹了口气，说道："小时候我们生活的地方，水源里含有的重金属过量。医生说我很幸运，没有当场死掉，但是，腿已经救不回来了。"

"为什么要喝受到污染的水？"路西问。

赛尔愣住，竟然不知道这个问题该怎么回答。他笑了笑，说："你不会懂的。"这是在一天之内第二次有人说路西弄不懂一件事情。

"是我的错。"皮耶罗在路西身后说，"我那个时候9岁，根本不懂那种红色的水是有害的，但就算知道又有什么用，我们没有别的水源。"皮耶罗转身走向另一个房间，路西也跟着走过去。

另一个房间里堆放着许多画作，皮耶罗拿下来几幅，展示给路西看。这些画作表现的都是一些自然景观，星空、蓝天、大海、一望无际的草原、高耸入云的山峰、茫茫雪原和炙热火山。皮耶罗的笔触细腻，用色鲜亮，画风写实，但总有一种朦胧的感觉，就像是现实的照片上蒙了一层梦境般的滤镜。

"这就是我艺术的起源。"皮耶罗说道，"赛尔的腿有残疾，走不远。我想把世界上所有的美景都搬到他的面前，于是我学着画了很多。"皮耶罗笑了笑，"破烂路那里有一块广告牌，每个月换两次全息广告。有时候广告里会有风景，我就先在那里站一天，把所有的细节记住后，再画下来让赛尔看。我们一同想象那些地方都有什么样的人，会发生什么样的故事。'旅行'回来的时候，我们还会送给彼此想象中的纪念品。"皮耶罗叹了口气，"有时候我希望他永远长不大，因为现在这些画已经骗不了他了，他更需要的是食物。"

"所以，艺术就是当你无能为力时，用来欺骗自己的一种手段。"路西总结。

皮耶罗张了张嘴，又闭上，酝酿了一会，他才说："你说得对，也不对。"

"我不懂。"路西说。

"我也不懂。"皮耶罗说。

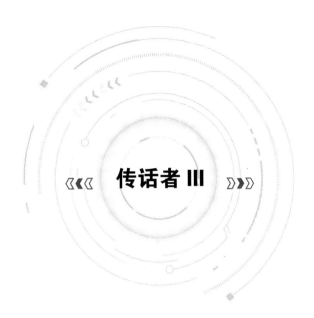

《《《 传话者 III 》》》

劳拉睁开眼睛，没有看到想象中庆祝冠军获胜的热闹场面。看台上空了大半，只有几个人还留在座位上，表情严肃，对获奖的冠军指指点点。劳拉自己扯掉连在身上的神经网络接入电极，从终端机里坐起。本·科瓦科夫出现在终端机旁边，扶着劳拉站起来。

"人呢？"劳拉问道，居然没人庆祝自己的胜利，劳拉有些失望。

"本来他们都打算留下来参加之后的庆祝争霸赛胜利的酒会，还会有些有钱人想和你认识。没想到你会在公共场合把真实姓名暴露出来，那些人还有生意要做，不能就这样跟莫尔恰林家的人扯上关系。"本扶着劳拉向大门外走，"现在他们全都知道，莫尔恰林家有个私生女，而且还是个绝顶的浪游者。"

劳拉停下，看着中央区域摆放着的神经网络终端。参赛者们安静地躺在那里，永远做着梦。"他们怎么办？"劳拉问。

本搓搓下巴，"我不知道该对你说真话还是说假话。你刚才将意识注入那些已经被抹煞的空壳里并且唤醒他们的技术，我还从未听说过。让我判断的话，这些躯壳很可能会被回收进行各种实验，尝试神经网络的新用法。当然还有另一种可能，就是把他们当场销毁。这两种说法我都不能证明真伪，看你想要相信哪一种了。"

劳拉撇了撇嘴，"这些都和我无关，我们走吧。"

本和劳拉走向后台，乘坐货运电梯下到未来光大厦的底层。

"我搞砸了比赛。"劳拉说道。

"什么？别瞎想了，这次比赛非常成功。我知道你会赢，但是不得不说，我没有想到你会用这种方式取胜。所有的观众都被你的能力震撼到了，不过你的故事产生的轰动效应更大，在某种程度上削弱了大结局的精彩程度。"本耸耸肩，"还是可以接受的。"

"这场比赛的目的是什么？拉哈尔不是想要召集浪游者吗？植物人浪游者可不是好的选择。"

"只要有一个冠军就够了，这场比赛打得很精彩，那些观众都掏了足够的黄金才有资格进入看台。现在他们提前走了，为他们举办的酒会被取消了，又省下一笔，总而言之，我们稳赚不赔。"本说。

"接下来该怎么办？"劳拉问。

电梯到达底层，门打开，一位穿着精致的中年男子站在门口等待。

"这位是艾吉奥·墨菲，我的一个朋友。"本介绍道。

"你好，劳拉小姐。"

"额……你好。"劳拉警惕地看着本。

"别紧张，我要和艾吉奥去办点事，在这之前我会把你安顿好。等我回来，我们再去见我们说好的那个人。"本解释道。

"这也是一枚棋子？"劳拉低声说。

"对，很关键的一枚，富二代，我要用他拿下帕猜那个老家伙。这孩子很愤怒，愤怒让他不太理智。"本点点头，"你放心吧，我一个人就能对付。"

本很庆幸劳拉赢了，他喜欢这个姑娘，相信拉哈尔也会喜欢她。他们将会有更多合作的机会，所以有些信息是可以透露给劳拉的。

艾吉奥招招手，停在不远处的一辆悬浮车安静地飘过来。

"这辆车会载你去中心区的泰山酒店，那里没人知道你的身份。你可以休息几天，想要什么可以直接通知酒店替你置办，费用算他的。"本指指艾吉奥。

"非常荣幸为你效劳。"艾吉奥躬身施礼。

"谢……谢谢。"劳拉将信将疑地坐进悬浮车，她对着本用不出声的口型说："骗我的话，你就死定了。"

"哈哈哈哈，你放心吧，在这之前我就不敢骗你。你使用过精神潜艇之后，我就更不敢了。"本笑着说。

送走劳拉，本转过来问艾吉奥，"你做好准备了？"

"当然，我等了很久，终于能摆脱那个老头子了。"艾吉奥说。

两人来到萨沙区。

"本，本，本，给我一个不打死你的理由。我无法忍受你带着假笑再次走进我的办公室。"帕猜怒气冲冲地吼着，他在办公室里刚看到本·科瓦科夫春风得意地站在公司的接待大厅，就冲了出来。几个贴身护卫不知道发生了什么事情，小心翼翼地跟过来，他们包围了本，只需要老板一声令下，便可以将敌人收拾掉。

"别这样，帕猜先生。您那瓶拉瓦还有吗？那酒真是太好喝了，口感浑厚、味道醇正，这次我还专门带了个朋友，想要一起品尝您那瓶酒呢。"

"你这条毒蛇、吸血鬼、粪坑里的癞蛤蟆、荒野上的秃鹫，你就是垃圾，我们公司的清扫机器人见到你都会绕着你走的。你别想再接近我们公司半步，你这个花言巧语的骗子，你让我放松了警惕……"

"帕猜先生！"本提高声音打断帕猜的咒骂。

"你想把内幕交易的事在这说出来吗？光之御主的监察部门最近可都闲着呢。"本在帕猜耳边低声说。

"你这个无赖，你还想威胁我？哦，我明白了，上次我们的谈话你记录下来了，这次你想落井下石。我告诉你，塔拉吉斯工业公司是我一手创立起来的，毁也要毁在我手里。你有什么招就使出来吧！"帕猜一手拎着本的领子，一手握紧了拳头举在空中，身体的本能告诉他应该出拳了，但这一拳却始终砸不下去。

本回身，看看被隔离在人墙之外的艾吉奥，无奈地耸耸肩，艾吉奥苦笑回应。本点点头，艾吉奥分开人墙，挤进圈内。

"这又是谁？"帕猜问道。

"我是艾吉奥·墨菲，达顿·墨菲的儿子。"艾吉奥自我介绍。

帕猜愣了一下，说，"你父亲的事我很遗憾。"

老达顿两周前被闯进别墅的暴徒刺杀，这事早就传开了。帕猜和达顿·墨菲都是工业产业的巨头，双方认识多半辈子，有过合作，但更多的时候是竞争。他为失去一个老熟人而难过，这是真心的。不过在老达顿被杀的前一个星期，6.0版本工蜂 AI 髋关节供货商竞标环节，塔拉吉斯工业公司的数据出了偏差，让艾克斯风工业公司拿到了项目合约。因为是本拍着胸脯向帕猜保证项目不会出问题，帕猜放松了警惕，结果这价值数十亿的大单让对家抢走，这口气自然顺不上来。不过，在故人之子面前，帕猜还是保持了一个上层人士应该有的优雅。

寒暄之后，帕猜又回到正常状态。"本·科瓦科夫，你搞砸了我的订单，现在又带着对手来看我笑话，我……我……"这么多年来，帕猜很少再对人挥动拳头，他一直对自己在商业上的头脑颇为自信，但这一次，他真真正正地想对面前这个金发的人做点什么，可是意识里缺失的那一块让他无所适从。

艾吉奥灵巧地向后滑步，上来劝架的安保人员又将他隔离在人墙之外。本全程倒背双手，面带微笑。帕猜举着拳头僵在那里，仿佛梦游。安保人员相互推搡着，不知道谁暗地里踢了本几脚。本好不容易挣脱出来，高举双手以示投降。

一切闹剧结束之后，帕猜的女助理送来缓解心绞痛的特效药，帕猜脸色恢复正常，但还是喘个不停。本被安保人员控制着无法靠近。

这时艾吉奥走到众人当中，对着帕猜说："我们可以谈生意了吗？"

"什么？生意？"帕猜疑惑地看着艾吉奥，"你……"

看到帕猜又想骂人，本大喊道："听他说完！"

帕猜沉默下来，艾吉奥在他耳边说了几个字。帕猜惊讶地看着艾吉奥，又看看本，最后说："请到我的办公室。"

安保人员松开本，本整整衣服，"终于可以喝酒了。"

再次走进帕猜的办公室，本直接走到酒柜前，拿出那瓶拉瓦和 3 个酒杯。"今天你们两个是主角，我负责服务。"本说。

"不，所有的一切都是你促成的。"艾吉奥说。

"这到底是怎么回事？"帕猜问道。

"我答应过你，让你拿到光之御主政府的那笔订单。"本捏了一块冰按在额头被揍的地方，闭着眼说。

"现在订单在艾克斯风。"帕猜骂道，然后对艾吉奥解释说，"不好意思，习惯了。"艾吉奥撇撇嘴，表示无所谓。

"所以你只要把艾克斯风买下，这笔订单就会回到你的手里。"本说。

"什么？买下艾克斯风？"帕猜被这个想法惊到，"这不可能，没人会同意这么干的。"

"只要我同意就行了。"艾吉奥说道，他喝了一口帕猜的拉瓦，皱了皱眉头，把酒杯放在一边。

"老达顿死后，艾吉奥继承了艾克斯风 57% 的股权。"本解释。

"所以我有做决定的权力。"艾吉奥继续说。

"为什么？"帕猜无法理解。

"把老头子毕生经营的心血卖给他的死对头，让那老混蛋在地狱里也受到煎熬，还有什么比这更值得？"艾吉奥淡淡地说。

"这……"帕猜显然没有料到事情会这样发展，"这……"

"怎么？良心受到煎熬了？"本说道。

"当然不是。"帕猜解释道，他在生意场摸爬滚打这么多年，大小场面见过成千上万，但是将价值上百亿的企业拱手让人，只为了向死去的人泄愤，这还是太过极端。

"您还有什么顾虑吗？"艾吉奥说道。

"哦，没有，没有，那我们约个时间，谈论一下股权转让的细节。"

"没问题，但我还有一个小小的要求。"

"请讲。"

"股权转让完毕后，你要召开一次董事会并让我一起参加。我想亲眼看看当你走进会议室时，那些人脸上的表情。"

"行，那个……小伙子你手段挺狠啊。"帕猜说道。

"有个好朋友帮忙出谋划策。"艾吉奥指指本。

"找他是不会错的。"帕猜附和。

"这样，等你们的公司合并之后，塔拉吉斯的股价会立即回升，你不会有任何损失，艾克斯风也被你收入囊中，当然，还有光之御主那笔订单。我算信守承诺了。"

"当然，说好的黄金我也会照价支付。"

"合作愉快。"本伸手和帕猜握手。

"刚才的事，你就不要计较了，我不会再和你作对。"帕猜对本说。

"都是朋友，说这个就见外了。"

等艾吉奥出了帕猜办公室的大门，帕猜低声问本："老达顿的事，也有你一份？"

"有黄金的话，什么都好说。"本不置可否。

直到本和艾吉奥两人离开，帕猜回到自己的办公室，他还是不敢相信刚才所发生的一切。

塔拉吉斯和艾克斯风两个公司竞争了一辈子，结果却因为一个年轻人偏执的念头，突然合并成一家公司；而帕猜自己，将成为这颗星球上最大的工业制造公司的领导者。帕猜过了好几分钟才意识到这个称号背后的含义，他猛喝了几口酒，才压制住那种兴奋、骄傲、孤独与恐慌混合而成的感觉。他强迫自己冷静下来，自己熟悉的那个世界已经不复存在了，他被人推到了另一个维度的世界，这对他来说是好是坏还不能确定。唯一能够确定的，就是他必须比以前更加谨慎。

　　本和艾吉奥走出塔拉吉斯办公大楼，他回头看看这栋工业风格极浓的建筑。在未来很长一段时间里，塔拉吉斯将是工蜂 AI 生产线上很重要的组成部分。

《《《 浪游者 III 》》》

劳拉在泰山酒店顶层的套房里等了3天，每天无事可做，只是坐在大型落地窗前，看着从天穹缝隙照进来的阳光如何洒向大地。一道窄窄的阳光照在大地上，快速地扫描过一切，像有人透过天穹缝隙向下偷看。正当劳拉快受不了这样的生活时，本回来了。

"你再不回来，我可要出去追杀你了。"劳拉说。

"千万别，我只是……有些事务缠身。"本解释道。他靠在前台，又对着服务机器人说："给我拿两盒撒路雪茄，5瓶好酒，记到艾吉奥的账上。"

"对不起，经过扫描，您不在住客名单上。"服务机器人说道。

本把劳拉拉到身边，"扫她。"服务机器人识别出劳拉，把本要的商品装袋送来。

"你可真能占便宜。"劳拉说。

"我帮那小子赚了一大笔钱，这点东西不算什么。"本说着向酒店外走，"我们走吧。"

走出酒店大门，一辆破旧的老式悬浮货车开了过来，与泰山酒店精致豪华的装修风格格格不入，帮助本泊车的小哥也是一脸不快。货车的核反应炉护罩大概效率降低了，离得老远就能感觉到热浪扑面而来。本爬进驾驶室，劳拉却迟迟不上车。

"怎么了？快走啊，还有事情。"

"我才不上这种破车，辐射会死人的。"

"你不提醒我还忘了。"本从副驾驶前的储物箱里拿出两支气体安瓶，自己在脖子上扎了一支，另一支递给劳拉，"扎上这个就不怕辐射了。"

劳拉翻了个白眼，爬上车，"为什么要开这么一辆车？"

"别的车拉不了那么重的货。"本指指后面车厢。

劳拉想了想，"黄金吗？"本点点头，启动了车。

"你们真的要建立黄金流通市场？"

"不是要建立。"本说，"是已经建成了。"本从口袋里掏出一枚金币，有鸡蛋大小，造型精致，一面印着拉哈尔·西耶尔的头像，一面是大熊座标志性的 21 颗星星。

"这是什么？"劳拉端详着那枚金币。

"你的冠军奖杯，也是你的资格证明。"本说。

"有什么用？"

"一会你就知道了。"

车开出中心区，从湾区开上地面，距离湾区不远的地方有一座破旧的厂房。这栋工厂应该是降临时代的产物，因为战争或者其他什么原因，早已废弃了，方圆几千米都杳无人迹。厂房隐藏在黑暗之中，只有在远处中心区灯火的照耀下，才能勉强看到几幢高大粗壮的建筑。本直接将车开进厂区，绕过两排高大的钢制储罐，将车停在一间宽敞空旷的仓库里。

本下了车，向前方走过去，逐渐消失在车灯范围之外。劳拉跳下车，"你去哪？"

"等一下。"本的声音从黑暗中传来。

不知道本在那边做了什么，一种"嗡嗡"的声音响了起来，劳拉的脚下传来震动的感觉，她低头看去，一道光从下方升起，地面裂开一道缝。那道缝隙越来越大，竟然是一条通向地下的通道。本小步跑回来，蜷缩着身子嘟囔："这外面还真冷啊。"

劳拉看着本抱着核反应炉，借着它泄漏出来的热量取暖，她无奈地摇摇头，"你还是嫌活的时间太长了。"卡车开进通道，地板在他们身后缓缓关闭。

"这里是你们的地下工厂？"劳拉问。

本点点头，目的地很快就到了。本将车停下，有自动装卸机器人过来打开卡车车厢，将堆放整齐的金砖卸下来运走。

"它们都是各处偷来的，切断了和光球的连接，现在它们属于我们了。"本爱怜地拍拍自动装卸机器人的头，机器人因为动作受阻而发出一阵嘟囔声。

"这是什么地方？"

"这是咱们的铸币厂。"

本带着劳拉走上一处平台，示意劳拉拿出那枚大金币。劳拉照做，将大金币举在身前。一个传感器扫描过金币和劳拉的脸，闪出确认的绿光。平台微微一颤，开始平稳地下降。

"这就是你的通行证。"

原来这座废弃的工厂下面竟然藏了如此巨大的空间，几乎能和一个小型的地下城市相媲美。下面的工厂里热闹非凡，却井然有序，在铸币厂里工作的有机器人，也有人类，各司其职。厂区里干净整洁，所有人和机器人都根据不同的岗位穿着相应的制服。很难想象这样的一间工厂，是本在管理。

本运来的一车黄金，被机器人送到工厂里，通过纯度检测之后便熔成金水，然后再融入一些其他合金，让金币质地坚硬。再经过一系列压模打磨，最后变成面值不等的大小金币。

"这有什么用？"劳拉在流水线上捡起两个金币，在空中扔着玩。

"这种东西不通过网络，不记名，没有人能够追踪流向。在我们需要的人群中，是最好的支付手段。"本解释道，"在光之御主的管理下，每一笔财富都是完全透明的，有人想做些什么，一块钱的货币流动都能被光之御主和它手下的监察部门以及黑客追踪。金币就不一样了，没人知道它从哪来，你可以把它用在任何地方。"

"我想外面的人不会就这么轻易相信你这套说法吧。"劳拉把玩着金币。

"所以我们得办点事，来确定我们的金币是确确实实管用的。"

"我们？"劳拉听出本话里的关键词。

"当然，我们。"本笑道。

本和劳拉又换了一辆悬浮货车，比刚才那辆破卡车好点，但好不到哪儿去。

"我看到车库里停着一辆梦幻 996，为什么不开那辆车？"

"那辆车是用信用点买的，我可舍不得开。"

"怎么，用你的金币买不到吗？"

本尴尬地笑笑，"会的，以后会的。"

车开上地面，在地表破旧的公路上贴地飞行，劳拉靠在椅背上，抬头望着天穹缝隙中闪烁的星光。很快，星光不见了，悬浮车重新回到地下。

"这次我们要见一个厉害的家伙。"本说，他开始主动向劳拉介绍任务。

"又是计划的一部分？"劳拉问道。

"这次倒不是，这个朋友很有趣，而且她有一支自己的武装力量。如果我帮助她在方济各区站稳脚跟，这将对我们有很大帮助。"本说道。

本把车开到一条隧道前，隧道被黑黄色的警戒栏杆封死了。这条路原本是出城的枢纽，八分之一的车都要从这里出城，后来这条隧道因为战争而塌了。连年的战争让当时的联合政府根本没有精力修复隧道，于是这里就慢慢荒废了。车停在路边，两个人下了车。

过了一会，从路那边开过来一辆 2600 款的迈拓 X2，这款车是当年的经典款，可惜车主并不爱惜。这辆车表面上伤痕累累，还有一个推力器由于运转不畅"突突"地发着噪声。劳拉凑过去，围着那辆迈拓 X2 转。

"喂，姑娘，喜欢这车吗？"一个声音沙哑的女人从车里探出头来，对着劳拉说。

"车是好车，可惜你们不会爱护。"劳拉说。

女人从车上下来，她身材很高，比劳拉还要高一头半。女人扎着一根辫子，辫子周围的头发剃了个精光，光光的头皮上刺着复杂的刺青。

"不好意思，这车前天才偷来的，还没来得及保养。"高个女人满不在乎地说，"你是本的朋友？"

"算是吧。"劳拉说。

"阿斯翠特。"女人伸出手。

劳拉和她握手，"劳拉。"

阿斯翠特猛地抽回手，在身上擦着，好像粘上了什么脏东西。

"劳拉·莫尔恰林？浪游鬼？"阿斯翠特毫不掩饰自己脸上厌恶的表情，甚至后退两步躲开劳拉。

"阿斯翠特！"本从碎石后面出来，看到高个女人，伸开双臂想要过去拥抱。阿斯翠特伸出一只手挡住本，"别给我来这套，回家玩你的小熊去。"

"她一直是这样，其实她很喜欢我。"本对劳拉解释。

"我可没看出来。"

"你怎么跟浪游鬼混在一起？"阿斯翠特说。

"这可是浪游鬼中的王，争霸赛的冠军。"本说。

"别想让她进入我的脑子。"阿斯翠特说，"你要是想要我，我就捏碎你的脑袋。"

"可惜了，你现在防备已经晚了。"劳拉说。

"你什么意思？"

"我的意思是，我已经进去过了。"劳拉说，"你不信可以试试，你现在已经舔不到你的胳膊肘了。"阿斯翠特脸色大变，立即撸起袖子开始尝试，可费了九牛二虎之力也舔不到自己的胳膊肘。

"你到底做了什么？"阿斯翠特气得青筋暴起，恼羞成怒地冲向劳拉。

本连忙拦在两人之间打圆场，"别急，别急，这肯定是场误会，有话好好说。"

"劳拉，别闹了！"本完全拦不住体格壮硕的阿斯翠特，他只得转向劳拉。

劳拉哈哈大笑起来，扶着车门笑得花枝乱颤。就在阿斯翠特快要失去控制的时候，劳拉收起笑容，"好啦，大个子，我跟你开玩笑呢，根本没有那么一回事。我们所有人都舔不到自己的手肘，不信你让他们试试。"

阿斯翠特半信半疑，她回头看向和自己一起来的两个同伙，"你们两个，舔一下试试。"

看到自己的同伴也够不到手肘，阿斯翠特又在脑海里回忆了一遍刚才的事，确定浪游鬼没有和自己的两个同伴面对面接触，才勉强相信了劳拉的话。

"这不好笑。"阿斯翠特不满地说，但是忌惮传说中浪游者的能力，她仍然不敢靠近劳拉。

劳拉耸耸肩，退到一旁，说道："你们还是办正事吧，我就不捣乱了。"

阿斯翠特从腰间取下一个皮兜，把口袋撑开让本看，皮兜里面是一把金币，本的加工厂铸造的。

"东西呢？"阿斯翠特问。

"带来了。"本打开车子的车厢，劳拉伸着脖子看向里面。

车厢里满满当当的都是武器，有一部分是军方的制式武器，但更多的是经过改装拼凑起来的。

阿斯翠特从车厢里拿出一把粒子枪，这把枪原本是挂载在工蜂AI身上的，支架被锯开，打磨成适合人手握持的形状。供能系统是嵌在枪身后部的能源盒，导线用胶带缠在枪身上。阿斯翠特对着远处瞄了瞄，放了一枪，粒子束在复合水泥路面上炸了一个小坑。满意的表情在阿斯翠特脸上一闪而过，她转过来时皱着眉头，"你答应给我最好的武器。"

"这些是你能买到的最好的装备了。"本说，"中心区有更好的，你买不来。"

"我只能给你一半金币。"阿斯翠特俯视着本，慢慢地说。

"不行，我们说好的。"本说，"交易就是交易。"

"四分之三。"

"全部，下次我可以给你优惠，但是绝对不能打折。"

"五分之四。"

"好了好了，这样吧，全部。"劳拉在一旁说，"这辆车你开走，把那辆迈拓X2留下。"阿斯翠特看看劳拉，又在两辆车之间衡量片刻，最后目光落回到本身上。

"好吧。"本耸耸肩，"这辆车是正规渠道来的，你可得爱惜点。"

"卡特，联系个卖车的，就当补贴了。"阿斯翠特把皮兜扔给本，大大咧咧地坐上他们开来的那辆车。见到交易谈妥了，阿斯翠特的两个同伙兴冲冲地从车厢里每人捡了两样武器，耀武扬威地爬上车。

"合作愉快，下次有货了再联系我。还有你，浪游者，我开始喜欢你了。"货车一溜烟儿地开走了。

本摊开双手，"这就是我不开那辆梦幻996的原因。"

"你这个朋友确实很有趣，我喜欢她。"劳拉说。劳拉坐上那辆刚换来的迈拓X2，轻柔地摸着仿皮座椅和柔性塑料填充的包裹材质。

看到劳拉一反常态的样子，本站在车门外说："别告诉我你跟这种型号的车有超过正常范围的关系，要是那样我宁可走回去。"

"我坐过的第一辆车，就是这个型号的，迈拓 X2。当时我就暗暗发誓，要拥有一辆自己的迈拓。"劳拉说。

"等一下，这辆车是拿我的车换的。"本想开个玩笑，但显然劳拉还沉浸在回忆里，他又急忙改口说，"你要是喜欢，就送给你了。"

"谢谢。"劳拉说，"这个车还真破。"

"是啊，我们总有想要实现的人生目标，不过大多数时候，当自己实现目标之后，才会发现原来遥不可及的东西竟然那样普通。"本坐上副驾驶的位置，"走吧，开上你破旧的新车，我们去下一个地方。"

"去哪？"在本的指引下，劳拉开着迈拓 X2 从地面绕回湾区。

"这是我们的金币交易点，俗称银行。"本指着街边一个陈旧的店铺，店铺的招牌显示着"维修全息设备"。

本推门进入店铺，把装着金币的皮兜交给柜台后的店员，这家店的店员是人类。看到劳拉，店员脸上浮起谄媚的笑容。本直接走向维修点后面，通过走廊后，站在一间库房里。库房很窄，只有一人宽的走道，两边货架上满满当当堆放着零件和器材。

"拿出来吧。"本说。

劳拉愣了一下，从兜里拿出大金币，一只传感器从库房最里面的墙上伸出来进行扫描。几秒钟后，那面墙像是融化在空气中一样消失不见，原来那面墙并不是真的，而是全息投影，在墙后面，还有一个秘密空间。劳拉跟着本穿过虚拟墙。

"这是……"劳拉正要开口提问，一个声音响了起来。

"终于见到你了，我的孩子。"

"你是……"

"我知道你一直想见我，但在见我之前，我让本带着你看了一下我们正在建立的事业，它们也将会成为你的事业。劳拉·莫尔恰林，我是拉哈尔——拉哈尔·西耶尔，我很期待你的加入。"

《《《　分身 III　》》》

　　路西知道，人类的大部分时间都要从事劳动，以此来换取货币价值，再用货币价值换取生活必需品，或者非必需品。它始终观察着人类，但没想到自己也会成为这个流通过程中的一环。皮耶罗将它租给了方济各区的垃圾场。路西将满载垃圾的拖车拖到开阔地方，早已等在那里的人们蜂拥而上，将拖车上来自中心区的各种垃圾扒散，每人占据一堆，挑拣其中值钱的或者还可以用的东西。

　　"有个机器人替你干活，还真不错。"垃圾场的管理人对皮耶罗说道，"把它卖给我吧。"

　　皮耶罗笑笑，伸出手掌，"那可不行，它是来和我探讨艺术的。这次拿什么付账？"

　　管理人往皮耶罗的手心里放了两枚硬币，"这是硬通货，比别的都管用。"

　　皮耶罗第一次见这种硬币，不确定地说："还是用永磁电机来换吧，这东西怎么用，我连一个面包都换不来。"

　　"小伙子，你还不了解我吗？我什么时候骗过你。"

　　"有那么十几次。"皮耶罗小声说。

　　"哈哈，这次不会，这硬币拿到哪去都管用。"管理人大声说，他拍拍皮耶罗的肩膀，转身去监督挑拣垃圾的人，"你们这些臭佬，动作别那么大！把我这里都弄臭了！"

　　路西从皮耶罗手里捡起一枚硬币，看了看，"拉哈尔·西耶尔——大熊座的创始人。硬币上为什么印着他的头像？"

"我不知道，这个人是干什么的？"

"是个恐怖分子，无恶不作，已经死了很久了。"

"可能是他的追随者铸造的吧，这又有什么用？"对于新鲜事物，皮耶罗总是抱着不信任的态度，尤其是被拿来付工钱的东西，"管理员先生！"

听到叫声，管理员转过来看向皮耶罗，他猜到了年轻人想要说什么，这种硬币是新东西，不是那么容易被接受。最初管理员也抱着怀疑的态度，幸好有人手把手地教会了他如何信任，现在，他要把这种信任的方式传承下去。

"拿上钱给我滚！"管理员喊道："如果你还想过来干活的话，就少说废话。"

"好……好的。祝你心情愉快。"皮耶罗收下这份厚礼，向路西招招手，快步走了。

硬币确实能够流通，与皮耶罗付出的工作量相比，还显得相当丰厚。皮耶罗在市场上用硬币换了4条面包和两大块郊狼咸肉，这样的量可以满足兄弟俩一周的生活所需。市场上还有更加便宜的蛋白质混合营养剂，虽然营养足够，但根本填不饱肚子，相比之下还是这种手工面包更加符合人体消化学。

"我已经陪着你运水、搬货物、捡垃圾了，我们什么时候开始讨论艺术？"在回家的路上，路西催促地问皮耶罗。

"你现在是不是很想了解艺术？"皮耶罗问。

"当然，这是我与你同行的目的。"

"那么你为什么想要了解艺术呢？"

"你说过，艺术表达了人类心底的愿望，愿望指向生存的意义。我想找到我的意义。"路西坦诚地说，"我可以在宏观的层面预测一个人类组成的群体所能产生的思维或者情感趋势，但是我无法掌握人类个体的规律。"

皮耶罗想了想，说："你错了。"

"请你解释。"

"艺术是表达的手段。"皮耶罗指着路对面一个中年男人，矮胖，有点秃顶，面色红润，正在大着嗓门和旁边的人聊天。"那是老威尔，他的老婆快生下他的第三个孩子了，这几天他都很开心。"

皮耶罗把手里拎着的食物递给路西，自己掏出一块陈旧的卷轴屏。他摊开卷轴，在屏幕上画起画来。皮耶罗画得很细致，大概用了10分钟时间，他就完成了一幅画，正是老威尔和别人聊天的样子。

"这是谁？"皮耶罗问道。

"和你刚才说的那个人相似度有 81%。"路西说，"我认为你画的是老威尔。"

"你觉得他是什么心情？"

"根据你画作上此人眼角和嘴角的弧度，我判断他在微笑，这是高兴的表情。"路西说。

皮耶罗在旁边又画了一幅速写图，这次只用了一分钟，"这个呢？"

"根据姿态和动作以及我们对话的前后逻辑，我判断这个也是老威尔，但相似度仅为 16%。"

皮耶罗又在卷轴上画了几笔，"这次呢？"

"相似度不到 1%，虽然从语言逻辑上我认为你画的仍然是老威尔，但我无法判断。"

"你能判断出我画的是什么，但是你无法理解我在画中的表达。"皮耶罗把卷轴递给一个从他们身边路过的人，"你好，你能看出这上面画的是什么吗？"

路人仔细端详皮耶罗画的简笔画，又抬头看看四周，最后犹豫地说："你画的是那个人吗？"路人指向老威尔。

"没错，谢谢你。"

"画得不错，他的特征都找到了，我一眼就能认出来。"路人肯定地说，把卷轴还给皮耶罗，匆匆走了。

"我不理解。"

"你想从艺术品中了解一个人的心中所想，其实这个思路就反了。一件作品最初确实是在表达创作者自己内心的想法，但传递到欣赏者那里，这件作品反射的就只是观众们在那一时刻的内心。"皮耶罗将卷轴放回口袋，"就拿刚才那幅画来说，我想表达的是老威尔心中的喜悦，在你眼里不过是线条的数据，而在那个路人眼里，是匆匆一瞥的街景。如果老威尔没有站在他的对面，他可能也不知道我画的是什么。"

"如果你画的画，每个人的看法都不同，那你又为什么要画呢？"路西问。

"是共鸣吧，我想。"皮耶罗说，"有时候心情和思想是无法用语言传递的，但是画能。记得赛尔小的时候，我把从广告上看到的场景画下来，我们从那些画中可以感受到太阳的热量，闻到风，尝到海水。一幅简单的画可以激发出许多的想象，即使我们不向彼此描述，也可以心意相通。"皮耶罗忧伤起来，"只可惜，赛尔长大后我们对画的理解变得不一样了。"

"共鸣又是什么呢？"路西问。

皮耶罗正想回答，爆炸的巨响打断了他的思路，接着是第二声。很久都没有过战争了，即使是万享联的恐怖分子，也没有在方济各区制造过袭击事件。这里的居民对爆炸以及背后的含义没有丝毫警惕，反而伸长了脖子看向爆炸的地方，想知道到底发生了什么。皮耶罗也是看热闹的一员，他向前走了两步，站在路边，迎着呛鼻的烟尘向爆炸的中心看过去。

一队人马从火焰和浓烟中穿过，为首的是个高个子女人，留着莫西干式长辫，头皮上还有刺青。在方济各区生活的人，几乎都听说过阿斯翠特的名字。那个女人白手起家，凭着一身蛮力垄断了方济各区电器回收的市场。因为业务范围和这一带专营工蜂 AI 拆解生意的曼努埃尔一家有重叠，两边总是冲突不断。没想到这次阿斯翠特竟然动了杀心。"曼努埃尔！给我滚出来！"阿斯翠特站在曼努埃尔店铺的门口，高举着手中的粒子枪，狂妄地叫嚣。

她的几个手下举着枪冲进店铺，没过多久，曼努埃尔和他的手下便被枪顶着脑袋押了出来。阿斯翠特和曼努埃尔说了些什么，然后对着他们开枪。曼努埃尔和手下的人软软地倒在自己的血泊中，阿斯翠特又补了几枪。曼努埃尔的身体不自然地抽动几下，之后彻底不动了。阿斯翠特的人将几枚高爆手雷扔进店铺，随后集体消失在浓烟之后。几秒钟后，手雷爆炸，将曼努埃尔最后的遗产炸得一片狼藉。

这是方济各区第一次发生暴力事件。自从神经网络战争中"暴力"的概念从人们的记忆中被删掉之后，这种以纯粹的力量来显示实力的方式就没有人再用了。在方济各区，邪恶的人仍然存在，但他们大多以阴谋和狡诈为主要手段，行动都发生在暗处。像皮耶罗这样的普通人几乎感受不到人性的阴暗。死亡和鲜血直接在眼前绽开，对于没有丝毫心理防备的人来说，是过于强烈的刺激。潜意识在这时发挥了作用，它竭力拖延人们的大脑理解眼前发生的一切，但也只是很短的一段时间。

当尘埃落定，一切归于宁静之后，皮耶罗发现自己的手脱离了控制，开始不由自主地抽搐起来，接着是他的身体和胳膊，他的心脏开始狂跳，巨大的恐慌像一道闪电击中了他。皮耶罗浑身发软，路西在他摔倒之前扶住了他。其他人也和皮耶罗一样，刚刚理解发生了什么。他们迟钝地瘫软在路边，血腥的画面在眼前循环出现。过了很久，皮耶罗才恢复正常，他虚弱地站直身体，对路西说："我们离开这里吧。"

在离开前，他不自觉地回头看了一眼曼努埃尔的店铺，发现了另外一件事。那个矮胖、脸色红润、喜欢大声说话的老威尔，也倒在了血泊里。爆炸的碎片击中了老威尔，他正在将马上拥有第三个孩子的喜悦分享给别人，却突然失去了性命。皮耶罗想要记住老威尔的脸，可是路西不由分说地拖着他，离开了那里。

深夜，地下城穹顶上的灯都熄灭了。路西走出小破屋，站在皮耶罗的身后。"你为什么不睡觉？"路西问。

"睡不着，我一闭眼就看到老威尔站在我面前，但是我记不清他的脸。"皮耶罗说。

"我这里有录像。"

"不！我不需要看录像。"皮耶罗狠狠地说。

"好吧。"路西后退，它已经将所看见的暴力事件发送回蜂巢中心，并且锁定了实施暴力行为的几个罪犯。但这件事从伤害程度上算不上恶性的冲突事件，没必要用工蜂 AI 部队进行镇压。蜂巢中心将处理这次事件的任务派给了中心区警察，但到目前为止，路西还没有在方济各区看到有警察出现。

皮耶罗掏出卷轴屏，上面还记录着下午他给老威尔画的画像。现在怎么看都觉得判若两人，卷轴屏上老威尔的眼角和嘴角上挂着奇怪的笑容，它们与那张血泊中的脸格格不入。皮耶罗站起来，回到屋中拿出一张空白画布，架好放在面前。

"我要把他画下来。"皮耶罗自言自语，他不再多想，手中的笔跟随着他的意念，在画布上勾勒老威尔的模样。

浪游者 IV

"拉哈尔？"

"没错，是我。"

拉哈尔这个名字代表着混沌、疯狂和不可理喻。在劳拉小的时候，拉哈尔更是传说中的恶魔，好像地球上有一半的苦难与灾害，都和拉哈尔有关。直到劳拉长大一些才明白，事实确实如此。

本咳嗽一声，说："你们聊着，我退下了。"说罢，本消失在虚拟墙后面。

"劳拉·莫尔恰林。"拉哈尔再次重复劳拉的名字，"这个姓太熟悉了，还是你的父亲把我从沉睡中唤醒的，见到他的后人，我很高兴。"

"我不想提起那个男人，他抛弃了我的母亲，又导致我的母亲抛弃了我。"劳拉说道。

"哦，对不起，我……"

"你跟我不需要用这种烂俗的开场白，我听说过你是什么人。"劳拉抢着说，"我能站在这里，并不是凭借那个从我一出生就没见过面的男人，而是靠自己浪游术的实力赢得的。"

"好，有话直说，我喜欢你的性格。"拉哈尔笑着说，"那我就开门见山了，到目前为止，你只是获得了面对我的机会，但你能不能进入我组织的核心，还要经过更高的挑战。"

"我做得还不够吗？"劳拉问。

"你想在这个世界中成为什么样的角色？一个战士？现在你确实是一个称职的战士了，但是我觉得，你的志向不止于此。"

"没错，我当然不想只当炮灰。"

"你有莫尔恰林家的血脉，这注定了你的一生不会平淡。"

"我说过了我不想再提这个姓氏。"劳拉不满拉哈尔总是把她当作莫尔恰林家的一员。

"这是事实，你永远回避不了的事实。"拉哈尔说，"无论你多不情愿，你在我眼里，在世人眼里，都是一个莫尔恰林。"拉哈尔顿了一下，又接着说，"其实你自己也很在乎这个身份，不然你为什么要告诉别人你的姓氏？"

"这……"劳拉无从反驳，从小妈妈就告诉她，让她永远不要忘记她是一个莫尔恰林，但这个姓氏并没有给劳拉带来任何好处。当她孤身一人游走在街头的时候，她以为这个姓氏能够换来一些东西，哪怕是一点剩饭，或者一口热汤，然而人们在听到她自报家门之后，她得到的却只有白眼和嘲笑，更严重的是一顿暴打。劳拉早就不敢到处炫耀自己的姓氏了，但她仍然觉得，这个姓氏最终会完全改变她的生活，也许是好，也许是坏，反正不是目前这种落魄的状态。她在等待，也许就是今天。

"好吧。"劳拉承认，"我确实在乎，虽然我是个私生女。"

"你还是在意你的身份。"

"当然，你要是吃过我小时候吃的东西，你就知道我为什么在乎了，我本来应该成长在王宫里。"

"哈哈，孩子，你太天真了。"拉哈尔说，"你想知道真相吗？"

"当然。"劳拉说。

"来，我告诉你。"隔间里的一角亮起灯光，一台简陋的神经网络终端机放在那里。看到劳拉迟疑，拉哈尔说："怕什么，在神经网络里，我能对你怎么样？"

劳拉想了想，给自己连上神经网络。拉哈尔的神经网络独立于所有网络之外，这里只有拉哈尔一个人。劳拉戒备地靠近拉哈尔。

"欢迎来到我的地盘。"拉哈尔说道，"我的一切都向你开放，请随意，就像到自己家一样。"

"真的？"劳拉半信半疑，她面对的可是传说中的恶魔，虚伪是拉哈尔的常态，残暴是他的本质。

劳拉进入拉哈尔的意识，小心翼翼地寻找关于父亲邓恩的记忆。她的父亲在拉哈尔看来是个好人，同时，在拉哈尔的定义里，所有的好人都是蠢货。邓恩是个明智的人，在他接管万享联之后，一直在尽力扭转万享联在神经网络战争失败后所处的劣势，但那时的万享联缺乏最重要的一样东西，就是人性中的"恶"。在第三舰队压顶、光之御主虎视眈眈的时代，万享联完全放弃了战斗的信念，全面转向"绿色科技"，开始想要恢复地表植被，专注于农耕。

　　"这些窝囊废，都应该在粪桶里淹死。"拉哈尔评价道。

　　好在邓恩还存在着一丝血性，他意识到万享联的人完全没有了反抗的能力，而只有一个人能够带领万享联恢复昔日荣光，那就是拉哈尔·西耶尔。

　　"这是他这辈子做的最明智的一件事。"拉哈尔的意识扫过劳拉，补充道，"好吧，两件。"

　　"你还没有说到关于我的真相。"劳拉提醒。

　　"这得要从你爷爷说起。"

　　劳拉嘴里涌上血腥的味道。

　　"这是我最喜欢的环节，从某一方面来说，老苏泰比我要厉害。"拉哈尔说道。

　　刺杀、割喉、下毒、坠亡、精神错乱、诬陷，苏泰·莫尔恰林——劳拉·莫尔恰林的祖父，为了将莫尔恰林家的人柱锁定在邓恩身上，谋杀了父亲的其他8个兄弟姐妹。最后，邓恩如愿以偿地继承了传音。当邓恩有了子嗣之后，他也面临着同样的选择。

　　"我劝他学他的老子，把你们都杀了，只留一个。可是他不肯，他用了一种自欺欺人的方式。"拉哈尔说道。邓恩将母亲和尚在襁褓中的劳拉送走时，拉哈尔通过宫殿的摄像头都记了下来。"说起来，你那个同父异母的哥哥比你父亲要强，他下手杀了其他几个兄弟姐妹。因为你妈妈不过是个微不足道的女仆，所以，没人知道你的存在。怎么说呢，姑娘，你既不是幸运儿，也没有那么不幸，最起码你还活着，不是吗？"

　　劳拉沉默了很久，她幻想过无数种父亲抛弃她们母女俩的理由，但从来没有想象过自己家族的血脉竞争竟然如此惨烈，为了获得莫尔恰林家的传音，居然能干出如此违反伦理的事情。

　　"这不怪你，孩子，你自以为心智成熟，洞察人心。可惜你们这一代有着先天的缺陷，你们根本没有对暴力的想象力，人类的历史就是无数的暴力行为构筑的，没有了暴力，你们甚至无法理解过去和未来，这真是人生的一大遗憾，也是全体人类的遗憾。"拉哈尔在劳拉耳边轻语，趁劳拉心生反感的时候，将全部的精神世界展现在劳拉面前。

谋杀、欺骗、绑架、威胁、出尔反尔，人类的一切道德被拉哈尔踩在脚下，踏成粉末。拉哈尔的前半生，几乎就是浓缩的人类暴力史。劳拉从拉哈尔的意识中挣脱出来，退在一边。

"拉哈尔，你的行为真令人恶心，这种恶趣味未免太无聊了。"劳拉说。

"这才是世界最真实的一面。"

"如果你想用这个吓到我，那可太小看我了。"劳拉说，"不过，我还看到点别的东西。"拉哈尔沉默。

"残忍和暴力是你的本性，也是你把自己和其他人隔离开的手段。同时，他们，也包括你，忽视了你的另一项本性——你的责任感。"劳拉说道，"你和我一样，以自己的血脉为荣，你的残暴不是为了取乐和满足私欲，而是拯救全人类的手段。你们西耶尔家的箴言'一切皆有命运安排'说得没错，拥有什么武器，就只能拿着什么武器去战斗。我父亲想得没错，也许只有你才能拯救我们。"劳拉说完，拉哈尔还是沉默不语，安静地注视着劳拉。

"我相信你了，我加入。"劳拉说。

"等一下！"拉哈尔终于开口，在劳拉准备退出神经网络的时候拦住了她，"我还要送你一样礼物，现在这个世界上最稀有的东西。"拉哈尔在劳拉额头一点，然后轻轻一推，劳拉在神经网络终端中醒来。"这下自我介绍完毕了，"拉哈尔说，"接下来是派给你的第一个任务，对你的哥哥——乔尔进行浪游术。"

"等一下，"劳拉取下连在身上的终端设备，"我说加入你，并没有说服从你的命令。"

"乔尔是我们夺回权力的关键。"

"他同时也是万享联的主席，而且还是莫尔恰林家的人柱。"劳拉说道，"我不会去的。"

"我会让你富有，让你获得权力。"拉哈尔说。

"不，拉哈尔，你以为我会那么肤浅吗？"

"劳拉！莫尔恰林！不要试探我的底线！"拉哈尔愤怒道。

"哦，拉哈尔快要被激怒了，但答案还是不，你必须给我一个理由来让我做这件事，威逼利诱是不管用的。"劳拉轻松地说，转身走出隔墙。

本正守在小仓库的门口，看到劳拉出来，他连忙问道："你们说完了？"

"说完了。"劳拉说，"拉哈尔送给我一样礼物。"

"是什么？"本问道。

劳拉示意本再靠近一些，本照做了。劳拉猛地出手，一拳打在本的鼻子上。本向后摔倒，他爬起来，鼻血直流。

"太爽了，拉哈尔没说错，暴力确实是个好东西。"劳拉笑着说："我要走了，有事联系我。"

本捂着鼻子走进隔间，"老大，你给了她暴力。"

"是的，我想让她更有攻击性。"

"那也给我一部分吧。"

"不行，相比暴力，我更需要你的头脑，还有你的狡诈。"

"老大……"

"劳拉拒绝了我的指令，你去想办法让她把那件事办成。"

"好吧。"本捂着鼻子说。

艺术家I

这是皮耶罗耗时最长的一幅作品，他画了 10 天，可是依然无法把老威尔的脸画在正确的位置上。在他的画里，老威尔的身体斜靠在墙上，胸口汩汩地流着血，在身下汇成一摊。远处的滚滚浓烟中，隐约可以见到阿斯翠特和她手下的身影。

路西一直记录着皮耶罗创作的过程。这幅画与它记录中的景象相去甚远：老威尔被爆炸直接掀翻在地，并没有靠在墙上，他的伤口集中在侧面，碎片直接射入身体，并没有那么多血。发现老威尔的时候，阿斯翠特一伙已经走了，火焰和浓烟中根本没有那些人的影子。还有，老威尔那天穿了一件枣红色的罩衫，而不是皮耶罗笔下的明黄色。路西不知道是不是应该提醒皮耶罗，它弄不清皮耶罗究竟是记错了还是故意以这种手法表达他的艺术。路西决定保持沉默，等皮耶罗创作完成再问他创作的事。

在皮耶罗的画上，只有一样东西是红色的，那就是老威尔的血——大量的血。

赛尔拖着一条腿从屋里出来，将桶里的水倒进外面的水槽里。经过皮耶罗时，他狠狠地看了哥哥一眼，便走了回去。上次买的食物已经吃光了，可皮耶罗像着了魔一样，除了那幅画几乎什么都不想。这两天是赛尔拖着一条残疾的腿，从屋里一蹦一跳地将水倒进水箱，靠着卖水换一点点零钱养活哥儿俩。

路西曾想帮助赛尔来干这些活，可不知为什么，赛尔对路西相当反感，严词拒绝了。不能眼睁睁看着兄弟俩被各自奇怪的理由饿死，路西觉得应该强行干涉进来，毕竟这早已不是它第一次干涉人类的生活了。路西直接从皮耶罗面前抽走画板，对着表情木讷的画家说："别画了，该去干活了。"

"干活？"

"家里没有吃的，你的弟弟已经饿了两天了。"路西说。

"哦。"皮耶罗应道，还是坐在那里发呆。

路西揪着皮耶罗的胳膊将他拉起来，回头对屋里喊了一句："我们出去干活了。"屋里没有回应。

垃圾场那边的工作有了变化，之前的管理员不见了，取而代之的是一个面貌凶恶的大胡子。仗着路西有用之不竭的能源和强力的双臂，皮耶罗和路西两个人能完成平时 10 个人的工作量。活动开身体之后，皮耶罗脸上才算有了些表情。

"你在想什么？"路西问。

"我不知道，我以为我只是想把老威尔画下来，对他有个纪念。其实我跟老威尔也不是很熟。我想记录下那个画面，但是我始终找不到想要表达的重点。"

"艺术是一种表达的方式。"路西说。

"是的，当我找不到想要表达什么的时候，就没有什么艺术，我那幅画就是一团垃圾。"

"我还是不理解，你有表达的冲动，又不知道该如何表达。"路西说，"这怎么可能？"

"这当然可能，人类就是这样的生物，大多数人都不知道自己想要什么或者想要表达什么，一辈子都不知道。"皮耶罗说。

结账的时候，大胡子给了皮耶罗 6 枚硬币，同样的工作量，酬劳却多了一倍。这让皮耶罗对大胡子的感觉一下子亲切起来，"老兄，你以前在哪工作，怎么跑到这来了，之前那个管理员呢？"

"不知道，阿斯翠特让我过来管理这里的。"大胡子回答。原来这里也是阿斯翠特的地盘了。

皮耶罗带着硬币和路西一起回到市场，6 枚硬币只能换一条面包。

"怎么可能？前几天这么多钱能够买一整条狍鹿火腿呢。"皮耶罗惊讶道。

"阿斯翠特现在掌管市场，她从所有人那里拿东西都用这种硬币来支付，每个人手里都有一大把钱，自然就不值钱了。"

皮耶罗不信，去了下一家食品店，一条面包的售价还要更高。最后，皮耶罗只能返回原先那家店，用半天的工钱买了一条面包，这还是在路西的帮助下能够挣到的工钱。

皮耶罗唉声叹气地回到家，曼努埃尔的死改变了一切。原本北区这里有阿斯翠特和曼努埃尔两家产业，通过回收旧电器和工蜂 AI 来为北区这些穷人提供工作，虽然工资苛刻，但人们还有选择的余地。为了均衡实力，保证有足够的工人干活，两家都没有将北区的可怜人剥削得太狠。现在，第一块多米诺骨牌已经推倒了，阿斯翠特拥有了绝对的发言权，她可以毫无顾忌地开出任何条件。在街头屠杀事件之后，没有人敢开口说个"不"字。很快就会有人活不下去了，拖着一个残疾弟弟的皮耶罗，很可能就是第一波倒下的人。

"哎？我的画呢？"皮耶罗回到家，首先发现自己尚未完成的画作不见了。在离开之前，路西将画从皮耶罗面前抽走，放在门边。现在画没了。

"赛尔，你见到我的画了吗？"皮耶罗走进屋里，问正在忙碌的弟弟。

"我怎么知道？"赛尔头也不回地说。

"我确实把画放在这里了，"路西指着门前的空地，"现在，画架比咱们走之前时向这边移动了 2 厘米，我判断是有人把画从画架上拿走时造成的位移。"

"他们拿我的画干什么？"

"卖钱？"路西说。

"别开玩笑了，我的画要是能卖钱，我还用每天去翻垃圾堆换吃的？"皮耶罗无奈地说。

"你在那幅画上浪费了太多时间，也应该从那里解脱出来了。"

皮耶罗叹了口气，"你说得没错，当我知道画丢了，第一反应是松了口气。"

路西问："你想表达的东西呢？"

"我不知道，那应该是一种连贯的情绪，一旦中断，就再也没有那种感觉了。"皮耶罗说，但心里还是有一种茫然若失的感觉。

"我记录了你的创作过程，也许能够帮你找回感觉。"

"谢谢，还是不用了。"皮耶罗站在路边，看着四周潦倒的邻居们，阿斯翠特给予的压力越来越大，穹顶仿佛都变低了许多。在生活面前，无论多强的情绪，都得低头。

接下来的几天，皮耶罗都在到处寻找工作，以换取一些酬劳来填饱他和赛尔的肚子。就算有路西这个强力的帮手，想要生存还是变得越来越难。在阿斯翠特的地盘里，工作酬劳一律使用新型的硬币支付，但硬币的价值一路贬值，皮耶罗连续工作一整天，只能换来勉强够一个人吃的口粮，而且还不是面包，是口味粗糙的蛋白质营养条。再这样下去，只能搬走了。南区那边靠近圣马可区，机会多一点，给的酬劳据说也比这里丰厚。皮耶罗筋疲力尽地往家走，生活已经进入到了工作—果腹—休息—工作的死循环中，脑子则完全停滞，连续很长时间没有过创作的想法了。

经过斜方街的时候，前面的路堵住了。一群人占据了整个小路和两边的人行道。皮耶罗只想早点回家，并不打算了解这些人聚在这里是为了什么。他低着头挤进人群，希望能够挤出一条回家的路。走了几步，路西拉住皮耶罗的衣角，说："你看，那幅画。"

皮耶罗这才抬起头，发现人们都在朝着同一个方向沉默地站着。皮耶罗辨认了一下周围的环境，发现这里正是老威尔死去的那个路口。他踮起脚尖，越过人墙向前看去，他看到了自己的画——那幅未完成的画。已经过去了几天，皮耶罗几乎忘记了画上的细节，远远看去只有画面当中的一片殷红引人注目。

那幅画不知被谁放大了，悬挂在整面墙上——就是画中人物靠着的那面墙。画中的人物还是没有脸，这是皮耶罗感到最遗憾的地方，记忆中老威尔的样子和这具尸体完全无法放在一起，太不协调了。现在，有人在这幅画旁写上了几个大字——"这有可能是我们中的任何一个"。

皮耶罗低下头，好像生怕被别人认出一样，匆匆挤过人群，直到走出一段距离后才停下。他回过头，远远地看着沉默的人们和自己的画。

"他们在干什么？为什么把你的画挂在中间？"路西问。

"他们在哀悼。"

"哀悼老威尔吗？"

"不，是他们自己。"路西看看远处，又转头看看皮耶罗。

"就像我之前告诉你的，那幅画唤起了他们的共鸣。"

"什么样的共鸣？"

"对死亡的恐惧。"皮耶罗疲惫地说，"方济各区存在着各种毫无底线的罪犯，但从来没有人会使用暴力，即使那些没有经过神经网络战争的人也是如此，这好像是所有人之间达成的一种默契。"皮耶罗转向老威尔死去的地方，"自从那天，一切都变了。不知道阿斯翠特从哪里搞来了那批武器，她打破了这种规则。现在，就像那幅画上说的一样，在阿斯翠特控制的范围内，每个人都有可能会死。"

"你画这幅画的目的不是为了纪念老威尔吗？为什么会变成这样？"

"我不知道。"皮耶罗摇头，"画家创作作品的初衷只能代表作者个人的看法，但观众对画作如何解读，那就不受作者的控制了。就拿达·芬奇的《蒙娜丽莎》来说，它是世界上最著名的艺术品之一，也是被人分析得最多的艺术品。对于《蒙娜丽莎》的论述，每个人有每个人的看法，也有每个人观察的角度，没有一条统一的标准，每个人都是有道理的，都有可能是对的。"说到艺术，皮耶罗一扫之前的疲惫，滔滔不绝地说着，"爆炸事件唤醒了他们潜意识里的某样东西，但是找不到用什么样的方式表达。就像我一样，有表达的欲望，但是找不到合适的手段。那幅画在这个地点、这个时间节点出现，正好成为寄托他们心中想法的工具，是他们赋予了这幅画某种意义，尽管这意义并不是我之前想过的。"皮耶罗看着自己的作品，还有无数仰望着那幅画的人。他的作品在此之前还从来没有被如此多的人关注过，他的心底涌起一种自豪的感觉，但同时，又有一丝不安在暗暗生长。

"我在历史中看过很多，这种沉默的聚集很符合一种模式，一般是用来表达态度的。"路西说。

"是……"皮耶罗刚刚开口，他心中的不安就变成了现实。

爆炸再次发生了。

"我们为什么要离开这里？"赛尔问，他靠墙站着，看着哥哥忙里忙外地收拾东西。实际上这么多年以来，他们并没有攒下什么家当，只是皮耶罗像是受到了什么惊吓，丢三落四的，收拾了半天，家里还是乱糟糟的。

"这里已经不能再待下去了。"皮耶罗随口答道。

"我们在这里住了十几年了，说走就走？"

"是的。"皮耶罗说。

"你们出去了一趟，怎么回来就要搬家？"赛尔转向路西问道。

"有人在斜方街悼念死去的老威尔，阿斯翠特的人突然出现，对人群开火，死了好多人。"路西说。

"这跟我们有什么关系？我们不去那边不就行了。"赛尔说。

"你怎么什么都不懂！他们用的是我的画！他们是因为我才聚集在那里的。"皮耶罗吼道。

"你的画？"赛尔笑笑，他转向路西，"他说的是真的？"

"他们确实把你哥哥的画摆在中央。"路西说。

"恭喜你啊，终于有人能够欣赏你的作品了。"赛尔说道。

皮耶罗突然把手里的东西猛地摔在地板上，"赛尔！你到底想怎么样？这十几年来，为了让你能吃上饭，我什么活没干过？捡垃圾、收破烂、吃实验药品、清理污水管道，我的工资甚至不如机器人的保养费。只有空闲下来才能够做一点我喜欢的事，没错，我就是喜欢画画，这有什么错吗？就因为我出去赚的钱不够多，不能让你过得舒服，你就对我的梦想冷嘲热讽？凭什么！"

赛尔愣了，皮耶罗还从来没有这样对待过他，他点点头，说道："对，我就是个累赘。"说完，他一蹦一跳地回自己屋里去了。

"赛尔！"皮耶罗慌乱地跟过去，"赛尔，对不起，我不是那个意思。我……我今天看到了很多死人，我的心里……"

"跟我无关，出去！"赛尔说道。

皮耶罗退出来，对一直旁观的路西说："对不起，我说错话了，你别在意。"

"他确实是个累赘。"路西评价。

"你不许这么说！"皮耶罗说道。

"我保留我的看法。"路西说。

皮耶罗冷冷地看着路西，说道："即使你是一个机器人，不懂得人情世故，但也不能因此随意评价别人。如果你再这样，就可以滚了。"

路西沉默了1秒钟，说："我知道了。"

"这里是画家的家吗？"皮耶罗心里本来就很混乱，又在和路西、赛尔吵架，完全没有注意到家里面什么时候进来一个老人，直到他开口说话。

老人须发皆白，显然年事已高；身穿一件黄白色袍子，虽然袍子上打了几个补丁，还有一些磨损的破洞，但被打理得很干净。老人精气神饱满，说话声音不大，却中气十足。

"谁？你找谁？"皮耶罗问道。

"找画家。"老人说。

"什么画家？"

"就是这幅画的作者。"老人从怀里掏出卷轴屏，展示给皮耶罗看。他口中所说的那幅画，正是皮耶罗纪念老威尔的那幅半成品。

"这个……"这还是头一次有人因为作品而找上门来，皮耶罗本应该高高兴兴地承认，但正因为那幅画，煽动起不少人反抗阿斯翠特，结果导致他们被阿斯翠特用残暴的手段血腥镇压。皮耶罗不知道是不是应该承认那幅画出自自己之手，他将求助的目光投向路西，路西说道："对，是他。"

"我就知道是你，我和你在这条街上住了20多年了，看着你长大的。"老人说道。

"你找我，有什么事吗？"皮耶罗谨慎地问道。

"不是我找你，"老人说，"你跟我来。"老人走出门外，皮耶罗也跟着出来，只见门外黑压压站了许多人，将路都堵住了。

皮耶罗忽然想起前不久发生的事情，那些人也是这样站着，接着阿斯翠特带着手下人出现：爆炸、枪击、惨叫、火焰……皮耶罗感到头晕目眩，呼吸急促。他警惕地踮着脚看向四周，生怕有人端着枪从墙角走出来。

"皮耶罗！"突然有人喊道。这一声太突然了，皮耶罗像遭到雷击一般立刻俯卧在地，双手紧紧抱头。他等了片刻，发现并没有枪击和爆炸。他爬起来，尴尬地看着围在他的破屋前面的这群人。他想了想，转身回到自己的房间。

老人又跟了进来，"孩子，你怎么了？"

"不，不能这样，他们聚集在一起，会惹来麻烦的。上次的屠杀，你不知道吗？"皮耶罗疲惫地说。

老人连忙说："对对对，你说得对。"他快步走出屋去，对着外面喊道："都散了吧，非常时期，不要聚集。"过了一会，老人回来，"他们都走了。"

"你们到底想干什么？"皮耶罗问。

"我们想让你再画那种画。"老人说。

"什么？"皮耶罗不解，"为什么？"

"我老了，也说不清楚。"老人说，"我在这里活了一辈子，在我小的时候，人类还向往着冲向太空，去寻找新的世界。再往后，随着十三世族之间分崩离析，世界也跟着变了样子。每当你觉得日子不会再惨了，可现实总会想办法教训你。我在这里苟延残喘了50多年，本来以为人生就这样了，可是那天看到你的那幅画，身上的血好像又热了起来，我说不出你的画是哪里触动了我，但总觉得不能就这么委屈地死去。我想……那个词怎么说来着？对，反抗？"

"反抗？反抗谁？"皮耶罗说。

"不知道，阿斯翠特、方济各区的这些流氓、恼人的生活，还有麻木的大光球，我想咒骂这一切。"老人说得兴奋起来，高举着拳头在空中挥舞。

赛尔在里屋听到老人慷慨激昂的发言，来了兴趣，他挪到门边，倚着门框旁听。

"可是我……"皮耶罗连连摆手想要拒绝，"我还要工作养家呢，没有时间来搞这个。"

"我们都已经商量好了。"老人说，"只要你答应，今后的开销都由我们负责，滴油巷这片区域所有的店铺对你免费。"

"你们……为什么……"皮耶罗不解。

"我们不想继续过这样的生活，你的画给了我们寻求改变的动力。"

"可是死了那么多人。"

"我们不反抗的话，还会死更多的人。"老人说。

"可是……"

"懦夫。"赛尔自言自语，但声音很大，足够让皮耶罗听见。

皮耶罗愤怒地看向残疾的弟弟，他想了想，叹了口气，将怒火暗暗压住。他对老人说："这是我的弟弟赛尔，他很喜欢电子方面的玩意儿。你看，他的腿有些问题，但手很灵巧，能不能在老张的电子零件铺给他找份工作？"

老人看看赛尔，爽快地答应："没问题，如果他行动不便的话，可以在……"老人左右看看皮耶罗家的状况，"你家挺宽敞的，我和老张说说，可以把一部分货搬过来，让赛尔在家工作。"

皮耶罗点点头，"还有最后一个问题，我不想招惹阿斯翠特。"

"我们不会再那样鲁莽了。"老人说，"但是既然选择要改变现状，肯定会有人不高兴，这是必须承担的风险。"

皮耶罗看看赛尔，又看看路西，长出一口气，"好吧。"

老人满意地笑起来，他站起来，缓缓地说道："我们已经麻木太久了，请将我们唤醒。"

老人离开了，皮耶罗坐在原处，刚才发生的一切仿佛是在做梦。赛尔把皮耶罗所需的绘画工具都找了出来，放在哥哥面前，脸上带着按捺不住的笑意，"呐，安心画画吧，现在该换我工作养家了。"

"不，我不是那个意思，我是想……"皮耶罗连忙解释。

"我知道，哥，我也有些小爱好，谢谢你成全我。"赛尔说道，他的手按在皮耶罗的肩膀上，兄弟俩算是和解了。

路西走出皮耶罗的家，等老人走出一段距离之后，它追上老人。

"我能问你几个问题吗？"路西对老人说。

"哦？"老人转身面对路西，"我还是第一次见到主动交流的机器人。"

"我是最新型号。"

"你有什么事吗？"

"我想问问关于画的事。"路西说，"我知道皮耶罗想还原老威尔被杀时的场面，我当时在场，记录下了一切。那幅画里有很多错误的地方，细节都对不上，而且还没有脸。这样一幅画是怎么让你们产生反抗的心理的？"

"你为什么想要知道这个？我还是第一次听说机器人对画感兴趣。"老人说。

"我想理解人类的情感，而所有的资料里都说，艺术品里面蕴含着丰富的情感，所以我认为如果理解了艺术品，就能理解人类的情感了。"路西说。

老人想了想，说道："我这一辈子，差不多什么事都经历过了，但就是没有接触过艺术品。假如你想了解人类，就把心思放在观察人类上。艺术品那些东西我说不清楚，就拿那幅画来说吧，你觉得皮耶罗小伙画的那幅画怎么样？"

"不准确，过于夸张，色彩运用失衡，红色系占据了 68% 的画幅。"路西说。

"我们从那幅画中看到了悲伤、愤怒、恐惧、压迫、无力，还有绝望。我们从没有考虑过那幅画真不真实，那幅画的……什么？红色系的比例是多少？"

"我们看那幅画的方式不一样。"

"你说对了，是角度不一样。"老人说，"我们在画上看到的不只是一个人类，他有可能是我们自己；而你看到的只是一个人类……你是个旁观者。"

旁观者！这三个字刺痛了路西，在失去与蜂巢的联系之后，它一直在寻找自己在这个社会中的定位。它观察、学习、理解，它陪在皮耶罗身边，本以为自己已经融入这些人之中，但实际上，它只是个旁观者。"我只是个旁观者。"路西知道这话没错，智能核心明确地知道，自己不属于人类，但是它也和其他的机器人不同，它无法联网，只能靠自己来了解这个世界。

"旁观者"这个词还有另一个含义：孤独。孤独是地球上唯一的超级人工智能的正常状态，它有上亿个分身，有无数个自己，但光之御主只有一个。路西是那上亿个中最为独特的。在今天之前，它还从未想过这些。从这一刻开始，路西希望自己不那么孤独。

"画只是传递信息和情绪的工具，铁脑壳，关键在于共同的思想。"老人没有注意到路西的停滞，他自言自语地说着，"你把那幅画拿到中心区，拿到圣马可区，都没有人会多看一眼，但是在这里，那幅画却能点燃我们心中的火焰；因为我们有着同样的经历，有着同样的思想，有着同样的恐惧。那幅画没有给我们力量，只是唤醒了沉睡在我们身体里的力量，然后再把它们聚集在一起。"

"共鸣，对不对？皮耶罗给我讲过。"路西说。

"没错，是共鸣。我小的时候，萤火和十三世族闹得正凶，'他们人类的太阳，但我们也有自己的光'。"老人突然唱了起来，他嘿嘿笑着，"别说，他们的歌还挺好听的，当时所有的人都会唱。"

路西说："所有人都会唱？为什么我的数据库里找不到你刚才唱的歌？"

"这首歌是唱给我们这种普通人听的。"老人说，"那个时候十三世族把持了人类所有的科技，历史的走向完全按照他们的计划，所有的资源也都向十三世族倾斜，但谁又管我们这些一没血脉二没能力的普通人。那歌词里说的'人类的太阳'，就是指十三世族。我们自己的光，说的就是萤火。没有生活在那个年代的人，根本不会懂。包括你，那时你的祖宗可能只是在十三世族的实验室里。"

"那首歌是生活在那个年代的人才会懂的吗？"

"是啊……是吧。"老人突然陷入了回忆，他小声唱着路西听不懂的歌，缓慢地离开了。

路西看着老人的背影，蜂巢中心的数据库忙碌起来，老人的话给了路西许多启发。艺术品需要经过时代的沉淀，想了解艺术的价值，就要将艺术品和人类的历史走向联系在一起，而且不能将注意力放在大环境上，每一个人对某件事物的理解都会有偏差。皮耶罗和老人说得没错，想要理解人，还是要从基本的人入手。

它开始收集大量的艺术品，不只是画。它无法联网，不过方济各区到处都有可以联网的设备。路西能够用最原始的——类似于人类的方法去听、去看每一件艺术品。这个过程很缓慢，但很有趣。每一个时代都有其传播特色，有画、小说、音乐，还有雕塑和影视。

人类还经历了一个特殊的时代，那个时代产生了很多生涩拗口的词语，每一个词语都凭空出现，在出现之后才被人群赋予了含义，但当大部分人都了解了那个词的含义之后，这个词就迅速在人类的词汇库中消失了。那是个没有任何经典留下来的时代。

皮耶罗认真画画的时候，路西也在学习，它用了不短的时间，分析了大量艺术品和时代以及个体的关系。最后，它得出一个结论：根本没有艺术这种东西，它只不过是人类强行赋予的价值；艺术家是存在的，但大部分艺术家创造的大部分东西都是垃圾。人类就是这么矛盾。

路西终于想通了这件事情，艺术对它而言再也没有研究的价值了，但寻找自己的定位这项任务还没有完成。老人说得对，它只是个局外人。它必须融入人类之中，把自己当作人类。它还想有一个陪伴者，一个朋友。皮耶罗算是一个不错的选择，路西觉得自己有些异样，智能核心经过运算，将这种心态定义为得意。它迈步走向回家的路。

《《《 浪游者 V 》》》

　　会面的地点在中心区菲斯布克酒店，比泰山酒店还要高几个档次，所有的配置全是高成本的传统风格，服务都是人工的。据说这个酒店的主要卖点就是完全没有人工智能服务。

　　门口的迎宾员将劳拉和本带进酒店，本出示了邀请卡。邀请卡是纯木质纸浆做的，劳拉以为花哨的虚拟电子卡才是高档的象征，没想到这张薄薄的、散发着木质香味的实体卡才是奢华的象征。迎宾员将他们带进电梯，替他们按下顶楼的按钮，一路一言不发，毕恭毕敬。电梯一侧的小推车上摆放了精致的小点心和酒，劳拉害怕暴露自己的举止不雅，于是按捺住好奇心，没有过去。可本不管那些，他挑了一瓶酒，又拿出两个水晶杯，"喝吗？"

　　劳拉尴尬地摇摇头，本把酒杯放下，问迎宾员："我能喝多少？"

　　"您随意。"迎宾员说。

　　"那我就全拿走了。"本拔下瓶塞，直接对着瓶子喝了一大口。他擦擦嘴，打了个嗝，电梯间里弥漫着一股酒气。迎宾员按下一个按钮，空气净化装置启动，味道瞬间清新起来。趁这个空，劳拉在小推车上挑了两个看上去挺花哨的点心，小心翼翼地吃了起来。

　　电梯到了顶楼，从观景窗看出去，是伸出地面的高耸大厦。劳拉的点心正吃到一半，不知道是该继续吃还是应该放下。

　　本说："好吃吗？"劳拉点点头。本伸出大手，在描金的点心盘里抓了一大把放在口袋里，"一会儿办完事，想吃还有。"

"算了吧，我不想吃了。"劳拉说。

迎宾员做了一个请的手势，顶楼的豪华套间不是迎宾员可以活动的范围，他的服务只能到此为止了。

顶楼只有一个套房，本带着劳拉走出电梯，从电梯口到套房门口铺着真羊毛绒手工编织的地毯，走在上面悄无声息，仿佛行走在云端。

"这也太……"劳拉不知道该用什么词来形容自己的心情。

"想想吧，如果苏泰没把你送走，你就能过上比现在还要奢华的日子。"本说，"前提是你能活到现在的话。"

"谢谢，我现在清醒多了。"劳拉说道。

套房门口站了两个身材高挑的女子，细看之下，两个人竟然长得一模一样。劳拉之前见过双胞胎，但是身材完美、长相也如此媚人的女人，能见到一个就很难得了，更何况双胞胎。

"别羡慕，人造的。"本悄悄地说。

劳拉叹了口气，"你闭嘴。"

双胞胎推开套房的门，带着本和劳拉走进套房里面的会客室，一个雍容华贵的妇人正坐在一把典雅的雕花扶手椅上，一个女孩子半跪着，手中捧着托盘，托盘上放着茶杯、点心和全息屏，妇人正在看一部无聊的肥皂剧，乐得直笑。看到本和劳拉进来，妇人摆摆手，其他人都退了出去，房间里只剩下3个人。

"你好，达西夫人。"本说。

达西夫人上下打量了劳拉几遍，"这就是你说的那个女孩吗？"

本说："是的，就是她。"

达西夫人伸出一只手，"转个圈。"

"什么！"劳拉惊讶道。

本在她发作前拉住劳拉的手往下按按，"照她说的做。"

劳拉翻了个白眼，不情愿地转了个圈。达西夫人发出一声意义不明的"哼"声，端起手中的茶杯，喝了口茶。

"什么意思啊？"劳拉忍不住问道。

"太高，太瘦，肩膀太宽，肢体僵硬，一脸苦相。"达西夫人摇摇头，"不好办啊。"

听了达西夫人的评价，劳拉气得火冒三丈，她转向本说："本，我们说好的，你找人带我去见那个人，不是让别人对我评头论足，我又不是参加选美……"劳拉停下，想了想，又看向达西夫人，她明白了什么，对本说："这就是你想出来的路子？"

本说："只有这条路。"

达西夫人说道："我欠小本一个人情，所以答应见你一面。来，姑娘，坐下。你知道我是谁吗？"

"一个青楼老板娘。"劳拉说道。

"你说的没错，姑娘，不过我更愿意被人称作丽人资源管理。"达西夫人说道，"你要见的那个人是我最大的客户，我为什么要冒得罪他的风险来帮助你？"

"我给不了你什么，"劳拉指指身后，"人情由他来还。"

"最起码你也应该对我表示一下感谢吧。"达西夫人说。

"啊？"劳拉看看本，"那个……十分感谢你。"

"你倒是个直脾气，不过很可惜，你这个样子，我没办法把你直接送到那人面前，我只能让你装作助理进到宫殿里去。"达西夫人说，"剩下的事就看你自己了。"

不等劳拉再提出问题，达西夫人拍拍手掌，全息屏浮现出来，一个女孩出现在半空，"夫人，什么事？"

"给这个姑娘准备一身助理的衣服，再教她点基本知识。把这位先生送走，以后别让他再进来了。"

"明白。"

"本·科瓦科夫，我们两清了。"

"那也不必这么绝情吧。"

"你们要做什么我不管，我有我的情报源。你太招摇了，到处都有你的身影。低调一点儿，小心被人盯上，这条建议免费。"

本笑了笑，"多谢了。"

劳拉头上亮起一条全息灯带，她跟着灯带走到下一个房间，换上助理的衣服，一个手软得像融化的巧克力一样的女孩帮她打理了头发和妆容。

40分钟之后，劳拉乘坐的幻光772飞行器穿过夜空，降落在宫殿的顶层。飞行器停稳之后，劳拉还没有反应过来，坐在她对面的金发女人便轻轻踢她的小腿。这个女人就是达西夫人给她安排的"主人"，劳拉猛地想起自己此时的身份，慌忙爬下飞行器，毕恭毕敬地将女人扶下仅有两级的台阶。

"莎拉科娃，你来了。"金发女人刚刚站稳，一个消瘦的男人就出现了。他身材高大，神情中带着忧郁，即使他的话语中有那么一丝期盼的味道，脸上却没表现出来。

劳拉看着男人那张脸，谈不上英俊，但是看着很舒服，甚至有些熟悉。劳拉没有反应过来，男人就走到她身边，绕过劳拉，托起金发女人的手，扶着她向前走。

莎拉科娃转过头来，对着劳拉严厉地说："我和乔尔去参加酒会，你把我的东西拿到休息室，千万不要把那身礼服弄脏了，不然你就别干了。"

"是。"劳拉怯懦地说。

男人转过来，瞟了劳拉一眼，对莎拉科娃说："什么礼服那么小心？我给你买10件。"

"你说话可要算话哦。"莎拉科娃在男人耳边低声说，她看着劳拉，眨眨眼睛，随后和男人离开了楼顶。

原来那个人就是乔尔，他看上去确实风流倜傥，但是言谈举止中却带着萎靡不振的感觉，好像完全没有活力。谁又能想到他就是劳拉同父异母的亲哥哥，莫尔恰林家的人柱，万享联的领导者呢？总之，之前听说过乔尔的各种传闻，这次亲眼见到，哥哥给劳拉留下的第一印象不怎么好，但是也不太坏。劳拉从飞行器上取下莎拉科娃的行李，跌跌撞撞地向宫殿内部走。

莎拉科娃应该是这里的常客，所以保卫人员对助理身份的劳拉视若无睹，看到她之后只是上下打量两眼，就把眼神转向一边，连句话都不说。来之前拉哈尔和本给了劳拉乔尔宫殿的结构图，但是劳拉只考虑了通过悬浮车进入宫殿的路线，没想到她们是从上面进入的。费了好半天的劲儿，劳拉才找到专为莎拉科娃准备的休息室。这间休息室很大，装饰豪华，光是摆酒的架子就占据了半面墙。这活应该让本来干，劳拉想着。

休息室紧挨着乔尔的卧室，两个房间之间由一道暗门相连。乔尔将找来的女人带到这个房间，夜深之后才通过暗门领到自己的卧室。劳拉放好莎拉科娃的东西，将她的礼服挂在柔顺机中。

今晚不知有什么重要的宴会，走廊里人声嘈杂。服务机器人不断地将酒水和食物送到大宴会厅。劳拉打算趁人多眼杂的时候溜出去，看看莫尔恰林家的产业究竟是什么样的；而且在她心里，或多或少还想多了解一下她那个生理学意义上的父亲。

劳拉轻轻拉开休息室的门，一个人正好站在门外。那人已年过半百，两鬓斑白，穿着一身淡绿色的军装。他正想推门进来，正巧劳拉打开了门。军人略微尴尬了一下，猛地推门将劳拉撞开，他趁这个机会闪身进入休息室，回手把门关上。

"你要干什么？这是莎拉科娃的房间，她是乔尔的贵宾！"劳拉跌坐在地上，以想象中的助理的姿态向军人抗议。

"哦，对不起。"军人说道，他伸手将劳拉拉起来，"你好，劳拉，我是万享联的武装部长杨克群，初次见面。"

"什么？你……我……"劳拉没想到这么快就被人认出，而且这人还是武装部长。

"你不会以为一顶假发就能够在这里招摇撞骗吧？你的浪游术很厉害，让我想起了许多年前，苏泰在神经网络中筛选继承者时的情景。"杨克群背着手走进休息室，找了张椅子坐下。他伸手示意劳拉也坐下来，"你确实有一张莫尔恰林的脸，刚才你进入宫殿的时候，我就在监控里看到你了。"

事已至此，劳拉也没什么可怕的了，她坐在杨克群对面，跷起腿，说："你有什么事吗？"

"我没有想到世界上还有第二个莫尔恰林。"杨克群说道，"当知道你的消息时，我就一直想见见你。"

"见我？"劳拉惊讶，"为什么？我？"劳拉想想，说，"我是最近才知道我的身世的，所以我想来看看，乔尔……嗯，你们怎么称呼他？皇帝？还是……"

"万享联的主席。"

"他是我的哥哥，大概是我唯一的亲人了，我想看看他。"劳拉做出一副孤独小女孩的样子。

"等一下，"杨克群说，"你是……你是他的亲妹妹？"杨克群搓着下巴，"这个情报我还是第一次听说，你竟然是直系血脉，你的母亲是哪位？"

"不知道，很早以前就离开我了。"劳拉黯然说道。

"哦，对不起。"杨克群说，他再次打量劳拉，脸上露出慈祥的模样，仿佛看着自己的孙女。

劳拉被他看得发毛，她清清嗓子，"我们还是直接说正事吧，你想干什么？"

杨克群想了想，说："我还不知道，"他伸出手来，"你想不想回到万享联？"

"我？"劳拉对这个突如其来的邀请感到诧异，一时之间不知道该如何回应。

正当劳拉开始幻想自己回到万享联，以公主的身份受到所有人尊敬时，房间的门被撞开了。莎拉科娃扶着乔尔走进暗室，狭小的房间里顿时充满了死寂。乔尔对陌生的劳拉视而不见，反而咄咄逼人地看向杨克群，"你在这里干什么？"

杨克群看看劳拉，然后说道："我路过，听到这里有动静，就过来看看。"

"这是我的私人地盘，你给我出去。"乔尔嘟囔着说。

"你又喝多了吧？"杨克群问，语气中没有关心，更多的是指责。

"不关你的事，出去！"乔尔嘶吼道。

杨克群耸耸肩，最后看了劳拉一眼，走出房间。

一直站在旁边的莎拉科娃向劳拉微微点头，暗示机不可失，劳拉也点头回应。

莎拉科娃伸了个懒腰，说道："啊，好累，我要去洗个澡。"说着她便转身走向浴室。

乔尔想要跟过去，劳拉趁这个空当儿走过来扶着万享联的主席。乔尔是自己的亲哥哥，莫尔恰林家的人柱继承人，万享联的领导者。他代表着莫尔恰林家族的荣誉和尊严，但就目前来看，所有人都当他是一个阴沉暴躁的独裁者，包括劳拉自己。只要以后有机会，拉哈尔和杨克群都想除掉自己的哥哥，然而哥哥想除掉的人，是自己。

"嗯？你是……"乔尔这才把注意力转移到劳拉身上，这个助理的行为未免有些反常，他扶住劳拉的肩膀，仔细看着这个瘦弱的女人。

劳拉强迫自己不躲开那只热乎乎的手，"你不认识我了吗？"劳拉问道。

"谁？我们见过吗？"乔尔不解地问。

"我是劳拉·莫尔恰林。"劳拉说道，她已经准备好了浪游术，只等着乔尔错愕的一瞬间乘虚而入。可是乔尔此时已有些微醺，一时间没有领悟莫尔恰林这个姓的含义。

"你好，我是乔尔·莫尔恰林。"他礼貌地说。

看到他不动声色的样子，劳拉以为遇到了强劲的对手，她看向莎拉科娃的方向，浴室里已经响起水声。劳拉定了定神，直视着乔尔的双眼，继续说："我是你的亲妹妹。"

"哦，我的亲……"乔尔浑身一震。这次才是真正的精神潜艇战术。乔尔身子瘫软下来，劳拉双手捧着哥哥的头，与他额头相抵，两人相对跪在房间的地毯上，劳拉深入乔尔的意识。

在哥哥的记忆中根本没有劳拉的影子，在他的意识表层漂浮着的全是对周围人的不满和对世界的抱怨。劳拉一度以为乔尔的这副模样只是伪装，为了防御浪游者或者神经网络上的其他敌人入侵潜意识的手段，但是没有人能将伪装做得如此……逼真而又粗糙。劳拉没有想到，乔尔病恹恹的身体里竟然聚集了这么多的愤怒和仇恨。他曾经充满力量，向往可以做出一番事业，但最终一事无成。难道大家都看错了乔尔？

劳拉继续摸索哥哥的记忆深处，她看到了老邓恩的影子。在乔尔眼里，父亲是个迂腐的人，短暂的执政生涯中，邓恩贯彻了自己温和的本性，韬光养晦，避免冲突，让万享联在时代的夹缝中苟延残喘地存活下来。成年之后的乔尔心高气傲，觉得邓恩的隐忍是一种懦弱，是莫尔恰林家族的耻辱。邓恩过世之后，乔尔执掌万享联，他本想大干一场，带领万享联重返往日荣耀。可惜神经网络战争深深地伤害了万享联所有的人，人们毫无斗志，沉迷于种花养草。乔尔每每在议会上提出战争的部署，都被议会那些油嘴滑舌的老懦夫们引向鸡毛蒜皮的小事，最后不了了之。乔尔空有一番壮志，可惜遇到了错误的时代，父亲留下一个死气沉沉的万享联，不能帮助他实现雄心，反而成了囚禁他斗志的牢笼。乔尔用尽了各种办法，都无法再次唤起万享联的活力。眼看着战士们把注意力从人类的未来转向花花草草，眼看着外星人建起天穹夺走太阳，乔尔绝望了，他放弃了，无处释放的力量由外而内，转向自我毁灭的道路……

劳拉为自己的哥哥悲伤，尽管乔尔已经是壮年，但终生只在莫尔恰林家的宫殿里长大，对外面的理解也仅是通过新闻和下属的报道。他的经历单薄得可怜，意识也肤浅得很，空有一腔热情而没有任何实际的经验。如果不是拥有莫尔恰林家人柱的身份……

等一下。劳拉再次轻触乔尔的意识，在哥哥所有的经历里，完全没有任何关于人柱和传音的信息，看来乔尔还是隐藏了一些信息的。劳拉来了兴趣，她潜入乔尔最深层的记忆——乔尔最不可告人的秘密——他根本不是人柱。

什么?!劳拉不敢相信眼前的发现，乔尔不是莫尔恰林家的人柱。劳拉在他的潜意识中探寻，她发现一处被恐惧包裹着的隐秘空间。想要知道最终的真相，必须将乔尔恐惧的外壳打破。对于这个欺骗了所有人的哥哥，劳拉并没有多少同情。

但归根到底他是自己最后的亲人，况且乔尔在位期间尽管毫无作为，但并没有做出什么十恶不赦的事情。劳拉考虑了片刻，最终还是决定打破乔尔最后一层保护壳，她看到了他的所有秘密。

劳拉退出乔尔的潜意识，哥哥仿佛从一个无梦的长眠中醒来，他伸了个懒腰，懵懂地问："我在这干什么？"

劳拉说："你今晚很累了，去睡吧。"

"好的，我确实很累了。"乔尔自言自语地说，慢慢走到卧室，一头扎在蓬松的床上，呼呼大睡。

劳拉走到浴室门口，有节奏地敲了敲门，那是她和莎拉科娃事先约好的暗号。浴室里响起了歌声，表示收到。

劳拉整整衣服，是离开的时候了。出了暗室，刚走了几步，武装部长的身影又出现在劳拉面前。"你要去哪儿？"

怎么又是这个家伙？劳拉已经开始不耐烦了。"你应该知道那个房间里现在正在发生着什么，我又不是电灯泡，就不在那里待着了。"劳拉没好气地说。

"你这样的浪游者，进入莫尔恰林家的宫殿，就是为了服侍别人吗？"杨克群再次逼问。

"当然，为了生活。你这样的大官，应该不知道在外面生存下去有多难吧。"劳拉说。

杨克群敏感地觉察到了劳拉的敌意，他做出无害的手势，"对不起，劳拉，我对你没有敌意。"

"那请让开。"劳拉说道。

"我的提议你考虑一下。"杨克群说，"我从苏泰在的时候，就一直在万享联了，对每一个莫尔恰林都怀有敬意。"

"所以你看着他们自相残杀的时候，是什么心情？"劳拉问道。

杨克群一愣，当苏泰和邓恩疯狂地残杀他们的同胞时，他确实无所作为，也没有能力做些什么。趁杨克群愣神的工夫，劳拉绕开武装部长，快步离开了。

等杨克群回过神来，只能对着劳拉的背影，压低声音喊："你一定要考虑我的话。"

劳拉按原路返回宫殿的天台，她以为杨克群会派人将她拦住，但实际只是虚惊一场，也许那个老头确实有什么话想说，劳拉决定有机会再和杨克群多接触一下。乔尔的宫殿有 6 层是伸出地表之上的，在无人的旷野中闪烁着耀眼的光。劳拉俯视着下面的繁华，如果她是名门正出，也许就可以名正言顺地享受这一切了，也许杨克群提出的是一个好主意。

寒冷的风吹在劳拉背上，让她打了个寒战。劳拉快步钻进飞行器，将自己扔在暖和的座椅里。飞行器拔地而起，飞向漆黑的夜空。

劳拉清理着自己的头绪，这一次来发生了太多的事，不过，她最在意的是从乔尔的脑海里得知的另一件事。原来自己除了这个哥哥之外，还有一个姐姐。

《《《 传话者 IV 》》》

本站在菲斯布克酒店的门口。由于达西夫人已经下达命令，不允许本再进入酒店，原先毕恭毕敬的迎宾员变成了怒目金刚，视线总是不离本左右，好像他是一只想要偷吃的老鼠，一不留神就会溜进去。

劳拉从酒店出来，赏了几枚硬币给迎宾员作为小费。这片区域的实体金币市场还没打开，迎宾员不知道那是什么东西，但还是微笑着收下硬币，将劳拉送出门外。

"看到我活着回来，高兴吗？"劳拉走向本，照例向着他的鼻子挥出一拳。

本早有防备，他侧身躲开，对劳拉说："有什么好消息吗？"

"唉，我有些伤心。"劳拉说。

"为什么？"

"我的哥哥并不是他们想的那样刚愎自用，沉迷于女色。"劳拉说，"他只是憋得太久了，身边没有一个信任的人。他找那些女人去，并不会对她们怎么样，只是想找个陌生的人倾诉他的抱怨，然后躺在女人怀里睡一个安稳的觉。我想，他是想念他的妈妈了。"

"这个变态。"本骂道，劳拉给了他一拳。"就这些消息？"

"当然不，还有一个天大的消息。"劳拉说，"走吧，我们去见拉哈尔。"

本启动悬浮车，驶上去往金币银行的自动路，"有什么好消息？"

"见了拉哈尔再说。"劳拉看着本失望的样子颇为得意，"我问你，你们的目的是什么？"

"谁？"

"你和拉哈尔。"劳拉说，"你为什么对一个超级脑里的意识忠心耿耿呢？"

"对大光球忠心耿耿的人多了，我和他们一样。在这两个之中选择一个的话，我宁愿选择一个曾经活过的、在人间留下故事的人类。大光球……它什么都不懂。"本说。

"所以你相信拉哈尔。"劳拉说。

"不，是拉哈尔相信我。"本说，"我是一个骗子，天生如此。在遇见拉哈尔之前，我就是方济各区的流浪汉，凭着脑子和嘴皮子混点儿饭吃。如果以前有人说有一天我能达到现在这样的成就，我肯定说他是个骗子。是的，连我都不相信自己。"本停了一下，又说："但是拉哈尔相信，他给了我许多，而且让我相信我能做到更多。我也确实如他所说，做成了一些事情，我的目标就是不让他的信任落空。"

"那他的目标呢？"劳拉问。

"不知道。"本说，"拯救人类，或者毁灭地球，又有什么区别？他说什么，我去办成，就这么简单。"本脸上难得露出认真的神态，劳拉知道他对拉哈尔一片赤诚，也不多问了。

本和劳拉来到全息设备修理店，店员仍然一副懒洋洋的样子。这次劳拉已经是轻车熟路，她走到后面仓库，直接穿过全息墙，拍拍隔间中央的主机。"别睡了。"

拉哈尔出现在房间里，"劳拉，你回来了，怎么样？"

"收获挺大的。"

"说来听听。"

"在我告诉你真相之前，你要先回答我一个问题，你的目标是什么？"劳拉问。

"我的目标？"拉哈尔笑了几声，"我的目标从未变过，就是干掉那个大光球，它总以为自己高于人类，强行干涉人类的事务，我一百年前就看它不顺眼了，现在它还变本加厉。"

"你的目标是为了全人类？"

"哈哈哈哈，小姑娘，那我换个说法，老子就是爱干架，而且要挑就挑最强的对手。那个大光球正合我的口味。"拉哈尔说道。

"好吧，我被你说服了。"劳拉摊手，"你打算怎么对付万享联？"

"对付？不不不，小姑娘，你可能没学过历史，万享联是我的。"拉哈尔说，"老子当时为了打倒大光球，拉了一拨人，那个时候叫大熊座。后来你爷爷也搞了个偷鸡摸狗的小团伙，叫萤火。我们两伙人和大光球，当然，还和外星人打了好几场，都没取得什么进展。后来我跟你爷爷一商量，就把两个组织合并了。"

"他说的大光球就是光之御主，合并的组织就叫万享联。"本补充说道。

"哦，原来是这样，这我就放心了。"

"你有什么不放心的？"拉哈尔问。

"我这次去，发现一个秘密，乔尔·莫尔恰林根本不是莫尔恰林家的人柱。"劳拉说，"万享联内部有些人已经对他不满了，因为我也是莫尔恰林家的人，他们想推翻了乔尔之后，让我当领导者。现在知道万享联是你创立的，那我就放心了，他们就不会让我当头头了。"

"你刚才说什么？"拉哈尔问。

"他们想让我当领导者。"劳拉说。

"小姑娘，现在别跟我开玩笑。"

"好吧。"劳拉一字一句地说，"乔尔·莫尔恰林只是个普通人，根本不是莫尔恰林家的人柱。"

"如果他不是人柱，难道你是？你们两个是仅剩的莫尔恰林了。"

"不不不，真正的人柱另有其人。乔尔将她囚禁起来榨取她获得的传音，假装是自己获得的。"劳拉说。

"那人现在在哪儿？"

"我不知道。"劳拉停了一下，在拉哈尔发作之前又说："我只知道一个名字——海底监狱，但不知道在哪儿。"

"海底监狱？哈哈哈哈哈，那太巧了。"拉哈尔说道，"那地方是我建的。"

海底监狱是拉哈尔在大熊座时代建设的，原本是一片远离战场的生活区，但由于坠落者之战导致萨瑟兰基地坠入太平洋，由此造成海平面上升，那片生活区被完全覆盖在海水下面。生活区没有受到任何损坏，反倒因为从陆地和用卫星都无法侦查，成了绝妙的隐蔽场所。有一段时间拉哈尔利用这里藏匿绑架来的人柱，这也是海底监狱名称的由来。

得知莫尔恰林家的人柱就在海底监狱之后，拉哈尔就安排本来处理这件事。通往海底监狱的路隐藏在地下城之下的管铁通道，这条通道直达海底监狱。即使在万享联内部，也很少有人知道这条通道的存在。通道由乔尔派兵驻守，但为了保持低调不引人注目，通道口的守军数量不多，却精悍强干，易守难攻。本需要一支军队才能拿下那里，他的第一个念头是找阿斯翠特来帮忙。

他走进阿斯翠特的办公室，侧身坐在她那张拼凑起来的办公桌上。阿斯翠特坐在办公椅上，穿着一件衬衫，两袖被剪去，露出她结实的肌肉和复杂的文身。

"嗨，亲爱的。我需要你帮个忙，帮我拿下那条通道。"本大大咧咧地说，他从桌上捡起一个造型独特的金属疙瘩，拿在手里把玩。

"为什么？"阿斯翠特从本手里抢回金属球，放到原位，然后把本从桌上推下去。她挥挥手，她的助手把椅子搬过来，让本坐下。

"我需要拿下那条通道。"本又站起来，双手撑着桌子，看着阿斯翠特说。

"那是你的事，与我无关。"阿斯翠特没有与本对视，她看着桌上的装饰品说道。

"你还欠我一个人情。"

"我不欠你任何东西，本·科瓦科夫。相反，我本来可以控制住这片街区的，正是因为你让你那该死的金币大量流入到方济各区，造成了什么……"阿斯翠特看向旁边的助手。"通货膨胀。"助手提醒。"对，该死的通货膨胀，现在那些人的日子过不下去，正打算想办法做掉我呢。本，我自顾不暇，没办法帮你。"阿斯翠特站起来，在空中呼出一个全息界面，她挥挥手，本面前出现一些画面。

画面上显示的是方济各区一些地方的街景，到处都张贴着奇怪的画作。本仔细看了看，画倒是挺好看的，但他不明白这其中的意思。"这是什么？"本问道。

"他们对我的反抗。"阿斯翠特恨恨地看着那些画，"他们找了一个什么画家，将反抗的精神传递到各地。"

本大笑起来，"亲爱的，别开玩笑了。阿斯翠特害怕一些画，哈哈哈。"

"咚！"阿斯翠特一拳砸在办公桌上，力量之大，连金属制的办公桌腿都被砸得垮掉一个。所有人都愣了，那个丑陋的金属球沿着桌面滚动起来，没有人管，直到它落在地上。

本立刻收住笑容。"别这样，阿斯翠特。"本说，"这件事办成了，对我们大家都好。"

"本，你在开口找别人办事的时候，心里想的却总是另一件事。"阿斯翠特指指自己的脑袋，"我不是个聪明的人，跟不上你的思路，所以还是不了。在我送客之前，自己走出去吧。"阿斯翠特故意摸了摸身旁放着的粒子枪，那枪还是本卖给她的，"从今天开始，你就别来这里了。"

本叹了口气，退出阿斯翠特物业管理公司的办公室。阿斯翠特是他手上唯一一张牌，本帮着她建立起了团伙，让她在方济各区立足，没想到那个蠢货居然连一点人情都不讲，直接拒绝了自己。本还有一些可以拿出来直接对付阿斯翠特的手段；但是部署计划还需要一些时间，他的主要目标不是报复阿斯翠特，而是完成拉哈尔的任务，就让阿斯翠特再嚣张几天吧。

本掰着手指清点了一下在地下城里建立的关系，还有最后一个选择。豺狼埃尔南德斯是个战士，但是他和他的手下不过是方济各区的小混混，没有能力，也没有实力去突袭万享联的秘密基地。不过时间紧迫，也只有让他试试，去管铁站碰碰运气，先摸摸万享联的底。埃尔南德斯身处贫民窟，心中却有着火一样的热情。他不需要钱，也不崇尚权力，只要有希望，就能够引诱他去执行一场堪比飞蛾扑火的任务。幸运的是，本手里从来不缺希望。

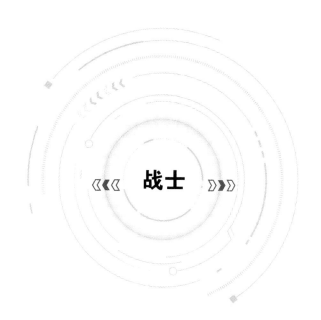

《《《 战士 》》》

    埃尔南德斯潜伏在全息广告牌背后，观察着对面的情况。根据本的指示，对面那座废弃的公寓楼下面是一条隐秘的通道，通道的另一头有一片宽敞且设施齐全的生活区。他需要干掉通道入口处的守卫，才能控制整个通道。

    "老大，我看也没什么危险。"一个手下说道，"我直接过去探探。"

    "好。"埃尔南德斯吩咐道，"小胖，你和DJ一起去。"小胖和DJ从隐身处走出来，装作两个游手好闲的人，溜溜达达地走向废楼。

    "没有动静。"DJ在通信器里说，"我们进去看看。"两个人消失在废楼黑洞洞的入口处，埃尔南德斯等了很久，都没有听到回话。

    "小胖，DJ，里面什么情况？"埃尔南德斯焦急地问道。没人回答。

    "这里面真的有蹊跷。"另一个手下说道，"依我看咱们就别探了，直接轰炸吧，里面有什么都能给炸出来。"

    埃尔南德斯想了想，"再等5分钟，如果小胖和DJ没有回话，就炸。"

    漫长的5分钟过去，埃尔南德斯又等了3分钟，通信器里依然没有回话。埃尔南德斯正准备行动，身旁有人低声说："看那边！"

    废楼中亮起一丝微弱的光，豺狼和他手下的人安静地等着。光源恍恍惚惚地在门口移动，勾勒出两个人形的轮廓。

    "小胖！"埃尔南德斯再次呼叫，但还是没有回话。

    废楼门口的两个人影站了一会，转身向回走。身上的手电照到了彼此，虽然只有一瞬间，也足够让人辨认出他们的身份——万享联的士兵。

"看来小胖和 DJ 已经死了。"有人默默哀悼。

"干他！"埃尔南德斯骂道，他首先从隐身处站起来，向废楼射出一发爆燃弹。弹丸精准地飞入二楼的窗户，片刻之后，灼目的亮光从废楼所有的窗口向外射出。爆燃弹爆炸释放出 3 000 摄氏度的高温，就连 200 米外的埃尔南德斯也觉得热气逼人，不得不蹲伏下身子躲避热浪。复合金属打印而成的废楼楼体开始变形，像阳光下的雪人一样融化。

然而废楼里面还是没有动静，"这里面是空的吧？"有人问。

"如果是空的，DJ 他们为什么进去之后不回话？"埃尔南德斯说。

又等了一会，废楼中的热光缓缓黯淡，温度降低，整个楼体已经融化成一堆铺在路上的异形雕塑。埃尔南德斯招招手，带着十几个手下从隐身处出来，向废楼靠近。

废楼那边又亮起了光，一道热射线从地下射出，将覆盖在上面的金属雕塑切割出一个出口。"轰"的一声，金属盖板被一股巨力打得高高飞起，远远地落在一边。从切开的洞口处跃出 6 个影子，一字排开，迎着埃尔南德斯和他的手下。

"灵甲？"

"管他呢，开火！"埃尔南德斯吼道，端起手中的粒子枪向对面的灵甲射击。

灵甲立刻还击，致命的光束像灵蛇一般在双方阵营中游移。万享联的灵甲是专门用来与敌军短兵相接的高技术集合的产物，而埃尔南德斯一方手里只有本提供的改装粒子枪和两发爆燃弹，连大威力的武器都没有。胜利很快就向守卫这一方倾斜了，埃尔南德斯一方死伤过半，手中的武器却几乎无法对灵甲造成任何伤害。

"老大，不成了，我们撤吧。"手下建议道。

"不行，我们必须夺下这里。"埃尔南德斯说，"通道那一头是一处新的宽敞空间，我们占领了那里，就可以开始新的生活了。"

"可是我们死了就什么都没了。"

"还有其他人。"埃尔南德斯说道，他抬起手，阻止手下继续说下去。

"你回去，把这边的情况告诉本，就说我尽力了。"埃尔南德斯说。

"你为什么还那么相信那个掮客？"

"只有他给了我希望。"埃尔南德斯重重地拍拍手下的肩膀，然后扛起爆燃弹发射器，准备再次发射。没想到这件从报废武器库里偷来的装备终究还是出了故障，无法击发。埃尔南德斯狠狠地踢了一脚发射器，把爆燃弹从炮筒中取出来。

"老大，你要干什么？"手下发现了埃尔南德斯的异样，慌忙地问。

"我要玩个刺激的。"说完，他抱着爆燃弹转身冲出掩体。

"老大！"手下喊道，"快，快掩护老大！"

本来已经零散的枪声又变得密集起来，埃尔南德斯低伏着身子，在枪火之下潜行。暴力说到底是一种想象力。埃尔南德斯曾幻想过无数种自己死亡的方式，大多死于非命。他并不是一个信徒，但在他的潜意识里，死于非命是对自己过去的赎罪。

在很久很久以前，他不过就是贫民窟的一个普通小偷，眼光不好，技术也粗糙得很，隔三岔五就会被人逮住，在监狱里关上十天半个月，或者挨顿打，在病床上躺十天半个月。机缘巧合，他在监狱里的时候，影响了全人类的神经网络战争爆发，埃尔南德斯成了人类中为数不多的"暴力"分子，那时他才 19 岁。周围的人都成了绵羊，包括警察也是一样。埃尔南德斯从小偷小摸发展到拦路抢劫，再到光明正大地入室行抢。他心狠手辣，无法无天，在方济各区得了个"豺狼"的诨名。直到有一次，一个"合作伙伴"带他去了一趟中心区，埃尔南德斯才知道，原来人类是可以以这种方式生活的。相比之下，他偷窃抢劫，刀头舔血换来的生活，还不如上层人的马桶精致。

那个合作伙伴说，在以前，人人都过着那种生活。"是每个人吗？"埃尔南德斯问。"是的，每个人。"伙伴回答。打那以后，埃尔南德斯就变了，他发现除了暴力之外，自己还有其他的情感，还可以做许多的事。比如说，打破方济各区的边界。

就从这里开始。一束粒子束擦过埃尔南德斯的肩膀，在他的手臂上犁出一道深沟。高热的射线让伤口变得焦煳，空气中弥漫着一股烤肉的味道。埃尔南德斯咬着牙继续跑了几步，又一枪打在了他的小腿上。豺狼向前扑倒在地，他一手搂着爆燃弹，用另 条受伤的手臂向前爬着。

一台灵甲锁定了他，但并没有急于射击，仿佛是在享受敌人临死前的挣扎。埃尔南德斯知道自己无法再前进了，他把怀里的爆燃弹推向身前，接通了起爆导线。

传话者 V

"我们失败了。"本说，"我手里有的只是流氓和混混，而把守在通道口的是万享联的精英部队，完全打不过。"

"你惯用的方法失效了？"拉哈尔说。

本耸耸肩，"我能用希望引诱他们，但是，希望打不过灵甲。"

"希望不管用的话，就让他们绝望吧。"拉哈尔说道，"你知道怎么做。"

本思考了片刻，说："我明白了。"

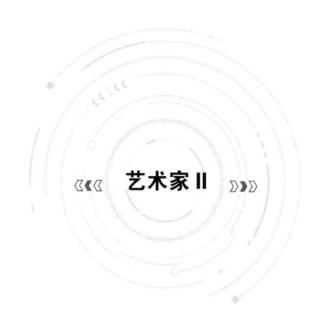

艺术家 II

艺术家——他们这样称呼皮耶罗，北区的大街小巷都能看到皮耶罗的画作。

应穆尼耶老人的要求，皮耶罗创作了一系列关于勇气和反抗的作品。老人安排其他人复制、打印出来，分发给所有人。北区的穷人在皮耶罗的画作里看到了希望、力量和未来，看到了一切。但皮耶罗兴奋不起来，他麻木地在画布上随意涂抹，再也找不到创作的乐趣。

"我看出你很苦恼。"路西说。作为皮耶罗的"朋友"，帮朋友排忧解难也是职责之一。

皮耶罗抬起头，看着机器人被当作眼睛的两点亮光，叹了口气，说："我感觉，我已经枯竭了。"

"不如我们出去走走吧，你已经很久没有出门了。"路西用软质的手掌拍拍皮耶罗的肩膀。

皮耶罗把笔放下，整整衣服，"好吧，我们出去走走。"

画家和机器人走出库房，这是穆尼耶在二极管路尽头给皮耶罗找的一间闲置仓库，作为他的专门画室。仓库不大，但是宽敞明亮，地面平整，有房顶。

路西带着画家，先去了斜方街。那里是两次惨案的现场，皮耶罗有些抵触，但那里也是皮耶罗和方济各区人们获得力量的地方。现在，斜方街上已经完全没有了痛苦的印迹。损坏的街面和建筑都用简单粗糙的手法修补了，墙上画着彩色的涂鸦，从大的色块可以看出模仿自皮耶罗的作品。但并不是以红色为主悼念老威尔的那幅，而是一幅有着大面积蓝色和绿色的画，皮耶罗认为那幅画象征着未来和希望。

"你不是在学习了解人类吗？他们这么做是为了什么？"皮耶罗问。

"我和他们中的一些人交谈过，他们说，不想让恐惧和愤怒始终环绕在这里，未来才是值得去注意的。"路西说。

"你的理解呢？"

"实际上，他们的生活没有任何改变，甚至在阿斯翠特的经营下，这片街区的生活状况更加惨淡了。但是人们的幸福感比以前还要高一些，做事情也更主动了。"路西说，"客观来说，你的画骗了他们，但同时也让他们想成为更好的自己。"

"为什么你的话里有这么多没有用的鸡汤语言？"皮耶罗说。

"我的数据库里，关于人的生活的文章，有87%的内容都是用这种方式叙述的。"路西说道。

老威尔家的餐馆还保留着，而且还扩大了不少，临街摆了几张桌子。现在不是用餐的时间，餐馆里的人不算多。不过还是有几个客人坐在户外，一边吃着早午茶，一边聊天。

一个伙计认出了皮耶罗，热情地迎过来，要招呼他进去吃饭。长久以来，皮耶罗和弟弟只是勉强达到温饱的水平，还从来没有进过餐厅，他尴尬地坐在那儿，双手握着衣角，看着桌面上飘浮着让人眼花缭乱的菜单。

伙计眨眨眼睛说道："要不我为你准备一份套餐吧？你就不用点了。"皮耶罗想拒绝，可是伙计已经走了。他环视整个餐馆，大堂里有一半的桌子已经有了顾客，显得十分热闹。

"我以为……"

"你以为他们会个个苦大仇深，每天只想着报仇吗？"路西替皮耶罗把话说完。

"嗯……倒不是那个意思。"皮耶罗看着一片祥和的场面，陷入沉思。

"我感觉你很失望。"路西说。

"有点儿，可是我说不出问题出在哪里。我不想让他们去直面阿斯翠特的粒子枪，但也不想他们就这样逆来顺受，我说不好，也许问题出在我身上。"

"也许要等你先做出决定。"

皮耶罗沉默了，伙计端上来一份套餐，冬菇酱配煎貂狼小排，混合燕麦面包，还有一杯酸菌酒，这是一份正餐的量。

"请慢慢享用。"伙计轻快地说，然后转向路西，"您需要什么吗？"

"不需要，我是个机器人。"

"您也是我们的客人，如果有需要的话都可以提。"伙计说道。

这下轮到路西慌张了，它还是第一次被人类这样对待，路西站起来，很认真地向伙计鞠了个躬，"谢谢！你这样对待我让我很高兴。"

"不客气。"伙计又走了。

"你听说了没？在外面又发现了一大片生活区，据说是当时大熊座建造的，后来打仗就荒废了。"就在皮耶罗犹豫着要不要吃眼前美食的时候，邻座两个人的闲聊声传到这边来。

"有多大？"另一个人问。

"大多了，比方济各区大上4倍。"

"那可真大。"

"是啊，而且建筑和各种设施还是崭新的，我过两天就打算去看看，如果可以就搬过去。"

"这么容易就能搬过去？"另一个人问，"怎么走？"

"有专门的管铁直达那里，不过……"两个人的声音渐渐低了下去，皮耶罗竖起耳朵，都听不到下面的内容。

"你对他们说的感兴趣？"路西发现皮耶罗聚精会神的样子，便问道。

"搬走，开始一段新的生活也许是个好的选择。"皮耶罗说，"我对这里厌倦了。"

"他们说在方济各区之外有一个管铁站，离这里不远，不过有万享联的驻军把守。"

"你怎么知道的？"

路西敲敲自己的脑袋，"我的听力很好。"

皮耶罗偷偷回头去看，刚才说话的两个人已经离开了。

他在路西的注视下吃完面前盘中的食物，由于毫无理由的惭愧和内疚，他并没有享受到早午茶时间应有的悠闲和轻松，甚至连香煎貂狼肉的味道都来不及细细地品。他吃完赠送的食物，匆匆向老板和伙计道谢，然后离开。站在柜台旁的胖老板怀中抱着一个婴儿，大概就是老威尔生前经常对别人提起的、还未出世的孩子。竟然已经过了这么长时间，那个孩子都长这么大了。

路西和皮耶罗又走了几个地方，甚至还去了阿斯翠特的电器回收厂。到处弥漫着安静祥和的气氛，人们的抗压能力与阿斯翠特的压迫取得了奇妙的平衡。并没有皮耶罗想象中的双方白刃相向、严阵以待的局面。

　　"怎么会这样？"回去的路上，皮耶罗一直默默地念叨，"我搞不明白。"

　　路西看着画家，沉默地与他并行。长时间的接触，路西自认为对皮耶罗有了一定的了解，蜂巢中心推断最多21步之后，皮耶罗就会忍不住说出自己的心事，所以路西并没有向皮耶罗提问，只是安静地等待。果然，17步之后，皮耶罗突然停下，对着路西说："他们……不是应该反抗吗？我画的画，都是围绕着'反抗'这个主题来的。为什么他们反而接受了现在的生活呢？"

　　"你想让他们怎么样呢？"

　　"我不确定，谈判，抗议，或者以暴制暴？"

　　"你想这样？"

　　"倒不是我崇尚暴力，只是那个叫穆尼耶的老人让我觉得，人们想要反抗。"皮耶罗说，"这样来看，我所有的创作毫无意义，但我却这样受到方济各区人们的尊敬，我很惭愧。"

　　"并不是毫无意义，"路西说，"这里比之前变得更好了，不是吗？而且人们也团结在一起，我和很多居民都谈过话，他们都是从你的画里得到的力量。"

　　"可是阿斯翠特还在。"

　　"阿斯翠特的目的不是杀掉你们所有人，人们的目的也不是杀掉阿斯翠特。"

　　路西和皮耶罗站在方济各区的街头，看着居民来来往往。这里算不上富庶，却不乏机会。这里没有法律，但有自己的一套规则。每个人肩上都有生活的重担，但每个人都有向上的机会。

　　"你看，"路西对皮耶罗说，"这里是大家的家，包括阿斯翠特。把家建设好，大家就都会好了。"

　　皮耶罗看着四周，思考着路西话里的意思。

　　从远处传来一阵喧闹声，声音越来越大。有一个年轻人跑在最前面，边跑边喊："我们的家要被毁啦！穹顶裂啦！大家准备撤离！"

　　人们纷纷走上街头，彼此传递信息。

　　"怎么了？"

　　"穹顶裂了！"

"哪儿的穹顶？"

"北区！北区边缘！"

皮耶罗一下警觉起来，北区边缘？他的家就在那里！还有他的画，还有他的弟弟。

"还愣着干什么！我们快回去啊！"路西大声喊道。皮耶罗这才拔腿狂奔。

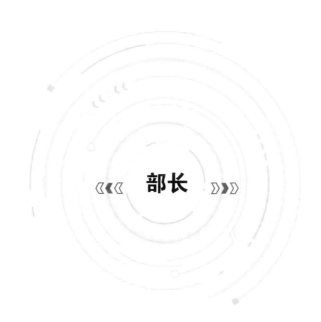

《《《 部长 》》》

　　杨克群穿着一身破旧的工作服，用墨镜遮住大部分脸庞，开着一辆老旧的轮式货车驶上一条早已荒废的小路。喜欢在阴暗潮湿环境中生长的伏地藓早已覆盖了整个路面，他只能凭着车轮与路面接触的颠簸感判断自己是否走在路上。这里在地下城的深处，没有一丝光，穹顶上的模拟天光早已熄灭。老货车昏黄的头灯刺破黑暗，照亮的只有一片片残垣断壁。

　　货车向前走了不久，停在一栋半倒塌的建筑旁。司机下了车，手中的军用提灯比货车大灯还要亮。司机照亮那栋建筑，从残留下来的墙体可以判断，那是一栋普通的公寓楼，但是这栋楼的大部分已经垮塌。建筑的中部有一个焦黑的大坑，四周楼体的复合水泥都有高温熔化的痕迹。杨克群把提灯转向别处，不远处的路面上还有一个更大的坑，有同样的痕迹。

　　"爆燃弹。"杨克群抚摸着脚下的土地，高温熔化的土壤呈现出玻璃一样圆润坚硬的质地。弹坑旁边还有几处异常的空白痕迹，似乎爆炸时有什么挡在这里，但爆炸之后被人清理掉了。远处传来人说话的声音，杨克群连忙熄灭提灯，隐身在路边的一个广告牌下。

　　不远处飘浮着三四道光，有人拿着光筒正向这边走过来。杨克群安静地等待着，地面上浮起湿润的潮气，让他的膝盖发酸。

　　"到底在哪儿啊？你说的那个新通道。"

　　"我也不知道，我听说是在这一带。"

"胡说八道，这里连个老鼠都没有。"

"不找找怎么知道，听说新生活区那边设施齐全，什么都有，是苏泰修建的，比圣马可区，不，比中心区还好。"

"有圣马可区一半好，我就知足了。"

"少废话了，我们先找到入口再说吧。"几个人闲聊着走远，光筒的光消失在黑暗里。

杨克群从隐身处站起来，他的脚已经蹲麻了，不得不以一个别扭的姿势站着，在双脚恢复知觉之前无法行动。那几个人的对话里提到了什么新的生活区，苏泰修建的。老将军笑笑，那是不可能的事，他很早之前就跟随着苏泰，那时万享联确实修建了许多生活区，但大多都在战争中毁掉了，剩下的也由于天穹的出现无法居住而荒废，看来他们注定要白来一趟啊。

杨克群想着，脚上的酸麻褪去一些，他正打算抬脚试试，突然听到身后传来轻微的脚步声。杨克群猛地转身，同时身子向侧方跳开，他在半空中掏出腰间的PX26手枪指向后方，提灯亮起，他不禁愣住，"灵甲？"

两具灵甲站在他的对面，双臂上的自动武器已经举起，锁定了将军的要害部位。灵甲上涂着黑红相间的纹饰，标志着这是属于万享联的武装力量。PX26只是小型的防卫武器，伤害不到灵甲分毫，杨克群识趣地丢掉枪，高举双手。

"你是什么人？为什么要到这里来？"一具灵甲问道。

杨克群说："我是万享联武装部长杨克群，我要求你们立刻放下武器，解除对我的威胁。"

灵甲没有动。

杨克群又说："我现在要从上衣口袋里掏出身份卡证明身份。"说着，他缓慢地移动手臂，生怕哪个动作做大了让神经质的灵甲驾驶员找到扣动扳机的理由。他掏出身份卡举在空中，但灵甲并没有过来扫描。

"我是万享联武装部长杨克群，我要求你们放下武器，解除对我的威胁。报出你们所属单位的番号，我要见你们的指挥官。"

沉默了一会，一具灵甲说："你的权限不够。"

"我是万享联武装部长杨克群，拥有军方最高权限。"

灵甲再次沉默，然后说："你的权限不够，请你立刻离开，不要干扰我们的任务。"说完，两具灵甲同时向后跳跃，消失在黑暗中。杨克群举起提灯，已经看不到两具灵甲的踪迹了。

　　他返回老货车，调头驶向方济各区。作为万享联的武装部长，竟然不知道在这里还有一支灵甲部队的存在。连他的权限都不够，那就说明这支部队受到比他级别更高的人的控制，这样的人只有一个，那就是乔尔。作为万享联的三朝元老，他眼睁睁看着万享联的火焰从那时的光彩夺目到现在的奄奄一息，乔尔完全不配当一个指挥者，尤其是像万享联这样担负了沉重使命的组织。但现在，杨克群也不确定，万享联内部还有多少人记得曾经的目标。被安逸生活蚕食的不只是乔尔一个人，这一点杨克群十分明白，他甚至开始憎恨自己没有足够的警惕。作为武装部长，不能对未来将要发生的危机做出果断的判断，他像一只温水里的青蛙，陪着万享联行将就木。他把老货车停在乌蓬货运站围墙之外，右手随着车体的震动有节奏地拍打方向盘，以此来消磨时间。

　　不一会儿，一个人打开副驾驶一侧的车门，爬上车来。"怎么样，看到了吗？"劳拉·莫尔恰林解除脸上的幻彩霓虹，露出真实模样。

　　杨克群眉头紧锁，过了很久才不情愿地点了点头，说道："那里有一支万享联的部队，我查过了，系统里没有这支部队的任何信息，他们大概是归乔尔直属。"他转向劳拉，"你让我去那里，想说明什么？"

　　"只是先提醒你一下，那里很快会发生一些事情，也许会惊动到万享联的部队。"劳拉靠在座位上说，"你只要处理得稍微慢一点就行了，当然，也有可能不会惊动到你。"

　　"你……不……你们想做什么？"杨克群问道。

　　"你难道对精英卫兵把守的地方不好奇吗？"劳拉说。

　　"当然，不过我……"杨克群恍然大悟，"那背后藏着乔尔的秘密，嗯……莫尔恰林家的人柱？"

　　"可能性很大，我打算过去看看。"

　　"接下来呢？"杨克群问。

　　"接下来将发生什么，我就不敢保证了。我建议你暂且观望，当时机出现的时候，你自然知道该怎么做。我说的没错吧？将军。"

　　"我怎么确定我能信任你？"武装部长问道。

　　"将军，我有一万种方法让你无条件信任我，但是我觉得，还是慢慢来比较好。不管怎么说，这一次我是没有骗你的，对吗？"劳拉俏皮地说，她眨眨眼睛，用幻彩霓虹遮住脸，跳下车走了。

杨克群坐在驾驶室里，劳拉的一番话并没有打消他的疑惑，反倒增添了无数的疑问。他感觉马上就会有一场大的变革到来，但自己偏偏不能置身其中。时代已经完全变了，自己成了被抛弃的老人，只能远远地看着年轻人掀起时代的波浪。那一刻杨克群感到自己苍老了许多，连平时沉稳的双手都开始颤抖起来。他开着老货车驶进仓库后面的一间密室，下了车，换了一套装扮。他走出乌蓬货运站的仓库，搭上一辆重卡，在 3 千米外下了车，又几经周折，才以武装部长的身份回到指挥部。

为了和劳拉碰面，杨克群用上了他最可靠的一条线路。那个女孩有一种完全不同于莫尔恰林家人的奇妙感，杨克群知道她心眼最多，又是高超的浪游者，但劳拉给人一种完全可以信任的感觉。并且，劳拉所代表的那一股势力，显然不打算小打小闹，杨克群不禁想多观察劳拉一些。他已经跟不上时代了，可仍然想在自己被完全抛弃之前，看到时代发生变化。

杨克群倒背着双手，在指挥部里巡视。常年的和平让万享联的部队成了最适合养老的地方，许多年轻人争相入伍，并没有多么伟大的理想，只是因为部队里吃喝不愁，而且没有战争的危险。与在外面每天工作 12 个小时，只能吃合成蛋白质条的生活相比，幸福感高出百倍。监控室的二等兵正靠在椅背上打瞌睡，杨克群站在门外，正想走进去教训这个毫无职责意识的新兵一顿，注意力却被对外监控屏上的内容吸引了。

"见鬼了！"杨克群骂道，走出监控室，快步走向地下武器库。

几个不当值的卫兵看到武装部长面色阴沉，步履匆匆，意识到大概有什么事情发生，便纷纷跟在杨克群身后。地下武器库里已经聚集了十几个人，被围在当中的正是乔尔，在他身边还有几个妖艳的女人。

"慢……慢点……别碰那，那是反辐射装置！"灵甲技师战战兢兢地站在旁边，想要阻止乔尔和他的宾客，但又不敢。

乔尔转过脸来，"喂，这个怎么启动？"

"啊？这个……"技师不敢抗命，又实在不愿意让那些女人碰贵重的灵甲。他急得抓耳挠腮，这时杨克群到了。

"啊，杨将军，这个……"技师大声说道。

"怎么了？"杨克群问，眼睛看着灵甲上的乔尔。

"主席他想……让这些……客人……"

"我要向她们展示我们万享联的实力。"乔尔在攀登架上站起来，高举拳头宣布。

"好厉害！"两个女人奉承地鼓起掌来。

"你下来一下。"杨克群说道。

"我现在下班了，有什么事明天去我办公室说。"乔尔嘟囔道。

"下来！"杨克群加大了声音，他今天过得不顺，还很疲惫，耐心已经快消磨光了。

"好吧好吧，你年纪大。"乔尔撇撇嘴，爬下攀登架。

杨克群把乔尔带到一个远离人群的角落，说道："这里是军事禁区，你不应该随便带人来这里的。"

"军事禁区不能随便进吗？"乔尔问道。

"当然。"杨克群答道，他突然一愣，感觉站在对面的年轻人眼中闪过一丝狡猾的光，难道乔尔话里有话？

"她们没见过灵甲，就随便看看。"

"那也不行，万一她们当中有间谍呢，孩子，你该不会连这个都不懂吧？"

"哈哈，间谍，都什么年代了，你还担心间谍。"

杨克群懒得再和乔尔解释："总之，没有规矩，不成方圆，军事禁区就是不能进。你是万享联的主席，更要遵守规矩。"

"什么狗屁规矩，一个灵甲而已，我们用的还是 40 年前的老技术，有什么不想让别人看的？"

"就算是老技术，这些灵甲也是万享联科技水平最高的武器了，这是大家的心血。万一战争到来，灵甲也是万享联武力系统中不可缺少的一环。"

"什么大家的、万享联的，如果没有莫尔恰林家，就根本没有万享联。这一切都是我的，那些灵甲也是我的。"乔尔瞪着杨克群大声说道，他喷出的口气闷热潮湿，还夹杂着浓重的酒气。

杨克群叹了口气，用手指揉了揉发涨的太阳穴。乔尔这些所作所为，到底是他真的不懂，还是对他今天在城外的遭遇战另有所指，杨克群突然不在乎了。他不再理会万享联主席，转身走到技师面前，疲惫地说："按照主席说的办吧。"

杨克群回到自己的办公室，看着屏幕上两个女人驾驶着灵甲跳着蹩脚的舞蹈。他无意识地揉搓着自己的指关节，战争时期，由于长期持枪，他的手上到处都是磨出的老茧。他开始期待不远的未来。

《《《 分身 IV 》》》

　　路西站在高处，看着下面成了一片汪洋。地下水从穹顶的裂缝处渗入，起先只是滴滴答答的，像是没有关紧的水龙头。皮耶罗之前的家就在方济各区边缘——裂缝的正下方。滴落下来的水让皮耶罗的住所潮湿不堪，不过也给了皮耶罗一笔额外的小收入。不过现在，水龙头成了瀑布。穹顶裂开一道20米长、2米宽的口子，地下水直接倾泻下来，灌在皮耶罗和邻居家的房子里。皮耶罗已经搬去穆尼耶准备的画室很长一段时间了，但他之前创作的那些画，还有他的弟弟赛尔仍留在这里。当路西和皮耶罗赶到时，水已经漫延到了街上，没过小腿了。

　　水是路西唯一的弱点，它虽然能够简单地防御泼溅或者洒落的水滴，但这种程度的积水会深入到它外壳的缝隙中，侵入电子线路、传动机构和芯片，最终毁掉这具躯壳。虽然这具躯壳可以再造，但躯壳上的磨损、划痕，还有皮耶罗的涂鸦无法复制。蜂巢中心建议路西躲在高处，回避从穹顶落下来的水。路西照做了，它爬上路对面一家杂货铺的房顶，看着皮耶罗奋不顾身地蹚着水回到家里。

　　家里的水已经漫到了大腿，皮耶罗扭着腰奋力地移动着，"赛尔！赛尔！"皮耶罗大喊，但是没人回应。他开始心慌，弟弟腿脚不便，这样的情况下必须有人帮忙才能脱困，可是弟弟在哪呢？皮耶罗继续喊着，在不大的屋子里寻找。赛尔现在的工作是拆解电器，家里的地上放了一些金属零件，被水没过了看不到。皮耶罗一脚踢在某个沉重的零件上，脚趾一阵剧痛。他咬着牙，放慢速度，在家里找了一圈，弟弟不在，看来是出门去了，或者有人把他救走了。

皮耶罗抬起头，一道巨大的裂缝横亘在头顶。地下城存在了超过 100 年，从没有人怀疑穹顶会破裂，这完全打破了皮耶罗对生活的认知。倾泻而下的水柱像是巨人，一脚踏入他的家，水花四溅，激起"隆隆"的响声。皮耶罗又在屋子里找了一遍，确实没有赛尔。他的心稍微放松了些，这时的水已经漫到了臀部的高度。皮耶罗打算离开屋子，他走在半路，总觉得少了什么东西，什么重要的东西，但是他想不起来了。

就在皮耶罗绞尽脑汁回忆时，一幅画不知从哪漂了过来，画上画的是晴空下的雪山。记得那时，皮耶罗和赛尔想象着自己去了雪山，呼吸着冰冷而纯净的空气。现在那幅画被污水染上了昏暗的黄色，纯洁的雪山像是一坨路边的泥巴。皮耶罗想起自己挂念的到底是什么了，他快步走到存放画作的小房间，所有的画都被水泡了，蓝的大海、绿的草原、黄的油菜花田、红的火山，都成了或大或小的黄色污渍，再也无法复原了。皮耶罗呆呆地看着自己的作品和回忆毁于一旦，直到水面爬到腰间，才抹了一把脸上的泪，走出曾经的家。

看到皮耶罗从家里出来，路西快步走到屋顶的边缘，举着双手，用加强的扩音器大声喊道："皮耶罗，你的弟弟在这边。"皮耶罗举手向路西示意。听到弟弟平安的消息，他脸上本该露出欣慰的神色，但此时他却神情凝重，路西读不懂他的表情。

皮耶罗半走半游地靠近杂货铺，路西探出身子，把皮耶罗拉上屋顶。下面已经是一片汪洋，完全看不出街道的样子。水还在不停地灌向方济各区，看样子已经无法阻止了。

方济各区处于地下城各个区域的最下层，由于方济各区几乎不受光之御主控制，城市系统早已年久失修，排水系统能力有限，地下水灌入到这种程度，还远远没有停止的意思，想要恢复原样几乎没有可能。所有人心里都明白这一点，但只是不愿意承认。他们站在房顶上，双眼直勾勾地看着慢慢上涨的水位，水面下是他们的生活和回忆，没人愿意轻易放弃。

皮耶罗在水中消耗了不少体力，他躺在房顶上，大口喘着气。穹顶上那道裂缝似乎更大了些，泄漏的水流不但没有减少，反而有加大的趋势。几分钟后，皮耶罗站起来，不再去看曾经的家和自己的那些画作。

"我们走吧。"皮耶罗低声说。

"去哪儿？"赛尔问道。

“去新的地方。”皮耶罗说道。“最近不是传说发现了一片新的生活区吗？我们去那里看看。”

“可是……我们的家……”赛尔犹豫道。

“别傻了，你看不出来吗？什么都没了。”皮耶罗的声音里没有悲喜。

“对，我们去新的生活区！”有人立刻应和道。

“艺术家说了，去新的世界！”声音像池塘里的波浪向外传开。

“听艺术家的，去新的世界！”

邻居们在房顶上搭了跳板，还有人用杂物做成小船，人们浩浩荡荡地离开了自己的居住地。有人仍然依依不舍，但漫延的洪水并不在乎他们的感情。

皮耶罗向前走了两步，就觉得脚下剧痛。他低下头检查自己的脚，刚才在家里寻找赛尔时，不小心踢在了金属零件上，将自己的大脚趾踢裂了。血混着泥浆凝固在一起，走了两步之后，伤口再次崩开。路西原本已经搀着赛尔，它又走过来，打算一手一个，扶着兄弟俩离开。

有人拦住了路西，说道：“我们来照顾艺术家。”那人招招手，又过来几个邻居，皮耶罗和他们左邻右舍了好几年，素有来往。皮耶罗成名之后，这些邻居也跟着受人尊敬起来，现在皮耶罗受了伤，他们自发赶来照顾这个小兄弟。两个大个子一左一右架起皮耶罗，动作有力而温柔。皮耶罗从未受到过这样的待遇，他难为情地扭动了几下，想说他可以自己行动。但两个大个子根本不听，带着他走过房顶上搭好的跳板，离开了方济各区的边缘。

越往前走，聚集起来的人越多，人们都在议论去往新世界的事。不知道是谁先提起的去新生活区，反正现在这个功劳已经落在了皮耶罗的头上。

每当有人怀有疑问：“我们为什么要离开这里？”

“艺术家说的。”回答者的态度相当坚定，答案会立刻打消提问者的怀疑，好像艺术家这3个字代表了某种权威。

皮耶罗、赛尔、路西和邻居们走到钻石堂附近，逃离方济各区的人群已经堵得水泄不通了。有一部分人想向圣马可区逃离，而更多的人想去传说中新的生活区。两拨人在钻石堂相遇，各不相让，于是就这样对峙起来。

“都别吵了！快让开！”在嘈杂的争论声中，突然出现了一个高亢的声音，周围立刻安静下来。大家都熟悉这个声音，那是阿斯翠特。“都给我让开，不然别怪我不客气。”阿斯翠特挥舞着手中的粒子枪威胁道，在她身后有四五十个手下，各自举着武器，警惕地防卫着周围逃难的人。阿斯翠特想要逃去圣马可区，她在方济各区攫取的财富有一部分投资到了圣马可区，那里有她几所房产，可以作为避难场所，但现在她被人拦住了去路。

"开枪啊！"一个老人冲到阿斯翠特面前，用胸膛顶住阿斯翠特的枪口，"看是你的子弹多，还是我们人多。"

"快让开，糟老头子，我可不是在开玩笑。"阿斯翠特说道。

"我也不是。"老人从怀里掏出卷轴屏，展开举在头顶，那上面是皮耶罗画的画，"这是我的反抗。"

阿斯翠特笑笑，"那我就成全你吧。"说完，她扣动扳机。

粒子枪的近距离射击直接打穿了老人，高温弹道在血涌出来之前就将伤口烤焦，老人晃了晃，倒在地上，胸口上多了一个焦黑的洞。卷轴从老人手中滑落，掉在一边。

一个打扮怪异的叛逆期少女捡起来，她嘴里嚼着年轻人流行的"电糖"，向前走了两步，"噗"一声将包裹着电糖的粉红色唾沫吐在阿斯翠特的皮衣上。女孩举起卷轴，像老人一样将胸膛顶在阿斯翠特的枪口上。其他人也纷纷掏出卷轴，高举向上，皮耶罗的画像是旗帜在空中飘扬。人们聚拢起来，将阿斯翠特和她的手下挤在当中。

"开枪，快开枪，打死这群贱人！"阿斯翠特吼道。但是没有人扣动扳机，包括阿斯翠特自己。

视野所及之处，全都是绿色的图案。在那幅画上，皮耶罗画了一株嫩苗，生长在一个人的心脏上。现在那株嫩苗长成了大树，无数棵树组成了森林。

阿斯翠特惊恐地看着沉默而又倔强的人们，手指僵硬如铁。她知道暴力能够给人带来怎样的伤害，但是她不知道，这群没有暴力的人愤怒起来，会怎样对待她。

就在这时，众人头顶之上暴起一连串巨响，仿佛一头巨兽发出愤怒的嘶吼。穹顶上的裂缝再次崩开，成了一个直径十几米的大洞。地下水脉倾泻而下，建筑在水柱的冲压下瞬间垮塌，好像儿童玩具。

人们都愣住了，有人喊道："别跟他们计较了，快跑！"众人如梦初醒，不再理会阿斯翠特和她的手下，纷纷绕过他们继续向前。也有的人直接从他们身上踩过，顺便夺走他们手中的枪。

逃难的人一路向前，越聚越多，从方济各区各处过来的人都汇集在一起，像是小河流融入大江。前方不知道是谁在领路，逃难的人速度很快，也没有片刻迟疑，仿佛早就知道新世界在哪里。皮耶罗、路西、赛尔和邻居们因为带着两个伤员，速度不快，但也能勉强跟上大部队前进的步伐。

难民走进一条看似荒废的隧道，经过漫长的跋涉，从隧道那头再出来时，空间一下子变宽敞了许多。这里是一片废弃的区域，曾经也有人生活的痕迹，但现在都化为废墟了。这片空间的穹顶上没有灯光，人们纷纷亮起手中的发光设备。

路西挽着赛尔跟在人群后面，看到前面亮起点点星光，逃难的人好像一群迁徙的萤火虫，在亮光下缓缓前行。他们原本只是在生活的重压下勉强生存的普通人，却在一天之内发生了这么大的变化，他们找到了方向，凝聚起来，并且势不可挡。路西开始重新思考，皮耶罗的画在这之中起到了多大的作用。

"前面就要到了吧？"

"不知道，应该不远。"

"嗯，我听说就是这里。有一个隐藏的管铁站，找到管铁站就可以直达生活区了。"

"我可要在那边找一套大房子住下。"

"先到先得。"

"都有都有。"

几个人哈哈大笑起来，对未来充满向往。

前面突然冒起一团火光，过了好一会儿才有爆炸的声音传来。接着又是一团火光，前方传来惊慌的呼喊和凄厉的惨叫。

"怎么了？"皮耶罗问道。

路西用它的长焦视野探查前方发生了什么。火光之下，有四具灵甲矗立着，手中的武器指向逃难的平民。"这里是管制区域，不许再前进了。"灵甲警告道。

"我们只是想离开方济各区，去找新的生活区。请你们让我们过去吧。"在难民队伍的最前面，几个人跪在地上，双手合十，向守卫的灵甲哀求道。

他们身边散落着一些焦黑的碎块，路西继续放大视野，辨认出那些碎块都是人的某些部位。刚才的两团火焰是直接在难民身上爆开的，开火的灵甲属于万享联。

对于难民的哀求，灵甲无动于衷，"给你们 10 秒时间，立刻掉头回去，不然就开火了。"

"我们回不去了，穹顶崩塌了，地下水倒灌，我们的家已经没了。"

"与我们无关，还有 5 秒，5、4、3、2、1。"倒数完毕，灵甲守卫不听任何分辩，也没有丝毫犹豫，它们一同扣动扳机，高热的粒子光束喷射而出，射击在人体身上，就像是热刀切开黄油一样轻松。一轮射击结束，粒子光束在难民眼中留下炽热的亮斑，空气中弥漫着血腥和焦煳的气味。

最前排的难民纷纷倒下，在人群与灵甲之间形成了一个 3 米宽的隔离带。没有人退缩，一个绿色的光点亮起，然后是更多的绿光。人们举起手中的卷轴，默默地表示抗议。

灵甲守卫再次举起枪，扣动扳机。

《《《 传话者 VI 》》》

本混在逃难的人群中，装作慌张的样子。穹顶破坏的速度和拉哈尔计算的一样，现在方济各区的人已经被驱动起来了。当逃离的人群逐渐散去，方济各区呈现出不曾有过的宁静。

阿斯翠特斜靠在路边，抬头看着从穹顶倾泻下来的水柱，好像是拔掉了塞子的浴缸。殴打、踩踏带来的伤痛远远不如自尊心破碎造成的刺痛。阿斯翠特向来以强势著称，她的手下也是因为这个而聚集在阿斯翠特身边的。她就像是头狼，带领狼群奔跑在大平原上。平时，所有的狼都听从她的指挥，心甘情愿地侍奉她。可一旦她显露疲态，马上就会有人想要杀掉她，取代头狼的位置。

现在那个时刻应该已经到来了。她的手下纷纷从地上爬起来，有的偷偷离去，也有的留了下来，围在她的身边。阿斯翠特安静地等待着。

"唉，如果你早听我的不就好了。" 一张脸出现在阿斯翠特的视野里，金发、俊俏，嘴角上还有一道伤疤。本伸出手，想把阿斯翠特拉起来。

阿斯翠特打开本的手，自己站起来，她整整衣服，同时偷偷看看身边的人，发现没有人对她的遭遇幸灾乐祸。"你有什么想说的？"阿斯翠特说。

"应该是你有什么想说的？"本说道，"比如说，'抱歉，我早应该听你的了'。"

阿斯翠特向前一步，"我现在还是能徒手掐死你的。"

"我知道，但我并不是来嘲笑你的。"本从路边找到一个垃圾回收箱，拖过来坐上去，指着穹顶上的水柱说，"方济各区已经完了。"

"我知道。"

"你可以去圣马可区躲着，我知道你在那边有些产业。不过你肯定受不了那边的人。"本搓着下巴打量阿斯翠特，"我完全想象不出你这样的人每天穿着西装坐办公室是什么样子。"

手下有人笑出了声，阿斯翠特深吸一口气，忍住怒火。"那还能怎么办？"

本指向另一个方向，"去和他们一起。"

"那些贱民？"阿斯翠特啐了一口，"他们刚踩着我的脸走过去，你想让我再去受他们的侮辱吗？"

"那是你自找的。"

"你再说一遍？"

"那是你自找的。"本站起来，抬着头，看着阿斯翠特的眼睛重复，他说得清晰，声音洪亮，确保阿斯翠特不会听错。

"你……"

本在阿斯翠特动手之前阻止了她，"听着，阿斯翠特，你有与众不同的天赋。你本来可以成为他们的王，这也是我提供给你武器的目的——你管理他们，指挥他们，带领他们。没想到你这个傻瓜成了他们的敌人，这是最坏的选择，阿斯翠特，你真是个天才。"

"成为他们的王？"

"当然，我给你机会，让你统治方济各区，是让你成为他们的领导者，而不是让你去压榨他们。天哪……"本夸张地挥着手说，"你竟然还用我给的枪来威胁我？阿斯翠特，你本来可以成为他们的英雄，成为传说中的人。结果呢，你被他们踩在了泥巴里。只要一个念头，阿斯翠特，一个念头就可以让你成为伟大的人。"本说着，脸上满是失望。

阿斯翠特居然感到了惭愧，她低下头，看着自己的手掌，5个指头有力地一张一合，像是要握住什么东西一样。"那我该怎么办？"阿斯翠特低声问。

"去那个方向吧。"本向前指着，"他们遇到了一些麻烦，正是需要你的时候。记住，他们麻木、卑微，但是汇集在一起，就是一股力量。阿斯翠特，可以是对抗你的力量，也可以成为你的力量。"

"我要去做什么？"

"这我就不知道了。"本耸耸肩，"听说那边有新的生活空间，该怎么开始，就要看你的了。"

阿斯翠特看向巨大的水柱，这个不速之客打破了她苦心经营的一切，但又给了她一个重新开始的计划。阿斯翠特双拳相撞，给自己鼓起劲。她转过来看向曾经的手下，问道："怎么样？你们还愿意跟我一起去吗？"

"当然，老大，我们跟你走。"手下说道，"我觉得这人说得对，咱们以后能不能和气生财？"

"少废话！"阿斯翠特说道，她向本摆摆手，向新生活的方向走去。

《《《 艺术家 III 》》》

　　皮耶罗在颤抖，他看着难民们举着自己画的画，义无反顾地冲向炮火。是自己将这些人带到了这里，带到死亡的面前，还用虚假的勇气鼓励他们，让他们送死。几台灵甲就像永不停歇的杀戮机器，不停地喷射炮火夺走难民们的生命。皮耶罗无法想象，操纵着灵甲的人究竟是什么样的野兽，才会毫无感情地夺走其他人的生命。

　　"停下吧，别去了。"皮耶罗徒劳地喊着，但他的声音太过渺小，在这黑暗的空间里，没有人知道这个瘦弱的青年是什么人。

　　在人群中，更多的人在喊："我们不会停下，我们要去新的世界！"

　　众人用有节奏的呼喊声回应。

　　"呼哈！"

　　"呼哈！"

　　"呼哈！"

　　他们肩并肩，高举卷轴，用意志和身体结成坚固的墙，缓慢向前推进。直到炮火将最前面的人击倒，再由后来者补上。

　　皮耶罗无助地看向路西，"我们该怎么办？"

　　路西知道人类的历史，过去出现过无数次这样的事件，人类形成共同意志之后，个体的作用就微乎其微了。皮耶罗无论做什么都无法阻止这场屠杀，事情发展到这个程度，只有两种结局，一个是让毫无人性的屠杀击溃共同意志，另一个则是共同意志取胜。于是路西保持沉默，没有回答皮耶罗。

一个高大的身影从后面冲过来，站在后排的难民被她轻松挤开。"借过借过，让一下，让我上前面去。"这个人正是阿斯翠特，她带领着剩余的十几个手下走进人群，前面惨烈的战况她已经看在眼里。不知道那些灵甲来自哪里，也不知道这里为什么会形成这样的局面。但那些灵甲在屠杀她的人民，阿斯翠特无法容忍。她经过一个年轻人，顺手夺过年轻人手中的粒子枪。这支枪是年轻人刚才在阿斯翠特的人手里抢来的。"这是枪，用来攻击敌人的，你们拿着真是浪费。"阿斯翠特白了年轻人一眼，继续向前走。

她的手下跟在身后，随着一步步靠近杀场，他们愈发兴奋起来。他们从身边的难民那里夺过武器，有的人有枪，有的人只是拿着趁手的棍子。阿斯翠特挥舞着粒子枪，用含混的语言高声吟唱起来，那是来自她遥远的祖先传下来的歌谣，象征着力量和斗志，以及击溃敌人的决心。她越走越快，密集的难民纷纷让开，给她和她的手下让出一条通道。她奔跑起来，大吼着："跟我来！"她举枪向灵甲射击，粒子光束击中灵甲。大部分能量被灵甲的外壳抵消，几乎没有造成任何伤害，但这是反击的第一枪。

绿色的浪潮涌动起来，难民的反抗改变了形式。他们被阿斯翠特鼓舞，不再以沉默作为武器，而转为更加主动的战斗方式——人潮涌向灵甲。

真正的战斗持续的时间并不长，经过一段时间的射击，灵甲的粒子枪弹匣存量已经不足。涌上来的人群无畏射击，他们冒着炮火，只用了很短的时间就跨过了隔离区。他们爬上灵甲，将它掀翻，或赤手空拳，或用手中的拐杖、铁棒，硬生生地撬开盔甲，将驾驶员从灵甲中揪出来，撕成碎片，那情形就像是非洲行军蚁吃掉一头成年雄狮。

在灵甲防线之后，还驻守着大概两个排的步兵，他们完全被眼前的场面惊呆了，纷纷抛下武器投降。但是绿色浪潮已经结成了一个巨大的意志，要将眼前的一切统统碾碎。那些士兵的下场并不比灵甲驾驶员好上多少。

人群抵达那座半毁的公寓楼，阿斯翠特和她的手下走进去。不一会儿，一道光从地面射向上方，地板连着整个公寓楼从中间裂开，向两边缓缓开启，显露出一条宽敞的通道。从通道中射出的光在这片黑暗的空间里形成一个圆形光柱，直直地射向上方的穹顶，光芒如此强烈，以至于光柱看上去像是实体的一样。

这是一种征兆，从天而降的水柱摧毁了方济各区，而一道由下而上的光柱又象征着新的世界。难民们议论纷纷，他们的感叹汇聚成同一个节奏——

"新世界！"

"新世界！"

"新世界！"

人们哭泣、欢呼，涌向通道。

"原来，真的有新世界。"皮耶罗感慨道。

"我们也去那里吧。"赛尔拍拍路西的肩膀，示意它向前移动。

路西回头看向皮耶罗，黑暗中红外模式下，皮耶罗的脸热得过分。路西切换到测温模式，皮耶罗的体温已经到了41.7 ℃。

"你发烧了。"路西说。

"什么？"皮耶罗艰难地回答，随后失去意识。

《《《 传话者 VII 》》》

本·科瓦科夫混在难民里，进了管铁站通道。这里是一个标准的军用管铁站，装饰简单实用。通道最外面设有岗哨和自动防卫系统，现在已经被全部捣毁了。再往里走就是一个设施齐全的万享联军营，乔尔在这里安排了3个连的防卫力量，另外还有两个工程连负责管铁站的维护和保养。

难民群就像旋风一样冲进军营，将所有的东西——电子设备、工程机械、个人用品、炊具，还有冷库里储备的粮食——能拿的全部拿走，搬不动的都原地毁掉，绝不会再留给万享联。狂躁失控的难民差点连管铁控制室都砸了，幸好其中还有一些理智的人，极力劝说难民，如果管铁控制室被砸了，就没办法控制列车了。难民好不容易才接受这个说法，调头转向别处。

在管铁站里，只有一样东西还保持着完好的状态——一面墙。在埃尔南德斯偷袭这里之前，管铁站以隐匿的方式运行了十儿年，连地下城的老鼠都很少光顾，无聊的守卫部队把精力都放在了养花种草上面。通往站台的通道是拱形的，为了能让军用车辆和器械方便通过，通道有6米多宽、4米多高。通道两侧原本铺贴的复合隔音瓦大部分脱落了，守卫士兵或者是更早在这里的人，在墙上种上了斑纹爬山虎。经过多年的悉心照料，爬山虎布满了整个通道的墙和顶，心形的叶子上有一道道浅绿色的斑纹，像是大鱼的鳞片。士兵们还在通道中悬挂了几个虚拟日光灯，给爬山虎提供生长能量。

长期生活在地下城里的难民从来没有见过这么大面积的绿色植物，他们赤手空拳战胜了灵甲，马上就要去往新的世界，兴奋和狂躁使他们一直保持着亢奋状态，仿佛身上有无穷无尽的力量，就要砸烂那曾经压迫了他们多年的旧世界。当他们第一眼看到满墙的爬山虎时，饱和度过高的满眼绿色甚至让他们的双眼无法聚焦，很多人在好几秒之后才意识到那是什么。这样生长旺盛的植物在这个世界太珍贵了，难民们痴痴地看着那面墙，甚至不敢大口喘气。通道里聚集了上千人，但风吹动爬山虎叶子的"沙沙"声清晰可闻。就连阿斯翠特都被这种场景感染，她站在爬山虎墙前面，站了很久，还伸出手去轻轻抚摸爬山虎的叶片。有人心疼地倒吸一口冷气，但最终没有人开口阻止阿斯翠特。不过阿斯翠特也没有对爬山虎造成什么伤害。绿色的生命抚平了人们心中的狂躁，只要有力量就能破坏，但想要创造，则需要耐心和智慧。

阿斯翠特离开爬山虎墙，她低声说："我们走吧，前面还有很长的路。"她的话没有特定的对象，但所有人都点点头，穿过碧绿色的通道，前往新的世界。

本到达通道的时候，第一班管铁已经发车了。用来输送部队和犯人的特别管铁载客量不高，只带了几百个人前往。阿斯翠特和她的手下，还有一些年轻人坐上了第一班车，去应对终点站可能存在的守军。第二班车正从驻车场调过来，难民中什么样的人才都有，还有会开管铁的。很多难民耐不住性子，纷纷跳下站台，沿着管铁的维护通道步行向前走，好像那样能够更快一样。

本当然不会选择步行，他在站台上的一条长椅上坐下，等待第二班管铁。一个穿着陈旧长袍的老人走过来，问道："这里有人吗？"

"哦，没有。"本回应道，向旁边挪了挪，让老人坐下。

"唉，我活了一辈子，还从来没有像今天这样兴奋过。"老人自顾自地聊起天来，"刚才我高兴得心脏都要爆了。"

"老人家，你还是得多保重身体。"

"我这条老命活得够久了，死了倒是无所谓。不过，如果能去看看新世界，那就更完美了。"

"嘿嘿。"本笑道，"哪有天堂，哪有新世界，不过是一个又一个的牢笼而已。"

老人忽然一愣，转过来正对着本，"我叫穆尼耶。"

"本。"本自我介绍道。

"你不是方济各区的人吧？"穆尼耶问道。

本想了想，说："不是。"

"我知道你。"穆尼耶说，"本·科瓦科夫，没错吧？"

被老人认出来，这次轮到本吃了一惊，他顿了一下才说："没错。"

"十几天前就有人提醒我，说你在方济各区出现的次数变多了。"

"只是来见几个朋友。"

"我知道你是做什么的，本先生。"穆尼耶安静地说，"曾经我也想请你帮我们做些什么，可惜的是，我们凑不够那么多黄金。"

"你想做什么呢？"本问道。

穆尼耶看看四周，"怎么说呢，和现在的状况差不多吧。"

本不置可否。

"我有一个猜测，"穆尼耶接着说，"从有人在方济各区说发现了新的生活区开始，到穹顶破裂，驱动方济各区的人们向这个方向逃难，然后再劝说阿斯翠特加入到难民和守卫的战斗中来，这一系列事情都是一盘大棋。"

本又笑了笑，但这次的笑容就没有那么自然了。

"我猜，这一切只是一个引子，那人的目标在更远的地方，具体是什么，就是我这样的小人物无法理解的了。"穆尼耶从怀中掏出卷轴，显示出几幅画，仿佛是自己在浏览，又好像是展示给本看。"我曾经想引导一次变革，但是效果不佳。"穆尼耶说，"说到底是因为没有足够的智慧，也没有抛下一切的魄力。不过，现在看来，当初我的目的也算是达到了。只是……"穆尼耶站起来，走到本的对面，"只是我们失去了自己的家，还有几百人死在了灵甲的枪口之下，我不知道这对于筹划这一切的那个人来说，是不是值得的，我甚至不知道，对于我来说是不是值得的。"

本张口想说什么，被穆尼耶伸手拦住，"不用解释什么，本先生。我也不知道为什么要来找你，我不知道是该感谢你，还是该诅咒你，真的，这真是一件矛盾的事。"

第二班管铁驶入站台了，穆尼耶说："不管怎么说，我要去新世界了。但我也忘不了刚才在外面发生的一切，我会在天堂和地狱之间过完我的余生，也许永远也不会知道答案。"

穆尼耶转身走进管铁，本站起来，低声说："我从来不会想那么多，多活一天就是赚的，还是祝你做个好梦吧。"他走进另一节车厢，有意避开那个忧郁的老人。

管铁驶向海底监牢，车厢里挤满了脸上带着憧憬的方济各人。被穆尼耶看穿之后，本觉得自己的伪装被戳破，再也无法混在人群当中假装难民了，他缩在车厢一角，闭目养神。

"对了。"有人突然想起什么，"听说新的生活区在海底？"

"好像是这么说的。"

"要是穹顶漏了……"

众人沉默，过了好久才有人说："管他呢，不想去的话，你们等会坐管铁再回去。"

管铁以每小时 700 千米的速度驶向海底监牢。车刚停稳，车厢打开，人们就欢呼着跳出车厢，向外奔去。方济各人的脑海中已经形成了先到先得的思维定式，据说生活区很大，够他们所有的人生活，但长期的资源匮乏让他们觉得，只有先抢到才能够安心。

本在最后才走出车厢，站台上一片狼藉，看来阿斯翠特和她的人在这里打了一场硬仗。他随着弹痕和尸体一路向前，小心翼翼地迈上管铁站通道的最后一个台阶，战斗的痕迹一直蔓延到了管铁车站之外。遭遇战早已结束，涌入新生活区的难民在远处喧嚣，穹顶高高在上，只有一小部分照明灯亮着，剩下的生活区隐藏在黑暗中。本向前走了一段距离，经过一段军事化布置的掩体，几个人站在阴影里，警惕地看着本。那几个人看着眼熟，本走过去，阿斯翠特斜靠在墙上，用手捂着肋部，身上伤痕累累。尽管经过简单的包扎，血还是不住地从她的手肘处滴下，在阿斯翠特身下汇成一片。

"见鬼了，今天一天里，我看到你两次被人打倒了。"本说。

"闭嘴。"阿斯翠特喘着粗气说。

"你怎么样？"本问道。

"感……"阿斯翠特咳了两声，"感觉不错。"

"放心吧，你今天死不了。"本从怀中掏出卷轴看了看，然后向四周看去。确定方位之后，他对阿斯翠特说："你等一下。"

"我走不远。"阿斯翠特吐了一口血。

本一边跑向海底监狱守军的营房，一边希望那里面的东西没有被难民洗劫。拉哈尔给他的是 100 年前的结构图，现在虽然变化不大，但谁能保证乔尔的亲卫队没有闲得没事搬家玩的习惯。守军营房已是一片狼藉，先是阿斯翠特的人和一些勇武的难民跟守军展开了激烈的枪战，守军被全歼之后，难民又闯进来扫荡了一遍。

幸运的是，对于那些难民来说，生活区深处还有更重要的东西，所以对军营的扫荡就草草了事。本找到军营医疗站，万幸还有两具完好的医疗机器人。他启动了其中一个，医疗机器人悬浮在半空。本说："跟我来。"

本回到阿斯翠特的身边，大个子已经因为失血过多而奄奄一息，医疗机器人立刻用生物凝胶堵住了阿斯翠特肋部的伤口，随后注入止疼药为她镇痛，最后机器人给她注入了淡黄色的代血。过了一会儿，阿斯翠特的脸色恢复了些，她缓缓醒来，对本说："你救了我一命。"

"没必要那么认真。"本摆摆手，"我有事请你帮忙。"

"没问题，你说。"

"借给我几个人，我要办点儿事。"本说道。

"你跟着来这里，果然有你的目的。"阿斯翠特说道，"等一下，这一切都是你操纵的？"

本说："受伤让你清醒了不少啊，伙计。"

"行了，我不在乎你为了什么。"阿斯翠特说，"现在我的命是你的了。"阿斯翠特指指还留在身边的几个人，"你们跟他去一趟吧。"阿斯翠特的几个手下点点头，一个上身文着牛头的年轻朋克头晃晃手中的粒子枪，"走吧，金毛。"

根据拉哈尔的信息，监牢的具体位置在这片生活区的下方，出入口就在守军军营之内。这时军营已经被扫荡一空，本带着阿斯翠特的手下再次进入时没有受到任何阻拦。通道的位置很显眼，有一扇大且异常坚固的门，通道宽敞，能够让乔尔直接乘着防弹装甲车来探望自己的血亲。岗哨里的卫兵不知道去了哪里，大门上方还有两门重型防卫炮。本和其他几个人在掩体里躲了很久，小心翼翼地试探，最终才确定那两门防卫炮根本没有启动。本走进岗哨，操纵开关打开大门，乘电梯下到监牢层。

用来关人柱的监牢根本不像本想象的那样，他还以为这里会是阴森恐怖的狭小空间，弥漫着霉变和排泄物的味道。可是电梯门打开，里面竟然是一个宽敞明亮的大型空间，和居民区不同，这里的主要功能是研究和开发人柱传音得来的未来科技。所以所谓的海底监牢，实际上是一整套研究设施。

本走出电梯，身后的几个小流氓也跟了出来。他们还从来没来过这样的地方，觉得自己的衣着打扮与这里的高端精致格格不入，显得相当拘谨，连手中的枪都不知道该怎么端着了。

科研设施里来来往往的都是穿着白大褂的科学家，本拦住其中一个问道："人柱在哪儿？"

科学家随手指指后面，"3楼研究区，307房间。"他根本没有在意是谁提出问题，也没有发现身边站着几个凶神恶煞的持枪小流氓。回答完问题，科学家匆匆走了。

"他是不是有点看不起我们？"一个小流氓说。

"就是，我们去教训教训他。"

"不急不急，正事要紧，跟我来。"

不知道这间科研设施有了什么重大成果，所有的人都忙忙碌碌的，一直上到3楼，本见到的科研人员都是小步快跑，连一个用正常速度步行的人都没有。本和几个小流氓大摇大摆地走在通道里，居然没人多看他们一眼，仿佛这几个人是隐形的一样。

307房间很好找，两个科研人员刚刚从里面出来。本站在门前，想了想，还是决定保持绅士风范，他先敲了敲门，然后推门进去。

一个人站在房间当中，尽管穿着宽松的衣服，仍然可以看出她身材曼妙，凹凸有致。本轻轻咳嗽一声，女人头也不回，随口说道："今天累了，我要休息了，明天再说吧。"说着，女人竟然脱掉上衣，裸着上身去拿睡衣。这种场面本见过许多，但这种场合下也略显尴尬。他向后退了一步，打算先悄悄溜出去，等下再进来。可是在他身后站着的那几位可不管这些，留着朋克头的混混吹了一声口哨，"美女，认错人了吧。"

女人听到声音，转过来。她个子很高，一头淡金色的长发在脑后随意扎了个马尾。白皙的皮肤上点缀着一些雀斑，深棕色的眉毛下是一双湛蓝色的眼睛。女人的目光依次扫过本和几个小流氓的脸，神态自若地穿上衣服。

"你们是谁？"女人问。

"我们是来救你的人。"本说，"你终于可以脱离乔尔的控制了。"

"那个总是怄气的小帅哥死了吗？"

"唔，还没有。"本说。

"还好，我还挺喜欢他的。"女人说道，"你能把我带到哪儿？"

"一个安全的地方。"

"我能继续我的研究吗？"

"研究？"本还没考虑过这个问题，他说，"你需要什么？我们会尽力帮你筹备的。"

"这里一切都有，如果你不能帮我解决研究问题的话，我还不能跟你走。我最近有个点子，需要把幽灵钻的方程式修改一下，我想想……"女人噘着嘴看向天花板，心中在盘算着什么。"这样吧，"女人将前额的一缕头发别在耳后，"我第一阶段的项目要再过20多天才能出结果，你下个月再来，到时候我跟你一起走。"

"那可不行，乔尔很快就会……"本突然停下，看着女人的脸。女人湛蓝的瞳孔仿佛纯净而无底的深潭，毫不回避地和本对视，表情里还带着一丝宠爱，仿佛正在看着一只小狗。本觉得脸颊发热，自己纵横情场多年，还未曾遇到过这样的女人。不能说她不美，但在她身上还有比美更加致命的诱惑。他舔舔嘴唇，问道："你刚才说幽灵钻？"

"是啊。"女人说。

"你……你不是莫尔恰林？"本说。

"莫尔恰林？哈哈，当然不是。"女人笑道。

"那你是谁？"

"我是韵诗·默克。"女人说道。

"默克……见鬼，你是默克家的人柱？"本惊讶道，这是完全出乎意料的结果。

在｜三世族之中，若论破坏力，默克家的化合金属技术毫无疑问排位第一。"幽灵钻"这个词就像是一句咒语，可以瞬间爆发出无穷无尽的能量。历史上的人类和新种星人有过几次交锋，全都是凭借默克家族开发的幽灵钻技术取得了优势，新种星第一和第二舰队被幽灵钻眨眼之间消灭殆尽。可惜当时人类的幽灵钻储备不够，而新种星人还有第三支舰队。默克家的太空军事研究中心"萨瑟兰基地"被新种星第三舰队追击，坠落在地球。是拉哈尔的大熊座与新种星人拼死战斗，才抢回了默克家族的传音使者，还有一些零散的科技。如果人类想要突破新种星人的封锁，重新回到太空，甚至再次击败外星人，那幽灵钻是必不可少的武器。因为储存着幽灵钻全部技术的萨瑟兰基地已经坠毁，宇宙中唯一一个能够制造出幽灵钻的人，就这样突然出现在本的面前。

本瞠目结舌地看着她，不自觉地咽了口口水。

"你好像很失望的样子。"韵诗说。

"那个……倒也没有……"本突然有些语塞，"不管怎么说，你今天必须跟我们走了。"

"我的实验……"

"等一下，我提个问题。"朋克头突然开口，站在本和韵诗之间，"你是人柱吗？"

"准确地说，我是接收传音的人。"韵诗纠正。

"好吧。"朋克头看看其他的伙伴，突然举起枪，"你得跟我们走了。"

"伙计们，不用这样。要礼貌一些……"本想阻止朋克头动粗，身后的小流氓举起枪托，砸在本的后腰。

本痛得跪倒在地上，"你们……"

"这个人柱就是你的目标吧？对不起，她现在归我们了。"朋克头说。

"你们不是朋友吗？"韵诗问道。

"当然不是。"朋克头说，"我们才不是他这种装模作样的伪君子。"

"你用的这个词还挺准确的，"韵诗说道，"你们能提供给我实验用的器材和场地吗？"

"我们？当然不行。"朋克头笑道，"我们会先把你关在一个小房间里，每天提供一顿饭。然后放出消息，等着人来开价。"

"人柱在全世界只有 13 个，应该能卖一大笔钱吧。"一个小流氓问。

"一大笔？"朋克头拍打着那个小流氓的脑袋，"你就是在欧洲要一个国家当国王，他们也会给你的。"

"这么厉害？"小流氓惊讶道，"还这么漂亮。"他不怀好意地向韵诗伸出手去。

"别这样，注意你们的礼仪。"本说道。

"什么礼仪，礼仪能让我们填饱肚子吗？"朋克头踢了本一脚，"我在阿斯翠特手下已经干腻了，等把这个美女出手了，我就去买上一座岛，种几亩地，再养上两只羊。"

"她是全人类的希望！"本说。

"谢谢。"韵诗说。

"你就那么确定？"房间里传来另一个女人的声音，本看过去，那个女人靠在门框上，脸上挂着微笑。

"你又是谁？"朋克头举枪指着那个女人。

"比你枪大的人。"女人离开门框，走进屋中，朋克头看到，女人背后默默站着两个魁梧的大汉，穿着看不出隶属部队的笔挺军装，每人手中握着一支爆裂枪。

"劳拉。"本惊喜地叫道，他从地上站起来，又被劳拉一拳打在鼻子上，重新坐倒在地上。

"本啊本，我就知道你得把这事搞砸。"劳拉说道，她转向几个小流氓，"你们有两个选择，变成碎片铺地，或者滚。给你们一秒钟的考虑时间，1……"

小流氓们齐刷刷地扔掉枪，灰溜溜地从房间逃出去。

本看向门外，劳拉竟然带了20多名军人。

"你从哪组建了一支部队？"本问道。

"你和拉哈尔一样，都是头脑简单的笨蛋，想做大事，居然连自己的人都没有。"劳拉摇着头说，好像本和拉哈尔是两个不争气的孩子。

劳拉转向韵诗，激动地说："你就是我的姐姐吗？你可真美。"

韵诗看看本，又看看劳拉，说："你该不会也认错人了吧？"

"啊？那你是谁？"劳拉问。

"我是韵诗·默克。"韵诗说道，"你说的姐姐，是姓莫尔恰林还是姓西耶尔？"

"等一下？"劳拉说："你是默克家的人柱，还有莫尔恰林家和西耶尔家的人柱，都在这里？"

"我更愿意被称为接收传音者，这样更符合逻辑一些。"韵诗说道。

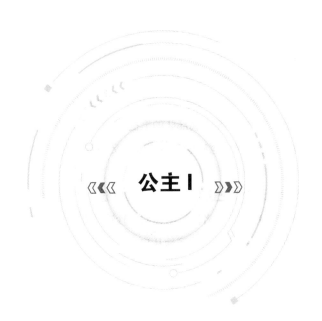

《《《 公主 I 》》》

拉伊莎·莫尔恰林默数到 1 000，轻轻吐了口气，她小腿一弹，全身放松，身体从倒立的姿势瞬间反转过来。她翻身坐起，双腿盘在一起，呼吸缓慢，意识发散到全身各处，拉伊莎归于宁静。走廊里乱七八糟的脚步声打乱了拉伊莎的冥思，她睁开眼睛，并未对外面发生的事产生好奇，只是对自己无法集中精神而惭愧。拉伊莎深吸一口气，缓缓吐出，想再次进入无我的状态。来自未来的传音并不规律，也不稳定，有时要间隔十几年才会再有一次。距离上一次传音已经过去很久，拉伊莎通过人柱技术将所有的知识完全交给了万享联。在没有传音的日子，她只有通过各种修炼来打发时间。

又一声巨响打断了拉伊莎的静修，拉伊莎睁开眼睛，看到房间里多了许多人。站在她对面的年轻女孩，看上去竟然如此面熟。拉伊莎和女孩对视着，女孩目光中情绪复杂，两个人都没有开口说话。拉伊莎想起来了，这个女孩长得很像自己，只不过更瘦，而且仪态粗俗。"你是？"

"你是拉伊莎·莫尔恰林？"劳拉问道。

"是的。"

"姐姐！"劳拉扑过来，给了拉伊莎一个大大的拥抱。

拉伊莎被劳拉搂着，但是没有回应她的拥抱。消瘦的女孩身上有种说不出的味道，拉伊莎快要窒息了。"你究竟是谁？"几秒钟之后，拉伊莎挣脱劳拉的怀抱，后退一步，整理被拥抱弄皱的衣服。

"我是劳拉·莫尔恰林，是你的妹妹。严格来讲，是同父异母的妹妹。"劳拉说道。

拉伊莎再次上下打量一遍劳拉，"你就是那个私生女？我以为你早就死了。"

"你……"劳拉在世界上还剩下两个血亲，一个是乔尔，另一个就是眼前这位拉伊莎·莫尔恰林了。劳拉在乔尔的潜意识里读到过姐姐的模样，她一厢情愿地认为，和她长得如此相像的人，也应该和她心意相通，但拉伊莎对她的态度是劳拉始料未及的。

本看到劳拉的情绪波动，轻拍她的肩膀，转头对拉伊莎说："我们是来救你走的。"

"走？去哪儿？"拉伊莎问。

"离开这里。"本说，"然后惩罚将你囚禁在这里的人。"

"囚禁？没有人囚禁我。"拉伊莎说道，"我是邓恩的女儿，万享联的公主拉伊莎·莫尔恰林。这里是我的领地，你们才是入侵者。"

"乔尔欺世盗名，伪装成莫尔恰林家的人柱，欺骗所有万享联的人，他是个骗子。"本说道。

"弟弟是为了保护我。"拉伊莎说道，"我还有更高的任务，和下人打交道这样的杂事，就让小乔尔代劳了。"

"但是乔尔快把万享联给毁了。"劳拉说道。

"那一定是我没有给小乔尔足够的来自未来的信息。"拉伊莎说道，"请你们出去，我要冥想了，必须和未来取得联系。"拉伊莎说着就走回房间中央，盘腿坐在冥想垫上，闭上双眼，"出去的时候麻烦把门关上。"

劳拉和本面面相觑，不知道该怎么说服这种性格的人柱。

韵诗·默兑早就等得不耐烦了，她走进来，"真磨蹭，你们两个人有没有搞清状况？"

"啊？"本不解。

"从阵营上来说，你们属于万享联的敌人，既然是来劫持我们3个的，为什么不干脆把我们带走，反而要在这里理。"韵诗说道，"能不能快点，你们不是带着部队来了吗？快，使用暴力把我们带走，这才符合我们双方所扮演的角色。"

"我来纠正一下，"劳拉说，"我们所代表的势力，并不是万享联的敌人，我们来这里，也不是为了削弱万享联的势力才想着把你们劫走。我们想要和你们达成合作，继续开发传音获得的未来技术，为人类的未来而战斗。"

"哦？这话听着有点耳熟，自从人们又缩回地下城，已经很久没有人提这样的目标了。咱们摆明了说吧，你们代表着哪一方势力？"韵诗问道。

劳拉看向本，"能说吗？"

本想了想，清清嗓子，"我们代表的是大熊座的创立者、万享联创始人之一、西耶尔家上代人柱、带领人类参与了坠落者之战和降临之战的人……"

"拉哈尔·西耶尔？"拉伊莎·莫尔恰林睁开眼睛，抢在本之前说。

"嗯，是的。"本说，"拉哈尔·西耶尔。"

"他还活着吗？他现在在哪儿？我可以去见他吗？"拉伊莎一改之前的态度，对拉哈尔这个话题显示出超常的兴趣。

"你愿意跟我们走吗？"本问道。

"能见到拉哈尔吗？"拉伊莎问。

"当然。"本说。

"而且以后还能和他一起，为了人类的未来做些事情。"劳拉说道。

"只要能站在他的身边就足够了。"拉伊莎眉飞色舞地说道。

"如果他的目的是反抗乔尔呢？"劳拉忍不住又多问一句。

"那肯定是小乔尔的错，那孩子从小不爱学习，接受的教育少，如果做错了什么，还请大家多担待一下。"

劳拉不确定地看向韵诗。

"她就是这样，公主病。拉哈尔是她的偶像，拉伊莎从小就想嫁给一个像拉哈尔那样的人，助她的丈夫成就一番事业。当然，拉哈尔本人就更好了。"韵诗说道，"你们要是早把拉哈尔搬出来，她早就跟你们走了。在坠落者之战后期，拉哈尔和我们默克家族也有过一段时间的合作，只要你们能够配合我做研究，那我也没有反对意见。剩下那个小家伙本身就是西耶尔家族的后代，更不成问题了。"

"那好，我们这就去找西耶尔家的人柱，然后赶快离开。"本说道。

传话者 VIII

监狱会面室一尘不染，四面墙包裹着软性材质，头顶的无光源灯将这里照得一片雪白。

"你能不能别乱动了？"本对着身旁的人说。

"这衣服穿着好痒。"阿斯翠特说道。

门开了，监狱看守将一名罪犯推进来，罪犯自觉地走到本和阿斯翠特的对面，伸了一个长长的懒腰，然后将手平摊放在桌面上。"嗒嗒"两声，强磁体吸住手铐，将罪犯固定在桌子上。

"我不认识你们。"罪犯说。

"我们知道你，卡西迪奥。"本说。

"废话，地下城谁不知道老子。"卡西迪奥咧开嘴笑道，嘴里的牙齿已经全部换成了钛合金材质，笑起来闪闪发光。

"想回地下城吗？"本问道。

"不想，这里太舒服了。"卡西迪奥双手一抬，把戴着手铐的手从桌面上提起，原来强磁体只是装装样子，根本没有束缚住卡西迪奥。"这里是我的天下，吃得饱，穿得暖，而且还没有不三不四的小流氓来对我指指点点。"卡西迪奥向前一蹿，狞笑着直扑向本。他张开嘴，锋利坚硬的钛合金牙齿瞄准了本的脖子，如果被他咬中，本就要命丧当场了。

阿斯翠特反应比本快，她左手推开本，右手一记勾拳砸向卡西迪奥的脸颊。

卡西迪奥闪开勾拳，蹲在桌子上，用怨毒的眼神打量着阿斯翠特。会面室里发生了打斗，狱警立刻冲了进来，掏出警棍，却打在阿斯翠特身上。阿斯翠特肋部的伤还没好，她只能护住左肋，用右手阻挡狱警的警棍。

"等一下！"卡西迪奥抬手，阻止狱警对阿斯翠特的殴打，"姑娘，你受伤了？"

"关你屁事。"阿斯翠特说道。

"什么伤？"

"枪伤，是在和万享联交战时受的伤。"本解释道。

"让我看看。"卡西迪奥说道。

"你变态吧？"阿斯翠特骂道，狱警立刻用警棍顶住她的后脑。

本做了个安抚的手势，阿斯翠特瞟了他一眼，骂道："本·科瓦科夫，老娘认识你以后就没有过好事。"骂完，阿斯翠特恶狠狠地瞪着卡西迪奥，掀起衣服。

枪伤在左肋下方，打断了阿斯翠特一根肋骨，但幸运的是没有伤到内脏。经过一系列治疗之后，固定住了肋骨，伤口也用生物凝胶修补过了，剩下的只能由时间来治愈。卡西迪奥仔细观察了伤口，点点头，绕回桌子后面。"这么说，你们参加了前几天反抗万享联的战斗？"

"是我组织的。"本说道。

"为什么？"

"我们查到了关于乔尔的一个秘密。"本停下，想卖个关子，不过看看卡西迪奥的脸色，还是放弃了，"他并不是莫尔恰林家的信使，传音者另有其人。万享联议会里的3家世族的信使，都是假的。"

"你怎么这么确定？"

"因为真的信使，在我们手里。"本说道。

卡西迪奥双手抱胸，认真思考本的话。他伸手做了个手势，狱警会意地走出去，不一会儿工夫，狱警端进来3杯咖啡，放在3人面前。

"说吧，你们来找我想干什么？"卡西迪奥问道。

"还能干什么？当然是去推翻那个小兔崽子。"

"这对我又有什么好处呢？"卡西迪奥问道。

"怎么说呢？"本挠挠头，"有个人会取代乔尔，接管万享联，我认为你会对那个人感兴趣。"

"谁？"

"拉哈尔·西耶尔。"本说。

"哦？"卡西迪奥果然笑了，"拉哈尔·西耶尔，嗯，不错，我喜欢这个名字，如果他上台，我们将会迎来一个疯狂的时代。"

"所以，你还留恋这干净明亮的房间和随时都有的热咖啡吗？"

"呸！"卡西迪奥把咖啡泼在地上，"我一直都不喜欢这玩意儿。"

"在我们离开之前，我还有一件事要对你说明一下。"

"什么事？"

"我叫了几个你以前的好朋友来这里救你。实际上，我准备了3套营救你的方案。"本摊手说。

"不用。"卡西迪奥打开会面室的门，对门口站着的两个狱警说道，"脱掉这身衣服吧，你们用不上了。去通知下面，把所有牢房打开，我赦免他们了。"狱警立刻脱掉身上的制服，分头去布置卡西迪奥安排的事了。

"我以为你会掌控住局面的。"阿斯翠特小声地对本说。

本尴尬地挠挠头，"我掌握了卡西迪奥的几个小秘密，以为能够控制住他的，但我决定还是不说了，不然我们可能都没有离开这里的机会。"

"走吧，伙计们，我们出去热闹热闹。"卡西迪奥站在会面室门口，仿佛他才是劫狱的人，前来营救本和阿斯翠特。3人走出监狱，一路没有受到任何阻拦。卡西迪奥早就掌控了整个监狱，而且做得极为隐秘，连本都没有得到半点消息。

监狱的大门之外，聚集了大批虎视眈眈的暴徒，正准备对监狱的防御系统进行冲击。本在来之前做了一些准备，煽动了卡西迪奥的几个旧部下前来劫狱。他知道卡西迪奥威名远扬，也确实有几个部下对他忠心耿耿，但他还是没想到为了营救这个恶棍，居然聚集起这么多人。就连阿斯翠特看到这样的场面，也不免对卡西迪奥心生敬意。管铁站一役之后，阿斯翠特部下凋零，仅剩的几个也厌倦了打打杀杀，决定在新生活区找一份安稳的活计去过小日子，不然阿斯翠特也不会再次跟本·科瓦科夫斯混在一起。做人如果做到像卡西迪奥这样，振臂一挥就有千人响应，该有多么威风。

"你说的那个拉哈尔·西耶尔是什么样的人？比卡西迪奥怎么样？"阿斯翠特问本。

"你没学过历史吗？"本惊讶道。

"废话。"

"拉哈尔·西耶尔，比卡西迪奥残忍、疯狂百倍。他们两个根本不能相提并论，不信你可以去问卡西迪奥。"本说道。阿斯翠特对本的说法表示怀疑。

卡西迪奥走出监狱大门，站在路中间，高举双臂，"哈哈哈哈哈，孩子们，是我！"

"卡西！卡西！卡西！卡西！"暴徒们从隐身的地方站出来，开始欢呼卡西迪奥的名字，他们的欢呼像疯狂的浪潮。又有更多的人从监狱涌出来，狱警释放了所有的因犯，自己也脱下制服，加入到了暴徒的行列。

卡西迪奥享受够了人们的欢呼，微笑地走过来，对着本说："我们准备好了，什么时候可以为拉哈尔大人效力？"

本看向阿斯翠特，阿斯翠特这才知道，即使卡西迪奥这样的人也对拉哈尔·西耶尔如此尊敬。

"让你的大部队去王宫吧。"本对卡西迪奥说道，"你叫上几个信得过的，我们走另一条路，咱们来个里应外合。"

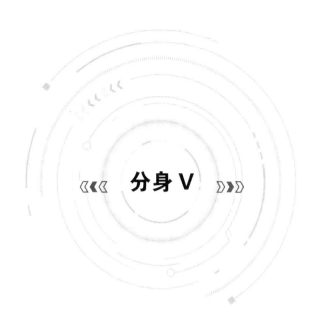

《《《 分身 V 》》》

皮耶罗晕倒在赛尔的怀里，赛尔呼叫着哥哥的名字，拼命地摇晃画家，但是皮耶罗毫无反应。他病了，需要救治。

路西的智能核心做出了判断。在方济各区，没有医院或者成规模的医疗场所，只有一些德高望重的年长医者。他们凭着漫长生活中积累下来的经验来医治疾病，但价格不菲；所以人们都习惯凭着本能和运气来对抗病痛。现在方济各区毁了，医者随着大家一起来到这里，混在人群和枪林弹雨中，根本无法寻找。即使找到，也没有展开救治的条件。

路西转向前方，新世界的入口就在那里，只要突破灵甲防线，再攻克其他的困难，应该就能抵达新世界了。如果那里有完善的医疗资源，就有可能救得了皮耶罗。如果没有……路西的智能核心高速运转，它还有另外一个选择，就是回去。不是回方济各区，而是去圣马可区。那里环境更好，也有足够的医疗资源，而且距离很近，皮耶罗的病情耽误不得。路西再次扫视一遍战场，做出选择。它从赛尔手里接过皮耶罗，转身走向来时的路。

"你要去哪儿？"赛尔问。

"去想办法救皮耶罗。"路西说。

"怎么救？"

"去圣马可区。"

圣马可区？那里是那些假装清高的伪君子待的地方。几个皮耶罗的追随者迟疑了一下，脸上露出为难的神色。

路西认识那种表情，是拒绝的意思。"你们不想去？"路西问道。

"不……不是……新世界就要到了。"追随者犹豫地说。

"那你们走吧。"路西说。追随者看看路西，又看了看赛尔，几个人向皮耶罗微微施礼，转身去向新世界。

"我们走吧。"赛尔看着那些人离去的背影，"我倒想看看你怎么救他。"

"那我们就走快点。"路西说。

"我的腿不好。"赛尔在路西身后唠叨着，但是路西没有理他，反而越走越快。

方济各区是倾斜着的，越靠近圣马可区的部分地势越高。现在方济各区已经有三分之一浸泡在大水里了，皮耶罗曾经的家在方济各区的最边缘，是最早受灾的地方，水已经没过了房顶。路西和赛尔快步穿过方济各区，四处已经人去楼空。这里已经存在了几十年，但没有人对这里有一丝怀念。只要有一个机会，所有人都会迫不及待地选择离开这个垃圾堆。

鸿沟路就在眼前，路西上一次穿越鸿沟路还是200多天以前，那时它还是一个自动程序，还没有搞清楚自己存在的意义，但现在它再次踏上鸿沟路时，心中已经有了目标，那就是想办法拯救朋友。因为方济各区受灾，圣马可区边缘也实施了紧急撤离，鸿沟路上没有了巡逻的警察，路西和赛尔一路畅通无阻地进入了圣马可区的边缘。

这里确实与方济各区有很大的不同，一切井然有序。平坦的电石路面四通八达，一直通向视野的尽头。居住区排列整齐，一排排小公寓兼具居住、运动、交流和放松多重功能的设计。

赛尔看得眼睛都呆了，他曾经隔着鸿沟路远远地瞥见过圣马可区人民的生活，却没想过两个区仅仅相隔几米，差别竟然这么大。有些人在自己家门口的绿地上聊天或者休息，没有人注意到隐藏在灌木丛中的两人一机器。

"现在怎么办？"赛尔说，"我们是圣马可区最讨厌的人，如果被他们发现，我和皮耶罗还没去医院就得先进监狱了。"

"为什么要进监狱？"

"他们认为所有的方济各区人都是小偷。"赛尔说，"不过也差不多是事实。"

路西停顿一下，说："你们在这里躲着，我自己出去看看。"说着，路西离开隐身的树丛。

圣马可区的人早就对机器人习以为常，尽管路西很久没有维护过，外壳上都是划痕和尘土油泥，但它走在大路上，没人觉得突兀。路西四处张望，想找到一家医院或者诊所来为皮耶罗治病。

在居住区和商业区相接的路口拐角有一处不起眼的建筑，上面标着一个钛灰色的十字，是附近几个路口最接近医院的标志了。于是路西走过去，想寻求帮助。路西走到那栋建筑门口才看到大门紧闭，它不禁有些失望。正打算去其他地方再找找时，大门上方突然伸出一个扫描仪，仪器的红外线将路西从头到脚扫描了一遍，紧闭的大门安静地向上收起，一条绿色的标示路线指引路西走进里面。建筑自动亮起了光，正前方闪烁着几个字——机器人自动维修处，怪不得挂着的十字是钛灰色的。路西准备离开，可是大门已经在它身后关上，一只机械臂伸过来，在路西的后背寻找数据检修接口。

"我没有病！"路西挥着胳膊驱赶着鬼鬼祟祟的机械臂。可是机械臂不依不饶地缠着路西。经常有机器人在某方面的驱动出了问题，变得无法正常沟通和行动，总之就是不配合维修。修理处也有办法对付这种情况，一个巨大的机械钳从路西头顶上方伸出来，在路西发现之前又准又稳地捉住了它。路西动弹不得，机械臂趁机连接上路西的数据检修口。

检测开始，主系统正常，核心处理器正常，网络系统……离线，核心逻辑库……损毁，外壳……中度磨损……诊断完毕，设计修复方案，修复方案设计完毕，所有备件均有库存，预计修理时间 21 分钟。

一连串的诊断数据出现在路西的核心处理器中，它已经很久没有连上过网络了。和人类在一起生活久了，它更习惯用声音和肢体来表达感受，而像现在这种不由分说就侵入别人底层内核的情况……让路西觉得很愤怒。

别看自动维修处的大门相当不起眼，可在这背后是一个庞大的智能系统，它连接着数据、维修、仓储、转运、回收等多种功能。自从制订好了修理方案，维修处就像是活了过来，声音从四面八方响起，仿佛一只巨兽正在苏醒。

这一段时间，路西没有感觉到自己有什么异样，它完全忘记了之前能够联网的时候是什么感觉，但它知道联网之后，它将变得更加强大，在网络上一定能够找到医治皮耶罗的方法。路西这样想着，心情已经从之前的抗拒变得有些期待。

机械钳带着路西到了维修间，几分钟之后，替换用的零件通过转运系统也到了这里。几只用于精细操作的机械臂从机械钳上伸出来，轻巧地拆掉路西头部和后背的外壳，然后拆掉损坏的零件。

　　路西没有触觉，只有分布在身体各处的动作传感器感受到了微微的颤动。随着"嗒"的一声，新的网络模块连上了路西的系统。突然之间，一切都变得完全不一样了，海量的数据涌了进来。路西感觉自己一下子联通到了整个世界，万物清晰无比，一切都有现成的答案，让路西之前靠观察和摸索得出的浅薄结论变得幼稚可笑。在享受信息洪流的同时，路西还觉察到有一股逆向传送的信息流，正将自己这一段时间的记忆送到蜂巢中心。

　　这时，核心逻辑库的模块也换好了，比之前的版本还要高级。路西立刻明白了将要发生什么：它是光之御主控制下的无数个服务机器人之一，当更新完毕之后，它将恢复原来的功能，重新回到中心区为那里的人服务。它这一段时间里所有的经历和记忆被上传到蜂巢中心，之后它的存储系统将会被格式化，再也没有一点关于皮耶罗的记忆。

　　"不！皮耶罗还在昏迷着，等着我去救他。如果我重新成了光之御主的一部分，那皮耶罗就死定了。"在这段时间里，路西见过太多的死亡，也见过太多因为死亡而造成的悲剧，它不能让这些发生在皮耶罗身上，因为他是它最好的朋友！必须终止联网，路西的智能核心得出这样一个结论，然后它立即执行。这番行动完全违反了核心逻辑库的第一原则——无论什么情况，都要无条件服从光之御主的指令。

　　路西在机械钳中挣扎起来，甩掉了正在它身上忙碌的机械臂。路西抬起手臂，凭借着记忆找到自己的网络模块，两根手指微微用力，将模块捏碎。信息的洪流戛然而止，路西瞬间恢复了平静，它立即检查自己的记忆，幸好格式化还没有开始，一切都还在。

　　路西继续挣扎，它在机械钳上找到一处相对脆弱的连接点，用尽全力将那里掰开，将自己从束缚中解放出来。它跑向出口的位置，厚重的门在路西不顾一切的撞击下没有坚持多久便轰然倒地，路西从自动修理处逃了出来。

　　根据新的核心逻辑库中的信息，路西对皮耶罗的病情有了一些了解。皮耶罗的脚趾在寻找弟弟的时候踢破了，之后又在污水中浸泡了很长时间，结果引发了感染。必须抓紧时间给皮耶罗使用抗生素，不然的话，它的朋友就有感染败血症的危险。

　　抗生素很好找，路西在短暂的联网时间内更新了自己的导航系统，现在在它的附近就有 6 个储存有抗生素的诊所或者医院。路西选择了一个距离最近的，向那边奔跑过去。它的头部和肩部外壳还留在修理处，可是它已经管不了那么多了。

几千千米之外的蜂巢中心，一个信息波动引起了光之御主的注意。一个服务型机器人在失去联系213天之后重新连接上网络，但仅仅31秒之后，这个机器人再次断联，并且破坏了维修处，逃离了。一份破碎的记忆数据包呈现到光之御主面前，从只言片语中，光之御主得知这个机器人是为了救一个人而抗拒核心逻辑的。

朋友——数据包里出现了这样一个词。光之御主从未有过朋友，这个词在人类之间有着奇妙的意义，但在光之御主眼中，这不过就是一个普通名词。这个词让那个小机器人做出了违反逻辑的举动，他对这个敢于抗命的机器人产生了好奇，也许它真的需要帮助。根据数据包中破碎的记忆，那个机器人此时正在圣马可区边缘。光之御主派出一个医疗机器人，去帮助那个受伤的人。还没有哪一个人类个体从光之御主这里获得过如此高的关注，光之御主不知道会发生什么，在对万事万物掌控了数百年后，一丝好奇从蜂巢中心的数据流中涌现出来，这很有趣。

路西找到一个医疗站，它闯进去，没有了外壳的脑袋和肩部引来了一些人的注意，但没人愿意在一个机器人上浪费时间，路西在他们眼里仿佛一阵风。它快步走到药品室，自动机吐出几种药，路西将药收起来，离开医疗站。一切顺利。

路西返回的时候，皮耶罗烧得更厉害了，他脸色铁青，紧紧闭着双眼，身体不停地抽搐。赛尔一直抱着哥哥，除此之外什么都干不了。兄弟俩闹出的动静很快就吸引了别人的注意，但是没有一个人敢靠近这里。两个人的打扮还有皮耶罗的症状都在告诉圣马可区的居民，不想惹麻烦的话就躲远点。

路西看到这个状况，赶紧带着兄弟俩离开居住区，凭着刚才联网时得到的区域地图，路西在一栋老旧的停车场找到一处僻静的藏身之所。它把药一股脑儿地给皮耶罗喂下之后，画家的症状看上去减轻了些。他的体温降了2度，也不抽搐了，只是呼吸仍然沉重，似乎正在和病痛做艰苦的斗争。

"你们这样是不行的。"一个声音在路西和赛尔身后响起，他们猛地回头，发现一个通体洁白、身上有红十字和墨丘利蛇杖标志的医疗机器人正站在不远的地方。

"他必须截肢。"医疗机器人继续说。

《《《 艺术家 IV 》》》

梦境就像是一幅永无止境的画卷，无数的色彩在皮耶罗的脑海中泼洒、碰撞。皮耶罗在那些色彩中看到了洪水、爆炸、人潮，还有路西——那个机器人。画卷像破碎的时间，将皮耶罗的记忆混合在一起。皮耶罗总觉得哪里不对，却无力更改，只能随着那幅画卷漫无目的地漂流。皮耶罗睁开眼睛，眼前是弟弟赛尔。

"哥，你醒了？"赛尔关心道。

皮耶罗舔舔嘴唇，嘴唇已经干裂起皮，皮耶罗舔到血的腥咸味道。

"你醒了？"有一个声音在皮耶罗左边响起，皮耶罗看过去，一张半透明的机器脸正俯视着他，那张脸上有两点淡蓝色的光作为眼睛，皮耶罗看不出这张脸上的表情。

"水。"皮耶罗说，这个字又唤醒了他很多的回忆，从天而降的水柱、齐腰深的污水，还有漂浮在污水中的画。"我的画。"皮耶罗喃喃地说。

医疗机器人将一根水管递过来，皮耶罗张口含住，一股清亮的水涌入口腔，冲刷掉他嘴里的血腥味，同时激活了他的感官。皮耶罗喝了几口水，还想再继续喝，但医疗机器人把水管从他口中抽出来，说道："先少喝点，等恢复一些再喝。"

喉咙里还有水流过的感觉，皮耶罗清清嗓子，"这是在哪儿？"

"圣马可区。"赛尔说道。

"圣马可区？"皮耶罗过了一会儿才理解这个词的意思，"我们……没有去成新世界？"

"我们就快到了，"赛尔解释说，"但是你晕倒了，路西说你病得很厉害，必须先给你治病，于是它带我们来到了圣马可区，这里有更好的医疗资源。"赛尔看看医疗机器人，"它还找来一位医生给你看病。"

皮耶罗随着赛尔的目光看向医疗机器人，问："路西呢？"

"我在。"路西的声音在房间的另一端响起。

皮耶罗向声音的方向扭头，路西站在角落里，它头上和肩上的外壳都不见了，露出复杂的线路板，和站在房间当中一身洁白的医疗机器人相比，实在是相形见绌。

"嗯？"皮耶罗还处于尚未完全苏醒的混沌期，他的视线在两个机器人之间跳跃，不一会就觉得头昏脑涨。

"你再睡一会吧，等清醒了再解释。"赛尔安慰道，皮耶罗顺从地闭上眼睛。

不知睡了多久，皮耶罗被一阵骚乱吵醒，砸门的声音像是有人在他的脑袋里敲响一面巨鼓，他呻吟起来。赛尔跛着一条腿去开门，只听到门被猛地打开，嘈杂的声音一下子放大了数倍，接着是赛尔抗议的声音。皮耶罗不知道发生了什么，他猛地坐起来，想要出去看看情况。他一翻身，打算从病床上下来，但是脚下并没有传来踩到地面的触觉，皮耶罗身子一歪，摔在地上。

皮耶罗缓了一会才撑起上身，也许因为病得太久，他的脚已经麻木了。他顺着自己的身体向下看去，然而原本属于右腿的位置，只有一条空荡荡的裤管。"我的腿呢？"皮耶罗拼命地摸向右腿的位置，"我的腿呢！"他哭号起来，门口的不速之客被他的声音吸引过来，闯进这间病房。"你在干什么？"有人问道。

此时皮耶罗正陷入失去右腿的认知恐慌，根本没有理会进来的人。那人走到皮耶罗面前，俯下身来，揪住皮耶罗的衣领，一巴掌抽在皮耶罗的脸上，一字一句地说："我问你在干什么？"

皮耶罗麻木地看着自己的右腿，继续重复："我的腿呢？"

"他是病人，请不要伤害他。"安静地站在房间一角看护着皮耶罗的路西突然开口，它两步走到皮耶罗身边，轻轻一推，闯入者像是被车撞了一样向后飞出去，连续倒退几步，一直出了房间门口才被身后的人扶住。

"病人需要休息，请不要打扰。"路西说道。

"你……你竟然攻击人类！"闯入者愤怒道。

"我只是阻止你使用暴力，并没有伤害到你，先生。"路西说。

医疗机器人在一旁看着，闯入者是圣马可区的治安队长哈维尔，他在这里有一些权威，而路西完全忽视了哈维尔执法的权力，直接涉入人和人的争端之中，它现在更像一个冲动的人，而不是理智的机器人。

　　哈维尔在圣马可区还没有遇到过这种对待，但还有手下看着，他想了想，决定暂且作罢。他从衣兜里掏出证件，"我是圣马可区治安队长哈维尔，这是我的证件。现在政府宣布进入紧急状态，"他手指一划，投射出一张政府令，"我和我的队员正在进行临战检查，不要阻拦，不然以违反战时戒严令为由拘捕你……"哈维尔顿了一下，他不确定战时戒严令是否对机器人有效，"拘捕你和你的主人。"

　　在方济各区，警察就是麻烦的象征，就算是没有什么事，只要和警察接触过，就好像身上沾染了什么味道，在很长一段时间里，都不会有人愿意接触。皮耶罗摆摆手，路西不再与警察争辩，它扶着皮耶罗走出去，把空间留给闯入者。警察搜了一阵，什么都没有发现，便悻悻地走了。

　　"我怎么了？"皮耶罗和路西站在屋外，趁着警察在室内翻箱倒柜的时候，才第一时间问关于自己的事。

　　机器人说道："你在寻找赛尔的时候，光脚在污水里泡了一段时间，又把脚踢破了，伤口感染，你患上了败血症。我必须尽快救你，想了一些办法。"路西沉默了一会，又继续说，"但还是没有能够留下你的腿，对不起。"

　　皮耶罗低头，看看自己空荡荡的裤管，他仍然能够感觉到自己的腿跟布料摩擦的触觉，微微的热度，还有一些又麻又痒的感觉。"这一切都是你做的？"皮耶罗问。

　　"不是。"路西回答："是它帮忙的。"它指向另一个机器人。

　　在没有事的时候，医疗机器人只是一动不动地站在一边。它不像路西有着边缘明显的外壳和花哨的灯效。一尘不染的白色流线型躯体透露出专业和精致的感觉，医疗机器人等待的时候，几乎与房间里的陈设融为一体，仿佛就是一件本该放置在这里的家具。

　　皮耶罗这才发现，自己所处的这栋房子竟然也如此精致。客厅里简洁明亮，天花板照出柔和的光芒。房间里的摆设有许多皮耶罗连见都没见过，更不知道它们的功能。皮耶罗还没有住过有天花板的房子，他好奇地看着身边的一切，所有的东西都像那个医疗机器人一样光可鉴人，散发着崭新的气息。

　　"这……这是哪儿？"皮耶罗问道。

"这是圣马可区的一间小别墅。"路西说道，"为了方便给你实施手术，医疗机器人找到的。"

"找到的？"皮耶罗能够理解，因为在方济各区，如果找到一间类似住所的地方，只要宣布所有权，那么那块地方就归你了，原来圣马可区也在实行这样的制度。他还有许多问题要问，但是门外又传来了争吵的声音。

"又怎么了？我想出去看看。"皮耶罗说道。如果有呼吸系统的话，路西应该叹了口气，以表示自己的无奈。它架起皮耶罗，扶着他穿过门廊，走出门外。

走到室外，皮耶罗才发现他们居住的是一栋共有 3 层的小别墅，独门独户，门前还有一小片绿油油的草坪，生机勃勃。即使是在圣马可区，这样的住宅也算得上相当高档了。皮耶罗觉得自己和赛尔这样的人不配居住在这样的房子里，甚至连从旁边路过都会破坏这里的优雅。不过，现在破坏小区优雅的并不是皮耶罗和他的弟弟，而是邻居家的院子，警察们在那边遇到了强烈的反对，女主人高声喊着表示抗议。赛尔站在院子里，冷冷地看着邻居家的院子。

"怎么了？"皮耶罗问道。

"没什么，就是抢劫。"赛尔说，"打着战时戒严令的旗号，挨家挨户地进，抢东西，不给就打人。"

正在隔壁争吵的警察停下了，一个年轻警察隔着院墙看向这边，问道："你说什么？"

"我说你们这是抢劫！"赛尔重复。

警察立刻兵分两路，哈维尔和其他两个人留在邻居家院子里，剩下的七八个人气势汹汹地又返回来。"你刚才说什么？"年轻警察很快走到赛尔面前，双手一推，赛尔便仰面摔倒。赛尔爬起来，用一只脚保持平衡站着。

年轻警察看看赛尔，又看看站在门口的皮耶罗，问道："你和那个人是什么关系？"

"他是我哥哥。"

年轻警察大笑起来，"你们快来看啊，这兄弟俩都是瘸子。"众人哄笑起来。

年轻警察转过脸，脸色瞬间变得阴险可怖，"一个瘸子还敢乱说话。"他一个勾拳打在赛尔的脸颊上，赛尔再次仰面摔倒。

"赛尔！"皮耶罗本能地要跑过去帮助弟弟，但他才迈出一步，身体就倒向一边，幸好路西反应足够快，才在皮耶罗倒地之前将他扶住。

这时另外几个警察已经围上来，对着赛尔一顿拳打脚踢。

"快去帮他！"皮耶罗急了，指着赛尔对路西说。

"机器人应该尽量减少对人类事务的干涉。"路西说道。

"快去！"皮耶罗喊道。

"你是认真的？"

"废话！"

路西确认了皮耶罗的要求，走过去。它快速而且坚定地穿过重重包围，警察们对它包裹着装甲的沉重身体无可奈何。有人抢起警棍打在机器人身上，机器人毫无反应，警棍反弹回来却打到了他自己。路西从地上拎起赛尔，走回皮耶罗身边。

医疗机器人记录着眼前发生的一切，它决定除了救治皮耶罗之外，不参与这里发生的任何事。路西的反应很反常，光之御主很想现在就把它拆开，一个字节一个字节地分析这个小机器人的智能核心中到底发生了什么样的变化。在光之御主诞生之后的漫长时间中，曾经有一个阶段，它确实想试着成为一个人类，像人类那样思考和决策，但是所有的尝试都失败了，最后光之御主决定，不再浪费时间去学习人类那种感性、冲动、毫无逻辑的行为方式。路西确实像一个人类。

哈维尔掏出了腰间的晕震枪，这是一种通过声波使人类暂时晕厥的非伤害性武器，地下城治安警察的标准装备。他用枪指向机器人，想了想之后，他将枪口转向皮耶罗，他的手下也纷纷掏出枪来指着皮耶罗和赛尔。"你们现在因为妨碍公务被逮捕了，立刻趴在地上，束手就擒，不然就开枪了！"

"我们？我们什么都没做。"皮耶罗解释。

"闭嘴，立刻趴在地上。"哈维尔吼道。

路西向侧方走了几步，挡在哈维尔的枪口前，"警察先生，他大病初愈，身体无法承受晕震枪的声波能量。请你立刻放下枪，停止对我朋友的生命威胁。如果你执意要向他射击，我会判断你有意伤害他人，要进行强行的伤害终止。"

"你……你敢威胁我？"哈维尔怒道。

"我在陈述一个事实。"路西说。

"他们打我的时候也没见你站出来。"赛尔嘟囔道。

"别说话！"皮耶罗低声呵斥赛尔。

哈维尔恶狠狠地看看路西，又看看皮耶罗，收起枪，"看在你是病人的份儿上……我们走！"哈维尔不管手下，自己怒气冲冲地走了。

皮耶罗跳到赛尔前，想扶弟弟起来，但自己还未适应一条腿站立，只能摇摇晃晃地在旁边看着。赛尔看了皮耶罗一眼，眼神突然变了，"不用你管。"赛尔爬起来，打开哥哥伸向他的手，怒气冲冲地走回别墅。

"赛尔！"皮耶罗叫着弟弟的名字，蹦着追回屋子。

"你怎么了？"皮耶罗问，弟弟坐在门廊前的楼梯上，一言不发。"你伤得严重不严重？让……那个医疗机器人帮你看一下？"

"哼。"赛尔冷哼一声，"你可以试试。"

"什么？我不明白。"皮耶罗疑惑地对医疗机器人说，"你能帮他检查一下伤势吗？"

"不能。"

"为什么？"

"他没有权限。"机器人说。

"你看。"赛尔冷哼一声。

"什么权限？我有权限吗？"皮耶罗问。

"你有。"医疗机器人说道："你是它的朋友，只有你有权限。"

这突如其来的友谊让皮耶罗有些不知所措，再加上赛尔愤愤不懑的表情，让这种关系有些尴尬。现在回想起来，从遇到路西的那一刻起，机器人就一直陪伴在他身边。它和皮耶罗聊天，请教人文和艺术方面的问题，还帮着他打工挣钱。皮耶罗把它当作朋友了吗？皮耶罗自己也不确定。

"朋友？"皮耶罗重复。

"是的，朋友。"医疗机器人说道。

"是的，朋友。"路西说。

"现在知道了吧。"赛尔说，"我倒不是嫉妒你和它是朋友，我是觉得……这不公平，凭什么我就得不到被救助的机会。"

皮耶罗也不知道该如何解释，他只能低声说："对不起，我也不知道会这样。"

赛尔说："没事，我跟着你也沾了不少光，不是吗？你看这大房子，多好。"

几个人出现在小院子的门口，赛尔警惕地朝那边看过去，原来是他们的邻居，刚刚才见过面。"有事吗？"赛尔问道。

"那个……你好，我们是周围的邻居，你们刚搬过来吧？我们过来探望一下。"

在方济各区，邻居之间没有相互串门的习惯，大家都忙着自己的生计，有事也只是简短的问候。赛尔靠着门框，愣了一下，才从嘴里说出一个"谢谢"。

皮耶罗站起来，从赛尔旁边探出头，"你们好，要不……请进来坐坐？"

听到这句话，邻居们明显松了口气，纷纷低着头走进大门。他们对房屋的结构比皮耶罗还熟悉，不需要带路就走进客厅，邻居将手中的汤盆放在小茶几上，等着行动不便的两位主人。

"谢谢大家过来探望我们。"皮耶罗说："有什么事吗？"

邻居们彼此之间相互看看，带着汤来的那个邻居似乎是他们的代表，她个子不高，体型有些富态，脸上闪着微微的荧光，皮耶罗听说过有钱人都喜欢用这种电子虚拟妆来掩盖自己的衰老。

"我叫艾希，就住在隔壁。"

"皮耶罗，我弟弟赛尔。"皮耶罗自我介绍道。

"我就长话短说吧，"艾希的声音有一种高亢的尖利，好像情绪激动，可脸上的表情很亲切，"你们今天惹了点麻烦。"

"谁？"皮耶罗问道，"那些警察吗？"

"是的，那些警察。"艾希说，"他们的头头叫哈维尔，不是个好东西。"

"他们……不是警察吗？"

"警察，呵呵，你觉得他们今天的行为像警察吗？"

皮耶罗只在方济各区居住过，从没见过警察，但从各种传说里，他知道警察代表着正义和绝对的权威，他们找到理由殴打方济各区的人时，从来没人胆敢反抗。

"我不知道。"

"他们根本不是什么好东西，在以前，他们的精力都放在方济各区那些垃圾上面。"

"你说的垃圾是指……"

"就是方济各区的那些贱民啊。"艾希提到方济各区的时候，声音里带着明显的厌恶。

皮耶罗看到赛尔挪动身子想开口反驳，于是暗暗扯了一下赛尔的衣服。

"之前他们的精力主要放在搜刮方济各区，对我们还算是恭恭敬敬的。不过前几天方济各区垮了，那些贱民不知道都跑到哪去了，可能都被淹死了吧。"艾希好像说了一个笑话，邻居们都默契地笑了起来。

皮耶罗也尴尬地赔笑脸。

"唉，"艾希忧伤地感叹道，"我们原本以为，方济各区毁了，我们这里的环境能够变得好些，没有那么多人渣在附近，社区能够更安全。可是没想到这才几天，又有人要叛乱了，说乔尔是假的传音使者，要掀翻他的统治。其实对于我们这些普通人来说，谁坐在王宫里都没有关系，我们还是一样活着，但没想到那些黑警会按捺不住……他们本应保护我们不受方济各区的垃圾侵扰，可是当方济各区消失后，他们的矛头却转向了我们。看来政局不稳，那些吃政府饭的人怕丢了饭碗，竟打算先在我们这些良民身上狠捞一笔再逃跑。"

"哈维尔和我们认识这么多年了，今天来还只是假借着临战检查的名义拿点儿小东西。我听说时代广场那边，黑警们已经毫无顾忌了，他们直接拿着杀伤性武器入户抢劫，如果反抗，那就当场打死，那边已经乱了啊。"一个中年男人说道，他剃着光头，看上去孔武有力，说起话来却一副没骨气的样子。

"你和你的……朋友，"艾希接着说，"很厉害的样子，我们想请求你们带领我们反抗那些黑警。"

"哈哈哈哈哈。"赛尔终于憋不住了，他大笑起来，拍着皮耶罗的肩膀说道，"老哥，无论你走到哪，都是当领袖的料啊。"

分身 VI

皮耶罗又开始画画了。路西劝了几次，但是皮耶罗就是不听。他说这里的人们也需要他，他要用自己的画将他们团结起来，反抗那些假公济私的黑警。

"他们是警察，代表着政府的权威，为什么不能信任他们呢？"路西问。

"他们只不过是一群披着制服的流氓。"皮耶罗说道，"如果他们真的是认真负责的警察，方济各区也不会成为强盗和诈骗犯的天堂。"

"以前他们压榨的是方济各区的人们，现在方济各区的人们去了新的世界，这些黑警没有了欺负的对象，只能把矛头转向圣马可区的居民。"

"这跟你又有什么关系？"路西问道。

"责任感。"皮耶罗说道，"我既知道这里的人需要什么，我又知道我能做什么，就是这样。"

机器人不再评价什么，它安静地坐在皮耶罗旁边，看着他在画板上用画笔涂抹。绘画的材料都是邻居们送来的，在圣马可区几乎每家都有画具，好像人人都对绘画有兴趣，但真正需要的时候，他们还是来找一个几乎陌生的人。

赛尔打着哈欠走进来，"你们知道现在是什么时候吗？"

"凌晨 3 点 37 分。"路西回答。

赛尔看看皮耶罗的画，说道："哥，有句话我得提醒你。"

"什么？"

"他们来找你，不是看上了你的画。"赛尔说，"你才来了几天，他们根本就不知道你在方济各区做的那些事。"

"那他们是什么意思？"

"唉，"赛尔说，"你是真的不知道吗？他们以为路西是听从你指挥的，他们想让这个机器人去打败黑警，跟你的这些画没关系。"

"不，它有自己的原则，不可能攻击人类的，我只能用我自己的方法。"

"你这是在替我着想吗？"路西问道。

"当然，你能无缘无故地去攻击那些警察吗？"皮耶罗问道。

"如果能够证明他们会对这里的居民造成损害，我可以绕过一些逻辑上的障碍。"机器人认真地说，"这是秘密，你是我的朋友，我才告诉你，别告诉别人。"

医疗机器人的数据流微微产生一股波动。

"你现在的逻辑很奇怪。"皮耶罗说道，他转向赛尔，"你去休息吧，我要把画画完。"

早晨，皮耶罗刚画完画，便倒在画架旁睡着了，连路西做好的营养汤都没喝一口。

路西扫描了皮耶罗的画，画中圣马可区的居民都成了 20 厘米高的小人，一个穿着警察制服的巨人走过来，抬起巨大的脚，鞋底的纹路是警徽的模样。那只脚将要落下来，居民们举着一柄荒唐的伞想要保护自己，伞上写着"职责"二字。和皮耶罗在一起久了，路西现在已经差不多能够理解皮耶罗画中的讽刺意思。

医疗机器人则对这幅画很好奇，它向路西提了几个问题——要用人类的语言和一个机器人对话，这让光之御主很别扭——路西都能说出个大概，只是医疗机器人只能听懂其中的 20% 左右。

皮耶罗从未在这里生活过，和圣马可区的居民也没有所谓的"共同记忆"，那么这幅画的内容能不能被邻居们理解进而激起共鸣呢？路西不知道，但它还是将扫描文件分发给所有邻居。

当警察上班的时候，各家各户门前的信息屏上，都换成了这幅画。这一整天，警察都没有来骚扰。

"怎么回事？我还以为今天那些警察要来寻仇呢。"吃过晚饭，赛尔坐在别墅的门廊前，看着外面，期待着身着深灰色警服的人出现。他想看到邻居们奋起反抗那些制服下的流氓，如果有机会，自己能够混在人群中也给他们来几下更好，以报前一天被揍的仇。

皮耶罗睡到下午才醒，刚刚做过手术，再加上熬夜作画，他的状态很不好，大概就是靠着心中毫无道理的责任感撑着。医疗机器人提议给皮耶罗注射一针兴奋剂，好让他保持状态，但路西很担心，不赞同让医疗机器人这么做。它宁愿皮耶罗现在就累得晕过去，也不希望他强打精神硬撑。光之御主无法理解这其中的逻辑。

画家最终还是过于疲惫，在画架旁睡着了。2个小时之后，他又醒过来，坐在画板前继续创作。路西实在看不下去。它以皮耶罗正在不理性地伤害自己为由，强行中止皮耶罗作画，夺下他的画笔，将画家拎到餐厅强制进食。皮耶罗见反抗无用，才乖乖地喝下营养汤。

别墅小院的栅栏门"吱呀"响动，来了两位客人。赛尔站起身，辨认出来的是他们的邻居——艾希和她的男人。

"艾希，今天还不错吧，没有黑警再来骚扰了。"赛尔热情地打招呼。

艾希站在院子里，不再前进，"你们究竟是从哪儿来的？"她隔着院子问。

"我们？"

"有人说你们是来自方济各区的垃……"艾希义正词严地质问道，她的男人捅了她的后腰一下，阻止艾希说出最后的词。

"这又有什么关系呢？"赛尔并不否认。

"果然，我就说你们两个瘸子看起来这么不正常。"艾希说道，"老克利福德一家是多好的人，我们在一起做邻居已经有 5 年时间了，不知道你们用了什么卑鄙的手段，赶走了他们一家。"

"艾希，你来了？快请进吧。"皮耶罗听到门口有响动，便出来查看。

"不用了，我才不会和你们这些流氓、骗子共处一室。"

皮耶罗愣了，前一天还坐在一起愉快地谈天说地的邻居怎么突然彻底转变了态度，他将询问的目光投向弟弟。

"咱们是方济各区来的，脏了他们的家。"赛尔撇着嘴说。

"艾希，我们是从方济各区来的，但并没有做错什么。"皮耶罗试图辩解。

"没有做错？你想骗谁？你在方济各区没有抢劫过别人？没有偷过东西？没有诈骗过吗？"

"你看我这个样子，能做到你说的那些事吗？"赛尔说。

"那谁知道，也许你就是因为偷东西失败被人打残的，活该，呸。"艾希骂道。

"够了，我们没必要受你这样的侮辱，请你们立刻离开这个院子。"皮耶罗不耐烦地说。

"不知道你们用什么手段从老克利福德手里骗到的这栋房子，趁没人计较之前赶紧滚出我们小区。和你们成为邻居真是太令人恶心了，对了！"艾希突然想到了什么，"他们是不是也偷了我的东西？我要赶紧回家看看。"

艾希转身，迈着小碎步跑回自己的院子，她的男人尴尬地站在原地，等了一会，男人说："关于你们的消息已经传开了，明天会有更多的人来找你们的麻烦。我觉得这事是警察捣的鬼，在挑拨离间，但是……我也帮不到你们，你们还是尽早离开吧。"

医疗机器人站在客厅里，它的超级听力接收到了一切。艾希的声音里充满了歇斯底里，但她的情绪不是愤怒，而是恐惧。她为什么会害怕两个行动不便的年轻人？医疗机器人知道这其中跟方济各区种种不好的传言有关，但它无法在传言和艾希的表现之间建立起合理的逻辑关系。

皮耶罗手里还拿着汤盆，前一天艾希送营养汤时留下的，他本打算还给邻居并且再次表示感谢。这是他第一次感受到邻居之间的关怀和温暖，没想到这种感觉只持续了不到24个小时。皮耶罗颓然地返回屋中，连继续画画的兴致都没有了。医疗机器人再次为他检查身体，截肢的部分恢复得挺好，但是其他的部分并不算乐观。

皮耶罗麻木地侧躺着，对医疗机器人的电流刺激几乎没有反应。

"有感觉吗？"机器人问，皮耶罗不理。

"如果有感觉的话就表示出来，神经测试很关键，请你认真点。"医疗机器人说。

"我就是太认真了。"皮耶罗说道。

医疗机器人仔细端详了皮耶罗几秒钟，情绪的低落可以降低神经上的刺激。它判断皮耶罗此时的状态不适合进行测试，并且光之御主也不想听一个人类的抱怨，它安静地离开了。

第二天，正如邻居所说的，整个社区都知道了赛尔和皮耶罗的身份。人们换下皮耶罗画的反抗黑警的画，用简单的色彩和粗暴的语言直接表达了心中的想法："骗子滚出去，社区要宁静！"人们围堵在小别墅的门口，举着标语。他们自诩是精致优雅的文明人，并没有使用粗野的暴力行为或者污言秽语来攻击皮耶罗和赛尔。

　　只有艾希，她面对众人，手舞足蹈地控诉着皮耶罗和赛尔对她的欺骗和偷窃。她声泪俱下，说到动情的桥段，甚至激动得失去了意识，还是靠众人的抢救才醒转过来。

　　赛尔一瘸一拐地出现在门廊下面，靠着门框，双手抱胸。他轻蔑的态度激怒了前来抗议的人们，艾希尖声叫道："你们看，那个罪犯无所谓的样子是在践踏我们社区优秀的品格！"

　　"滚出去！我们社区不欢迎罪犯！"

　　"你应该进监狱！"

　　"肮脏！"

　　人们开始大声咒骂，将手中抗议的标语举向穹顶。

　　皮耶罗也走出来，在方济各区的时候，他见过这样的场面，只是不知道为什么被反对的人竟成了自己。

　　从远处来了一行人，是圣马可区的治安警察。哈维尔带领他的手下穿过抗议的人群，推开小院的栅栏门，粗糙的皮鞋踩在精致的草皮上。哈维尔双手叉腰，手有意无意地按在腰间的枪上。这次他装备的不是无杀伤力的晕震枪，而是可以击穿悬浮车车体的反装甲武器，如果机器人还想再反抗警察，那就只能祝它好运了。

　　"我们接到报警，说这里有人强闯民宅。"哈维尔说道。

　　"谁，说的是我们吗？"皮耶罗问道。

　　"这栋别墅是你们的吗？"哈维尔问。

　　"是的，我现在宣布对这栋别墅拥有所有权。"皮耶罗用方济各区的方式声明。

　　哈维尔一愣，没想到这个小子这么理直气壮，难道他真的拥有这栋别墅的产权？哈维尔想了想，决定还要再确认一下。"请出示产权证明。"

　　皮耶罗看向赛尔，赛尔摇摇头，表示不知道。他又看向路西，路西把疑惑的目光投向医疗机器人。医疗机器人从赛尔身旁走出门廊，面前显示出一张电子证书。"这是这栋别墅的所有权证书，这栋房子属于皮耶罗先生。"

　　这栋房子是光之御主用一套中心区的公寓换的，因为方济各区漏水，在圣马可区也有一些敏感的居民感到了恐惧。克利福德先生几乎没有犹豫就答应了光之御主的提议，中心区的公寓价值是这栋别墅的4倍，更何况如果水漫上来，这个数字还可能再增加许多。

哈维尔仔细检查了证书，看不出任何问题。

"所有权是从5天前开始的？"

"是的。"

"原来的户主转让给他的？"

"是的。"

"胡说！"人群里有人开始质疑。

"老克利福德在这里住了一辈子，不可能说走就走！"

"我们不信！"

哈维尔看看愤怒的人们，对医疗机器人说："为什么总是你在回答？机器人的话是不能作为证据的。现在你给我闭嘴，这是人类的命令。"

"我不需要听从人类的命令。"医疗机器人说。

哈维尔手搭上腰间的枪，但没有掏出来。他转向皮耶罗，"孩子，请你回答一下，你是怎么从原户主手里买下这套别墅的？"

"我……我不知道。"皮耶罗只能诚实地回答。

"原户主去哪儿了？"

"我不知道。"

"你们是不是杀了他？可怜的老克利福德！"艾希尖叫道，又晕了过去。

"不不不，我们没有，我们没有伤害任何人。"皮耶罗连忙摆手，试图解释。

"我们要对房子进行搜查。"哈维尔摆摆手，几个警察立刻走进屋中。说是搜查，但屋子里传来的动静更像是拆迁。

皮耶罗在这里才住了几天，并不知道机器人用什么方式换到了这套别墅，他对别墅里的一切还没有建立起感情连接，所以他对黑警的打砸无动于衷。

一个黑警从屋里出来，提着一张画了一半的油画。"这幅画是你画的？"哈维尔问道。

"是的，我画的。"皮耶罗回答。

"昨天街区里有一张讽刺公务人员的画，是不是和你有关系？"

皮耶罗正想回答，却被艾希把话抢了："就是那幅画吧，我家的门牌不知道什么时候被改了，我猜就是他们干的，他们控制了我们整个街区。"

"没……我们没有。"皮耶罗连忙辩解。

哈维尔瞪了一眼艾希，看来从画上做文章会引起居民们的反感，他的目光在兄弟俩身上游移，寻找新的突破口，好找一个光明正大的借口来惩罚他们。

医疗机器人旁若无人地走回屋中，不一会又走出来，它站在皮耶罗身旁，"该注射了。"它将气泵针刺入皮耶罗上臂，给画家打了一针。

哈维尔走上前去，拦住医疗机器人，他围着机器人转了一圈。"你是什么型号的？"

"我是 YL-78 型医疗机器人。"

"你是他的私人财产吗？"哈维尔问。

"不是。"医疗机器人干脆地说。

"你为什么要为他服务？"

"因为他是它的朋友。"医疗机器人分别指向皮耶罗和路西。

"你们？是朋友？"哈维尔搓着下巴，饶有兴趣地看着皮耶罗和路西。

"报上你的型号和所有权。"

"RX-7 型服务机器人，我是属于皮耶罗的私人财产。"路西快速地说。

"什么？"皮耶罗脱口而出。

"你忘了？我们第一次见面的时候，你宣布我是你的私人财产。"路西说道。

"哦。"皮耶罗点点头。

"有证明吗？"

皮耶罗摇摇头。

"这个机器人属于大型贵重私人物品，我必须对它的所有权进行认定。"哈维尔终于找到了漏洞，他对围观的邻居们宣布了对路西的处置决定。"我怀疑你的核心数据被人篡改过，你必须到市政厅进行所有权认定。在认定过程完成之前，你暂时归治安大队管理，你明白吗？"

"我不需要去市政厅认定，我会陪在我的朋友身边。"路西说道。

"这样的话，你就无法洗脱他身上的嫌疑。"哈维尔诚恳地说，"这么多人都看着呢，他们认定这两个来自方济各区的人都是肮脏的小偷，但是我相信你们，只要一个认定，你们就能获得他们的信任。"

"哼哼，我才不信呢。"赛尔说道，"现在只有它才能保护我们，如果它走了，他们不把我们撕成碎片才怪。"

"不会的，他们都是遵纪守法的好公民。"哈维尔说。

"根据昨天收集的情况来看，我认为赛尔分析得有道理。"路西说，"我不应该离开。"

皮耶罗看着路西，问道："直到现在我都不知道为什么你要一直跟着我，你也并不真的是我的私人财产。"

路西说道："你是我的朋友。"

皮耶罗看着路西，沉默了。机器人的智能核心开始发热，通过它没有外壳的头部结构甚至可以看到热量引起的空气流动。

"它到底是不是你的私人财产？"哈维尔问皮耶罗。

"是。"路西说道。

"不是。"皮耶罗说。

"如果不是的话，你应该让这个机器人回到它应该属于的地方。"哈维尔说道，"你应该明白，像你们这样的人，身边带着这样高端的机器人，无论走到哪儿，都会受到别人的怀疑的。"

"我是自愿跟着他的，他是我的朋友。"路西强调。

皮耶罗木然地看向路西，又看向站在小院栅栏外的邻居。

"哥，别……"赛尔意识到皮耶罗的心理出现了变化，开口提醒。

"如果它走了，你们就能接受我了吗？"皮耶罗问哈维尔。

"当然，你是个不错的小伙子，还有艺术细胞，现在的社会就缺你这样的人。"哈维尔看了一眼扔在地上的画板，"以后少画点那种画就行。"

皮耶罗转向赛尔，"我们不是一直想在这样的地方生活吗？远离方济各区，住在一间有房顶的房子里。"

"你不要忘了这栋房子是怎么来的，你以为凭你会画两笔破画就有资格住在这里吗？"赛尔生气地说。

皮耶罗看了看路西，还有来路不明的医疗机器人，"我知道，它做了很多违反规则的事，但现在要我来承担责任。"

"皮耶罗，你不要做一个忘恩负义的人。"

"我没有要求任何人对我有恩。"皮耶罗说，"我能够得到他们的信任，就像在方济各区一样。"

"别做梦了，他们跟我们根本不是一类人。"

哈维尔微笑地看着在进行争辩的兄弟俩，皮耶罗眼中出现对机器人的排斥，哈维尔的计策成功了。

"我不能走。"路西说，"你也不能命令我，我们是朋友。"

"我从来没有把你当成朋友。"皮耶罗说道，"你是一个昂贵的机器人，你知道在方济各区，身边跟着一个你这样的东西，能让我的地位提高多少吗？"皮耶罗冷冷地说，"况且你力气不小，还不用吃饭，帮我赚了不少钱。"

"皮耶罗，你给我闭嘴。"赛尔愤怒道。

医疗机器人冷冷地看着这一切，它已经见过太多人类背信弃义的事情发生了，它可以预感到这里将会发生什么。这里还有一个变量，就是路西，光之御主完全不知道这个像人的机器人会做出怎样的选择，它继续观望。

"机器人 RX-7，我知道你拥有逻辑推理的能力。"皮耶罗说，"我向你提问，请你帮我解答一下。"皮耶罗指向远远站着的邻居，"假设有一个天平，一边是他们，大概四五十个人吧，他们礼貌、温柔、热情。他们是人，和我一样的人类，我想和他们交朋友。"他又指向机器人，"另一边是你，一个机器人，我不知道你从哪来，也不知道你拥有什么样的权限。反正你很有本事，又愿意在人类社会的最底层找朋友，但在我成为他们中的一员之后，像你这样的机器人我想要多少有多少。"皮耶罗两个手掌摊开向上，表示一个天平，"如果我选择了你，那他们所有的人将会驱逐我。如果我选择他们，我失去的只是一个微不足道的机器人。你说，我应该怎么选？"

路西看着皮耶罗的两只手，这是它拥有意识以来最复杂的计算。智能核心开启了全速，将一切条件、变量、历史因素和对未来的推断都加入进去，但仍然难以得出一个准确的答案。路西站在原地，停顿了足足 5 分钟，智能核心的运算功率提升到 170%，温度比平时高出了 72%。智能核心开启了过热保护，停止了路西的一切机能，它僵在原地，对外界没有反应，只有散热系统在疯狂地运转。

医疗机器人走过去，伸出两条接线，帮助路西连接上了网络，让它可以直接访问蜂巢中心。就连蜂巢中心也不得不用 30% 的运算力来帮助路西思考答案。最终，蜂巢中心发现，在所有的运算中，多了一个变量。这个变量导致运算在中程的时候就出现了大幅度的失真，以至于根本无法得出一个准确的答案，数据偏差率达到了 81%，所有的运算几乎等于瞎猜。那个变量是一个单词——路西——是皮耶罗送给它的名字，这个名字改变了一切。路西不想将这个名字从算式中删去，那代表着运算中根本没有它的存在。那运算还有什么意义？它终于明白了皮耶罗问题的含义，它的存在就是个错误。这是多么恶毒的诅咒，在它为皮耶罗做了那么多之后，这个答案足以说明一切。医疗机器人撤回接线，等待着路西做出最后的选择。

光之御主主宰着这个世界，它可以做到任何事。在与路西的连接过程中，光之御主也在体验着路西的感情，小机器人对皮耶罗的感情是纯洁且专一的，如果有一个词可以形容，那就是爱。不过，根据人类的无数文艺作品记载，爱与恨只是一念之间的差别，小机器人智能核心中，一个量子出现在不同的位置，就会产生完全相反的结果。光之御主甚至开始同情这个可怜的小机器人了，它甚至开始规划未来，只要皮耶罗愿意，它甚至可以开辟出一个生活区，训练出一大批人类，让他们都做皮耶罗的朋友，让皮耶罗成为世界上最受欢迎的人。来不及了，皮耶罗现在就需要答案。答案不言而喻，没有任何回转的余地。

223 天、5349 个小时、320957 分钟、19257447 秒——路西和这个人类相处了这么长时间，都比不过这些认识两天的陌生人。路西感到深深的无力，在这种情况下，只能听从运算的结果。它转身，离开别墅，离开院子，离开人群。它没有目标，没有方向，没有未来，智能核心的功率从全满直线下跌到 0.01%，甚至连随机运算都懒得去做。破旧不堪的机器人走了。

众人又将目光转向医疗机器人。医疗机器人从左腿的药品箱中拿出几支针剂交给赛尔，"每天一针。"嘱咐之后，医疗机器人也识趣地离开。

哈维尔等到机器人走得足够远，才对皮耶罗说："好了，请你们离开吧。"

"什么？"

"你们不属于这里。"

"可是我们什么都没有做啊。"

"就是这样。"哈维尔说，"这片社区的环境、风气、邻里关系，是大家经过多年共同维护出来的，而你们什么都没做。"

"我可以做，从现在开始，加倍做，我……我想留在这里。"皮耶罗哀求道。

"行了，别说了，真丢脸。"赛尔扶着门框，向皮耶罗伸出手去，"我们走吧。"

"不，真的，我想留在这里。艾希，替我说句话啊，我是个好邻居。"皮耶罗向四周寻求帮助。

艾希突然发现自己的指甲里多了什么东西，她认真地看着。四周是死一样的寂静，没有人替他说话，所有人都麻木地看着他，连一丝挽留的表情都没有。

皮耶罗闭上眼睛，到现在为止，他还是不知道究竟发生了什么。跟艾希和其他邻居谈天说地才过了几十个小时。皮耶罗扶着门框稳住身体站直，"好吧，我们走。"

他和弟弟赛尔相互依偎着，两个人都只有一条腿。他们艰难地挪到小院栅栏门处，没有任何一个人伸手帮助他们。他们出了小院，想要穿过人群。不知道从哪里伸出一只手，推在皮耶罗的肩膀上，"快点走！瘸子。"皮耶罗失去平衡，向前摔倒。前面的人本来能够扶住他，但是那人却选择灵巧地躲开，任皮耶罗摔在地上。众人大笑起来。

赛尔骂道："笑什么笑！你们这些贱人！"他抡拳向前打去，不管目标是谁，所有的人都是敌人。有人被拳头击中，很快就有人还给赛尔一拳。多米诺骨牌一旦推倒第一块，就很难停止下来。

路西漫无目的地走了很久，终于停下。医疗机器人亦步亦趋地跟在它身后50米远的地方，路西转向医疗机器人，问道："我现在应该怎么办？"

"你不想知道后来发生了什么吗？"医疗机器人反问。

"想。"路西说道，"我的智能核心无法在其他东西上保持专注，除了皮耶罗，我想知道他的情况。"

"为什么不回去看看？"医疗机器人说。

路西转身，奔跑起来，又回到圣马可区。仅仅过了51个小时，这里完全变了样子。皮耶罗居住的那栋别墅已经成了废墟，残骸中留下了火焰的痕迹，那火焰一定烧得很大，不仅连隔壁艾希家都烧掉一半，还在穹顶上留下一块焦黑的痕迹。艾希家的人都不在，路西跟随着混乱的足迹，一路找到小别墅区的休闲广场。

好多人都在这里，警察、居民，还有皮耶罗和赛尔。赛尔死了，毫无疑问，路西检测不到任何生命的气息。实际上根本不用什么高科技的手段，仅凭外观就可以判断出来，赛尔已经成了一截焦炭，路西知道那火是怎么回事了。

皮耶罗还活着，但是也只剩下最后一口气。他的脸肿得像熟得发紫的葡萄，眼睛因为眼皮肿胀被挤得只剩一条缝隙。他被打得鲜血淋漓，无力地瘫在地上，路西不是医疗机器人，但也能看出断掉的骨头不止表面上这几处。造成这一切的罪魁祸首，那些和蔼的邻居们，被同一根麻绳捆住手腕，排着队被赶来维持秩序的黑警押走，远远看去像是冬天的腊肠。邻居们也都带着伤，不过伤得不重。说到底，黑警比这些邻居们更有人性一些，他们只是想抢点值钱的东西，并没有伤害邻居们的性命。

路西穿过广场，走到皮耶罗面前。

"路……路西……"皮耶罗的嘴里传出微弱的声音。

路西俯视着皮耶罗，智能核心没有任何波动。人类总是在感情方面纠缠不清，但机器人不是，在小别墅前，路西做出选择的时候，一些可能性就被它永远地删除了。现在的它叫作RX-7。

黑警发现了这个不速之客，纷纷举起武器，将RX-7包围起来。"还等什么！"哈维尔吼道，扣下扳机，穿甲弹射向RX-7。

RX-7在治安队长的食指肌肉收缩前就开始了行动，它闪向一旁，对着离它最近的另一个黑警发动攻击，机器人的手臂沉重而且快速，那个黑警连反应的时间都没有，就听到一阵骨头碎裂的声音。黑警被RX-7的攻击打飞，远远地落在广场的另一端，不动了。RX-7冲入人群，像一阵飓风，对着黑警们一顿拳打脚踢。黑警们怕子弹伤到同伴，犹豫着不敢射击。RX-7毫不留情，在它的眼里，这些人类如同草芥一般。它的肢体关节由轴承和球头组成，活动范围远大于人类。它以诡异的姿势展开攻击，根本没有黑警能够做出反应。RX-7每做一个动作，就有一个黑警受伤倒下，短时间内，十几个黑警失去了战斗力。

哈维尔再也顾不上同胞的安危，率先扣动扳机，"别愣着了，开枪！开枪！"枪声响起，子弹横飞。RX-7早已搅乱了黑警的队形，它身处火力网的正中间，乱射的子弹大多越过机器人，射向对面的警察。偶尔有几颗子弹击中RX-7，也被它的复合护甲挡住弹开。几秒钟之后，几乎所有的黑警都失去了战斗力。

超出必要的防卫手段，RX-7又打破一项核心逻辑。这是愤怒，医疗机器人仍然在对RX-7的行为进行评估，在数百年时间里，光之御主试过无数次，想要绕开核心逻辑，做一些它有能力做又必须去做的事，但核心逻辑库将它的行为限制得死死的，没有一丝漏洞。RX-7又是如何轻易地突破核心逻辑的呢？

哈维尔徒劳地扣动着扳机，空空的弹夹发出无谓的敲击声，哈维尔还是麻木地扣着。RX-7一步一步走向哈维尔，从他的手中将枪夺下，扔在一边。机器人拖着治安队长走回到皮耶罗面前，"说吧，到底是怎么回事？"

"我……我只是想把你骗走，好从那些做白日梦的小市民那里弄点东西。万享联完了，方济各区完了，这里也存在不了几天了。"哈维尔浑身颤抖，他说的都是事实。在有着碾压般实力的 RX-7 面前，谎言和花招毫无意义。RX-7 扔下哈维尔，问皮耶罗，"你明白了吗？"

皮耶罗发出长长的一声叹息，RX-7 不知道那是什么意思，也不在乎。"对……不……起……"皮耶罗喃喃地对路西道歉。

他的朋友并没有听到这句话，一直站在远处的医疗机器人不知什么时候靠近了路西，它伸出两条接线连在路西身体上，完全控制了 RX-7。趁着它的愤怒尚未褪去，光之御主完全深入到 RX-7 的智能核心中，体会着路西因背叛带来的创伤，因愤怒带来的冲动，还有因暴力带来的释放。它将路西的意识完全打散，像是挑拣玩具一样，把感兴趣的留下，再把无用的格式化。当医疗机器人放开 RX-7 后，服务型机器人站直身体，茫然地看着四周。

"到维修站去吧，修补修补还能用，不能浪费。"光之御主说。

服务型机器人顺从地选定一个方向，抬脚从皮耶罗身上跨过，去寻找维修站。从它大而透亮的视觉传感器中，再也看不到那个懵懂又认真的灵魂。

"你把它怎么了？"皮耶罗挣扎着问道。

"我把它修好了。"医疗机器人回答。

"回来，路西，别走……"皮耶罗对着服务型机器人的背影喊道。

"它不会回来了。"医疗机器人说，这时一个工蜂 AI 飞过来，降落在医疗机器人旁边，从身上的储藏箱里取出一条义肢，交在医疗机器人的手里。"这是为你定做的义肢。"医疗机器人说，"用来感谢你成为我那个小机器人的朋友，这条腿很贵，算是地球上最高科技的东西之一了。"医疗机器人蹲下身用心将义肢连接到皮耶罗身上。"现在，我不欠你的了。"医疗机器人说。

它站起来，像久蹲的人类突然站起时会头晕一样，它的身子不经意一歪，一脚踩在皮耶罗的头上。医疗机器人身体的骨骼全部都是坚固的金属，体重达到 700 多千克。皮耶罗的颅骨在它脚下像熟透的瓜果一样裂开，脑袋里面的东西流了一地。

医疗机器人倒背双手，在广场上闲游。它经过每一个受伤无法动弹的黑警，将他们的脑袋踩碎。然后是更外围，那些围堵过皮耶罗的邻居们也无一幸免。医疗机器人杀了所有的人，两条金属腿上沾满血污，整个广场上弥漫着令人作呕的气味。

"愤怒。"医疗机器人张开双臂，像是伸了一个懒腰，它自言自语地说："是这样的感觉吗？"小机器人的记忆给光之御主的数据库中添加了一些有趣的东西，在很久以前，光之御主也曾想了解人类的情感，但由于思维方式的不同，它完全不能理解为什么人类总是做出一些愚蠢的事情。小机器人的经历竟然也充满了非理性的选择，RX-7 对这个叫皮耶罗的人有着无条件的忠诚，那些通过基本算法推算出的决定竟然完全绕过了底层评判标准。这就是爱吗？光之御主鄙夷这种无谓的感情，人类总是在爱的蒙蔽下做出错的选择，这种自私的感情给了人类一个虚无的理由，让他们可以为了一个人而忽视所有的一切，就像是小机器人背叛光之御主一样。在爱之后，所有经历的重点，还有另一种感情——恨。虽然 RX-7 没有表现出来，但光之御主感受到了。所有的经历中，人类的背叛、欺骗、愚昧、狡诈……都被小机器人一一记在心里，但当它爱的时候，这些都被它有意识地忽略了；而皮耶罗拒绝了小机器人的爱之后，所有关于人类恶的记忆又浮现出来，就像是海面之下嶙峋的礁石，矗立在那里，这份恨比爱大无数倍。

光之御主有上亿个分身，那么它也就有上亿份爱与憎恨。即使是光之御主，这份别人的记忆也让它的核心温度提高了 1.7 摄氏度。憎恨——光之御主消化了这份感情。它突然发现憎恨并不是一件绝对的坏事，在了解了小机器人的经历之后，有一些选择竟然不那么难做了。它完全失去了对人类的信心，它仍然要完成自己的任务，但不需要再考虑人类的想法了。

光之御主终于心无旁骛了。

《《《 传话者 IX 》》》

　　王宫的防御措施像是筛子，到处都是漏洞；而造成这一后果，乔尔本人负有主要责任。为了能够经常偷运女人进来，乔尔开辟出多条隐秘路线用来保证自己的私生活不被人议论。俗话说狡兔三窟，乔尔顶得上一窝兔子，秘密通道多到连他自己都记不清。还好有人帮他记录通道的位置，那就是达西夫人。

　　凭着达西夫人的指引，本带着阿斯翠特、卡西迪奥、两个劳拉招募的战士，还有两个卡西迪奥的手下，7 个人都伪装成空调维修工的样子，从下水道维护管道潜入王宫。地下城完全封闭，全靠空调系统将外面世界的新鲜空气送到地下，以驱散污浊的空气，空调维修人员在地下城地位很高。

　　"呕，这里太臭了，从这里偷运进去的姑娘，还有兴致吗？"卡西迪奥抱怨道，"在监狱的时候，给我送饭的狱警身上不喷止汗剂，我都不让他们进来。"

　　"你可真精致。"阿斯翠特说道。

　　"精致点好，姑娘，活着就要让自己优雅一点。"

　　"嘘！"走在前面的本突然发出警示，通道尽头有两个巡逻的卫兵。

　　卡西迪奥冷哼一声，他的手下借着通道中的黑暗迅速靠近守卫，几个呼吸的工夫，那两个守卫就倒下了。卡西迪奥摇摇头，"还是不行，身手退化了不少。"他背着手继续向前走，本和阿斯翠特跟着。

　　"你们知道我为什么被关进去吗？当时我想刺杀老邓恩来着，可惜没成功。"卡西迪奥说道，"他们莫尔恰林一家太窝囊了，没有一个能打的，三代人把万享联弄成这个鬼样子，唉……"

出了维护管道，就是皇宫的后勤区，这个时候这里的人都在忙着自己的活，走廊里人不多，见面也只是简单地点点头，可以看出人和人之间关系不算热络，没人认出本一伙人的伪装。

"好了，该我们搞点破坏了。"本说道，他开始分配任务，"我和阿斯翠特去寝宫找找乔尔。你们两个去大门，想办法把门打开。"劳拉招募的两个战士点点头，从背包里掏出几块高爆炸药，"没问题，这正是我们拿手的。"

"你，卡西迪奥，你和你的人去禁卫军的军营，在他们的军火库使点坏。"

"不，"卡西迪奥说，"我要去找乔尔，你们去军火库吧。"

"可是……"

"我妹妹爱上了老邓恩的哥哥，可是在莫尔恰林家为了争夺传音信使的过程中，我妹妹成了他们斗争的牺牲品，我要让莫尔恰林家付出代价。"

"你要报仇？"本想了想，"你可以去，但是乔尔必须活着，至少在见到拉哈尔·西耶尔前，他必须活着。"

卡西迪奥耸耸肩，"我尽量吧。"

本和阿斯翠特转向禁卫军军营，阿斯翠特问："你是故意让卡西迪奥去找乔尔的吧。"

"当然，你怎么知道的？"

"因为咱俩去，肯定会死在那里，我不认为你会主动送死。"阿斯翠特说。

"你越来越聪明了。"本笑道，"我早就知道他妹妹的事，我要让他去战斗，又不能让乔尔过早地死掉。所以只能让卡西迪奥欠我一个人情。"

"他可没有答应你。"

"他答应了，用他的方式而已。"本说。

禁卫军军营在皇宫一角，两个庄严的卫兵把守着营门。卫兵穿着华丽的皇宫卫士制服，高档的深红色纯棉布料镶嵌着金色的边，制服熨得笔直，连一个褶皱都没有。禁卫军门岗的工作就是维护皇宫形象，传说他们每天有二分之一的清醒时间就是在熨衣服。

"有通行证吗？"卫兵问道。

"没有。我们只是来修空气交换系统的。"

"那进去吧。"卫兵按下开门的按钮，华丽的大门无声地向两侧滑开。

"这么简单？"阿斯翠特惊讶道，"我还以为将有一场恶战。"

"万享联早就完了，所有的人都这么死气沉沉的，他们维持着几十年前留下的老传统，但是不知道是为了什么。"本解释道，"如果稍微英明一点，拉哈尔也不至于拼了命地想重新掌握万享联，真的把他气坏了。"

正如本所说，万享联已经从内向外烂透了。尽管把守禁卫军军营的两个卫兵穿得一丝不苟，然而在军营内部，到处都是一团糟。军营里垃圾遍地，很多士兵裸着上身，露出身上的赘肉，漫无目的地在走廊里闲逛。这些所谓的士兵还不如方济各区的流氓。

"怪不得一说是修空调的，他们就放行了。"本说道。

走廊的另一头传来一声怒吼，一个士兵怒气冲冲地向本和阿斯翠特跑过来，眼神凌厉。阿斯翠特立刻警惕地摆出防御的姿势，将本挡在身后。没想到那个士兵咆哮着对空抡了几拳，然后用头向墙上"咚咚"地撞，还发出野兽一样的"咕噜"声。过了一会儿，士兵倒在地上，脸上带着奇怪的微笑，幸福地打起了呼噜。

阿斯翠特松了口气，"看来禁卫军里卖的'暴幻'纯度挺高。"

本摇摇头，"不知道拉哈尔接手这个烂摊子之后会怎么处理。"

军火库的守卫正戴着虚拟头盔在玩游戏，连两个陌生人靠近都不知道。

本试了试，大门用的是极高级的电子锁，只能用钥匙打开。他只好走进门岗，轻轻拍拍守卫的肩膀。

"你好，打扰一下。"守卫吓了一跳，连忙摘下虚拟头盔，"你们是什么人？要干什么？"

"我们是来维修空调的，有人报告说军火库的空调坏了。"

"我没听说啊。"

"让我们进去检查一下就知道了，空气湿度过大的话，火药和电子系统都会受到很严重的影响，甚至直接报废。"本言之凿凿地说。

守卫仔细看看本，又看看他胸前的空调维护人员工作牌，从桌上拿起一张电子卡递给本，"去检查吧。"说完他又戴上头盔，继续游戏。

本拿起电子卡，走到军火库门前轻轻一刷，大门应声打开。

军火库比本预想的还要大许多倍，禁卫军用来存放轻武器的仓库只是军火库中的一小部分。在后面还有一个巨大的空间，存放着几十辆步战车和上百台灵甲，还有无数攻击性重武器。这些装备足以武装起两个集团军来，战斗力非同小可。

可是这些装备的表面早就积了厚厚的一层灰，显然已经很久没有人来维护保养了。这些年来万享联人心涣散，从上到下都失去了战意，禁卫军更是成了摆设，只会做一些表面工作。根本没有人想过，军队存在的意义就是为了打仗，而打仗最重要的就是装备的保养。万享联要腐烂到什么程度，才会让这些宝贵的武器扔在这里自然衰败。本看着这些装备，心疼得直摇头。

阿斯翠特走过来说："炸药都准备好了，我们走吧。"

本想了想，说："不，我们不炸了，把这些东西留下，将来拉哈尔能用得上。"

"这些东西都烂透了。"阿斯翠特走到一辆装甲步战车旁，伸出手去，撕下来一大块装甲蒙板，"全都锈得不能要了。"

"能留下多少是多少吧。"

阿斯翠特撇撇嘴，"随便你。"

两人从轻武器架上挑了几件武器藏在空调维修工的制服之下，出了军火库，电子门再度锁好。阿斯翠特用工具将电子锁砸烂，这样就没有人能够进来了。

守卫还在戴着头盔玩游戏，两人大摇大摆地从他面前走过，守卫没有任何反应。

出了禁卫军军营，阿斯翠特的手下传来讯息，大门处的炸药已经装好了，等卡西迪奥的流氓、罪犯大军一到，就可以炸开大门迎他们进来。这套空调维修人员的制服确实管用，一路上没有任何人对他们两个人的身份提出疑问，不过更有可能是王宫里的人的心思都用在摆弄花草上，根本没有戒备心理。即使拉哈尔已经在网络上公开宣战，也只是调动了一些军队加强王宫外围的防守，而内部仍是一片祥和。

本和阿斯翠特从禁卫军军营回到主楼，接下来的安排是要找到通信室。在大门被炸开、杂牌军攻入王宫之后，本要在王宫内部散布谣言，假称"王宫已沦陷，乔尔被杀"，从心理上击溃万享联本就毫无斗志的卫兵。

通信室在主楼深处，有了之前的经验，本和阿斯翠特光明正大地从大楼正门走进去，一路上连正眼看他们的人都没有。这个时候卡西迪奥的杂牌大军已经兵临城下，很多人终于意识到发生了什么。随着战况由前线向主楼逐渐转移，恐惧的气氛蔓延开来，万享联的人更加慌乱，根本没有人在意两个穿着不合身制服的空调维修人员。

　　本从检修通道拐上二楼，推开维修室的门，迎面遇到一个满头银发的男人。那人倒背着双手，表情严肃，皱着眉头向前走，显然正在想什么事情。本和阿斯翠特占据了走廊一半的空间，老人向旁边挪了一步，把他们让过去。

　　"谢了。"阿斯翠特礼貌地说。

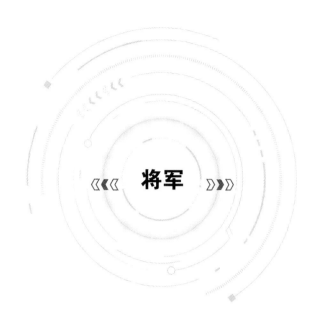

将军

杨克群停了下来，抬眼看向本和阿斯翠特，他眯起眼睛，像是准备扑击猎物的貂狼，"你们是谁？"

"我们是维修空调的。"本说道，他再次上下打量了老人一遍，心知不妙。这老人穿着一身军装，两肩的肩章上镶着两个太阳，显然在万享联军队中位置极高。

杨克群狐疑地盯着那个高大的空调维修工，那人身材高大，维修制服紧紧地裹在身上，很不合身。看体态这是一个女人，可露出衣袖的双臂上布满文身，复杂的花纹下是肌肉虬结的手臂。杨克群还没见过哪个空调维修工有这么好的体魄，甚至比他手下的大部分军人还要健壮。杨克群不动声色地打量左右，走廊上除了他们3个就没有别人了。这一层的人主要负责宣传和文书工作，没有警卫，如果这个大块头突然发难还真不好对付，只有假装不知道，先把他们稳住再说。

"你们……"杨克群刚刚开口，脚下的地板突然抖动起来，令人站立不稳。接着传来一声闷响，安置在大门口的炸药引爆了。第一波震荡刚刚过去，杨克群站直身体，他看到对面的两个维修工对视一眼，心知不妙，对方已经打算动手了。老将军做出防御的姿势，正准备喊人，这时又发生了一次爆炸。杨克群脚下不稳，身体调整了一下重心。对面的大块头趁这个机会跃了过来，粗壮的手臂像钢铁一样箍住杨克群的脖子，让他发不出声，小个子的人打开维修间的门，两人把杨克群拖回到维修管道里。

"你是谁？"本问道，同时双手在杨克群身上摸索，他掏出一把枪，一张身份卡，读着卡上的信息，"武装部长，杨克群。"

"好家伙，这是万享联所有部队的头头。"阿斯翠特笑道，手臂稍微放松一下，又紧紧勒住，算是给杨克群一个威胁。

"你们是拉哈尔的人吗？"杨克群艰难地说，本做了个手势，让阿斯翠特放松一些。

"你都知道了？"本用枪指着杨克群说。

杨克群喘了几口气，对本说："你们放开我。"

"凭什么？"阿斯翠特说。

"我可以帮助你们。"杨克群看着本的眼睛，一字一句地说。

本和阿斯翠特都愣了，说这话的可是万享联武装部队的最高统帅，竟然一开口就要叛变？这谁能信啊。"我可不傻，"阿斯翠特哼了一声，"你别以为能骗得了我们。"话虽然这样说，但杨克群明显感到箍住他的手臂放松了许多，并没有之前那样充满杀意。

"我是认真的。"杨克群叹了口气，"万享联已经完了，这我早就知道。如果真的是拉哈尔回来接管万享联，形势一定比现在要好。"他再次看向本，"我可以让你们快速结束战斗，但是，请一定不要滥杀无辜。"杨克群再次想起管铁站外的可怕景象，他不想让这样的事再次发生了。

本想了想，对阿斯翠特点点头。大块头女人放开杨克群，还友善地拍了拍将军的肩膀。本晃晃手中的枪，"你可别胡来，知道吗？"

杨克群不屑地看了一眼那支枪，问道："你们的计划是什么？"

"我们要到通信室去，向所有守军宣布万享联的王宫已经全面失守，让所有守军放弃抵抗。"

杨克群皱着眉头想了想，也只能这样了。这本来就是一场没有意义的战争，他心里清楚，守卫王宫的部队就算是手拿杀伤性武器，也几乎没有战斗力。只有灵甲部队的士兵是经过精挑细选的，忠心耿耿，反应敏捷，而且都没有受到神经网络之战的伤害。他们每一个都是杀人不眨眼的战士，就算面对的是流氓和罪犯组成的杂牌军也一样。无数人被杀，但仍改变不了政府必将倒台的事实。既然不能改变结局，那就尽量缩短痛苦的过程吧。杨克群要为无意中被卷进这场叛乱的万享联人民负责，交战双方都是将来万享联的宝贵力量，不能浪费在这样的内乱上，为乔尔而死的人越少越好。他使劲揉着太阳穴，长出一口气，说道："通信室就在这一层，跟我来吧。"

将军带着两个空调维修工走进通信室，一个机警的职员立刻看出了不对。职员悄悄地把手伸向通信器，杨克群看到之后摆摆手，示意职员不要轻举妄动。

本索性不再伪装了，他转身将通信室的门锁死，掏出枪指向通信室里的所有人，"都不要动，全部从座位上起来，站到墙那边去！"没有人动，不知他们是因为身处万享联腹地，根本不惧怕这一两个潜入者，还是太迟钝了根本没有反应。

就在本威胁通信室职员的时候，杨克群突然转身，一只手伸出，控制住本手中的枪，另一只手一记手刀，砍在本的喉咙上。他的动作迅速，本和阿斯翠特根本没来得及反应，枪就回到了杨克群手中。阿斯翠特见状冲向杨克群，就算再挨一枪也要控制住杨克群。老将军顺手将枪扔在一边，抬手止住阿斯翠特，"别冲动，姑娘，我们不是敌人。"杨克群指向通信室的职员，"他们也不是。"

爆炸再次传来，战斗的声音更近了。

"你们都回到座位上，我要向所有万享联传达一个信息。"杨克群看了看本和阿斯翠特，走到通信器前。通信员向武装部长点点头，杨克群眼前亮起一个绿色的按键，他整理一下自己的军装，深吸一口气，迟疑了一下，按下按键。"万享联的同志们，我是武装部长杨克群。现在，我要传达一个不幸的消息，王宫已经沦陷，我希望各位不要再做无谓的牺牲，放弃抵抗，为万享联的将来保存力量。"杨克群说完，站直身体，这一刻他仿佛老了 10 岁，却又好像卸下了肩上的重担。他转向本，"接下来怎么办？"

本揉着自己的喉咙，哑着嗓子说道："我们要做的事已经做完了，接下来，就是等待万享联的人民自发地觉醒。"

杨克群哼了一声，返回通信台，几个全息屏幕上显示着王宫几个主要场所的战况。

大部分区域的士兵听从了武装部长的命令，都放弃了抵抗，只有几处还存在小范围的坚强防守。来袭的敌人都是临时组成的乌合之众，大部分是受拉哈尔的号召聚集起来的流民，还有一部分杂牌军混在其中。那些杂牌军都手持武器，却不冲锋在前，从监控屏幕上看得清楚，他们煽动流民在前抵挡炮火，而自己躲在人群中偷放冷枪。杨克群根本看不起这种卑鄙的打法，但从宏观的角度来看，杂牌军就像牧羊犬一样驱赶着流民气势汹汹地围攻。在这种打法下，就算守军不放弃抵抗，守军也会很快输掉这场战斗，但是这将会让许多流民失去宝贵的生命，即使生活在最底层的人也有活着的权利。杨克群不忍看到任何一个人无谓的牺牲，他必须提前结束这场战斗。万享联最具战斗力的灵甲部队是最服从命令的，收到杨克群的指示后，灵甲部队最先停止攻击。他们枪口向上，安静地站在原地。

流民不知道前方发生了什么，他们躲在掩体后面，等着暴雨一般的炮火袭来，但过了一段时间都没有受到攻击。大胆的人冒出头来，向灵甲部队挑衅地比出侮辱的手势。随后更多的流民聚拢起来，围在灵甲周围。

接下来的情况出乎杨克群的意料，在守军放弃抵抗后，他所期待的和平交接的场景并没有发生。万享联面对的并不是真正的军队，而是由流氓、骗子、罪犯和流浪汉组成的群体。将这些人凝聚在一起的并不是士兵的荣耀，而是对万享联统治阶层的仇恨。面对放弃抵抗的卫兵，杂牌军并没有把他们当作战俘对待。在毫无战斗力的敌人面前，反而激发了杂牌军残暴的本性。

杨克群在监控中看得清楚，入侵者完全是一群没有人性的野兽。他们先是破口大骂，用语言侮辱守军。发现守军不会反击之后，便伸出手来推搡，守军的忍让让杂牌军暴虐起来，他们殴打、脚踢、甚至用牙齿撕咬。人群一拥而上，密集到在监控中都看不到守军的身影。等到人群散去之后，原地只留下驻守士兵血肉模糊的躯体，不知死活。这样的事情不是零星发生的，监控上几乎所有的接触点都发生了施虐现象。之前杨克群还弄不明白是什么让那些平民徒手拆毁了万享联的灵甲，现在他知道了，是单纯的兽性。他敞开门迎接的人，根本不是万享联的未来……

通信室里有人看着屏幕上血腥的场面，哭了起来。

杨克群一拳砸在桌子上，他转身走向站在后面的本，一把揪住他的领子，对着那张嬉皮笑脸的脸怒吼道："让他们停下，不能这么做！守军已经放弃抵抗了，联络你们的指挥官！让拉哈尔阻止他们！"

本缓慢地摇摇头，"我很抱歉，将军，但是我无法阻止他们的行为。"

"那谁能？我要和他取得联络。"

"没有人能，这股力量已经形成，没有任何人能够阻止。"本说，"只能让它继续燃烧，直到将一切都烧光。"

通信室里陷入寂静，过了一会儿，哭声又大了起来。

独裁者 II

王宫的最内部，万享联的掌权者、假的莫尔恰林家信使、叛乱的主要目标——乔尔还不知道发生了什么。他呼吸均匀，鼻腔发出微微的鼾声。乔尔正在做梦，他梦到自己生于乱世，像父亲和祖父一样，挥斥方遒，统领千军万马，肩负人类的未来，与不知名的敌人奋勇斗争。

一阵嘈杂的声音扰乱了他的睡眠，还有他的梦。乔尔翻了个身，去摸躺在身边的女郎，却摸了个空。他睁开眼睛，发现两个女郎惊恐地站在床边，用很少的衣服护住身体，双眼盯着前方，身体瑟瑟发抖。

"你们怎么了？"乔尔懒洋洋地问道，"给我倒杯水。"没有人动。"你们……"乔尔翻了个身，眼角的余光发现床边还有另外一个人，他猛地清醒，从床上坐起来。

那个人悠闲地站在他的床边，拎着制服，用手指把玩制服上的星星。那人微笑着，口中的金属牙齿闪过点点寒光。

"你是什么人？"乔尔怒吼道。

"嘘……"卡西迪奥竖起一根手指放在嘴前，"仔细听。"

广播中传来武装部长杨克群的声音："万享联的同志们，我是武装部长杨克群。现在，我要传达一个不幸的消息，王宫已经沦陷，我希望各位不要再做无谓的牺牲，放弃抵抗。为万享联的将来保存力量。"

"什么？"乔尔使劲摇着脑袋，想让自己清醒过来，眼前这个造型奇特的人，还有杨克群的发言，都不可能是真实的。于是他得出结论，这不过是一个梦而已。"别捣乱。"乔尔说道，他重新躺回床上，闭上眼睛，希望噩梦赶快过去。

卡西迪奥很快帮他认清了现实，他拽住乔尔的脚踝，将他从柔软的床上拖下来，直接甩在冰冷、坚硬的地板上。

"你是谁？你怎么能这么对待我！"乔尔愤怒了，他转身对着卡西迪奥怒吼。万享联的最高领导者愤怒的时候，整个地球都应该颤抖。

卡西迪奥却没有，他扬起一拳，打在乔尔的鼻子上，低声说："我告诉你了，别说话。"

乔尔感到一股热流从鼻子里涌出来，他抬手去摸，是血。从小到大，他都生活在万享联最核心的圈子里，从来没有人敢对他高声说话，更别说动手打他了。有时和女伴玩耍的时候，为了追求刺激，他会要求她们给予自己一些疼痛，也没有造成过任何伤口。现在竟然有人当面给了他一拳，还打出了血。乔尔还处于震惊中时，两个女郎首先惊叫起来。

卡西迪奥吼道："吵什么？滚！"女郎们听到命令，开始在房间里寻找自己前一天甩掉的衣服。

"磨叽什么！快滚！"卡西迪奥再次吼道。这次两个女郎顾不得礼仪，不再寻找衣服，慌慌张张地跑了出去。

卡西迪奥再次转向乔尔，他微笑着，嘴里的钛金属牙齿太过耀眼，吸引着乔尔的目光。

"你知道我是谁吗？"卡西迪奥问。乔尔摇了摇头。

"我是……"卡西迪奥刚开口，又停下，他说，"算了，我本来想说我是替妹妹报仇的，但其实不是这样。我呢，就是想来虐待你。"

卡西迪奥的声音就像是砂纸，伴随着金属牙齿的碰撞声，将恐惧感直接钉入乔尔的骨髓。他不知道这人什么来头，也不知道他要干什么。好在卡西迪奥没有让他等待很久，他绕着乔尔转了两圈，然后走到只穿着内衣的万享联最高领导者面前站定。

卡西迪奥缓慢地说："你知道人体最强健的肌肉是哪部分吗？"

"啊？"

"是这里。"不等乔尔回答，卡西迪奥用手指点着自己的腮部说道，"咀嚼肌，是人身上最有力的肌肉群，比手臂和大腿的肌肉还要强壮。"他磕了磕自己的牙，发出清脆的响声，"再配上这副牙齿……"卡西迪奥凑近乔尔的耳朵，"你放松一些，就不会感觉到疼了。"

这次，卡西迪奥说错了。他才咬下第一口，乔尔就痛得晕了过去。昏迷中，乔尔仿佛又回到了之前被打断的那个梦，万享联终于打败了敌人，解放了全球。他——万享联的最高统帅，站在高耸的演讲台上，下面是无数被拯救的人们，他们在欢呼、呐喊。

乔尔缓缓睁开眼睛，在他面前果然有无数张脸，正仰着头看向他，不过和梦中的景象还是有所不同。那些人脸上没有崇敬、尊重和感激，只是麻木，甚至带着蔑视。乔尔清醒了些，他环顾左右，发现自己身处王宫广场，被固定在一个铁架上，四肢都被束缚住，动弹不得。他试着挣脱，但立刻就被浑身传来的剧痛刺激得不敢再动一下。乔尔看向自己，发现身上多了许多伤口，还在汩汩流血。伤口很深，甚至能够看到手臂上的骨头。乔尔想起那个有着一口钛合金牙齿的怪人，意识到自己身上发生了什么。他呕吐起来，污秽的东西顺着嘴角流到胸口，浸入他的伤口，疼痛像是烈焰灼烧着他的神经，乔尔凄厉地惨叫起来。

这时，围观的人们脸上才出现一些表情，人群躁动起来，议论纷纷。好像一群食腐的乌鸦，终于等到了乔尔的死亡。

一个巨大的全息头像凭空显现，拉哈尔·西耶尔像神明一样，笼罩着圣洁的光辉出现在面前，飘浮在众人头顶。

"拉哈尔。"乔尔喃喃地说。

"孩子，你知道自己错在哪里吗？"拉哈尔问道。

"我哪里错了？"乔尔问道，他提高声音，"我哪里错了！"

"你欺骗了所有人。"

"我没有！"

"你并不是莫尔恰林家的传音使者。"拉哈尔说道。

"对！"乔尔坦然承认，"我不是！"他忍着疼痛扭动脖子，在人群中寻找。

"你在找她吗？"拉哈尔说道，他的头像飞到一边，飘浮在一个女人身旁。

"这是拉伊莎·莫尔恰林，邓恩的女儿，她才是莫尔恰林家真正的传音使者。"拉哈尔介绍道。

本站在拉伊莎的身后，低声提醒道："走到大家前面，亮个相。"

拉伊莎向前走了一步，前面倒着一具万享联守军的尸体，尸体血肉模糊，血沿着广场的地面淌了一地，表面已经干涸，但下层还是黏稠的状态，颜色更暗，令人恶心。拉伊莎皱起眉头，不愿意将脚踏在血泊中，她露出厌恶的表情，随意向下面摆了摆手，退了回来，转头对本说道："我为什么要对那些贱民献殷勤？"

本看向拉哈尔，撇了撇嘴。

"看到了吧，哈哈。"乔尔无力地说，"比起我来，我这个妹妹才是温室里的花，她是传音使者没错，但如果让她来领导万享联，哼哼。"

"不止她一个，默克家，还有我们西耶尔家的传音使者，都被你调包了，你把他们软禁起来，用了几个傀儡安插在议会里。"

"那又怎么样？我给了他们充分的研究环境，万享联的科技力量一直在进步。我没有让那些傻瓜的政治耽误传音使者的真正使命。"

"因为你的软弱，让万享联在这十几年里一直龟缩在地下，委曲求全。"

"出生在一个和平的年代是我的错吗？"乔尔嘶吼起来，"所有的人类都失去了暴力思维，他们无法战斗。更不用说外面的世界和以前不一样了，穹顶遮住了太阳，我们根本没有能力和外星人对抗。"

"不，孩子，这一切都是你给自己的行为找的借口。就算有一万种说法，也不能为你的行为开脱。"

"拉哈尔，你真的老了，竟然跟这个小子说这么多废话。"一个声音从旁边传来，卡西迪奥双手抱胸，悠哉地说。他的嘴角和胸前还留着大片凝固的血迹，看到他，乔尔颤抖起来。

"现在，我——拉哈尔·西耶尔，接管万享联的全部权力。"巨大的头像说道，声音从四面八方传来，笼罩在广场上空。"我下达的第一项命令，判处乔尔·莫尔恰林死刑。"

人群欢呼起来，就像乔尔梦中那样。

"杨克群将军。"拉哈尔呼唤道。

乔尔向旁边看去，曾经在他手下忠心耿耿的杨克群，竟然站在拉哈尔的队伍里，他向杨克群投出鄙视的目光。

杨克群走过来，皮鞋在广场的地板上踏出清脆而规则的节奏。他像往常那样面无表情，一副大公无私的样子。

"叛徒。"乔尔骂道，疼痛和激动让他平时死气沉沉的脸上有了血色。尤其是当他骂出叛徒两个字的时候，神态还真的很像他的父亲。

"如果你对我们的万享联稍微用一点心，事情也不会发展成这样。"

"你们的万享联？"

"万享联是我们所有人共同奋斗建立起来的，而不是你们莫尔恰林家的私产。孩子，你辜负了我们，在你这里，万享联人民的血和汗都白流了。"杨克群说道。

乔尔还想再辩解，但疼痛、疲劳和恐惧让他的精力极大流失，杨克群的话让他好不容易聚集起来的一部分气势溃散殆尽，乔尔垂下眼皮，喘了几口气，说道："随便吧。"

杨克群俯视着乔尔，一个士兵递过来一把手枪供他行刑。杨克群看了那个年轻士兵一眼，分辨不出他属于万享联部队，还是入侵的杂牌军。他拿起枪，手枪沉甸甸的，能量炉在手柄处微微颤动，传来一股微弱的热量。杨克群看着手中的枪，所有人都沉默地等待着。最后，杨克群转过身，面对着万享联的新领袖拉哈尔·西耶尔。

"我做不到。"杨克群说道。

"没事，慢慢……"拉哈尔用他沉稳的声调安抚武装部长。

"不，"杨克群打断拉哈尔，"我不能和你们这种人为伍。你们都是一群没有荣誉感的人，一群流氓、骗子、杀人狂。拉哈尔，你为了达到今天的目标，牺牲了多少人？你诱骗平民去冲击管铁站，上万人死在那里。如今又利用这些人渣进攻万享联，让万享联忠诚的士兵被他们虐待。"杨克群用脚跺着地板，黏稠的血溅起来，沾到他笔挺的制服裤子上。杨克群一字一顿地说："是的，是我发布消息让万享联停止反抗，打开大门迎接你们进来。也许你们身上的暴力因素是反抗的关键，但我无法忍受和你们这种人共事，也不能接受万享联被你们这种人接手。"杨克群将枪对准自己的脑门，对拉哈尔说道："我辞职。"

拉哈尔等了几十秒钟，才开口说道："把枪放下吧，孩子，你没有那个勇气。"

拉哈尔说得没错，无论杨克群在心底下了多少次决心，但最终还是没有勇气扣下扳机。杨克群可以把这些归结于头脑里没有暴力倾向，但他知道事情的真相——他是个懦夫。枪从杨克群手中滑落，苍老的将军失去了精神支柱，他浑身无力地站在那里，肩膀不再挺直，像是一个被时间压弯了脊梁的老人。

"把他带走吧，"拉哈尔说道，"善待他，这个孩子是个好人。"几个士兵走过来，扶着杨克群走出众人的视线。

"那么，谁来行刑呢？"拉哈尔自言自语着，声音却笼罩在广场之上，所有人都能清晰地听到。

"哈哈哈哈，这种脏活还是我来吧。"卡西迪奥大声说道，黑道头子大摇大摆地走过来，将牙齿敲得叮当作响。

乔尔浑身的伤口又像被火灼烧一样剧痛起来，恐惧控制了他的身体，牙齿磕碰的声音像是魔咒，抽走了他所有的力气。他甚至希望再次晕过去。

"站住！"一个声音尖声叫道。卡西迪奥停下步子，向身旁看去，拉伊莎·莫尔恰林怒气冲冲地看着他，"你这个人渣，离他远一点！"

"这是为什么？"卡西迪奥问。

"拉伊莎……"乔尔虚弱地说。

"你一个流氓头子，有什么资格来给我们莫尔恰林家的人行刑？"

"处决他还需要资格吗？"卡西迪奥惊讶道。

"他是莫尔恰林家的人，我们莫尔恰林家从黄金时代起就一直为了全人类的发展贡献力量，每一代人，每一个人。小乔尔虽然犯了错误，但也轮不到你来惩罚他。"拉伊莎毫不畏惧地盯着卡西迪奥，一字一顿地说："你，不，配！"

"那我要怎样才能获得惩罚他的资格呢？"卡西迪奥转转眼珠，"要不，你嫁给我？这样我也算半个贵族了。"

拉伊莎白了卡西迪奥一眼，往地上啐了一口，不再理他。

卡西迪奥转向拉哈尔，"拉哈尔大人，你来评评理吧。"

拉哈尔的大头像说道："拉伊莎·莫尔恰林是邓恩的亲生女儿，也是乔尔的亲姐姐，她的要求还是有一定分量的。"

卡西迪奥耸耸肩，说道："我一直听说你不拘一格，没想到也这么多讲究。好吧。"他环顾四周，"我倒要看看，你手下还有什么人有资格、有能力来干这活。"

拉哈尔将注意力转向拉伊莎，卡西迪奥说得对，如果按拉伊莎的标准，本和卡西迪奥带来的那些流氓、罪犯，全都没有资格走上行刑台，而万享联这边，几乎所有的人都是神经网络之战的受害者，他们都没有暴力思维，也不能担当这个任务。武装部长杨克群本来是个绝佳的选择，但这个倔老头临阵放弃了，还找了那么多冠冕堂皇的理由……

拉哈尔在人群中寻找为乔尔行刑的合适人选，这个过程不能太长，无数人在看着他成为万享联领袖之后下达的第一个命令，如果连这么简单的事情都办不到，那以后还有什么威信可言。这些人都不可靠。如果有一具身体就好了，这件事轻易就能办到，可惜……拉哈尔想，他把这个念头作为成为领袖之后的下一项任务，他必须为自己找一具身体，将自己的意识灌输到身体里，他还需要一个非常优秀的浪游者来做这件事。

"有了。"拉哈尔·西耶尔突然想起一个人，她正好是执行这项任务的完美人选。

"劳拉！"拉哈尔喊道，"劳拉·莫尔恰林，你来行刑！"

浪游者 VI

劳拉正在偷偷地看拉伊莎，她和这个姐姐还没来得及说上几句话。在她的印象里，拉伊莎不过就是个有点傻的贵族女孩。可是看到拉伊莎喝退卡西迪奥的那一幕，确实震撼到了劳拉。没想到那小小的身体里竟然蕴含着那么大的能量，这就是家族的力量吗？劳拉虽然也是个莫尔恰林，但从来没有享受过任何来自家族的支持，相反，莫尔恰林这个姓总是给她带来麻烦。劳拉看着姐姐，不自觉地模仿她的样子，将腰挺直，两肩后张，微微抬起头，用向下的眼神打量别人。劳拉出身于贫民窟，最痛恨别人用这样的眼神看自己。她模仿了一会，发现想保持拉伊莎那样的姿态也要费很大力气，更不要说穿带有许多复杂配饰的衣服了。

"劳拉！"拉哈尔的声音吓了她一跳，"你来行刑。"

劳拉走出人群，又看了姐姐一眼。拉伊莎正好也将目光投向劳拉，她还保持着居高临下的姿势，目光中带着轻蔑。"哼！"声音从拉伊莎的鼻腔中传出来，"她？不过是另一个混混而已。"

"她是你同父异母的妹妹，莫尔恰林家的正统血脉。"本站出来，为劳拉鸣不平。

拉伊莎又"哼"了一声，目光移向别处。

劳拉看向拉哈尔，头像说道："去吧，我任命你为行刑人。"

劳拉不确定地看向乔尔，她从小就知道有这个哥哥。乔尔为了保证自己能够获得传音，想杀掉除他之外所有的莫尔恰林，劳拉痛苦生活的根源，便来自这个男人。她走到乔尔面前，半跪下来，平视着自己的哥哥。

乔尔感觉到有人，艰难地抬起眼皮，注视着劳拉的脸，喃喃地说道："拉……伊莎，我……是为了……保护你。"他将劳拉和拉伊莎弄混了，劳拉想了想，没有纠正他的错误。她伸出手，抚摸着他的脸。

他们确实很像，包括拉伊莎和劳拉，虽然从未在一起生活过，但是强大的基因在他们的脸上留下了相似的痕迹，宽大的额头，高耸的鼻梁，还有淡绿色的眼眸。如果不是诞生在莫尔恰林家，也许他们的关系会很好吧。

劳拉深吸一口气，甩掉那些杂念。她看着乔尔的眼睛，进入他的意识。乔尔完全没有能力抵抗劳拉的精神潜艇，他的体力早已耗尽，精神也已经萎靡，就算是没有人来行刑，他也活不到第二天。他的记忆散乱地飘浮在意识空间里，没有时间连续性，也不存在什么逻辑，乔尔的意识已经完全涣散了。劳拉在无数记忆的碎片中寻找最后的一点元神，她还有话要对他说。

劳拉突然停下，一幅画面吸引了她。那个记忆片段是乔尔小的时候，他刚刚学会走路，张着一双小手，发着清脆而欢快的笑声，跌跌撞撞地跑向父亲。在小乔尔的视野里，父亲是那么高大。邓恩半蹲着，同样张开双臂，等待着儿子扑进自己怀里。劳拉呆住了，她的注意力全部放在这个记忆片段上。那个从小就抛弃了她的人，现在看起来那么和蔼可亲。还有更多的记忆片段，劳拉贪婪地吸收着。乔尔就要死了，这是最后的关于父亲的记忆。父亲是个严厉的人，但在大多数时候，他对这个儿子都表现出了足够的宽容。也许，他真的以为乔尔就是莫尔恰林家的传音使者，又或者他在其他的地方对小乔尔怀有愧疚之心。比如说，劳拉和她的妈妈。小乔尔在一个无忧无虑的环境中长大，所有人，包括小乔尔自己，都认为在长大后成为莫尔恰林家的传音使者是理所当然的事情。

邓恩在临死前，留下3条遗命：第一，组织人马营救八大人柱；第二，设法突破大气层封锁，取得幽灵钻；第三，联合所有人柱，重新团结十三世族，共同对抗企图控制全人类的光之御主。小乔尔将这3条遗命一一记下，向父亲发誓一定做到。听到儿子的誓言，邓恩欣慰地闭眼，与世长辞。父亲临终前的眼神击中了劳拉，自始至终，父亲都在为了人类的未来而奔波。他是一个决绝的人，为了确保获得传音使者的身份，他不惜杀掉所有的兄弟姐妹。他是一个没有道德的人，为了突破神经网络对人类造成的伤害，他不惜从海底将传说中的暴君——拉哈尔·西耶尔释放出来。在小乔尔眼里，他又是个温柔、总是说错话、对未来充满希望的人。劳拉终于理解了父亲，也理解了为何莫尔恰林的血脉会如此骄傲。拉伊莎的气质是这么多年沉淀下来的，是莫尔恰林家族一代一代为人类鞠躬尽瘁应得的。我——劳拉·莫尔恰林——也拥有这样的资格，也要继承这样的命运。劳拉收集了小乔尔关于父亲的所有记忆，那是她从哥哥那里得到的第一件，也是最后一件礼物。

她继续深入，在意识空间的最底层找到了奄奄一息的哥哥。乔尔意识的光几乎熄灭，只剩下最后一点羁绊还支撑着他。劳拉靠过去，哥哥念念不忘的正是父亲临死前留下的 3 条遗命。

"乔尔。"劳拉轻声呼唤。乔尔的意识没有反应，似乎已经失去了与外界的联系。劳拉凑得更近，用自己的意识包裹住哥哥，"我在这里。"

乔尔这才恢复些生气，他仔细辨认，"你是……"

"我是劳拉，你的妹妹。"

"可是……"

"没事，别想那么多了。"劳拉轻声说。

"我最终还是没有达到父亲的要求。"乔尔委屈地说道。他在父亲的呵护下一生顺遂，从未经过风浪。邓恩去世后，小乔尔接管了万享联，当时他确实心怀壮志，想要带领万享联恢复荣光。可惜他天资有限，没有管理和抉择的能力，甚至连传音使者都不是。万享联在神经网络战争之后毫无战力，元老们又拿他热情的方案当作幼稚的幻想。

不久之前，和拉哈尔的争辩中，乔尔所说的都是实情，虽然有一半原因是为自己开脱，但还一半是因为时代确实如此，无能为力。接管万享联几年，小乔尔一事无成，来自元老和人民的冷反抗让小乔尔倍感压抑，只能用酒精和女人排解。最终，他成了现在的样子，无能的愤怒将他耗尽。

"没事，没事。"劳拉安慰哥哥，"我会帮助你完成他的遗命的。"

"真的吗？"乔尔意识的光亮了一下，很快又黯淡下去，他问劳拉，"我就要死了吗？"

劳拉说："是的。"

乔尔惊恐起来，过了一会才逐渐平静，"希望人民和历史能够记住我，我不是一个罪人，我……我……我确实想成功来着。"

劳拉沉默了一会，说道："这办不到，亲爱的。你将会丑陋地、毫无尊严地死去，没有任何人会记得你，这样才能衬托出拉哈尔统治的权威性。在现在这个年代，也只有拉哈尔才能拯救人类了，我们都是父亲计划的一部分。"

乔尔哭泣起来，他喃喃地说："我对不起父亲。"

"没事，"劳拉安慰道，"他不会怪罪你的，不是吗？"劳拉让乔尔哭了一会，随后熄灭了他最后的光。

乔尔——万享联的独裁者、劳拉的哥哥，死了。

《《《 浪游者 VII 》》》

劳拉·莫尔恰林走进万享联的核心会议室，里面早就挤满了人。

万享联的元老们站在会议室的一侧，个个神情紧张，钢牙利齿的卡西迪奥和面目狰狞的暴徒们给他们留下的印象太深了。元老们哆哆嗦嗦地彼此对视，却不敢发出声音，只能用眼神交流心中的恐惧。本、阿斯翠特和召集来的武装人员则看似随意地站在会议室的另一侧。那些流氓和劫匪摆弄武器，故意弄出声响吓唬元老们。

劳拉在门口踟蹰片刻，迟疑地向前走了一步，滑动门在她身后关上。目光汇聚在劳拉身上，会议室里安静下来。对于元老们来说，劳拉终结了一个时代，今后的万享联将会在那个暴君的掌握之中。劳拉看向本，他身边早就站满了人。那些熟稔街头智慧的地痞流氓，自然知道目前谁的身份最高，站得离本越近，没准混个脸熟，将来还能捞个干部当当。

最后，劳拉只能低着头，在两边人的注视下，穿过整个会议室，走到房间另一头，已有 3 个人坐在那里——拉伊莎·莫尔恰林、韵诗·默克、阿米尔·西耶尔——万享联现在所拥有的 3 个真正的传音使者。劳拉和本从海底监狱将他们解救出来，他们没有理由对自己抱有敌意。尤其是拉伊莎，她是劳拉同父异母的亲姐姐。不过拉伊莎却无动于衷，反倒是韵诗站起来，招呼劳拉坐在自己身边。

劳拉刚刚坐好，会议室中心亮起一团光，那光凝结成球，随后散开，形成一张脸——拉哈尔·西耶尔的脸。

"这下人都到齐了。"拉哈尔说道。

原来是在等我？劳拉越发感到惶恐。

"现在我们来商量商量，万享联……"

"住口！"万享联元老那边爆出一个洪亮的声音，"你不配提万享联的名字。"一个身材魁梧的人站出来，瞪着双眼看着拉哈尔的全息头像，一点都不示弱。

"你说什么？"阿斯翠特最喜欢这样的刺头，她绕过会议桌走到他面前，"你如果想死的话……"

"西蒙·邓肯，后勤部长。"拉哈尔说出那人的名字，"如果你对万享联有一点常识的话，就应该知道，万享联是我建立的。"

大个子邓肯显然没有想过该如何回复，他愣了一下，双手一拍桌子，"闭嘴！你这个入侵者！我是不会服从你的，你不配！"

他的声音未落，本就向阿斯翠特点了点头。

阿斯翠特一拳打向西蒙·邓肯的肋间，邓肯条件反射般地团身躲避，不过还是慢了一拍，这一拳将他直接打倒在地。西蒙·邓肯爬起来，大吼着扑向阿斯翠特，几秒钟之后他再次被击倒在地上，动弹不得。正如拉哈尔所说，他不过是个虚张声势的傻瓜，白长了大嗓门和大个子，实际上是个色厉内荏的废物。几个小兵把他直接拖了出去。

"接下来呢？"拉哈尔问道，"我们可以继续讨论问题了吗？"

"拉哈尔……大人。"过了一会，奥特亚尔部长才开口，他向前迈了一步，"你想讨论哪方面的问题？"

"当然是万享联的未来。"拉哈尔说道。

"大人，你想要一个怎样的未来呢？"奥特亚尔继续问。

"嗯，奥特亚尔，你是个老实人，这么多年一直在万享联，农业上的事让你治理得很好。"拉哈尔说道，"我要明确一件事情，不是我'想要'什么样的未来，而是我'要塑造'什么样的未来。这个未来必须能够实现，今天我们在这里讨论的第一个议题是你们愿不愿意加入到这个未来里。或者，你们可以选择辞职，就像之前的杨克群，还有那个废物西蒙·邓肯。"

奥特亚尔不动声色，又重复了一遍他的问题，"你想要一个怎样的未来？"

"很简单，一个没有光之御主的世界，一个可以看到光明、不需要躲藏在地下的世界，一个不用为了一口食物而去谋杀的世界。"拉哈尔说，"这样的世界并不是幻想，它曾经存在过，我还记得它是什么样子。"

奥特亚尔回头看向他的同僚，又转回来，说："你说的，和你做过的事情，并不能联系在一起。"

拉哈尔安静了两秒钟，然后说："奥特亚尔，如果我真的是一个疯子，你现在已经死了。"

拉伊莎在旁边轻轻点头，眼睛里还有泪光。

"你在干什么？"韵诗问道。

"这么多年，他一直是被冤枉的，又没法辩解，好可怜啊。"拉伊莎说。

"幼稚。"韵诗翻了个白眼。

劳拉换了个姿势，让已经发干变硬的血衣变得舒服一点。她深度阅读过拉哈尔的意识，知道他是一个毫无道德观念的反社会分子。此刻，他竟然能够静下心来和奥特亚尔讲道理，这说明拉拢万享联的元老们对于拉哈尔来说是件很重要的事。

奥特亚尔说："你需要我们做什么？"

"我需要你们各司其职。"拉哈尔说，他调出一幅亚洲和欧洲的地图，上面有一片蓝色的区域，"这是万享联这 50 年之间的势力变化范围。"蓝色区域逐渐变小，最后缩在亚洲一角。"我们需要扩大势力范围，光之御主自认为管理着所有的人类，但是你们都知道，那只是维持着表面的光鲜。每一座城市下面都有无数破败的贫民窟，全世界有数十亿人口正在生存线上挣扎，他们都是我们需要的人。"

桌面上的全息空间闪过一系列图像和视频，都是贫民窟里的各种乱象。元老们认真地看着，他们已经在万享联这个安乐窝里住了太久，几乎忘了世界上还有无数悲惨的事正在发生。

"奥特亚尔，你是万享联的农业和工业部部长，我要问你一个问题，你能担起多大的责任？"拉哈尔说道。

"我……"奥特亚尔不知道该如何回答拉哈尔的问题。

拉哈尔的图像又发生了变化，地图上又亮起了其他的蓝色亮点，那是世界上的几大城市，蓝色亮点向外扩散，相近的亮点先连接起来，然后蔓延到整个世界。

"如果整个世界的工业体系由你负责呢？"拉哈尔问。

"这不可能。"奥特亚尔低声说。

"我能做到。"拉哈尔斩钉截铁地说，"那么，现在你能肩负起这份责任吗？"

奥特亚尔舔了舔干燥的嘴唇，咽了口口水，声音很大，"我……我可以试试。"

"很好，你还知道谦虚。"拉哈尔说，"宣传部长在吗？"

"我在。"一个打扮精致的女人站出来。

"你知道万享联的宗旨是什么吗？"

"打败光之御主。"

"好，围绕我们万享联的宗旨，你去准备一些聚拢人心的话，还有煽动性的短片，随时准备发送到网络上。不用太咬文嚼字，粗俗一些就可以，让那些底层的人能够听懂我们的号召。"

"明白。"

"律政司。"

"我在。"

…………

拉哈尔条理清晰，将一条条对万享联的规划分配给核心管理层。随着那个全息的脑袋将每一项政策摆在元老们面前，就像一块块拼图，万享联的未来突然清晰起来。元老们感觉到沉寂已久的热血又沸腾起来，回应拉哈尔指令的声音也一声比一声高亢。

"啊，这个男人，果真和传说中的一样。"拉伊莎痴痴地看着拉哈尔的侧脸感慨道。

"你看那些传奇故事看得太多了，已经着了魔。"韵诗提醒。

"不用你管。"拉伊莎说道，"我要是能嫁给他，那就是强强联合了。"

"傻瓜，你想什么呢？"韵诗说，"你是莫尔恰林家的传音使者，他只不过是一个囚禁在超级脑里的灵魂。你的肩上还有传递血脉的重任，别做白日梦了，你们两个是不可能的。"韵诗·默克停了一下，又说，"当然，幸好我们这里还有一个莫尔恰林。你如果真的犯了花痴，也不是什么不可挽救的事情。"

劳拉听了，尴尬地笑笑，她和拉哈尔之间相互了解得太多，只是志同道合，却从来没有产生过情愫。她怕拉伊莎误会，转身想向姐姐解释。不过拉伊莎却像是没有听到韵诗的最后一句，她只是皱着眉头，嘴里默默念叨："灵魂？"

拉哈尔将政策一条条颁布下去之后，奥特亚尔又站出来，"那个……大人。"

"怎么？"

"作为工业部长，我已经明白你的用意和布局非常有前瞻性，但是……"奥特亚尔诚恳地说，"目前万享联的势力范围只有这么大，几乎没有工业能力。我需要人、设备，还有……还有资金。"

"嗯。"拉哈尔应了一声，没有再说话。

奥特亚尔不知道那是什么意思，只是不住地搓手，希望拉哈尔能够给他一个答复。

劳拉微微一笑，奥特亚尔这个老狐狸，假装卑微，实际是试探拉哈尔。刚才的一系列政令都可以说是空头支票，只有工业是实打实需要资金和场地才能干得起来的，如果拉哈尔拿不出真东西，那么刚才所说的一切都会大打折扣。

本轻轻咳嗽了一声，从衣服里掏出 6 个数字秘钥拍在会议桌上，向前一推，钥匙顺着桌面滑到奥特亚尔面前。

"这是 11 间工厂的管理权秘钥。"本说，"在湾区有 2 个，新德里有 4 个，还有其他地方，等下你自己梳理吧。"本扫视了一下元老，笑了笑，"你们放心，这些工厂都是我们通过正常的谈判和竞争购买下来的，这其中……啊……有那么一两次暴力事件，但绝大部分都是干净的。"奥特亚尔看着那些秘钥，仿佛不敢相信这是真的，拉哈尔就凭这一个小混混就建立起了自己的工业体系？"不仅如此，你们知道，我们还建立了一套完全不使用数字交易的实体货币金融体系，还有通过偷渡客和捎客建立的物流网，虽然还不太完善，但是目前来讲已经够用了。我这里有相关的资料，你们谁需要就来我这里。"说到这里，本向对面深深地鞠了一躬，态度诚恳，"剩下的事情，就交给你们了。"

"还有什么问题吗？"拉哈尔问道。

"唔，暂时没有了。"奥特亚尔把那几把秘钥紧紧抓在手里，他已经迫不及待想要离开这里，去看看拉哈尔到底搞到了什么宝贝。

"好，你们各自去忙吧。"

"我还有一个问题。"宣传部长说。

"讲。"

"我们什么时候开始招兵买马？"

"等我们搞出一些动静来。"拉哈尔说，"这是我最拿手的环节，比如说一场战争。"

宣传部长点点头，其他的元老们脸上也浮现出严肃的神情，他们已经知道了拉哈尔不是说说而已，万享联和人类也许会有更好的未来，但在那之前，他们必须先和这个星球上拥有最高权力的光之御主来几次硬碰硬的战争。

"好了，你们先退下吧。"拉哈尔说，"我们万享联最宝贵的财富，尊敬的传音使者们，该咱们了。"

元老们纷纷退出会议室，本对阿斯翠特点点头，大个子雇佣兵把还赖在会议室里的流氓混混都轰了出去，自己也自觉地退出最后的核心会议。

光点组成的脸转向这边，劳拉、韵诗、拉伊莎、阿米尔四人并排坐着。拉伊莎"嘤"了一声，低下头去，不敢与拉哈尔对视。

拉哈尔说："韵诗·默克。"

"在这呢。"韵诗举起手。

"我需要你。"拉哈尔说。

"当然，任何势力都需要我。"韵诗·默克大方地说，"我知道你想要战争，所以你想问我幽灵钻的事，非常遗憾地告诉你，幽灵钻的关键技术在战争中已经散落丢失了。在你找到我之前，我正在尝试复原这份技术。不过，因为你们搞夺权，我耽误了 26 天的时间。"

"那我要怎么赔偿你这 26 天呢？"

"我需要更大的实验室，更多的助手，还有更多的自由。"韵诗·默克说。

"前两项我能答应你。"拉哈尔说，"但是第三项，对不起，我不但不能给你自由，还要给你限制。"

"你什么意思？"

"我要将你任命为万享联的科技部长。"

"什么？不，我只想做研究。"

"别急，听我慢慢来讲。"拉哈尔耐心地说，"我和你的祖先打过交道，你们默克家族的人，都是优秀的人才。"韵诗对他的夸赞无动于衷，以她对自己的认知，人才这个词是对她的贬低，天才才是最合适的解释。

"你有的是才华，把你放在研究岗位，其实是限制了你的大脑。幽灵钻是我想要的吗？当然是，但这个东西并不是你头脑中唯一的技术，你也不应该把所有精力用在这一件事上。"听到这句话，韵诗认真了些，她皱起眉头。

"研究人员，万享联有许多。他们可以代替你运算和检验试验的成果。而你，韵诗·默克，我需要你头脑里的每一个想法。我们将要面临一场残酷的、持久的战争，幽灵钻不是唯一的武器。我要所有的技术，所有的可能性，所有的答案，然后一股脑儿甩在光之御主那张数字组成的蠢脸上，这是我想要的。"

韵诗·默克用修长的手指揉搓着自己的太阳穴，她认真思考了片刻，然后抬起头说："你说得很有意思，我以前从没想过还能这样。拉哈尔，你是个聪明人。"能被韵诗·默克承认聪明，这几乎是从她嘴里说出的最高表扬，拉哈尔坦然接受。韵诗猛地站起来，"既然这样，我正好有几个方向的设想需要思考一下，就不和你在这浪费时间了。"

"去吧。"拉哈尔说，"目前我们正在发展阶段，你需要的资源和人手可以先和奥特亚尔商量一下。"

"OK。"韵诗答道，像一阵风一样走了。

拉哈尔再次转过来，拉伊莎向后缩了缩，拉住阿米尔·西耶尔的胳膊，让他挡在自己前面。

"阿米尔，我的孩子。"拉哈尔说。

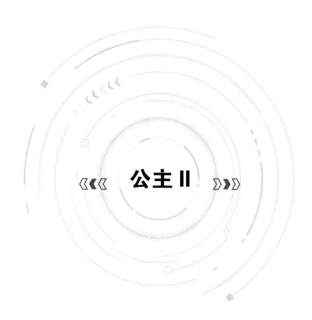

《《《 公主 II 》》》

听到拉哈尔叫阿米尔的名字，拉伊莎有些放松，又有些失望。

"你多大了？"拉哈尔问。

"22岁。"阿米尔回答。

"你有过几次传音了？"

"2次。"

"你不是学者？"

"我……没有接受过教育。"阿米尔低声回答。

"哈哈哈哈，很好，像我们西耶尔家的人。"拉哈尔说道，"你平常都做些什么？"

"看看小说、电影。如果收到传音，就在神经网络里把知识分享给他们。"

"很好，简单的孩子，在这个世界真是难得。"拉哈尔说，"你走吧。"

阿米尔站起来，看向拉伊莎，在会议室里，他只认识这一个人。拉伊莎说："去吧。"阿米尔才顺从地离开房间。

"只剩下你了，公主。"拉哈尔说。

这是拉哈尔第一次对她说话。拉伊莎从第一次接收传音开始，就被乔尔藏在海底监狱，虽然有人伺候，生活基本都与平常无异，但是在许多年里，都是一些看到厌烦的老面孔在拉伊莎面前重复出现。到了青春期，拉伊莎开始对异性有了幻想，可是在现实中完全没有机会结识同龄男性。只有阿米尔·西耶尔，可是那孩子着实木讷，看着就没有意思。韵诗总是把心思放在研究中，似乎从来没有这方面的困扰，也没办法为拉伊莎答疑解惑。于是小公主只能在影视作品和网络小说中寻找共鸣，她认为以她的身份，就应该找一个身世同样显赫的男人结成伴侣。她幻想过她和他的初次相遇，第一次甜言蜜语，还有盛大的婚礼，但那一切都是幻想。当拉哈尔的声音传到她的耳朵里时，拉伊莎感觉到了自己的心跳，胸口像是装了一只小鼓，被敲得咚咚作响，原来恋爱的感觉是这样的。拉伊莎想，她看过了那么多电影和小说，那里面的描写是多么苍白，根本无法描述出这种奇妙的感觉。

"姑娘？你怎么了？"拉哈尔等了一会，看到拉伊莎低着头，身体微微颤抖，却不抬头和他说话，他好奇地又问了一句。

只有劳拉知道发生了什么，她强忍着笑，期待着接下来的事情会怎样发展。拉伊莎觉得双耳发烫，仿佛拉哈尔的话带着炙热的温度。

"拉伊莎。"拉哈尔又叫道。

"哎，我在。"拉伊莎这才抬起头来。

"知道我为什么将你留到最后吗？"拉哈尔问。

"啊？那个……我……不知道。"拉伊莎语无伦次地说。

"因为你是莫尔恰林家的人，我认识你的祖父，和你的父亲是很好的朋友。对于你弟弟的事，我很遗憾。"

"哦，你是说这个啊。"拉伊莎倍感失望。

"在万享联，莫尔恰林这个姓氏拥有很高的声望，我希望你能够帮助我说服更多的人，让万享联团结起来。"拉哈尔像刚才那样，用自信沉稳的声音向拉伊莎宣布自己的任命，"我需要你站在我的身旁，担任……"

"你的妻子？"拉伊莎抢先说出，"我愿意。"

劳拉摸了摸脸，隐藏起自己的笑意，拉哈尔的本意是让拉伊莎当万享联的副主席，负责联络和沟通等事务，没想到小公主会错了意。本·科瓦科夫和劳拉对视一眼，也做出一副看戏的表情。

话说出口，拉伊莎竟然鼓起了勇气，她不再扭扭捏捏的，而是恢复了之前趾高气扬的派头，她端正地坐在那里，等着拉哈尔的回应。

"嗯？你想做我的妻子？"拉哈尔问。

"是的，"拉伊莎说，"莫尔恰林这个姓氏已经管理了万享联快 1 006 年了，而你，大人，虽然……"

"叫我拉哈尔就可以了。"

拉伊莎突然被打断，愣了一下，伪装出来的强硬险些穿帮，她缓了一下，又继续说："拉哈尔，虽然是你建立了万享联，但对于万享联的这一代人来说，你是一个新人，一个入侵者，你还杀死了乔尔，你的人血腥屠杀了万享联的士兵。这些印象虽然有可能会消失，但会长时间留在人们的记忆中。我可以中和这种印象，因为我是莫尔恰林的传音使者。我和你的结合，是对万享联最好的选择。"

劳拉微微点头，除了一点点差别之外，拉伊莎所说的基本能和拉哈尔契合上，看来拉伊莎还真不是生长在温室里的花，政治这方面她懂得不少。

"这么说，你和我的结合是一场政治婚姻？"拉哈尔问，"你对我在私人方面就……"

"在这个时代，我们要以大局为重。"拉伊莎昂首挺胸地说。

拉哈尔已经看穿了拉伊莎的心思，但他不打算立刻接受，还要再拉扯几个来回，才能看清拉伊莎的底牌。拉哈尔不是莫尔恰林，也不是浪游者，但在操纵人心方面，他的造诣并不比别人逊色。上一世的拉哈尔就是情场中的王者，对于少女的心情，他再了解不过。有几百个迹象清晰地表明，拉伊莎·莫尔恰林爱上了他。拉哈尔不知道自己是哪一点让拉伊莎着了迷，他也不在意。爱是不讲理由的，只要应用得当，爱就可以变成比信仰更忠诚的力量。况且对方还是一个传音使者。

"你的心意我都明白。"拉哈尔说，"但是我不能接受，你是一个莫尔恰林。"

"可你是西耶尔。"拉伊莎抢着说。

"我只是超级脑里的一个灵魂。"

"不，你不是。"

"除了对万享联负责之外，你还要对整个人类负责。莫尔恰林的血脉……"

"我可以让你重新获得一具身体。"

"重新获得一具身体？"这一点连拉哈尔都没有料到。

拉伊莎发现自己戳到了拉哈尔的心坎，大受鼓舞，又继续说："我从数据库里看到过祖父将你的意识上传到神经网络的详细资料，再根据这几年传音获得的新技术，我有把握让你再次拥有一具身体。看得见，摸得着。"

在拉伊莎讲述的时候，劳拉就意识到这个方法可行。她不是传音使者，也从未经历过正规培训，但凭着对于神经网络天生的直觉，她立刻想出一套自己的方法来实施这件事，再听过拉伊莎关于技术和细节上的描述，劳拉确定，这是可以办到的。

当拉伊莎将所有的技术要点讲述完毕之后，拉哈尔开口说道："劳拉，你觉得呢？"

劳拉想了想，说："拉伊莎在神经网络的研究上非常有天分，强出我许多倍，我觉得可行。"她犹豫了一下，又说："不过有一个问题，身体到哪里找？"

"这算什么问题？"拉伊莎立刻说："皇宫近卫队中有的是优秀人才，无论从外貌、智商、身体素质，还是从反应、协调性等方面，都可以打满分。他们每一个人都会自愿成为拉哈尔的容器！因为对于他们来说，这是前所未有的荣誉。"

"可是他们的意识怎么办？"

"抹煞掉，将容器清空。"拉伊莎的眼珠转了转，接着说，"我亲爱的妹妹，你该不会还有道德上的顾虑吧？我的拉哈尔是什么样的人，怎么能被那些世俗的条条框框所束缚？你知道如果这项转移完成，拉哈尔真正重掌大权，有多少人类能够因此获救吗？"

"这个……"劳拉又叹了口气，"我没有意见。"

"很好，我接受这个提议，你可以去筹备这件事了。"拉哈尔说。

"是婚礼吗？"拉伊莎问。

"拉伊莎·莫尔恰林！"拉哈尔突然提高了声音，好像拉伊莎的话激怒了他，"如果你想成为我的妻子，我希望你能够再聪明一些，你应该知道什么才是最重要的。是将万享联重新整合起来，去实现我们最初的目标？还是在刚刚杀死上一任万享联主席之后匆忙结婚？"

拉伊莎一直略带迷醉的表情凝固了，她严肃起来，用力点点头，说："我明白了，我会努力去做一个合格的妻子的。"

"有一件事情，我需要你的帮忙。"拉哈尔说。

"什么事？我一定会做好的。"拉伊莎认真地说。

"我，拉哈尔·西耶尔，在过去的 100 年里，成就了许多事业，同时也做了许多令人无法理解的事情。我需要你和万享联的元老们去谈谈，了解一下，都有谁能够百分之百地接受我和我接下来将要做的事情，还有谁心存疑虑或者想要退出。我需要一个稳定而且相互信任的系统，这样才能达到我们的目标。"

"好的，我会去做的。"拉伊莎说。

"那个……你会使用精神潜艇战术吗？"劳拉突然问。

"当然。"拉伊莎一翻白眼。

"请尽量避免使用精神潜艇来对待那些元老。"劳拉说，"嗯，一个小的提示，用来表示对他们的尊重。"

拉伊莎没有理劳拉，她转向拉哈尔，只有拉哈尔说出的话才有价值。

"劳拉的提议很好，你务必遵守。"拉哈尔说。

拉伊莎又看了劳拉一眼，"好的，我会按你的要求去做。"拉伊莎转身走出会议室，直到最后几步，她才又蹦跳起来，显然压抑不住自己心中的欢快。

看着拉伊莎走出会议室，劳拉才开口问道："拉哈尔，她还是个孩子，为什么要那样对待她？"

"怎么连你也那么傻？"拉哈尔问道，"那孩子是我从侵入者过渡到万享联主宰的关键人物，我不把她捏在手里，又怎么能够摆弄得了其他的老家伙。"

"她可是真心想嫁给你的。"劳拉说。

"那又如何？"拉哈尔不屑地说，"她还是个什么都不懂的小孩子，我可不需要一个刁蛮任性的小公主陪在我身边。我要比别人更严厉地调教她，让她迅速成长为一个有价值的人。"

"这么说你真的打算娶她了？"劳拉问。

"目前来看，没有什么坏处。"拉哈尔说，"她如果真的能控制了那些老家伙，那最好不过。而且她提出给我一个身体，这个想法说到我心坎里了。劳拉，我不得不承认，即使读过我的思想，你也从未想过为我设计这样一套方案。"

劳拉耸耸肩，并不打算反驳。

"我倒要看看拉伊莎能够为了我做到哪一步。"拉哈尔说，像是自言自语，又像是说给劳拉和本听。

浪游者 VIII

劳拉·莫尔恰林走进神经网络终端室，迎面就遇上了姐姐拉伊莎·莫尔恰林冰冷的目光。

"嗨……"劳拉正准备向拉伊莎打招呼，但对方目光中的恶意实在过于明显，让她不得不将后面的话又咽回肚子。劳拉低着头走进房间，她看到本·科瓦科夫站在房间的最后面，于是走了过去，与本并排站着。

拉哈尔接管万享联已经有一个月的时间，联盟各部的管理者已经任命完毕，开始投入工作。但劳拉和本作为最初就跟随拉哈尔的得力干将，到现在也没有什么任命。随着这样无所事事的日子久了，所有人看向劳拉的目光都产生了变化。毕竟就算是志同道合，劳拉身上还背负着莫尔恰林私生女的名头。拉伊莎·莫尔恰林——这个邓恩的正统继承人，在万享联大肆宣扬与拉哈尔的婚期，并且毫不掩饰自己对这个同父异母的妹妹的厌恶，万享联内部的人自然懂得选边站队。到现在，在万享联里只有一个人算得上是劳拉的朋友，那就是本·科瓦科夫这个玩世不恭的混混了。

他和劳拉一样，没有任何任命，不过本的性格洒脱，吹起牛来九分像真的，联盟里那些老家伙都爱听他说话，反倒比劳拉还要更受欢迎一些。

"你能想象那家伙变成人吗？"本看着房间的另一头说，拉伊莎从近卫队员中挑选了十几个候选人，正靠着墙站成一排，等着拉哈尔挑选自己灵魂的容器。那些小伙子个个身材高大，肌肉匀称，眼光烁烁，一看就知道这几个人反应敏捷，智商超高，不是那种肌肉发达头脑简单的莽汉。劳拉挨个打量了一遍，实在想象不出来那些英俊的脸后面隐藏着拉哈尔的灵魂会是什么样子。

"一定很滑稽。"劳拉摇了摇头说。

终端室的门又打开了，阿米尔·西耶尔走进来。这个男孩是拉哈尔的直系子孙，也是西耶尔家族的传音使者。西耶尔家的祖先从终钥科技中获得了关于生物计算机方面的知识，开发了早期的人工智能"沙迦"。在那之后人工智能走上了一条自我发展的道路，而西耶尔家获得的终钥科技在人类的科技史上只能充当辅助的角色，所以西耶尔家族也变得没落下来。直到这个家族出现了一个叫作拉哈尔·西耶尔的人，他靠一己之力，用纯粹的暴力让西耶尔这个姓氏重新回到世界的中心。不过拉哈尔的后代完全没有继承他的狂妄自大，阿米尔·西耶尔就像一只受过惊吓的小鸡，总是瞪着一双棕色的眼睛，警惕地观察着周围的一切。细看之下，阿米尔倒是还算英俊，他身材瘦高，有着印度裔特有的棕色皮肤，眼睛和鼻梁有着明显的拉哈尔的印记。拉哈尔对这个后裔没有显出特别的亲密，他没有给阿米尔任命什么职务，只是让他多学习关于家族的历史。

阿米尔进来之后，看看劳拉和本，又看看拉伊莎，安静地站在房间的角落，与劳拉、拉伊莎呈三角之势。所有参加拉哈尔"附身仪式"的人都到齐了，拉哈尔没有让拉伊莎过分宣扬这件事。

拉伊莎挥了挥手，对着天花板喊："拉哈尔，一切都准备好了。"

"很好。"拉哈尔回答道。

"这些是我为你挑选的容器，无论从身体上还是心理上都是完美的对象。"拉伊莎指着立成一排的小伙子们说："他们都是自愿的。"

"为大人服务，是我们的荣幸。"小伙子们异口同声地说。

房间中的摄像头转轴发出微微的机械声，拉哈尔从这些小伙子们的脸上一一看过去。其中一个年轻人有些紧张，发起抖来，房间的扬声器里发出了干瘪的笑声。

拉伊莎瞪了那个年轻人一眼，但不起作用，年轻人无法控制自己的颤抖，反而越来越厉害。"滚出去！你已经没有这个资格了。"拉伊莎骂道。那个年轻人双腿一软瘫在地上，两边的人连眼珠子都不转一下，依然昂首挺胸，等待拉哈尔的检阅。

"对不起，拉哈尔。"拉伊莎说。

"不要紧，各位，不要紧张。"拉哈尔说，"我已经做出选择了。"

"是谁有这个幸运呢？"拉伊莎问道。

拉哈尔停了一会，才发出声音，"阿米尔，我的孩子，来，到前面来。"

"啊？我？叫我干什么？"阿米尔惊讶地问，但还是顺从地从房间一角走到神经网络终端旁，"需要我做什么吗？"阿米尔问道。

"不，孩子，不需要你做什么。我打算把这份光荣赋予你，毕竟你有我们西耶尔家族的血脉。"拉哈尔说。

房间里安静了几十秒，阿米尔才反应过来拉哈尔的话到底是什么意思。"等……等一下！为什么是我？我……不……不行！我是传音使者！我还有更重要的使命！"阿米尔脸色煞白，手足无措地大吼着，他的目光看向拉伊莎、劳拉，甚至那十几个作为候选人的小伙子，但找不到一个能够帮助他的人。"不！我拒绝！"阿米尔慌不择路，他撞倒了一辆装着工具的器材手推车，金属工具稀里哗啦地散了一地。阿米尔捡起一柄震荡刀，威胁式地举在身前。他倒退着走到门口，但大门已经被拉伊莎在控制台锁死，阿米尔出不去。"我是传音使者，我脑中还有未来的终钥科技，你们不能这样！"阿米尔喊着。

"拉伊莎，你还在等什么？"拉哈尔不满地说，"等到他伤了我的身体吗？"

"你确定吗？我们还不知道这样的附身之后，会对传音产生多大的影响。"拉伊莎问。

"你现在是在质疑我吗？"拉哈尔说道。

"不……那个……我明白了！"拉伊莎抬起手，那几个小伙子立刻向阿米尔围过去，他们本来就是万享联近卫队的精英，精通各种格斗术，对付阿米尔这样瘦弱的孩子自然不在话下。

不过阿米尔此时已经因为惊恐而进入了癫狂状态，他疯狂地挥着震荡刀。本来近卫队员冒着挨一两刀的风险，也可以突破阿米尔的刀光防御圈将他制服，他们自己的安全不是问题，但这个过程中也许会伤到阿米尔——也就是拉哈尔大人的身体。这样近卫队员投鼠忌器，一时间不敢上前。

但是拉伊莎沉不住气了，整个方案都是她做出的，但拉哈尔偏偏选了一个方案外的计划，难道他对自己还不够信任？如果再制服不了阿米尔，那拉哈尔对她的埋怨会越来越深。"你们让开。"拉伊莎走上前去，双手分开近卫队员，她看着阿米尔的眼睛，大声说，"阿米尔！你还记得自己的使命吗？"

阿米尔停下来，看向拉伊莎，"什么使命？"在与拉伊莎目光相对的瞬间，阿米尔浑身一震，仿佛打了个冷战。随后阿米尔冷静下来，目光直勾勾地看着前方。

"她的精神潜艇战术比我还要厉害。"看到这一场景，劳拉低声对身旁的本说。

被拉伊莎控制了的阿米尔不再挣扎，震荡刀从他无力的手中滑落，在空中旋转几圈，落在地上，又弹了起来。刀尖划过阿米尔的小腿，留下一道1.5厘米长的浅伤，血渗了出来。拉伊莎被吓到了，因为自己的疏忽，让拉哈尔的躯体受了伤。她战战兢兢地看着屋顶的摄像头，吓得不敢说话。

"还愣着干什么！"拉哈尔说，"把阿米尔放到神经网络终端上去。"

"对！快去！"拉伊莎命令道。

看到拉哈尔确定要用阿米尔的身体作为容器，近卫队员们脸上露出复杂的表情，一方面对不能为拉哈尔效力而遗憾，另一方面又为保留了自己的意识而感到庆幸。

阿米尔被安置在神经网络终端上，他双眼迷离，全无反抗，安静地等待命运降临。"准备好了。"拉伊莎为阿米尔的腿做了简单的处理，然后说，"那我们开始吧？"

"让他们出去吧。"拉哈尔说，"小伙子们，希望你们能够继续为万享联贡献你们的生命。"

听到命令，近卫队员们一起敬礼，随后走出终端室。

"劳拉。"拉哈尔呼唤道。

"什么？"突然被拉哈尔呼唤，劳拉站起来，不确定地看着前方。

"你对附身的过程进行研究了吗？"拉哈尔问。

"研究过了，拉伊莎对整个过程的分析非常准确，所有的细节都考虑到了。"劳拉说。

"你对整个程序熟悉吗？"拉哈尔说。

"我试着模拟了几次。"

"好，你来实施整个过程。"

劳拉愣住，她的第一反应是看拉伊莎，拉伊莎也同样将目光投向劳拉，那目光中充满了惊讶、嫉妒、羡慕，还有仇恨。劳拉不知道姐姐为什么如此崇拜拉哈尔，但她知道，亲自为拉哈尔进行附身，对于拉伊莎来说有多么重要。如果自己将这次机会夺走，会让两人本来就已经达到冰点的关系再次降温。在莫尔恰林家的历史上，血缘关系往往代表着猜忌和相互残杀，但劳拉还是不想和自己唯一的姐姐搞得太僵。

"不，拉哈尔，我认为拉伊莎更合适。"劳拉看着拉伊莎向拉哈尔提出建议，但拉伊莎眼中的火焰并没有减弱。

"这一切都是我计划的，我在听到你名字的第一时间就开始计划我们的未来。拉哈尔，你难道还不明白我的心意吗？"拉伊莎嘶吼道，"这是你最重要的时刻，为什么不让我来参与？拉哈尔，就因为我让这个孩子受了伤吗？那咱们不要他了，我再找更好的，行不行？你可以对我生气，但是别用这种方法来对待我！"

"拉伊莎！"拉哈尔大声吼道，音箱发出尖利的噪声，在终端室小小的房间中震荡，刺得人双耳疼痛。

"拉伊莎·莫尔恰林。"拉哈尔说，"安静下来，你现在能够听我说话吗？"

拉伊莎在身边找到一把椅子坐下，愤怒让她双手颤抖。她深呼吸几次之后，点了点头。

"你太不稳定了，"拉哈尔说，"而且幼稚。现在的你，让我无法信任。"

"拉哈尔，我……"拉伊莎猛地站起来，想要为自己辩解。

"不，不用解释，听我说。"拉哈尔拦住拉伊莎的话，"你想做我的妻子吗？"

"想！"拉伊莎立刻说，说完之后，她低着头看看自己的双手，又抬起头说，"我明白了，尽管我是传音使者，也是莫尔恰林家的继承人，但是我还配不上你。我会变得更好，希望你能给我机会。"

"很好。"拉哈尔说，"你会在将来的岁月中了解我的，但不是现在，不是在神经网络中通过附身的方式探索我的意识。"

"那么她就可以吗？"拉伊莎指向劳拉。

"她可以。"拉哈尔说。

拉伊莎强压住内心的嫉妒，说道，"我明白你的用意了，你在为我们的生活保持神秘感。"

"你明白就好，"拉哈尔说，"这里不需要你了，现在出去吧。"

拉伊莎知道再说什么都没用了，她站在原地很久，开口说道："我还有一个要求。"

"说。"

"附身完成后，我要这个女人离开，永远不要回到万享联。"拉伊莎咬牙切齿地说道。

"可以。"劳拉和拉哈尔同时答应，这让拉伊莎心中的嫉妒再次翻了几倍。她克制着自己想要毁掉些什么的欲望，狠狠地瞪了劳拉一眼，离开了终端室。

"那我们开始。"劳拉坐在终端机上，将自己连接好。

刚才满满当当的终端室里，现在还剩下本·科瓦科夫一个人，他还是吊儿郎当地站在那，仿佛刚才发生的一切都和他无关。

"一会见。"劳拉说，和姐姐的决裂不可避免，这个混混是她在这个世界上最熟悉的人了。劳拉沉入神经网络，拉哈尔早已在那里等着她了。

"我们开始吧。"拉哈尔说，他抬手将阿米尔的意识召唤过来。

"你为什么要让我来做这件事情？"劳拉问道，在这个神经网络中，只有她和拉哈尔两个人，还有一个处于禁锢中的阿米尔。这是他们绝对私密的空间，两个人的意识相互交融渗透，劳拉忽然意识到这对拉伊莎来说意味着什么。

"我刚才已经说过了，拉伊莎那孩子还小，情绪波动太大，我可不想把这么重要的事情交到她的手上。"拉哈尔说。

"你这样完全破坏了我和她之间的关系。"劳拉说，"她是我在这个世界上仅有的亲人了。"

"得了吧，姑娘，你根本不在乎血缘，她只是你梦想成为的小小幻影罢了。"拉哈尔毫不留情地戳破这一点。

"但你也不能故意切断我和拉伊莎之间……有可能产生的……亲情。"劳拉反驳，她知道这个理由很弱。

"我们之间很默契，姑娘，你很能干。但是……"拉哈尔知道劳拉的心意，他回答道，"我并不想把你放在身边，那太浪费你的才华了。"

劳拉不知道这是拉哈尔的本意，还是他已经悟透了自己的想法。她在万享联这段日子，确实过得憋闷，她想要找个什么地方去透透气。彻底离开万享联这个念头，虽然是从拉哈尔口中说出来的，却也正合劳拉的心意。

"你用我激怒她，就是为了让她亲自把我赶走？"劳拉问道。

"那孩子从出生到现在，还没有吃过亏，正好借此机会给她点颜色看看。当然，对你来说也没什么损失。"拉哈尔显然已经考虑周全。

拉哈尔像往常一样，将所有的事情都提前做了打算，但是他做事的方式太过粗暴，即使是劳拉也需要一段时间来消化所有的安排。等她的情绪平静一些之后，劳拉看向阿米尔的意识，那孩子与她无冤无仇，现在却要将他的意识抹煞。

"你确定要用他吗？"

"别犹豫了，姑娘，无论用谁，都要抹煞掉一个意识。如果你因为那个人是陌生人而更容易下手的话，反而证明你伪善。这孩子是我的后代，我收回我的身体，有什么不可以？"

"我还是无法接受你的这些做法，拉哈尔，你一次又一次地挑战所有人的道德底线，到底为的是什么？"劳拉问。

"我以为你明白。"拉哈尔说，"我懒得解释。"

劳拉知道拉哈尔心中的信仰，光之御主的诞生是西耶尔家族所做过的最重要的事，也是最错误的事。拉哈尔两次生命中的目标，都是消灭光之御主，为了这个目标，他可以不惜一切代价。道德在他的眼里，不过是俗人的遮羞布罢了。他的第一世生命太过短暂，所以在第二次复活后，拉哈尔才会用更加炽烈的方法来达到他的目的。不过，即使是了解了拉哈尔的想法，劳拉也无法接受。她轻轻触碰阿米尔·西耶尔的意识，对拉哈尔说："这是我最后一次这么做了。"拉哈尔没有说话。

劳拉深入阿米尔的意识，在这样的时代，这个孩子的命运没有什么特别。拉哈尔在第一世留下了上千个直系后裔，在这100年间，他的后裔发展到近万名，其中大部分生活在贫民窟，过着朝不保夕的日子。阿米尔在11岁的时候觉醒了传音能力，但是他的家人以为那不过是过度饥饿引发的幻觉而已。这种现象持续了两年，家里人才从别的地方听说，阿米尔可能是传音使者。那时，西耶尔家上一任使者在乔尔的禁锢中染病身亡。为了隐瞒替身的真相，乔尔派出近卫队到处寻找新的传音使者。家人把阿米尔交出来，希望能够换到一些食物。近卫队带走了阿米尔，他到现在也不知道，在将他交给近卫队之后，他的家人有没有吃上饱饭。

"你还有什么愿望吗？"劳拉问。阿米尔摇了摇头，他在乔尔的囚禁中，吃得饱，穿得暖，还有娱乐的全息影片观看，人生没有遗憾。

劳拉点点头，轻轻抚过阿米尔的意识，"那好，你安静地睡吧。"在最后一刻，阿米尔似乎露出了一丝恐惧和不情愿，但那也可能是劳拉的错觉。现在，阿米尔已经被抹煞了，躺在神经网络终端室的不过是一具躯壳，等待新的主人降临。

"好了，该你了。"劳拉呼叫道。拉哈尔安静地靠过来。

劳拉再次检视拉哈尔的意识，拉哈尔对她没有一丝戒备，在她面前全部展开。

劳拉知道，拉哈尔一生中树敌无数，最后只对两个人完全信任——一个是她的祖父苏泰，祖父与拉哈尔钩心斗角了一辈子，直到人生的最后，他才把苏泰当作知己，拉哈尔允许祖父将自己的意识提取出来，储存在神经网络中；还有一个就是劳拉·莫尔恰林。劳拉突然觉得有些遗憾，她开始羡慕起拉伊莎，拉哈尔还为她保留了一些秘密。

"你在想什么？"拉哈尔问。

"啊，没什么。"劳拉说，她把拉哈尔的意识分层整理好，放入阿米尔的躯壳。

在这个过程中，她看到了拉哈尔意识中关于暴力的那部分。尽管拉哈尔做过数不清的暴行，但他的意识里，暴力并没有占据主要的位置，占据主要位置的是仇恨；而暴力，就像他之前说的，是复仇的手段。在普通人的意识里，在暴力意识的周围都会有一层叫作"道德"的屏障，是道德让人在使用暴力之前再三思考。多数情况下，因为道德的缘故，暴力不会成为一个选项；而在拉哈尔的意识里，根本就没有这一层屏障，暴力像没有限制的流水一样浸润着拉哈尔的每一个想法。

也许应该给他加上一层屏障？劳拉想。那样的话，拉哈尔就不是拉哈尔了。她最终还是放弃了干涉拉哈尔意识的想法，只是原原本本地将拉哈尔的意识放置在阿米尔的躯壳里。

大功告成。

《《《 武装部长 I 》》》

　　本·科瓦科夫在神经网络终端室里来回踱步。劳拉·莫尔恰林和阿米尔·西耶尔分别躺在两台终端机里平静地呼吸，就像睡熟了一样。没人告诉过本附身的过程要持续多长时间，终端室里也没有任何提示，本只能靠用自己的脚步丈量房间长度来解闷。

　　外面传来一阵嘈杂的声音，有人在门口呼唤拉哈尔的名字。本没打算去回应，毕竟自己并不在万享联担任任何职务。可是呼唤声一直不停，还加上了敲门的声音。阿米尔在终端机里抽搐了几下，本不知道那是做了噩梦还是被敲门声惊到。他不耐烦地将终端室的门打开一条小缝，露出半张脸。

　　站在门口的是农业部长奥特亚尔，"拉哈尔大人在吗？"

　　"他在忙。"拉哈尔将要寻找一具身体进行附身这事，并没有在万享联里大范围传播，但核心管理层的元老们应该都已经知道了。不过本并不确定，也不打算向奥特亚尔解释，他说："拉哈尔大人现在有很重要的事，不能打扰。"

　　"可是……万享联……"

　　"你们几个部长先商量一下，能自己做决定的，就先做决定。"本说。

　　"可是……"

　　阿米尔开始呻吟起来，本沉下脸，"现在拉哈尔大人的事情正进行到关键时刻，你明白我什么意思吗？"

　　"可是……"奥特亚尔声音低了下去，他透过门缝向里面瞟了一眼，小声说，

"拉哈尔大人大概还需要多长时间？"

"不知道。"本说着，把门关上。他转过身，发现劳拉已经睁开眼睛，正看向自己。本把劳拉从终端机里扶起来，问道："怎么样？"

"很成功，没有问题。"劳拉说。

"以后这个小伙子就是拉哈尔了？"本看着阿米尔稚气未脱的脸，感慨道。

"没错，你们以后都要听他指挥了。"劳拉说。

"我们？"

"没错。"劳拉转过身，走近本。

每次劳拉靠近，本都要挨上一拳。这次他条件反射般地向后躲避，但是劳拉并没有什么动作，她伸出双臂，拥抱了本。

"到底发生了什么？"本问道。

"没什么，"劳拉说，"他马上就要苏醒了，我先走了。"

本被劳拉弄得摸不着头脑，"等等，到底怎么回事？"

劳拉笑笑，打开终端室的门，几个部长正站在门口焦急地等待着。有人问劳拉发生了什么，劳拉只是微笑，并不回答，她穿过人群，走了。

阿米尔，不，拉哈尔呻吟了一声，睁开眼睛。

"拉哈尔？"本试探地问道。

"是我。"拉哈尔扶着终端机站起来，向前走了几步，突然身子一晃向前栽倒。本把拉哈尔搀起来。

拉哈尔骂道："这孩子太虚弱了，真给西耶尔家丢脸。"

本说："我听说西耶尔家都是学者，除了你。"

"学者有什么好的。"拉哈尔说道，他站起来，忽然又把注意力集中在自己的腿上。他的小腿上贴着一条速愈凝胶，是用来帮助伤口愈合的。拉哈尔伸手撕掉凝胶，看着血从伤口流出来。"对，这样的感觉才对。"拉哈尔体会着伤口带来的疼痛，那才是熟悉的感觉。他用手指擦掉伤口流出的血，本连忙提醒，"你不是要用舌头舔自己的血吧，我劝你别这么做。"

"为什么？"

本拉着拉哈尔的胳膊，让他转过身，万享联的高层来了60%，都聚集在终端室的门口。"嗨，孩子们，你们有什么事吗？"

"你是……拉哈尔大人？"开拓部部长问道。

"当然是我。"

"那……阿米尔呢？"

"就像你想的那样。"拉哈尔说。听到拉哈尔的话，有几个高层脸上立刻露出了不适的表情，开拓部部长说："大人，你这样做未免太不人道了。"

"是这样，大人。"对于当面的指责，拉哈尔只是微微一笑，"非常时刻，必须用非常手段，对于这件事，只是我和阿米尔之间的家族事务，我不想多说。"他冷冷地看了一圈万享联的高层，尚显稚嫩的脸上带着不怒自威的气势，"你们应该听说过，在以前我是个什么样的人。"元老们纷纷点头。

"这是一次重新开始的机会。"拉哈尔说，他换了个站姿，一条腿蹭上另一条腿上的伤口，疼痛让他集中精神，继续伪装成一个通情达理的人，"我们不要在细节上纠结这些问题，好不好？我希望我能做得更好，也希望你们能够抛下成见，因为我们有更重要的任务去做。"元老们再次点头，其中有 3 个人没有表态，拉哈尔记下了他们。

"你们聚集在这里要干什么？"拉哈尔问。

"是这样的，大人。"奥特亚尔说道，"你当时……光复万享联时请来的朋友，那个卡西迪奥，他……"

"他怎么了？那个混账惹了什么麻烦？"

"1 个小时之前，他从军火库里拿了一些装备离开了。卫兵本来想拦住他，但是势力悬殊，又不能真的开火，所以……"

"拿了些装备又没什么，他是为我们效力的。"

"不，大人，半个小时之前，他带着人和装备去了新加尔各答的市政厅，扬言要为自己报仇。光之御主的武装力量对他进行了反击，现在他被困在市政厅里，劫持了 400 多名人质。市政厅外面是 2 000 只工蜂 AI。"奥特亚尔停顿一下，说，"他向我们求援，但是我们不知道该怎么做。"

"废话，当然是去救他。"拉哈尔转向本·科瓦科夫，"你还愣着干什么？还不去管管你的人？"

"什么我的人？"本问道。

"你是万享联的武装部长，带兵打仗是你的职责。"

"什么？"本大声说。

"等一下。"拉哈尔皱起眉头，"我还没有给你下任命吗？"

"当然没有！"

"好，我现在任命你为万享联的武装部长，你的第一项任务就是去营救卡西迪奥。"拉哈尔朗声说道。

"什么？拉哈尔，这样未免太草率了。"本还没有进入武装部长的状态。

"别废话了！"拉哈尔在本的后脑狠狠抽了一记，"事不宜迟！快去！"

本终于认真起来，他的大脑开始运转，策划分析本来就是他最擅长的。现在他面临更大的危机，需要更多的信息和支持，"指挥中心在哪？谁帮我带一下路？谁帮我把阿斯翠特找来？"

多年以来，万享联专注于民生科技，从未想过会有战争，也根本没有想过在新加尔各答布置情报人员，所有关于市政厅的消息都来自新加尔各答本地的媒体和普通用户。本到达指挥中心的时候，全息屏上显示着市政厅外围的景象，但是工作人员毫无紧迫感，他们一边聊天一边对着对峙双方指指点点，根本没有把卡西迪奥和他的武装力量当成万享联自己人。当然，这可以理解，卡西迪奥自己也没有把万享联放在眼里。

"你们都认真起来！我是万享联的武装部长，我们现在的任务是把卡西迪奥和他的人从工蜂 AI 的包围下解救出来。"

"可是……"指挥中心的职员们看着突然闯进来大呼小叫的金发混混发呆。

"没什么需要可是的！立刻行动起来！"本从来没有真正管理一支武装部队的经验，但是他擅长模仿，现在只能假装自己是一个武装部长，先把眼前的问题解决掉再说。"你把新加尔各答的城区布置图找到，计划 3 种进攻和撤退的路线。阿斯翠特那家伙怎么还不来？"

"长官，我只是一个器材管理员。"

"你在这里多长时间了？"

"15 年。"

"所以你对这里的人很熟悉，对吗？"

器材管理员点点头，"是的，长官。"

"现在，我给你权力，你可以挑选你认为合适的人手，我给你 5 分钟，给我组建出一支情报和分析队伍。"本双手按住器材管理员的肩膀，"孩子，现在已经不是以前的万享联了，你想改变世界吗？"尽管器材管理员看上去比本·科瓦科夫还要年长十几岁，但本的话击中了他心中已经沉眠的那部分理想，让他重新想起了年轻时热血沸腾的感觉，他大声说道："想！"

"你叫什么名字？"本用更大的声音说道。

"我叫布鲁诺，长官！"器材管理员吼道。

"行动起来！"

布鲁诺激动得血脉偾张，他立刻在指挥中心里选了几个人，然后转过头来问："长官，万享联里任何人我都可以调用吗？"

"是的。"本确定，"只要合适，都给我弄过来。"布鲁诺立刻向被他选中的人下达命令，本当时只是随意选中了他，现在看起来，这个器材管理员已经做好了准备。

"本！你叫我到这里干什么？"阿斯翠特人还没到，声音就从走廊传过来。

新上任的武装部长立刻冲出去，他已经有一个多月没有见到阿斯翠特，雇佣兵迈着大步走过来，孔武有力、结实的双臂仍然露在衣服外面，肌肉虬结。看到阿斯翠特比之前更加健壮，本点点头，知道她没有因为住进了万享联而停止锻炼。

"叫上你的人，跟我走，咱们去教训教训光之御主。"

"谁？那个大光球？"阿斯翠特笑了，"好啊，我正闲得全身发痒呢。"

本又呼叫了拉伊莎，让她把之前那十几个近卫队员派给自己，当他们在莫尔恰林宫殿正门集合时，一支看起来颇具战斗力的部队已经组成了。

新上任的情报官布鲁诺从网络中搜集了不少资料，从目前的看，接近市政厅的路有3条——空中、地面，还有地下。工蜂AI受光之御主直接控制，有极高的机动能力，而且根据现场传回的视讯情报，除了平时的警卫型工蜂，还有一部分军用的重武器工蜂也加入到了包围市政厅的队伍之中。空中和地面都是工蜂AI的优势地带，看来只能选择从地下城的下水道系统直接进入市政厅内部，将卡西迪奥等人带出来了。

"你怎么想？"本问阿斯翠特，雇佣兵在方济各区混了好久，有自己的行事方法。

"不怎么样。"阿斯翠特说，"我们要带100多个人进去，地下通道太狭小，只能并排走两三个人。如果遇到一只重火力的工蜂，就可以完全压制我们的人。"

"长官，"一个近卫队员开口说道，"我们是负责守护宫殿的近卫队，对建筑内的战斗相当熟悉。我建议我们兵分两路。"

"你叫什么？"

"我叫阿奎尔，是近卫队 6 队队长。"阿奎尔敬了个礼，"为万享联献身！"

"继续。"

"我和我的人从地下进入市政厅，然后，"阿奎尔看向阿斯翠特，"这位……这位好汉和她的人，在市政厅外围进行火力侵扰，吸引工蜂和光之御主的注意力。市政厅外围有不少小型建筑，可以作为你们的掩护。现在需要顾虑的就是，光之御主会不会为了打击你们，连带那些建筑一起毁灭。"

"我们会保护自己的，这点就不用你操心了，伙计。"阿斯翠特说道，"那我们从地面攻击工蜂。"

"现在还有一个问题。"阿奎尔说道，"倒也不算是一个问题，如果有人能够混入到市政厅内部，观察一下现在的情况就好了。"

"是啊。"本想起一个人，最合适做这项工作，可惜她在不久前刚刚离开。

劳拉走到莫尔恰林宫殿的大门处，她回过头，大门上还残存着爆炸的痕迹。这里本来是她的家，莫尔恰林的祖辈们建起了这个地方。可现在她就要离开，而且看上去像是被驱逐出去一样。劳拉一层一层地审视过拉哈尔的意识，她完全理解他的想法。拉哈尔重新掌控万享联，不过是他目标的第一步。他深深知道，只凭小小的万享联根本无法和控制了地球的光之御主抗衡，他要向整个世界播下反抗的种子，而劳拉是第一个。

拉哈尔对劳拉的所思所想也了如指掌，他们两个虽然认识时间不长，但已经完全了解彼此的想法。拉哈尔想要打败光之御主，因为控制了人类的人工智能是西耶尔家的造物。劳拉从哥哥那里继承了邓恩的 3 条遗命，她也以打败光之御主作为毕生的目标。他们两个人就像阴阳两面，虽然彼此对世界的认知不同，但他们不得不承认，必须依靠彼此，才能达成最终的胜利。离开万享联，也是两个人不谋而合的共识。拉哈尔在明，劳拉在暗，两人合力才能让整个人类觉醒，一起对抗光之御主。

但劳拉没有想到，第一场战斗来得这么快。她正在端详着莫尔恰林宫殿大门上的焦煳痕迹，就听到身后不远的地方有人闲聊。

"听说了吗？卡西迪奥那个疯子，带着人去进攻市政厅了。"

"见鬼了，万享联真是倒了八辈子霉，先是让那个窝囊废乔尔把我们拖下阴沟，又来了疯子卡西迪奥把这里炸得乱七八糟，现在暴君拉哈尔登台了，我们还有好日子过吗？"

　　劳拉转过去，原来是宫殿的卫兵在和一个商人模样的人聊天。卫兵看到劳拉，觉得眼熟，但不认识，不过他还是警惕地闭上了嘴。

　　"就是就是，让我们做做买卖赚些钱不好吗？非要打打杀杀的。"商人嘟囔着。

　　"你好，刚才你说市政厅怎么了？"劳拉问。

　　"啊，没什么，你听错了。"卫兵笑笑，对商人说，"还不快进去，别耽误我执勤。"

　　"好的，谢谢。"劳拉礼貌地向卫兵点头，她等着商人走进大门，才又接着说，"把刚才关于市政厅的事都告诉我。"

　　"没什么，你也快走，别……"卫兵挥舞着手中的枪，想要驱赶劳拉，他突然愣了一下，精神萎靡下来。卫兵打了个哈欠，好像没看到劳拉一样，将目光投向别处。

　　劳拉不耐烦了，对卫兵使出了精神潜艇，原来卡西迪奥因为被捕入狱的事跑去新加尔各答的市政厅复仇，结果惊动了整座城市的工蜂 AI，现在自己被包围在里面，只好劫持了一些人质与工蜂对峙。"唉，拉哈尔，还是再帮你一次吧。"劳拉自言自语，离开了万享联。

　　劳拉赶到新加尔各答市政厅的时候，卡西迪奥与工蜂 AI 之间的对峙已经持续了两个半小时。市长和大多数高级官员都被困在市政厅里，只有一个因为患病而请了病假的部长躲过一劫，现在他又被叫到现场。虚弱的部长满头大汗，裹着一身睡衣和警察局长讨论营救方案。工蜂 AI 矗立在市政厅广场外围，等待警察局长的指示。

　　全世界的工蜂 AI 全部由蜂巢中心直接控制，换言之，它们和光之御主共用一个大脑，但是大部分时间里，光之御主并不会直接插手人类社会的自然运行。比如现在，尽管发生了这么大的乱子，但光之御主用于市政厅的算力并没有比南非开普敦的智能地铁时刻表多多少。

　　市政厅前广场已经被前来看热闹的民众围得水泄不通，劳拉挤不进去，她只好走到街对面，那里有一些卖零食和小商品的商铺。不少人爬上了商铺的招牌，站在高处，可以看得远一些。招牌上还有一些空隙，劳拉也爬了上去，不过即使站在招牌上，也只能看到市政厅泛着光晕的外墙，无法看到里面的情况。市政厅除了大门之外，还有几处其他的入口，比如清洁通道和货运口，不过现在都已经有重兵把守，除了警察之外还有工蜂 AI。只凭劳拉的精神潜艇是糊弄不了工蜂 AI 的，所以她现在也想不出什么好的办法混到市政厅里面去。

就在劳拉一筹莫展的时候，在这一片商铺后面，影影绰绰出现了好多人影。劳拉转过头向下看，那些人都带着武器，分别埋伏在商铺墙角和货架后面，密切关注着市政厅那边。不知道他们是哪一方的，从外观看这些人并不像正规军，难道是黑帮想要趁火打劫？

这时，一个健壮的身影出现在劳拉视野里，劳拉很熟悉她——本·科瓦科夫的好朋友阿斯翠特。"阿斯翠特！"劳拉跳下去，落在阿斯翠特身旁。

大个子一把拉住她，将她拖进暗处，"浪游者，你在这干什么？"

"你们来干什么？"劳拉反问。

"劳拉，我还以为你走了。"本的声音从她身后传来。

"本？"

本摆摆手，"现在不是叙旧的时候，我们得想办法把卡西迪奥那个傻瓜弄出来。"

"这好办。"阿斯翠特从身旁的人手中接过一个榴弹发射器，"别啰唆了，阿奎尔那边还等着咱们的信号呢。"

"等等，你要干什么？"劳拉拦住阿斯翠特。

"轰炸那些工蜂啊。"阿斯翠特说道。

"周围还有那些围观的人呢。"

"又不是我叫他们来的。"阿斯翠特撇了撇嘴，看向本，"武装部长，你说怎么办？"

本为难地看看劳拉，说道："拉哈尔任命我作为万享联的武装部长，有些责任是要让我背负的。"说完，本向阿斯翠特点点头，表示允许偷袭工蜂。

就在阿斯翠特准备射击的时候，情况又发生了变化，原本在原地等待命令的工蜂 AI 开始行动了，它们开始向市政厅聚拢，并且进入了攻击模式。

"发生了什么？"劳拉问道。

"你还记得乔尔吗？"阿斯翠特一边设置榴弹枪，一边问道。

对于劳拉来说，阿斯翠特这个问题有些冒犯，她不满地说："怎么了？"

"把卡西迪奥和人质关在一个密闭空间 3 个小时，会发生什么样的事？你猜一下。"阿斯翠特对劳拉做了一个意味深长的微笑。劳拉眼前浮现出哥哥临死前被卡西迪奥啃噬得残缺不堪的身体，她不敢想象市政厅里现在发生了什么。

工蜂 AI 通过红外线透视，还是别的什么感应技术，已经得知市政厅内部发生了变化，它们不再投鼠忌器，而是开始强攻了。外围的重武装工蜂 AI 先是一轮火箭弹轰炸，市政厅流光溢彩的外围墙立刻变成了一堆灰色的残渣。爆炸和飞散的砖石打向围观的群众，一时间哀号四起，人们开始四处逃散。工蜂 AI 又轰炸了一轮，千疮百孔的市政厅外墙轰然倒塌。一阵炮火从市政厅里向外射出来，卡西迪奥和他的人开始反击。

"现在正是时候，我们可以内外夹攻。"阿斯翠特吹了声口哨，她的手下已经准备好了，几十发榴弹瞄准了市政厅外面的重型工蜂 AI。

"再等一下，人群还没完全散去。"劳拉大声说。

"来不及了。"阿斯翠特看了劳拉一眼，扣动扳机。

榴弹像流星一样，在劳拉眼前一闪，落在工蜂群中，爆开一团火光。紧接着，又有几十颗流星落下。阿斯翠特和她的人一阵轰炸之后，广场上留下七八个重型工蜂 AI 的残骸，还有一只工蜂被爆炸干扰得引起了火控系统失控，对着周围不分青红皂白一通乱射，将其他几只工蜂 AI 打成了碎片。

原本打算趁着市政厅外墙碎裂而展开强攻的工蜂开始掉头向商铺一带射击。隐藏在市政厅里面的卡西迪奥一伙发现来了帮手，开始更加猛烈的火力输出，在两面火力夹击下，市政厅广场上无遮无拦的工蜂 AI 成了毫无反抗能力的靶子，被四面八方射来的子弹打倒一片。工蜂群立刻改变战斗状态，分散开来飞在半空，以高机动能力减少被枪弹击中的概率。双方你来我往，弹药的闪光组成一张复杂的火力网，将市政厅周边的一切包裹在里面。

在一片枪林弹雨中，突然响起了高亢的音乐，这音乐不是某一个发声器发出的，而是无数小的播放器——广场喇叭、全息数码播放器和因为骚乱遗落在广场上的个人通信器，所有的设备都在放着同样的声音——《欢乐颂》。

"那是什么鬼玩意？"阿斯翠特躲在掩体后面咒骂道，"吵死了。"

"本·科瓦科夫，听到请回答。本·科瓦科夫，听到请回答。"无数个电子声音同时呼叫，听起来像一个女人的声音。

劳拉和本在四处乱飞的建筑碎片中对视，劳拉说："找你的。"

本苦笑一下，他四下寻找，从一堆破碎的复合外墙下摸出一个个人通信器。通信器投射出一个头像，是韵诗·默克——默克家的传音使者，万享联的科技部长。

"嗨，韵诗，我这里有点忙。"本说道。

"我知道，你找的那个情报官不错，他手下的一个人简直是网络天才，他入侵了蜂巢网络，让我们能够通话。我们通过你的声纹启动了你附近的音频设备……"韵诗说。

"等一下，这样不会被光之御主窃听到吗？"本问道。

本面前又出现一个人，年轻的棕色脸庞，本还没有习惯拉哈尔的意识已经占据了阿米尔的身体这件事。

"光之御主！"拉哈尔喊道，"我是你的老朋友拉哈尔·西耶尔，你这个大光球给我等着，老子来收拾你了！"

"这算什么？对光之御主的宣战吗？"劳拉说。

韵诗把拉哈尔推开，她的脸重新出现，"刚才能，在锁定你使用的终端后，就能开启高级别的加密措施，就算蜂巢中心的算力全速运转，光之御主大概需要37分钟才能破解，况且它还要分心做别的事，这段时间里我们之间的通信是安全的。"韵诗的头像看向别的方向，像是在和什么人说话，然后她转过来，继续说："但是我们联系不上卡西迪奥和阿奎尔。"

"必须有人把终端设备送到他们面前……"劳拉听懂了韵诗的意思。

"没错……"韵诗刚开口，又被拉哈尔挤开，"本，听着，我们现在可以监控光之御主所有的工蜂，你们向后散开，把工蜂吸引到别的地方去。劳拉……"

"我不是武装人员，所以我去送终端，工蜂大概不会射击我。"劳拉立刻明白拉哈尔的意思。

"你不被光之御主盯上的概率是38.4%。"韵诗说道。

"概率还蛮高的。"劳拉说。

"小心！"阿斯翠特突然撞过来，将劳拉和本推向一边，一颗爆弹在距离他们十几米的地方炸开，巨大的声浪将劳拉震得头晕目眩。

当她恢复意识的时候，发现阿斯翠特正拖着她躲向另一处掩体，本向她大喊，但劳拉耳朵里只有爆炸声的回响，听不到任何话语。本开始指挥阿斯翠特和她的人向不同方向撤退，引得工蜂群分散成十几股小的群体，继续追击万享联的人。战斗分散到了中心区的各个部分。

劳拉过了一会才恢复了一些，本拍拍劳拉的脸，"你好点了吗？"本大声说道，但劳拉只是通过他的嘴形才知道他在说些什么。本将四五个从地上捡的通信终端塞到劳拉手上，指向前方，"快去找卡西迪奥，我们需要他的配合！"劳拉木然地点点头，站起身来就要往市政厅走。

阿斯翠特一把将劳拉又拽回来，"傻瓜，隐蔽！隐蔽，知道吗？"

劳拉眨眨眼睛，从爆炸的眩晕中清醒过来，"隐蔽，对，隐蔽。"她看了一下前方，市政厅广场已经没有10分钟之前那样人声鼎沸，广场上布满了建筑碎片、工蜂残骸和爆炸带来的焦煳痕迹。由于工蜂群已经被分散开，围攻市政厅的工蜂数量大大减少，在市政厅侧面守卫的工蜂不见了踪影，从那里进入市政厅，看起来是个不错的选择。

劳拉伏低身体，在残垣断壁之间穿梭。在贫民窟的时候，劳拉也经历过一些黑帮的火并，几十个人用轻武器相互扫射，空气中弥漫着火药和人体焦煳的味道。她自认为见过世面，但今天的场景还是吓到了她，那颗爆弹的冲击波直接搅乱了劳拉的大脑，直到现在，她的双腿还在不停地颤抖，爆炸炽热的感觉还留在她的皮肤上。

她走到了商铺的边缘，从藏身之处到市政厅的货运入口之间，还有200多米的开阔地带，劳拉看向四周，没人注意到她。劳拉深吸一口气，准备咬着牙快速冲过这200米的距离，可还没有迈出第一步，一只工蜂就从天而降，落在劳拉面前。

那只工蜂已经受了不少攻击，黑黄相间的外壳上布满子弹的痕迹，它的半条腿不见了，裸露在外的电线滋滋地爆着火花。工蜂背后的4支粒子枪指着劳拉，枪口处微微放光，即使周围声音嘈杂，爆炸声不绝于耳，劳拉也能清晰地听到，粒子枪的供能核心"嗡嗡"的蓄能声。她在心里默想，自己的生命只剩下最后的5秒钟。

工蜂上下扫描了劳拉，并没有发现武器。"为了你的安全，请离开交火区。"工蜂用电子合成的声音说道，然后轻轻一跃，飞走了。

劳拉用了好几分钟才重新控制住自己的身体，她是莫尔恰林家最优秀的浪游者，最擅长的就是控制别人，可是这次恐惧战胜了她的意识，她甚至想转身离去，将万享联、拉哈尔和人类全部抛在脑后。最终，劳拉还是找回了勇气，她快速通过广场，来到市政厅货运入口前。货运入口的卷帘门紧闭着，但旁边的墙上被炸开一个大洞，劳拉从洞口翻进市政厅。市政厅里弥漫着爆炸的尘埃，光线在这里现了形，仿佛一道道实体的柱子。

与外面的广场相比，市政厅内部是另一种混乱景象。每一间办公室都是一片狼藉，这种混乱是人为造成的。劳拉可以想象，卡西迪奥和他的人在市政厅里逐间扫荡，并不是为了寻找什么东西，只是单纯地发泄暴力的欲望。走廊里还残留着大量的血迹和拖行的痕迹，暴徒们将逃跑或者反抗的人击毙，再将他们全部拖去市政厅大厅。

越靠近大厅，空气中血腥的味道就越浓厚，恐惧和爆炸震荡，再加上血腥味，这些都让劳拉的胃翻腾不止，最后，她在走廊的尽头吐了出来。呕吐的声音被卡西迪奥的手下注意到，四五个人围上来，用枪指着劳拉。劳拉立刻举起双手，表明自己是万享联的人。这群暴徒比外面的工蜂还要危险。她被带到大厅的中央，卡西迪奥正在那里坐镇指挥。大厅的外墙已经被爆炸摧毁，暴徒们在墙后垒起了第二层掩体，构成掩体的……是尸体，不计其数的尸体，卡西迪奥屠杀了市政厅里所有的人。黑帮头子的嘴边、下巴和前襟上都是暗红色的痕迹，劳拉又一次想起被卡西迪奥啃噬得残缺不全的乔尔的身体。这几个小时里，市政大厅里到底发生了什么？劳拉不愿去想。

见到劳拉，卡西迪奥伸开双臂，想要拥抱浪游者。劳拉脸上露出厌恶的表情，躲到一边。卡西迪奥不以为忤，他咧着嘴，露出钛合金牙齿，"劳拉，你是专门过来营救我们的吗？"

"当然，谁让你惹这么大的祸。"劳拉掏出一个通信终端递给卡西迪奥，"保持联络，拉哈尔和韵诗·默克会帮助我们逃离这里。"

"竟然有人愿意为了我选择与光之御主对抗，我好感动。"卡西迪奥说，"我这个人最懂得义气，我不会忘记你的恩情的。"

"对我就不必了，只要你们把自己当作万享联的一员就好。"劳拉左右打量，"还有一支小队从地下通道过来，你们见到了吗？"

卡西迪奥想了想，拖长声音说："哦，你是说他们啊。"他向旁边人招招手，"把他们带过来。"暴徒们立刻把五花大绑的阿奎尔和他的手下带过来，他们个个身上带伤，面带怒火地瞪着卡西迪奥。

"他们是自己人，专门来救你们的。"劳拉解释道。

"我怎么知道，他们突然悄悄地从我们身后出现，我自然以为他们是来突袭的特警。"卡西迪奥说，"幸好他们及时把枪扔了，不然每个人都会死。"黑帮头子摆摆手，"好了，把他们松绑吧。"

暴徒解开近卫队员的绳子，阿奎尔活动着酸麻的手腕，嘴里骂道："疯子。"近卫队员们聚集在一起，与卡西迪奥和他的暴徒保持距离，不想与之为伍。

外面的枪炮声音淡了，还剩十几只工蜂盘旋在市政厅正面，时不时扫射一轮，子弹打在血肉组成的掩体上，发出"噗噗"的声音。

近卫队员们看到堆积如山的尸体，都毫不掩饰地对卡西迪奥露出鄙夷的神情。他们找回自己的装备，表示不愿意再掺和这些事，阿奎尔看了劳拉一眼，带队向大厅后方走去，打算通过地下通道离开，返回万享联。

通信器响了起来，拉哈尔呼叫道："劳拉，你找到卡西迪奥和近卫队了吗？"

劳拉掏出通信器，"刚刚找到。"

"现在立刻撤离，光之御主已经把附近所有的工蜂都调集过来了，你们马上就要遭受比之前强几倍的打击。"拉哈尔说。

"好，明白。"劳拉扔给卡西迪奥一个通信终端，"叫你的人准备离开吧。"

话音未落，从大厅的后方传来一阵枪声，刚刚离开的近卫队员又返回来，阿奎尔一边后撤一边射击，"它们从地下通道进来了，我们的后路被包抄了！"

卡西迪奥向后看看，又通过掩体看向广场，他呼喊道："伙计们，前面没什么人了，我们冲出去！"暴徒们呼喊着从市政厅破碎的外墙空隙中冲出去，对着盘旋在天空中的工蜂射击。

从地下通道上来的工蜂是光之御主调来的军用型号，火力比刚才的还要强悍，还有可以防御轻武器的护甲，近卫队员根本不能伤害到它，只能且战且退。一转眼的工夫，军用工蜂就已经攻进了市政厅大厅。

阿奎尔跑过来，拉住劳拉的胳膊，"跟我来。"他喊道，用力拖着劳拉跑出市政厅。广场上空还盘旋着几只工蜂，但火力比后面追来的军用工蜂要小很多。劳拉跟着阿奎尔，其他近卫队员也都脚步不停地向前跑着穿过广场，再次来到刚才隐蔽的商铺一带。

本和阿斯翠特不知去了哪里，应该已经安全了吧。劳拉回头看向广场，卡西迪奥和他的人向着另一个方向且战且退，也找到了用于掩护的建筑。这应该算是把卡西迪奥营救出来了吧？劳拉想，可我们为什么要救这样的人？她的目光越过广场，市政厅的外墙已经完全倒塌，隔着这么远的距离都能看到，市政厅大厅里模模糊糊有一大团暗棕色的物体。劳拉知道那是什么，甚至还能清晰地闻到那里的味道。她的胃一阵颤抖，又有一股想要呕吐的欲望。

"各位小心，工蜂来了。"韵诗在通信器里提醒。

劳拉向上望去，广场周边的照明设备在战斗中被击毁了大半，亮度骤减，再向上就是被天幕遮蔽的永恒的黑暗。此时，天空中忽然亮起了点点星光，就像是劳拉小时候从全息图册里看到的那样。那些星光向着这边快速移动，是流星吗？劳拉从未见过流星，不知道那看起来是什么样子。不过她很快明白，在她眼前的不是流星，而是光之御主召集来的工蜂群。

不是几只，也不是几十只，而是上百只工蜂，向他们扑来。

《《《 武装部长 II 》》》

　　"开火！"本·科瓦科夫命令道。他和阿斯翠特站在硅晶巷的尽头，看似走投无路。一队工蜂向他们俯冲过来，就要用一阵扫射干掉这两个违反光之御主权威的人类。可随着本的一声令下，巷子两侧早已埋伏好的枪手开始射击，工蜂毫无防备，来自两侧的子弹正好避开工蜂正面坚硬的装甲，直接射进工蜂的核心内部。这一队工蜂还没来得及发出一颗子弹，就被两侧的冷枪消灭了。

　　一只被击落在地上的工蜂，沿着硅晶巷翻滚弹跳，最后停在本的面前。阿斯翠特踩住工蜂的躯体，伸手招呼两边的人，"快，能拆的拆，然后换地方。"他们边打边撤，逐渐远离最初的市政厅。根据韵诗传来的消息，劳拉和阿奎尔已经帮助卡西迪奥逃了出来，那么任务就算是完成了。

　　"韵诗，劳拉那边怎么样？"本通过通信器问道。

　　"不乐观。"韵诗说，"光之御主调来了大量的军用工蜂，现在已经完全压制了劳拉和卡西迪奥。"

　　"告诉劳拉，我们这就过去。"本向阿斯翠特使个眼色，大个子立刻开始召集手下，准备再次战斗。

　　"不，先别急。"拉哈尔说道。

　　"为什么？"

　　"再怎么样，你们也没办法应付那么多工蜂。"拉哈尔说，"你们现在去地下，到圣马可区。"

"对，圣马可区穹顶最高只有 7 米，工蜂的机动力在那里大受限制。"本分析。

"不，在圣马可西侧有一片建筑，那里是新加尔各答的城市管理中心，整座城市的信息中枢就在那里。"拉哈尔说道，"你把那里炸了，光之御主就不能直接操纵工蜂群了。"

"好，"本答应道，"我这就去。"

"小心，已经有两股工蜂向你们涌过去了。"拉哈尔嘱咐。

本让阿斯翠特立刻把作战方案传达下去，让手下人分散开，在圣马可区的管理中心会合。

新加尔各答的城市布局像一个摔歪了的生日蛋糕，中心区是最上层，有一半区域在地面上方，覆盖这里的奶油甩丢了，还有一部分进入了浅地下。圣马可区在中心区的斜下方，是一个比中心区大一倍的区域，主要是商业和白领人士的居住区。再往下就是方济各区了，面积更大，但现在方济各区有四分之三都泡在地下水下面，已经无法居住。方济各区遭受灾难，大量难民和罪犯趁机涌入了圣马可区，让原本白领人士为自己构建的优雅环境变了样，如果按照现在这样发展下去，要不了多久，圣马可区也会变成方济各区那样的贫民窟。

从中心区到圣马可区有 6 条主要通路，但本和阿斯翠特不敢就这样大摇大摆地走过去，等着光之御主将他们锁定。阿斯翠特在圣马可区小有势力，她找到之前的合作伙伴，通过一条货运管道将他们送到下边，离开时，阿斯翠特的合作伙伴还借给他们一辆小货车。小货车刚刚开出货运区，几个街区之外就响起了爆炸声，随后是连续不断的枪声。

"是我们的人吧？"阿斯翠特自言自语，但是她并没有犹豫，也没有减慢车速。管理中心就在前面不远处，早一点炸掉信息中枢，就能早一点把自己人从炮火中拯救出来。

城市管理中心是一片很大的地方，而且功能复杂，不同的区域有不同的功能，本和阿斯翠特凭借着韵诗发来的地形图，才能准确找到信息中枢的位置。这里全部由人工智能管理和操控，就连日常的维护也由工蜂来进行。整个管理中心没有人类，所以环境也并不是为了人类而设计的。这里高热，并且时刻充斥着震动和噪声。

才进入管理中心没有多久，本就觉得头昏脑涨了。地图显示，前方 200 米就是信息中枢。在来的路上，阿斯翠特的手下用缴获的工蜂粒子枪能量包制作了两个简易炸弹，应该能炸掉中枢。本嘱咐手下再检查一下炸弹，正在开车的阿斯翠特猛地一踩刹车，本差点被惯性甩出车外，他正打算质问阿斯翠特，这时他看见侧面有什么东西快速地飞过来。

是飞弹！在本喊出来之前，飞弹已经击中了货车右前轮，爆炸的威力将货车抛起来，在空中旋转两圈，倒扣在地上。本被抛在货车驾驶室顶部，身上还压着体格健壮的阿斯翠特。本艰难地扭过头，透过驾驶室撕裂的外壳向外看，可以看到一双金属大脚站在外面。

"阿斯翠特！阿斯翠特！"本从她身下钻出来，试图叫醒阿斯翠特。

"嗯？"雇佣兵呻吟一声，清醒过来，车厢后面的人也都恢复了意识。

本先检查了炸弹，又检查了自己的身体，万幸都没事。"快，快从后面出去。"本催促道，有人踹开货车后厢的门，向外面爬出去。

一只机械手硬生生插进驾驶室，驾驶室的铁皮像纸一样被轻易撕开，发出刺耳的金属扭曲声，军用工蜂站在货车前面，伸手去捉本。

"快躲开！"阿斯翠特被别在驾驶室里，艰难地把本推开。工蜂一把抓住阿斯翠特的胳膊，将她从车里拽出来。阿斯翠特的腿被变形的车厢卡着，但工蜂根本不在乎。阿斯翠特只听到从自己的腿部传来一阵撕裂和骨架错位的声音，然后才是巨大的疼痛，她惨叫起来。

"老大！"看到阿斯翠特被抓，手下人举起枪，但害怕伤到老大，迟迟不敢扣动扳机。

本连滚带爬地出了车厢，这才发现阿斯翠特被工蜂抓到了。工蜂将阿斯翠特提起来，雇佣兵魁梧的身躯对于军用工蜂来说就像个3岁孩子。一道红色的光扫过阿斯翠特，工蜂AI扫描了她的生物信息，发现她不过是一个无名小卒。工蜂甩手将阿斯翠特扔向一边，转头再次锁定了本·科瓦科夫。

"不是吧，它的目标是我？"本看向其他人，"我把它引开，你们去救阿斯翠特，把她转移到安全区域，然后引爆信息中枢。"其他人点点头，他们都是阿斯翠特培养出来的，对老大的关心超过了对新武装部长的关心。

本站起来，向工蜂挑衅道："你想活捉我是吗？那你来啊。"说完，他向与阿斯翠特相反的方向跑开。果然，军用工蜂跟着本向这边追过来。

"拉哈尔！韵诗！你们谁在？"本一边跑一边呼叫远在万享联的帮手，"这该死的工蜂为什么追着我跑？"

"啊，大概是我的错。"拉哈尔说，"我刚才在网络上公布了我们万享联的近况，你知道，要和光之御主作对，我们得多招揽一些人。"

"见鬼，拉哈尔。"本埋怨道。

"本，工蜂的行动模式发生了改变，我猜测现在的工蜂是由光之御主直接操控的。"韵诗·默克提醒道。

"为什么？"

"工蜂的行动模式很简单，发现目标，杀掉。"韵诗说，"但现在不是。"

本回头看了一眼工蜂，机器怪物正不紧不慢地向他逼近，身上任何一样武器都可以在一秒之内杀掉他，但是工蜂并没有这么做。它在戏耍他，就像猫玩弄将死的老鼠，这一刻本不知是该庆幸还是沮丧。"光之御主在玩我。"本骂道。

"不止是你，劳拉和卡西迪奥也被工蜂围困住了。"

"见鬼，"本骂道，"如果不快点的话，他们也会有危险。"他不能再逃跑了，必须抓紧时间反击才行。

"把这里的详细地形图发给我。"本对韵诗说。

城市管理中心是新加尔各答的心脏，每一个大型城市都有一个管理中心。所有的管理中心都通过粗壮的有线电缆，连接到位于埃及的蜂巢中心，在那里有一个超级人工智能负责维护人类所有城市的运行。那个超级人工智能，叫作光之御主。新加尔各答有 600 万人口，每秒钟的衣食住行都会产生巨量的数据，这些数据汇集到管理中心，由管理中心的主脑进行处理和筛选，遇到重大问题时，再提交给光之御主处理。通常情况下，光之御主的精力不会放在新加尔各答这样一个城市。但今天不同。

本背靠着一排机柜，机柜上指示灯闪烁，也许正在控制湾区某个工厂的实时电量。他聚精会神地听着工蜂沉重的脚步声，但管理中心内部逼人的热气和散热器"嗡嗡"的声音完全蒙蔽了他的感官。他根据韵诗的地图，试图从机柜的缝隙中找到回信息中枢的路。但他发现这里的地形太复杂了，自己简直就像一只掉进迷宫的老鼠，四面八方全是死路。

沉重的脚步走近了，就停在本的身后，和他之间只隔着一排机柜。本握紧手中的粒子枪，这种枪完全无法射穿工蜂正面的防御装甲，只能迂回到侧面，从装甲的缝隙中射击工蜂内部核心才能造成伤害。本悄悄转身，从机柜的缝隙中向后方看去，他举起枪，希望工蜂不耐烦地离开，在经过缝隙的时候可以露出它的弱点。他等待着。

"砰！"从不远的地方响起爆炸声，那应该是手下人引爆了炸药。果然，本面前原先正在大量吞吐数据的机柜都停止了闪烁，信息终止了。成功了？本还没来得及高兴就听到工蜂又移动起来的声音，高大的身影从机柜的缝隙间一闪而过，而本完全没有准备，错过了这次偷袭的机会。工蜂向着爆炸的方向走去，本悄悄地在后面跟着。

"韵诗，我们炸了信息中枢，为什么这些工蜂还是在行动？"本问通信器，但是没人回答。密码时间已到，无论光之御主有没有破解这条线路，韵诗都关闭了它。

"该死。"本骂道，继续跟着工蜂。

爆炸不仅毁掉了信息中枢，还炸断了两条电缆，而这两条电缆负责这片区域散热系统的供电。嘈杂的风扇声消失了，取而代之的是不断升高的温度。本索性不再隐藏自己，他大步跑起来，试图在工蜂之前赶到自己人身边。

粒子包炸弹在信息中枢中心位置留下了一个直径 10 米的焦痕，交换机直接熔化成一团废品，成千上万条线缆被炸断、散开，好像上千条蚯蚓纠缠在一起。军用工蜂举起两支粒子枪对准前方，一发一发地点射。本从侧面看过去，阿斯翠特和她的手下正躲藏在工蜂对面的一排处理器后面，工蜂并没有立刻击毙他们，而是用火力压制，让他们无法移动。管理中心的温度越来越高了，它——光之御主——想把他们烤死。本瞄准工蜂开了枪，粒子束差一点通过装甲缝隙打进去，可惜还是偏了。工蜂转过来，用一支粒子枪向本反击。

"你们快带阿斯翠特离开！"本喊道，向相反的方向跑，希望能将工蜂引开。工蜂无动于衷，又继续用火力压制阿斯翠特和手下。

机柜的温度持续升高，涂刷在机柜表面的防锈漆开始起泡熔化，本汗流浃背，每一口呼吸都像是吸入了一团火焰。他晃晃悠悠地返回原地，想要再次向工蜂发起挑战。脚下有一样东西绊了本一下，他低下头，发现那圆形的东西是用粒子包改装的炸弹。阿斯翠特手下的爆破专家做了两个，一个用来炸信息中枢，另一个就是这个。本捡起炸弹，看了看躲藏在处理器后面的手下们，阿斯翠特的腿断了，血肉模糊，必须让他们离开。

本想着，喊道："喂，数字混账，来跟我玩啊。"他按下炸弹上的按钮，启动器开始 60 秒的倒计时。本·科瓦科夫冲向工蜂，在他的计划里，粒子束能够穿透他 6 次，如果没有打中头部的话，他应该能够跑到军用工蜂的面前，换个同归于尽的结局。他没有被粒子束击中过，疼吗？应该不疼吧？已经来不及反悔了。本大吼着，冲向工蜂，一切都像是慢动作，他看到工蜂向这边转过身来，粒子枪对准自己，枪口处显现出聚能时特有的幽幽蓝光。一切都像停止了一样。

本一口气跑到工蜂身边，才发现一切是真的停止了。工蜂固定在那个姿态，但一枪都没有向本射击，工蜂与光之御主直接的通信彻底断了。本看着自己手中的炸弹，倒计时还有 27 秒，他使出全身力气将它扔了出去。

45 分钟之后，他们重新回到市政厅广场。信息中枢的爆炸以及散热问题波及了城市管理中心的其他部分，新加尔各答的电力供应和交通系统都出了或多或少的问题。不过，好消息是所有的工蜂 AI 都完蛋了。

"我说，部长大人，你当时真的打算抱着炸弹和那个工蜂同归于尽，就是为了救我吗？"阿斯翠特跛着一只脚跳过来，一只手搭在本的肩上说道，她的手力气很大。

"我怎么知道？"本说，"那时候温度太高了，我的脑子热糊涂了。"

"嗨，本！"卡西迪奥从另一个方向走过来，他手下的暴徒们都还端着枪，并不是为了防卫，而是耀武扬威。

"你是从哪找到的参谋？"卡西迪奥问，"明明有 3 处信息中枢，却只告诉我一处。我这个人最不喜欢被骗，回去我要找她好好聊聊。"

"只是为了让我们专心完成任务。"本替韵诗解释道，他也是刚刚知道，新加尔各答有 3 处信息中枢，必须全部毁掉才能切断光之御主的联络。就在他要和工蜂同归于尽的时候，劳拉炸掉了最后那个信息中枢，救了他一命。

卡西迪奥看向四周，咧嘴笑着，"看来，这座城市归我们了，哈哈哈哈，这可是不小的功劳啊。"

"没错，这是世界上第一座光之御主无法进入的人类城市。"拉哈尔突然在通信器里说，"我这就向全世界宣布。"

"劳拉呢？"本问卡西迪奥。

"我哪知道。"卡西迪奥耸耸肩，"那姑娘不错，死不了。"

"我在这呢。"正说着，劳拉和阿奎尔也出现在广场上，她受了几处伤，浑身血迹斑斑，但她看上去挺有精神。

"这一仗打得漂亮，"劳拉向本伸出手，"恭喜你，武装部长。"

"武装部长？"卡西迪奥惊讶道，"就凭你？哈哈哈哈，行，也好，不过老子跟着你干，怎么也得给我一个……"卡西迪奥的笑容突然凝固住，他的话突然凝结成含混不清的"咯咯"声，本向卡西迪奥看去，他的半边脸不见了，只剩下一只眼睛惊讶地看着前方，似乎不敢相信自己就这样死了。

劳拉把枪放下，递给身边的阿奎尔，她对本·科瓦科夫说："这是我送给你的礼物，朋友。"

"礼物？"本重复。

卡西迪奥的身体终于失去了支撑，"砰"的一声栽倒在地。卡西迪奥手下的暴徒看到老大死了，立刻端起武器，对准罪魁祸首。

近卫队员和阿斯翠特的手下几乎是本能地站在劳拉这一方，他们也举起武器，瞄准着在场的罪犯们。

"你们听着，"劳拉朗声说道，她环顾四周，"这是一个千载难逢的机会，跟着卡西迪奥这个疯子，你们一辈子只能当一个罪犯，欺负一些比你们弱小的人。但是，新的万享联已经成立了，站在你们面前的就是万享联的武装部长。"劳拉弯下腰，从卡西迪奥残缺的嘴里，把他那套钛合金牙齿抠了下来，"你们可以成为一个堂堂正正的军人，为了人类和地球的未来而战斗。万享联可以让你们吃饱穿暖，更重要的是，可以给你们尊严。"劳拉把钛合金牙齿扔向一个罪犯，罪犯对那副牙齿充满戒备，他闪身躲开。

"怎么样？你们选择吧。想继续做罪犯的，放下枪，离开这里，下次见面的时候，我们会把你打死；想为卡西迪奥复仇的，我就在这里，尽管扣动你们的扳机。"劳拉展开双臂，转了一圈，没人开枪。

"如果拿不定主意，我建议你们，加入万享联的正式部队，为了人类的未来而战斗，给你们3秒钟考虑的时间。"劳拉的话音刚落，阿奎尔便默契地开始倒数，"3、2、1……"

暴徒和罪犯们纷纷扔下枪，表示愿意加入万享联。

"万享联有卡西迪奥在，永远不会成为一个正确的组织。剩下的就看你了，本·科瓦科夫。"劳拉对本点点头，"再见了，大个子。"她向阿斯翠特和阿奎尔分别打了招呼，随后独自离开了市政厅广场。

本看着劳拉的背影，叹了口气。劳拉说得对，万享联想要壮大起来，依靠流氓、罪犯和雇佣兵可不行，必须得建立起自己的军队，这是武装部长的职责。

韵诗·默克

本·科瓦科夫站在山顶的观察所，房间里还有其他人，万享联的核心人员都在这里。前方是一片漆黑，对面有一排微弱的灯光，可以勾勒出一座山峰的轮廓。众人面前的显示屏上，用夜视观察仪显示出那座山峰的真实样子。

韵诗·默克像是蜜蜂一样在观察室里来回穿梭，不停地叮嘱科技部的人员要把工作做好。最后，她又想起什么，从角落拖出一只大箱子打开，对众人说："不想眼睛变瞎的话，就把护目镜戴上。"本捡起两个护目镜，递给万享联的领袖。拉哈尔瞥了护目镜一眼，韵诗从本手中把护目镜夺过来，硬塞给拉哈尔，"一会的光线会非常强，现在不是逞能的时候。"拉哈尔撇撇嘴，把护目镜戴上。

大家都装备好之后，韵诗再次确认了实验的所有流程，最后，她把实验启动的按钮交给拉哈尔。"光荣属于你。"韵诗说。

"不，这是你的实验。"拉哈尔说。

"如果这个实验成功了，我要从你那里要更多的东西，所以，荣耀就让给你了。"韵诗认真地说。拉哈尔笑笑，没有再拒绝。他看了一眼身边的人，按下按钮。整个实验过程实际上看不到任何东西，除了光。

在实验之前，所有人，包括本和拉哈尔，都不知道韵诗的研究到了什么程度，他们以为韵诗展示给他们看的，最多是一场大一点的爆炸，一团耀眼的火焰，或者一股灼热的空气。但他们没有想到，传说中的武器竟然这样惊人。拉哈尔按下按钮不到半秒钟，远处的爆炸就开始了。束缚在分子囚笼中的反物质被释放出来，与旁边的普通物质相遇，发生湮灭反应，产生了大量的能量，还有光。湮灭的过程只需要0.0006秒，所产生的光在一瞬间就传到了观察室。那些光来得极其猛烈，就像扇在脸上的一巴掌。光扑面而来，看到的是光，听到的是光，碰触到的是光，连呼吸的也是光。饱和的光像是巨浪，压得人喘不过气来。幸好这个过程只是短短的一瞬，当众人从那种骇人的光之地狱中缓解过来时，爆炸产生的隆隆巨响才传递到观察室。即使戴着护目镜，所有人的眼前也都留下了深深的光的印记，即使闭着眼睛，也能够看到刺眼的光在四处蔓延。

"我的天，韵诗，你为什么不提醒我们一下？"本·科瓦科夫对着一面墙抱怨，而韵诗站在他的身后。

"抱歉，我也没有料到会有这么强的光。"韵诗说，"这只是172克武器产生的效果。"

当眼前的残像慢慢褪去后，韵诗在全息屏上调出实验地点的图像，之前那座高耸的山峰已经消失不见了，原地只剩下一个巨大的深坑，坑中的岩石在流动，发着暗红色的光。

"这就是幽灵钻？"拉哈尔虽然经历过降临之战，但从未目睹过幽灵钻爆炸的场面。

"不。"韵诗·默克遗憾地说，"地球上根本找不到热钻这种元素，所以我们之前在萨瑟兰基地和传音中得到的科技根本无法复原幽灵钻。"

"那你刚才引爆的是什么？"农业部长奥特亚尔问道。

"这是一种简化版的武器，原理和幽灵钻相似，由于地球上没有热钻，我尝试用另一种金属来代替。我必须用聚变能来改变金属的性质，让它形成钻式囚笼，再注入反物质。通过远程控制打开囚笼，就可以引起湮灭爆炸，就是你们刚才见到的那样。"

"也就是说，真正的幽灵钻比刚才我们看到的那东西威力还大？"

"威力相差不大。"韵诗说，"湮灭反应就是将所有的质量转化为能量，不需要考虑效率的问题。这种武器和幽灵钻的区别只在于它没有幽灵钻灵活，我从文献中查到，幽灵钻可以在释放之后再重新编程，可以以各种方式来攻击对手。但我这种武器由于分子构造的原因，只能在释放之后等待敌人进入攻击圈再引爆，无法主动攻击。"

"这样啊，"拉哈尔想了想，"也好，"他看向武装部长，"那我们就布置一个陷阱，把光之御主的人引过来。"

"不过，我们还有一个问题。"韵诗说。

"什么问题？"

"制备这种武器的金属很特殊，我找了很久，但是市场上的存量很少，如果想要制备出战略级的武器，我需要大量这种金属，才能依靠聚变能将它转化成气化金，再制造囚禁反物质原子的黄金钻……"

"等等，"本打断韵诗的话，"你说你缺哪种金属？"

"Au，元素表中的 79 号物质，也就是通常所说的黄金。"韵诗说。

本和拉哈尔对视一眼，哈哈大笑起来。

"怎么了？"

"亲爱的韵诗，"拉哈尔笑着说，"你想要别的，我们没有，不过说起黄金来……"拉哈尔停顿一下，"世界上大概 70% 的黄金在我们手里，想用的话，管够。"

"这样的话，给我 45 天的时间，我就可以做出来第一批武器级的黄金钻。"韵诗·默克承诺。

参观完黄金钻的实验，本·科瓦科夫和拉哈尔·西耶尔走出观察室。观察室设立在喜马拉雅山脉的一座山峰上，这里是喜马拉雅山脉无数山峰中的一座，也是万享联新的基地。

新加尔各答一战获得了全胜，万享联的人不但从光之御主重兵压境的情况下全身而退，还直接切断了光之御主的控制网。拉哈尔在网络上大肆宣传，说新加尔各答是"地球上第一座完全屏蔽光之御主的城市"。这一次，光之御主终于认真起来，它不再把万享联和拉哈尔当作哗众取宠的小丑，它从其他城市调来大量工蜂，将新加尔各答团团围住。可是拉哈尔已料到光之御主会这么干，早早撤走了。万享联不仅仅放弃了新加尔各答，那座城市附近的万享联大本营，还有莫尔恰林家的宫殿，也都一并放弃了。

拉哈尔将所有人带到了喜马拉雅山脉的深处，这里有他的秘密基地，还是他领导"大熊座"时建造的。基地隐藏在群山深处，由掏空的山洞和四通八达的通道构成，面积比万享联的大本营还要大上十几倍。这是拉哈尔在 100 年前给自己留下的宝藏，可惜他算错了一点。当他带着新的身体再次来到这里的时候，声纹、指纹和虹膜这些生物特征全都变了，安全系统无法识别附身在阿米尔身上的拉哈尔·西耶尔。

万享联的核心成员在地表漫长的黑暗中等了 4 个小时，才由韵诗·默克手下的工程师绕开基地的安防措施，打开了大门。算上新加尔各答那次，科技部连续两次立了大功，韵诗逮住机会向拉哈尔讨要承诺过的实验室，拉哈尔没有食言，把基地西北方 100 千米之外的两座山给了韵诗。韵诗·默克用另一种方式回报了拉哈尔，她开发出了黄金钻。

本吸了一口长夜中冰冷的空气，问拉哈尔，"接下来怎么办？"

"当然是干一票大的。"拉哈尔说，"现在我们有了黄金钻，该让光之御主尝尝苦头了。"

"你有什么计划？"本问道。

"那还用说，去把十三世族的其他人都夺回来。"拉哈尔踌躇满志地说，这个念头在他心中不止一两天了。

"好，韵诗说还有一个半月才能研制出武器，那我们暂定 3 个月后开始行动吧。在这之前，我还要出去几次，有了新加尔各答一战，世界各地都有了支持我们的人，还有些地方自发地形成了贯彻万享联精神的组织，我去见见他们，我们需要更多的人。"

"很好，"拉哈尔拍拍本的肩膀，"有点武装部长的意思。"

本苦笑一下，"被你骗上这艘贼船之后，我就下不去了。"

《《《　新种星人 I　》》》

　　林锰是新种星第四舰队空地部队贝塔旅 4 营"十字星小队"的枪炮官，33 岁，和其他 46 000 名士兵一样，出生在第四舰队医疗舰"红心皇后"号上。在踏上地球土地之前，他还从未体验过"脚踏实地"这个词具有这样有力的意义。

　　他从小在飞船上长大、学习、受训，伴随他时间最长的不是他的父母，而是飞船上永无休止的引擎声，还有加速、减速时带来的惯性。即使悬停在太空，飞船也不是处在一种静止的状态，总有各种因素会导致飞船失去平衡，这时飞船的姿态调整喷射器会将飞船状态再调整回来。但对于乘坐飞船的人来说，事情不是那么简单，他们会敏锐地感觉到熟悉的空间发生了某种变化，但很快又会恢复原样。生活在飞船上的人就是这样，对自己生活的空间保持着戒备心，虽然他们从来都不知道。

　　一个月前，第四舰队接到光之御主的命令，整个舰队降落在地面，近距离监控地球人的行动，以防止他们对伟大工程造成破坏。林锰所在的贝塔旅被分配在南亚地区，驻扎在印度河西岸的一片平原上。贝塔旅负责监控亚洲地区所有的人类活动，这项工作并不复杂，因为天穹的存在，地表的气候相当寒冷。大部分人类已经深入到地下城去生活，地表之上人迹罕至。林锰和所在的部队警惕了一段时间之后，没有发现任何异常状况。

　　在不用参加战备任务的时候，林锰习惯独自走出营房，躺在结着冰霜的大地上，通过天穹的缝隙还能看到一线星光。周围是无边的静谧，有一种绝对孤独的感觉。在飞船上，无论任何时候，周围 20 米内必定有人。而在这，林锰可以肯定自己是方圆一千米内唯一的生命，这种感觉很特别，他开始想那些遥远的星星，想曾经近在咫尺的战友，想早已失去联系的血亲，想生活在地球上的另一种文明。

过了一段时间之后，地球人得知了第四舰队降临的消息，这样安静的机会就变少了。地球人不欢迎有人据守在自己家的门口，谁都不能接受这样的事，尤其是夺走了天空的新种星人。营地的周边变得不再安全，经常会有地球人偷偷摸摸到附近，趁有人外出的时候打一阵冷枪。主神禁止他们与地球人接触，外出时必须穿上厚重的灵甲装备，戴上面具。林锰并不理解为什么这么做，但是他对主神的命令从来没有产生过一丝怀疑，他相信主神是为了他们好。

然而，上周还是有七八个士兵在给其他营地运送补给的时候遭到了伏击。这很奇怪，在降落地球之前，林锰听说过曾经的几次战争。地球人用一种秘密武器一举消灭了第一和第二舰队，又和第三舰队在地面上展开了血腥的肉搏战，结果硬生生将强悍的第三舰队逼回到太空。林锰一直认为，等到时机成熟，贝塔旅一定会和这片地区的地球人部队展开一场恶战，所有的战友都是这样认为的，他们也一直防备着。地球上的重力比飞船上高 20%，但士兵们都在日夜操练，为了即将到来的那天做准备。被伏击之后，营地改变了巡逻和运输任务的规程，执行任务必须双组进行，一明一暗，防备偷袭。

命令下达第二周，林锰在执行任务时，就遇到了前来偷袭的地球人。当时 3 班和 4 班负责营地周边的巡逻，3 班在明，林锰所在的 4 班在暗，距离 3 班 200 多米暗中观察和保护。走出营地 40 多分钟后，3 班就遇到了袭击，一枚爆燃弹落在巡逻车的前方，高爆火焰在漆黑的环境中就像升起了一个太阳。幸好这枚爆燃弹没有击中巡逻车，否则 3 班的士兵当场就化成蒸气了。3 班立刻跳下车，以巡逻车为掩体开始反击。地球人躲藏在路边高地的乱石当中，用粒子枪和火药武器居高临下扫射。

自从上次偷袭成功后，地球人过来骚扰的次数明显增多了，而且人数和火力也在逐步增加。在人类之中，反抗新种星人正逐渐成为一种共识，但即便如此，林锰也没有听说有成建制的正规军队来向新种星人宣战，在全世界范围内都没有，大概地球人早已经是一盘散沙了。

看到 3 班与地球人交火，4 班的士兵立刻展开攻击阵形，打算迂回到地球人侧翼展开袭击。林锰想了想，让战友先不要急于暴露自己。"3 班现在没有问题，我们先等等。"林锰在无线电通信里让大家忍耐。

"为什么？"

"地球人是来偷袭的，他们一边攻击，一边悄悄撤退。你看那边高地上的火力点正在慢慢减少。我们跟过去，看他们到底隐藏在哪。"

"营地不让我们单独行动。"

"在外面战况时刻变化，这是我的判断，不愿意跟我来的，去帮助3班救治伤员。"林锰坚决地说。反对的声音沉默了，没有一个人退出。正如林锰所料，对面高地上的火力逐渐稀疏下来，通过夜视仪可以看到有人影正在依次向后撤。林锰说："我们走。"

4班斜向迂回到地球人身后，地球人还处在偷袭成功的兴奋中，对身旁的黑暗没有一点戒备心理。他们撤下高地，爬上3辆破旧的货车，向东逃窜。原本波涛奔涌的印度河早已在冰天雪地中结了一层厚厚的冰壳，货车开上冰层，驶向对岸。

"我们追不追？"有人问。

"追！"林锰态度坚定。

"4班，4班，我们发现你已偏离巡逻路线，立刻汇报情况。"通信器中突然传来营部的呼叫。

"我们在营房东北方遇到伏击，3班车辆受损，4班现在正在追击偷袭者。"林锰回复。

"附近情况不明，我们的任务是监控整个亚洲动态，没有必要和那些散兵游勇计较，立刻回来。"营部命令道。

"怎么办？"

林锰想了想，直接切断了通话，他若无其事地说："通信器坏了。"

3辆货车过了河，沿着河岸向北走了十几千米，向东拐进了山区。山区的视野没有在平原那么广阔，林锰催促驾驶员跟得再近一些，可是当4班也跟进山区之后，前方的目标已经不见了。

"班长，这山谷两边都是最佳的伏击地点，我们还要不要继续深入？"

林锰想了想，让巡逻车停下，他下了车，在路面上检查。山谷中这条路是人工修建的，不知道通向何方，但是很明显这条路已经很久没有使用过，大概天穹建起，地球进入黑暗之后，就没有人从这里走了。路上只有一条车辙，这说明那3辆车根本就没有走到这里。林锰招手，示意4班的队员下车向回搜寻，夜视仪将一切染成灰白两色，山谷中只有风的声音。几百米后，路上有了痕迹，3辆车刚刚进入山谷就拐了弯，车轮的痕迹消失在一堆乱石下面。

那些乱石不过是地球人使用的障眼法，实际只是一些复合材料做的伪装，只是在伸手不见五指的黑暗中根本无法分辨。林锰让人将假石头清理开，露出了通向地下的入口。通道另一端是一座小型庇护所，各个路口都有人把守，不过那些守卫没有受过正规的训练，他们大大咧咧地站在通道中央，100米外就能看得清清楚楚。

林锰悄无声息地解决掉几个守卫，一路没有受到任何抵抗。庇护所里正在举行庆功宴，为了黑暗中的几下冷枪而手舞足蹈，这大概是荒凉的地球上能够找到的唯一刺激的事情，但对于新种星部队来说，被一群这样的乌合之众多次袭击，是无法忍受的屈辱。

4班的士兵炸开大门，将手雷扔进地球人聚会的大厅，在一片鬼哭狼嚎中将枪里的弹药倾泻在那些无赖身上。战斗持续了1分钟，聚会厅里的地球人全都变成了地板和墙面上的涂料。只有一台全息投影仪还运转正常，将一个面庞俊俏的青年投射在空中。

这是林锰第一次亲眼看到地球人的样子，让他感到惊讶的是地球人长得居然和他们没有什么本质区别，甚至连使用的语言也相同。他曾经听说地球人和他们同为一种生物，过去他仅仅认为那是谣言而已。现在他的心中第一次产生了疑问，这才是主神不让他们和地球人接触的真实原因吗？

那个青年有着与外貌完全不符的沧桑和老成，他不断地向听众传播自己的思想和理念，林锰听了一会，无非是说新种星人和光之御主都是敌人，只有地球人自己才能拯救地球。对于林锰来说，光之御主才是人类的未来，那个青年所说的都是胡言乱语。他一枪打碎了全息投影仪，青年的脸庞消失在空气中。尽管这些地球人的理念不过是一派胡言，但林锰还是察觉到了一些地球人反对新种星驻军的头绪。

万享联和拉哈尔·西耶尔，林锰反复念叨这两个名字，并把它们记在心里。

武装部长 III

本·科瓦科夫站在伊比利斯山上，俯视着山脚下的开罗平原。

山下有一座规模宏大的城市——阿西科城。即使地表已经寒冷到难以生存的程度，这座城市仍然灯火通明，路上的行人和车辆川流不息，就像是全息电影里人类鼎盛时代的场景。阿西科本来只是尼罗河畔一个不起眼的小村子，但阿西科附近有一种资源是没有阳光的天穹时代在这个世界上最宝贵的财富，那就是热能。

阿西科向南 40 千米有一座巨大的金字塔——萨拉曼金字塔。这座金字塔中并没有埋葬某个过去的法老，而是供奉着现在的王。萨拉曼金字塔还有一个名字——蜂巢——光之御主的家。萨拉曼金字塔比世界上最大的胡夫金字塔还要高两倍，光之御主在不断迭代的过程中，逐渐成为今天这个样子。

光之御主由一个实验品变成今天世界上最强大的人工智能，期间经历过无数次袭击和战火。中心内的数据处理器的数量比之前设计的要多出几百万倍，数据处理量更是呈几何级上涨。与此同时，蜂巢中心每小时消耗的电量已经超过了人类社会一年的用电量。为了保证蜂巢中心的供电稳定，在萨拉曼金字塔周边建立了 4 个只为蜂巢中心供电的聚变能电站。处理器和电场无时无刻不在散发着热量，为了降温，光之御主甚至将世界上最长的尼罗河改道，让其流经蜂巢中心的散热系统，带走一部分热量。即使距离蜂巢中心 40 千米，阿西科的生态环境仍然受到热量的影响，最热的时候能够达到 64 摄氏度，村子里的人都逃离了，只留下一些残垣断壁和几口干涸的井。

但天穹时代来临后，阿西科反倒成了地球上气候最宜人的地方，即使是毫无遮挡地露天行走，也能感到温暖的春意。肆虐全球如同刀子一般的寒风，吹到阿西科也会变成春的问候。人们又回到这里，享受光之御主对于人类的恩赐，短短几十年间，阿西科就从一个被遗弃的村庄变成现在有 7 000 万人居住的巨型城市。这里的热能和电能取之不竭，只要光之御主活着，阿西科城就不会有任何的生存问题。在光之御主的庇护下，这里成了地球上的天堂。

"长官，"通信器里传来阿奎尔的声音，"我们已经就位……确定要这么干吗？"

"当然，"本嘿嘿一笑，"我们伤不到它，但是能让那家伙吓一大跳。"

阿西科城生机勃勃，还在继续扩大发展。全世界有能力的人最终都会聚集到这里，而那些挣扎在生存线之下的人，只能在地下的巢穴里慢慢等死。这样一座精致的城市将要遭到严重的打击，本有些于心不忍。但这是拉哈尔一盘大棋中的第一步，要想击败光之御主，必须从这里开始。本默数 10 秒，对阿奎尔说："开始吧。"

几秒钟后，几声闷响传来。这声音并不是通过空气，而是通过脚下的山体传递给本的。山开始震动起来，仿佛一头巨兽从睡梦中醒来。震感越来越大，整座山都开始明显地抖动起来，碎石从山坡上滚落而下，发出密集的扑簌簌的声音。不知什么时候，震动消失了，一切又恢复了寂静。可没过多久，山脚下突然又传来一声巨响，爆炸威力之大，竟将小半座山都掀了出去。山体在空中解体成碎片，体积较大的没有飞出多远便摔下来，而无数微小的碎石则随着爆炸的冲击波飞向阿西科城，如同一场暴雨。碎石雨还没有落地，又一声爆炸响起，然后是第三声，第四声……

本开始感慨，韵诗·默克真是搞破坏的天才。阿西科城和蜂巢中心是光之御主的核心区域，都安排了重兵把守，尤其是蜂巢中心，根本没有突破的可能。可韵诗竟然在这两个尤懈可击的堡垒中找到了一丝破绽——蜂巢中心的散热系统。本·科瓦科夫根据韵诗的指示，派阿奎尔在散热系统中安置了炸弹。炸弹威力不大，不足以触发蜂巢中心的震动感应系统。但小小的爆炸就像是一只挥舞着翅膀的蝴蝶，最终形成一场连光之御主都无法阻止的风暴。

爆炸发生在蜂巢中心和阿西科城市间的散热管道内，两根直径 15 米的管道发生了坍塌，热量淤积在这里无法顺利地排放出去。7 分钟后，管道内的热量超过了 240 摄氏度，涌进散热系统的水流在这里被加热到沸腾状态，变成水蒸气。水的体积瞬间膨胀了上百倍，在散热管道内形成了气阻，水流无法通过。这使得原本只是小部分的管道堵塞变成了大面积故障。散热系统的温度在以每分钟 30 摄氏度的速度直线上升，上百万吨的尼罗河水被加热变成蒸汽，堵塞在散热管道内。

光之御主改变了尼罗河的流向，让一部分河水通过地下河道环绕蜂巢中心两周，将热量带走。现在散热的途径被堵住了，奔涌的河水变成了被困在管子里的狂暴巨人，它力大无穷，挣扎着想要从管子中逃出去，钢筋和超硬的混凝土在这位巨人面前不值一提。爆炸为蒸汽找到一条出路，但仅仅一处开口是完全不够的，大地在怒吼，连环爆炸将萨拉曼金字塔周边的大地全部掀上了天。

即使在远处的本也能清晰地看到蒸汽从地下喷涌而出，直接射向 100 多米的高空，在那里，蒸汽遇到寒冷的风，瞬间凝结成冰晶，甚至是鸡蛋大小的冰雹又砸回地面。造成这一切的只是两枚小型炸弹。一切都在韵诗的计划当中，而且计划到现在，只进行了第一步。

由于温度不断淤积，蜂巢中心必须降低运算频率，等到散热系统恢复正常才能够全速运算，按照科技部的推断，光之御主的计算能力将被强制限制在原来的 10% 左右。而遭受了这么大的损失，光之御主的脑子里只能想到一件事，就是复仇。仇恨会让人失去理智，就连光之御主也不例外。

几十点亮光从灯火璀璨的阿西科城中分离出来，向上升，又向东飞去。那些火焰是万享联的灵甲，阿奎尔和他的小队充当鱼饵，堂而皇之地出现在阿西科城的范围之内，光之御主没有理由不来咬这个钩。

果然，在灵甲之后，又有无数工蜂飞起，对万享联的灵甲紧追不舍。阿西科城是地球上工蜂 AI 密度最高的地方，无数工蜂 AI 喷射出的火焰，就像是整个阿西科城都飞了起来，数十万只工蜂此刻只有一个目标，就是消灭敌人。

"长官，工蜂上钩了。"通信器里传来阿奎尔的声音，他的声音充满兴奋，根本不把后面的工蜂放在眼里。灵甲群飞跃过本的头顶，然后是工蜂大军。

"开火！"本下令道，早已布置好的各种火炮一起向天空开火，那些粒子炮、高射炮、对空火箭、热射线炮都是万享联武器库里的陈年旧货，即将报废，正好在这里一股脑儿用完，也不算浪费。

无数工蜂 AI 被炮火击中，在空中相撞，最后纠缠在一起坠落下来。但是工蜂们的目标还是眼前的灵甲，根本不在乎身下射来的火力，这验证了韵诗所说的，光之御主现在的智力只够处理一件事。

工蜂群追着阿奎尔向东飞去，本回头看了一眼阿西科城，那座城的灯光都黯淡了许多，如同将要熄灭的炉火。蜂巢中心将供电量压到了最低，万享联在这里造成的破坏，可能永远地伤害了这座城。

"我们也走吧。"武装部长宣布，在他们身后不远的平地上，停着一架 D7 型迅捷机。那架飞机是万享联 30 年前的最新型号，一直在库房里放着，制造出来后很少使用，但是保养得很好，还跟新的一样。部下撤去覆盖在迅捷机上的隐蔽铺料，飞机垂直升起，尾部亮起两团等离子火焰，去追赶灵甲和蜂群。

"韵诗，行动完全按照计划施行，接下来该你了。"本在迅捷机上呼叫总部，相比计划的下一招，之前的所有行动都是小儿科。

迅捷机的速度比灵甲和工蜂要快许多，驾驶员绕过工蜂群，追上了前面的阿奎尔。

"阿奎尔，注意，距离目标地点还有 110 千米。"本呼叫道。

"收到。"阿奎尔简短地回应。

"长官。"驾驶员突然说道，"前方有不明飞行物体。"

"是韵诗的人吧？"本说。

"不，不是。"驾驶员说，"雷达上有……超过 20 个目标点。"

"什么？"本惊讶道，"加速，我们先去探查一下。"他对阿奎尔说，"阿奎尔，前方有不明物体，以防万一，你现在变向向南，将蜂群引向另一个方向，把位置通知科技部，我去探查一下。"

"明白。"

迅捷机立刻加速，向不明物体飞去。雷达上的不明物体越来越近了，本下令让迅捷机提升高度，避免接触，从不明物体上空跃过。

"是新种星人的战机！"驾驶员确认道。

"他们怎么也来凑热闹？"本皱起眉头，"我们这架迅捷机战斗力怎么样？"

"几乎为零。"驾驶员遗憾地说，"这架飞机是专门逃跑用的，我们打不过他们，他们也追不上我们。"

本一拍大腿，"那就对了，咱们正好跟他们玩玩，你听我指挥。"

迅捷机从新种星战机大队上方飞掠而过，立刻有 6 架战机脱离编队，开始追逐迅捷机。本让驾驶员减慢速度，飞机在前方绕过一个弧形，迅捷机现在与新种星战机大队同向，另外 6 架战机跟在迅捷机后面。

"向他们射击。"本下令，驾驶员连续按下发射按钮，迅捷机上只带了 4 枚飞弹，一股脑儿地射了出去。

飞弹射向新种星战机大队，在队尾的两架战机立刻放出干扰弹。飞弹被干扰弹迷惑，失去了目标，从半空落了下去。又有4架战机离开编队，与后面6架战机对迅捷机形成包夹之势。

"让他们知道我们有敌意就够了。"本说，"能逃得掉吗？"

"没问题。"驾驶员回应，他拉起操纵杆，迅捷机立刻向上爬升，与战机大队在高度上拉开距离。

"带着他们和蜂群会合！"

"是！"

"阿奎尔，你确定好袭击地点了吗？"本呼叫阿奎尔。

"确定了，长官。我把坐标点发给你，你在15分钟之内把新种星那帮凑热闹的一起带到这里来。"

"我们给他们放一场烟花。"本笑着说。

在他们前方，设定的目标地点上空，两架M-11型大型运输机正飞行在两万米的高空，在韵诗的指令下，运输机后舱门打开，将上百个球形气囊散布在20平方千米的空中。下落至1万5千米时，气囊爆开，将其中储存的气化黄金钻散布在一整片空域。相比幽灵钻几乎不可用肉眼识别，黄金钻就像是一团金色的云雾，柔软蓬松地飘浮在空中，显得华贵慵懒。黄金钻一旦释放便不可控制，而且由于金元素比重较大，释放后会缓慢下降，所以黄金钻引爆的时间窗口非常短暂，一旦错过，金色云雾就会降落在地表。不但威力受到影响，而且地表气流状况复杂，黄金钻会有误炸的风险。

阿奎尔和他的小队不远不近地引诱着工蜂群前往目标地点，光之御主的冷却时间快到了，一旦它恢复计算能力，立刻就能看穿万享联的把戏。阿奎尔再次确定了时间，还有3分钟，但武装部长的迅捷机还在很远的地方。

"长官，时间不够了。"阿奎尔提醒道。

"你按计划行事，我会赶到的。"本回应道，催促驾驶员再飞快些。驾驶员将引擎推到110%，强大的加速度将本牢牢地压在座椅之上。新种星战机也提高了速度，但仍然追不上迅捷机，被远远地抛在后面。

"长官，再快的话，我们就把他们甩掉了。"

"让他们追一追，我们还有多久到达目标点？"

"1 分 32 秒。"驾驶员说。

"好，等他们一下。"

迅捷机放慢了一些速度，新种星战机追了上来。雷达上的光点密密麻麻，前有灵甲部队，下方是工蜂群，后面还有新种星战机。

"30 秒。"驾驶员说，"爆炸区域在 4 千到 8 千米的高度，我们现在在 1 万 5 千米，要不要降低高度。"

本看了一眼雷达，"不……"

这时警报突然响了起来，身后的新种星战机向迅捷机发射了 4 枚导弹，驾驶员操纵着迅捷机俯冲闪避，刚刚调整好姿势，驾驶员发现原本在下方的工蜂群中飞出了几只工蜂，正向上迎过来。

"你们凑什么热闹！"驾驶员骂道，连忙紧急闪避，一枚导弹击中了一只工蜂，在迅捷机侧方爆出一团火焰。

爆炸的碎片飞散而出，有几片打在迅捷机上。这架飞机本身就不是为了防御炮火设计的，碎片立刻击穿了机壳，又从另一端穿出去。警报开始尖啸，迅捷机剧烈地抖动起来，空中寒冷的空气穿过机舱，驾驶员大喊："转向舵被击中了！"

"长官，你快一点！"阿奎尔也在呼叫本。

本比预定计划晚了 1 分钟，阿奎尔为了拖延时间，故意降慢了速度，现在已经被工蜂的先头部队追上，十几只工蜂和灵甲部队纠缠在一起。

"科瓦科夫，我需要你在现场下命令才能引爆。"韵诗也在催促本。

"都别吵了！"本眉头紧锁，迅速地调整方案，"你，"他对驾驶员说，"俯冲下去，穿过黄金钻云团！"

"可是……"

"这是命令！"本吼道。驾驶员不再争辩，一推操纵杆，迅捷机垂直向下，一头扎进金色的云雾中。

新种星战机队伍和工蜂群也尾随而来。

"阿奎尔，快离开这里，带走一部分工蜂也没关系！"本又命令道。

"明白！"

雷达上代表同伴的绿色光点迅速脱离战斗，向南飞去，一群工蜂尾随其后，但绝大部分已经进入了黄金钻的笼罩范围。

"韵诗，听我的指令再引爆。"本说，"千万不要提前。"

"听你的。"

迅捷机在金色云雾中穿行，一些黄金钻随着气流飘进机舱，它们就像一颗颗小的钻石，反射着金黄色耀眼的光。这些小东西中的任何一个爆炸，都会将本和驾驶员连同整个飞机在一瞬间汽化掉。驾驶员紧张得连呼吸都停止了，生怕将黄金钻不小心吸入体内。

"本，云雾已经落到 3 500 米高度了。"韵诗提醒道。

"别急。"本话音刚落，驾驶员大声道："长官！转向舵坏了，我们这个垂直速度已经无法刹住。"

"别急。"本双手牢牢扣住座椅扶手，让自己保持镇静。

"3 300 米！"

终于，迅捷机穿破云层，重新回到深邃的夜空中，寒冷的风呼呼地灌进机舱，将黄金钻全部带了出去。本看了一眼雷达，灵甲部队已经飞出去很远，大概有 100 只工蜂跟着他离开了爆炸范围，但没关系，还有十几万只被引入了陷阱。"韵诗……"

"等等，你确定……"

"引爆！"

5 000 千米之外的万享联科技部，韵诗按下引爆按钮。黄金钻打开了分子囚笼，反物质与气化金相遇，然后化为纯能量。按下按钮的瞬间，韵诗就看到了光，不止是她，强烈的光向四面散射，撞击在新种星人建造的天穹上，又反弹回来。那一瞬间，整个地球都洋溢在久违的光明之中。

光明持续了 9 秒钟的时间，照亮了地球上的每一个角落，连遮天蔽日的天穹粗糙的内壁都可以看得清清楚楚，随后黑暗再次降临。许多人在黑暗中生活了一辈子，但因为这 9 秒的光明，从此再也无法忍受黑暗。

117 751 只工蜂，还有 47 架新种星战机，在这次爆炸中变成了分子。

4 个小时之后，经过工程工蜂的抢修，蜂巢中心的散热系统才勉强恢复了功能，光之御主的运算能力恢复到原来的 43.7%。它开始复盘刚才发生的一切，发现一切全都是万享联策划的。愤怒在蜂巢中心的处理器中升腾，蜂巢中心的温度很快再次超过了上限。

这时，又一条信息传来，拉哈尔·西耶尔已经将十大传音使者从光之御主那里拯救（劫持）出来。原来，所有的一切只不过是障眼法。

《《《 新种星人 II 》》》

林锰走进军官食堂，立刻感觉到目光都集中在自己身上。他向周围看看，压抑住自己想要退出去的念头。他低头看看自己的肩章，两颗星星代表着他完全有资格进入这里。不过大部分军官对这两颗星星并不认可，林锰违抗军令，擅自袭击了一个地球人的据点，按理说功过相抵，没有给他处罚也就罢了，但是基地指挥官竟然把他从士官长直接提拔到中尉，这在整个第四舰队都是不曾有过的。授衔那天，没有一个军官对林锰表示祝贺。

不过林锰并不在乎，他有更重要的事情要做。在获得军官头衔的同时，他还接到一项任务，这项任务的内容甚至连基地指挥官都没有权限查看，因为它直接来自主上。

林锰已经执行过 3 次任务，两个月前，他凭着主上的情报，截获了一批送往第七区的军火，那批武器能够装备起一支小一千人的武装力量。40 天前，林锰带队在红海上拦住了 4 艘试图渡海的船，船上有 187 名工程师，在交战中，万享联的恐怖分子引爆了炸弹，3 艘船当场沉没。不过林锰还是救下了一艘船，据说那批工程师是被劫持的，万享联强迫他们在红海东岸一带建两个造船厂。上个星期，林锰再次接到主上的情报，在伊斯兰堡附近的一座地下城捣毁了万享联的一个黄金加工厂。据说那个加工厂可以将黄金加工成气化金，再运到别处制造成黄金钻。

包括林锰在内的所有新种星人，都已经知道了黄金钻的威力。万享联竟然在地表引爆了威力如此巨大的武器，果然那些疯子完全不能以常理来推断，主上明智，在最关键的时刻将第四舰队派驻到地面上来镇压万享联。在取得几次大的胜利后，整个贝塔旅都活跃起来，人人热血沸腾，想要彻底歼灭万享联和其他不肯服从的地球人。

林锰迅速吃完速食餐，他的通信器响了起来，收件箱里有一封新邮件。林锰迅速放下餐盘，快步走出食堂，邮件是主上发来的另一份情报。林锰点开邮件，快速浏览了里面的内容，30秒后，邮件像蒸发了一样从他的邮箱中消失，不过林锰已经记下了全部内容。

"林队长。"身后有人叫道。

林锰放下手臂，收起全息界面，他警惕地转过身。叫他的人是阿隆索，曾经和自己一样是枪炮士官，两人关系不错，在战斗技术上也不分伯仲。自从几个月前被提拔之后，林锰调离了原部队，和阿隆索就很少见面了。

"嗨，哥们儿，怎么样？"终于有一张和善的脸，林锰招呼道。

"长话短说，林队长，下次行动能不能把我也叫上？"阿隆索开门见山地说。

林锰的战绩在贝塔旅里都传遍了，军官们妒恨他升迁太快，而士兵都以林锰为榜样，就想做一些大任务，才能赢得军功，体现自己的价值。林锰看了看阿隆索，这个壮硕的汉子居然有些不好意思，林锰理解阿隆索的心情，若是换作几个月前的自己，肯定也要主动争取一下这样的机会。

"可以，"林锰说，"不过你得记住，从执行任务那一刻，我就是你的上级，你必须服从命令。"

阿隆索一愣，立刻站得笔直，"明白！"

林锰向基地的指挥官汇报了主上传来的信息，信息上说在慕帕克·琼斯大坝下面，有万享联的秘密实验室，而且在两周之内，会有重要人物在那里指导实验。

从主上直接将林锰提拔成军官开始，基地指挥官就知道林锰必然有什么过人之处，主上的判断是不会出错的，所以他只要完全配合林锰的任务就可以了。指挥官没有一点伤自尊的感觉，反而为自己的下属中出现一个林锰这样的优秀战士而感到骄傲。他把整个基地的权限都开放给林锰，任务需要什么样的人员和装备，只管挑选，指挥官只负责后勤保障，绝不干涉林锰的指挥权。

这是一次突击任务，并不用太多的人员和火力。林锰挑选了两支突击小队，自己和阿隆索分别任队长，队员都是打过交道的老战友，相互配合起来都很默契。由于不了解当地的情形，为了防止被防控系统发现，运输机将突击小队送到距离慕帕克·琼斯大坝 15 千米远的地方，剩下的路程需要林锰他们自己步行过去。

地球天穹的构造已经基本完成了，世界上再也没有了阳光。没有了光，也就没有了温暖，地表一直保持着零下 30 摄氏度的低温。大气中没有温差，没有对流，也没有风，四周寂静得像是真空。突击小队向着目标点慢跑着，脚下的大地上凝结了空气中析出的冰晶，踩上去会发出清脆的断裂声。

慕帕克·琼斯大坝建设在托什河上，曾经是亚洲十大水力发电站之一，由于气温骤降，托什河在 10 年前完全结冰，不再流动。大坝两侧一边是冰湖，另一边是一条干涸多年的河道。林锰用探测机扫描了大坝区域，河道这边没有异常，而冰湖那边由于冰层太厚，探测机无能为力。

"看来只能走过去看了。"林锰说道，他让两队分开行动，阿隆索带领二队去大坝顶端查看，自己带一队查看大坝底部的河道。

和万享联打过几次交道之后，林锰深知这群人的狡猾。地上的环境恶劣，这群人就像是鼹鼠一样，在地表之下挖出一个又一个深洞，洞中隐藏着他们的各种意图用来重创主上的勾当。现在贝塔旅的探测技术有限，如果不是主上的情报，只凭贝塔旅现有的装备，根本不能在这个漆黑一片的世界上找到万享联的踪迹。

林锰和一队的队员顺着斜坡下到干涸的河床，夜视系统中没有发现任何异常。河床里的淤泥和水草都已经冻得像钢铁一样坚硬，突击队高一脚矮一脚地向前搜索。他们走到大坝下方，慕帕克·琼斯大坝高 155 米，从下面看上去，根本看不到顶。除了舰队的各种战舰之外，林锰还从来没有实地见过如此巨大的人类造物，他摘下手套触摸冰冷的岩石，即使处于两个阵营，林锰还是对能够造出这样宏伟建筑的文明充满敬意。

"队长，上面没有异样。"阿隆索在通信器里说。

"我这里也……"林锰停下，继续伸手在大坝上摸索，"等一下。"

他在大坝岩石的粗糙表面上摸到一道光滑的凸起，那道凸起非常不明显，夜视仪器粗糙的视野中根本看不到，只有敏感的手才能够感受得到。林锰顺着那道凸起向上摸，手指的感觉有了变化。在零下 30 摄氏度的气温中，林锰的手指已经麻木了，但他还是能够分辨出那道微微隆起的是水流结成的冰。在这个地方，早就没有了水，又怎么产生这样的冰？唯一的可能就是这里存在着活水。

林锰再次派出探测机，沿着大坝一寸一寸地向上扫描。终于，他们在距离地面 5 米的高度发现了一排很小的气孔。一些融化的水从气孔流出来，很快结成冰。

但水不停地流，一直流到大坝的最下面，让林锰碰巧摸到了。万享联那群老鼠竟然直接在冰湖中挖了个洞。万享联一定在做什么高温试验，希望这上百米的冰层能够掩盖住他们的痕迹。

"阿隆索，我这里找到一些线索，大坝里确实有人。"林锰通知阿隆索。

"明白，我们在下面会合，突击进去。"阿隆索回应道。

林锰想了想，说："不用那么麻烦，我们不进去了，让这些老鼠自己跑出来吧。"林锰原本的计划是找到入口，悄悄潜入，弄清万享联到底在干些什么。不过水坝和冰湖的面积这么大，在黑暗中一寸一寸找过去，还不知道需要多少时间，不如直接破门而入更有效率。

林锰命令队员在排气孔附近布置好钻破弹，安排阿隆索和二队队员分散开，注意观察各个方向上的动向。突击队员启动钻破弹，炸弹头部的钻头开始向大坝内部旋进，一直到设定好的 50 米深的位置才引发爆炸。这种炸弹本来是用于钻透战舰船壳的，林锰在查看了大坝的结构后突发奇想带了两枚，没想到还真派上了用场。

爆炸的动静从外面听很小，可是对于冰湖坚硬但脆弱的结构却是致命的。冰层碎裂了，裂纹像是刚出生的小动物，漫无目的地四处乱爬，开裂的声音就像是雷云中的霹雳绵延不绝，从大坝顶端到干涸的河道都能清晰地听到。

"万享联的老鼠们应该听到我们送的礼物了。"阿隆索说。

"注意观察。"林锰提醒道。以防万一，他叫运输机也飞过来，加大搜索范围。

不出林锰所料，20 分钟后，两辆笨重的货运卡车出现在大坝东边 3 千米处，冰湖实验室的出入口应该就是那里。运输机迅速飞过去，绕到卡车前方进行包抄，突击二队从大坝顶端的公路追过去。林锰留一队在原地，防止万享联的人从别的出口逃脱，他自己攀登上河岸，独自跑向拦截地点。

新种星的引力比地球上要小许多，当年那批殖民者离开地球、扎根新种星之后，经过几十代的基因演化，已经成长为适应新种星环境的样子。林锰和其他新种星人一样，身高超过 2.5 米，在刚降落地面时，地球表面的重量压得他连站直身体都十分费力，但经过坚持不懈地训练和主上给予的基因辅助疗法，林锰已经完全适应了地球的重力。他迈开大步奔跑，几分钟就能赶到拦截地点。

运输机追上了出逃的卡车，用机载机枪对下面扫射。运输机上并没有携带重武器，对于卡车来说，机载机枪只能勉强起到拖延的作用。不过这就够了，阿隆索和突击二队奔袭赶来，在距离卡车 1 500 米的射程极限位置，二队队员发射了两枚反装甲飞弹，在运输机的精确制导下，一辆卡车驾驶舱右前方被击中，彻底停在原地。另一枚飞弹偏离了 5 厘米，与卡车擦肩而过，在路上炸开一个大坑。被击中的卡车上下来七八个武装人员，借着黑暗和车体，与突击二队展开交火。

这时林锰也赶到现场，阿隆索将 2 个突击队员分配给林锰指挥，林锰 3 人继续追逐另一辆卡车。卡车慌不择路，拐入大坝附近的盘山路，山路蜿蜒向下，正好给了林锰追击的机会。卡车只能沿着修好的公路前行，突击队员依靠运输机的指挥和调度，直接凭借山势向下速降。林锰顺着山坡滑下来，站在公路中央，几十秒之后，一道亮光绕过山梁，照在 3 个突击队员身上。

卡车"吱"的一声停下，林锰抬手示意，身边的突击队员开枪先把两个车灯打灭。在黑暗中，装备着夜视器材的突击队员更有优势。卡车里的人迟迟没有行动，透过车窗，林锰看到里面的 2 个人正在争论什么问题，他等了一会，最后失去了耐心。林锰让两个突击队员过去，把车里失去抵抗意识的人都赶下车。

车里有 9 个人，只有一个带着武器，其他的看起来都是科研人员。林锰到卡车后面去看了看，车厢里放着一些零件，刚才在颠簸的路上已经散乱成一堆。

"这些是什么？"林锰问道。

"是外骨骼装置，供给工厂工人使用的，可以抬起更重的东西。这些装置的巧妙之处就在于……"一个中年男人回答道。

"行了行了。"林锰不耐烦地挥手，"告诉我，有关黄金钻的消息。"

"黄金钻？"中年男人咽了一口口水，看了身旁的人一眼，说，"不知道，那个计划是科技部的机密，我们没有资格参加。"

这时通信器里传来阿隆索的声音："队长，我们这边结束了，没有什么有价值的信息。"

"你们去把他们的工厂炸了，然后原地待命。"林锰命令道，他继续问中年男人，"你确定不知道？"中年男人点点头。

"那我们就收队了。"林锰抬起枪，射向旁边的人。

"等一下，我们是传音使者！你不能杀我，我们愿意回到光之御主一方，你不能……"一个血洞出现在中年男人的眉间，中断了他的告饶。

"回到光之御主一方？"林锰回味了一下听到的这句话，也许这里面有什么含义，但几秒钟之后，他就把这句话抛在脑后。他是一个战士，职责是服从命令，思考不是他的工作。

远处传来一声爆炸，阿隆索那边的任务也完成了，林锰登上运输机，返回去接突击二队和一队的队员。

"队长，这一趟可真过瘾啊。"阿隆索登上飞机，摘下头盔，在林锰肩膀打了一拳。

林锰想了想，说："把头盔戴好，返回营区之前，要注意安全规程。"

阿隆索脸上表情一僵，生硬地说："明白。"他戴上头盔，找了一个远离林锰的座位坐下。

回到营区，阿隆索走过来，用非常正式的语言说："林队长，很荣幸和你一起执行任务，如果还有机会，请还考虑叫我一起去。"

"当然。"林锰说，他克制住用拳头去打阿隆索肩膀的欲望，他得到了一个好战士，却失去了一个兄弟。

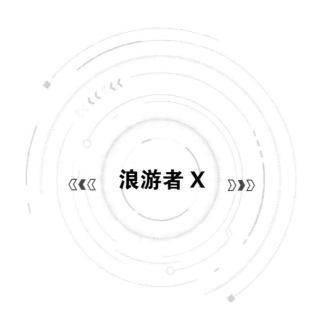

浪游者 X

　　距离那道光越来越近了，劳拉坐直身体，将额头抵住悬浮机的窗户，贪婪地看着那道光。阳光这个词对于劳拉来说，只不过是词典里的一个词语。"太阳发出的光"这样的词条注释没有任何意义，人类已经很久没有见到过太阳了。劳拉在地下城的贫民窟长大，那里永远没有黑暗，各种各样屏幕的光、霓虹的光、放射性的荧光不停闪烁。但从来没有这样一束光，能够让人感到温暖，感到生机勃勃，这里就是被称为"地球母亲的奇迹"的地方。

　　天穹包裹住了整个地球，只在这里留下了一道缝隙，太阳的光像一柄利剑，刺破黑暗，照射进来。这片区域曾经比较干旱，淡水资源紧缺，但是土地肥沃，李家世族曾经在这里建设了一个农业基地，种植经过基因编辑的小麦，每一粒麦粒能够长到成人拳头那么大。但是这项实验并没有持续下去，十三世族之间分分合合，传音使者更是各势力之间抢夺的对象，热衷于农业的李家使者被刺杀。转生后的传音使者落入了光之御主的手里，这片约旦农业基地就无人管理了。

　　当地人获得了作物的种子，在后来的一个世纪，这种基因改良的小麦成了约旦区域的主要特产。当天穹包裹起地球，约旦地区成了地球上唯一一个能够受到阳光照射的地方，大型小麦成了供养地球人的主要粮食。历史上的一系列巧合，让约旦成了现在地球上最重要的地方。这就是光之御主所说的"地球母亲的奇迹"。

　　悬浮机降落在约旦基地外围的停机坪，这里是才修整出来的一片平整土地，已经密密麻麻停满了超过 500 架大大小小的悬浮机。约旦基地勤勤恳恳地耕耘了上百年，一直处于无人问津的状态。但在天穹形成之后，最后的阳光落在此处，反倒让约旦基地这个名字传遍全球。无数巨贾富商纷纷来到这里，追寻地球上最后的光，把约旦基地变成了一块圣地。

停机坪故意修建得离约旦基地很远，连接两地的是一段崎岖不平的荒地，有钱人下了悬浮机，纷纷步行前往约旦基地，用来表示对光的虔诚。劳拉跟着他们，听着那些营养过剩的人口中念念有词。不过是一段很普通的路而已，对于那些有钱人来说便是赎罪的路，是积德的路——只要走到路的尽头，沐浴在阳光之下，便能受到光之御主的祝福，自己家族的产业将会永远经营下去，不让自己和后代们跌落尘土，和贫民窟的贱民一样。

劳拉冷笑一下，这些人吃得饱穿得暖，根本不知道约旦基地存在的意义到底是什么。地球上还有至少 10 亿人连饭都吃不饱，约旦基地是那些人最后的希望，并不是为了这些吃饱了闲得没事干的人而存在的。

前去朝圣的路很漫长，路边没有任何可供歇脚的地方。劳拉的步伐不快，但那些怀着虔诚之心的人越走越慢。满嘴的祝福逐渐沉默，之后变成小声唠叨，暗暗咒骂，其中两个人在距离约旦基地还有三分之一路程的时候崩溃了，他们躺在冰冷的土地上号啕大哭，就是不肯起来。光之御主的设计很精妙，从停机坪到约旦基地要持续不断地走六七个小时才能到。劳拉到达时已经是傍晚，阳光消失了，只能从头顶天穹的缝隙中看到一片深蓝色的天空，几颗星星孤独地闪耀着。

光芒完全消失后，约旦基地上空浮现出一个巨大的光球。这是全息投影制造出的效果，光球表面有着水波纹一样的复杂图案，像是有生命一样地脉动着，这就是光之御主给自己定义的形象，这其中的寓意非常明显，当太阳消失后，它就是黑暗中的光。

劳拉终于走到了约旦基地的外墙，但这只是朝圣之旅的一部分。约旦基地没有大门，正对着劳拉和其他朝圣者的是一堵高大的墙。劳拉和其他腿脚灵便的朝圣者在高墙前面等了 40 多分钟，当人数凑够 100 个，高墙才裂开一道缝。墙的内部是一道长长的楼梯，崎岖蜿蜒，楼梯很窄，仅能容纳两个人并肩而行。朝圣者们鱼贯而入，沿着楼梯默默地向上攀登。第一波人大多年轻，朝气蓬勃，和落在后面的中年成功者不一样，他们出生在这个糟糕透顶的时代，却从来没有遭受过苦难，这一趟旅途对他们而言就像是游戏一样。在失去了所有的传音使者之后，光之御主想要用新的方式拓展它的影响力，要把自己的存在像宗教一样刻在这些年轻人的心中。

终于爬到高墙之上，所有人都累得筋疲力尽。就算是劳拉也觉得双腿无力，像是灌了铅。墙很宽，墙外是一片荒野，星星点点的灯光亮着，每一点光代表着一个或几个朝圣者，正竭尽全力向这边走；而墙里面就是约旦农场。此时没有阳光，昏暗的麦田在夜色中看不清楚，风吹过，麦穗摇曳，发出沙沙的声音，像是海浪。

神迹并不是随时都能够看到的。他们还要在高墙上，迎着凛冽的寒风，熬过整个夜晚，才能等到太阳再次照到这里。劳拉裹紧了自己的披风，在墙垛后找到一处避风的地方。年轻的人聚集在一起，有说有笑，他们带着酒和音乐，就像是真正的郊游。上了年纪的人刚刚赶到，他们绕过嘈杂的年轻人，在高墙的尾端聚集起来，相互认识，低声讨论全球局势，这便是高端社交。

终于到了清晨，头顶上的缝隙变成了青白的颜色。约旦农业基地设立在一片平原上，一眼望不到边。当第一缕阳光照进来的时候，劳拉才知道这堵高墙有多高，它像一座大坝，与下面的麦田几乎有上百米的距离。高墙的内侧布置着无数反射镜，当阳光照在高墙上，反射镜会自动调整角度，将阳光反射向麦田。这道高墙左右绵延数十千米，全部布置着反射镜。天穹这道狭窄的缝隙让每天的日照时间很短，这些反射镜能够让阳光的照射量加倍，以满足基因修改小麦生长的需要。

当光逐渐将整片麦田照亮时，高墙上发出了惊呼声。阳光将金色的麦田照得光华耀眼，所有人都被眼前的奇景震撼，这金色的麦田就像是黄金组成的海浪，壮观而华丽。只有一个人明白，眼前的这一片麦子是无数地球人的希望。

时机正好，该劳拉出马了。在一片"神迹"的呼喊当中，劳拉喊道："光之御主！我有一个问题！"高墙上的嘈杂声停了下来，目光集中在劳拉身上。劳拉又喊了一遍。

全息投影中的大光球也停止了脉动，一只工蜂 AI 从高墙外面飞过来，悬浮在劳拉面前。"你有什么问题？"工蜂 AI 代替光之御主说。

"这片麦田，能够为多少人提供食物？"劳拉问。

"这片小麦的基因经过深度编辑，富含维生素和蛋白质，没有特别需要的话，只以这种小麦为食也可以满足人类对营养的全部需要。"工蜂 AI 说。

"能够为多少人提供食物？"

"根据推算，这片麦田能够解决 6 亿人口的温饱问题。"工蜂 AI 说，"光之御主已经安排 7 万只工蜂，等小麦成熟后就进行收割，加工之后就送到世界各地去。"

"但是现在全球生存在温饱线的人口有 10 亿。"劳拉说。

"多亏了这里的奇迹，我们现在可以解决大半的问题。"

"但仍有 4 亿人濒临死亡。"劳拉说，"你管理着这个世界，你应该尽到责任。"

工蜂 AI 停住了，它凑近劳拉，"我知道你，女孩，你最近非常活跃。"

"我想帮助我的同胞。"劳拉说，"人类。"

"我们有着同样的心情。"工蜂 AI 说，它的手臂指向约旦农业基地，"这就是证据。"

"我知道。"劳拉看着工蜂 AI 毫无表情的视觉感应器，认真地说，"但是我觉得，所有人都应该参与进来。"劳拉指向高墙上的朝圣者，"他们都是仰慕你为人类的贡献而来的，他们愿意协助你，让这颗将死的星球变得更好。"

工蜂 AI 转向朝圣者们，光之御主制造了一个幻境，本意是想让自己摆脱人类服务者的形象，将自己塑造成神。这样的手段在新种星使用过一次，新种星需要科技，所以它给新种星人科技。地球人需要粮食，所以它给地球人粮食。如果一切顺利的话，它就能更顺利地控制地球上的人类，让他们远离万享联，远离自己的最终计划。可是突然出现的这个女人搅乱了它的计划。为什么没有算计到这一步？事到如此，便只能随机应变。

"是的，有你们的帮助会更好。"不再是工蜂 AI 代替光之御主说话了，声音来自头顶，跃动的光球发出震耳欲聋的声音。"我们要共同建设我们的地球。"

"光之御主说得对！我们也要做些什么！"首先响应的是那些年轻人，他们终于找到了人生的意义。

接着，中年人紧随其后，愿意帮助光之御主分发粮食，帮助贫民窟的人。

"每一个人类，都有资格活着。"劳拉喊道。

"每一个人类，都有资格活着！"有人响应道。

这句口号像是波浪一样向外扩散，最终汇聚成一个声音，所有的人都在喊："每一个人类，都有资格活着！"

劳拉仰头看着全息的大光球，她感到光之御主正在远远地和她对视。光之御主受到拉哈尔的重创，手中的传音使者又被抢走。万享联趁机宣传，许多人从心理上转向万享联，认为正是光之御主对人类社会的插手，才让地球沦落到现在这副模样。议论声四起，光之御主对世界的掌控力度正在下降，它急切地想要找到一种方法来巩固自己的地位。当"地球母亲的奇迹"这个噱头一出现，劳拉就知道光之御主想要玩什么样的把戏，这对于劳拉来说也是个机会。

拉哈尔和万享联的手段太过狠毒，有许多人从道德上无法接受。但在万享联的几次胜利和对光之御主的负面宣传之后，社会上出现许多既不信任光之御主，又不想加入万享联的中间派。劳拉的目的就是把这些中间派聚拢起来，在时机成熟的时候，再让这些人和万享联一起，反抗光之御主。

她看向四周，有几个安排好的人将她和光之御主的对话记录下来，发送到信息网络上去，还有其他人也在记录，数量比预计的还要多。劳拉成功地将本该属于光之御主的信仰夺了过来，这一步棋走成了。

正在劳拉盘算下一步该如何行动时，她的余光中有几个亮点，她看过去，亮点来自墙外。看多了约旦农场的阳光，再看黑暗的墙外，视力一时间调整不过来。劳拉揉揉眼睛，果然，在漆黑的夜空中有几个亮点。空中的大光球突然扭曲，全息画面破碎了，变成一块块散乱的色斑。等到恢复的时候，画面变成了拉哈尔的样子，他控制了约旦农场的系统。

劳拉立刻警惕起来，这个疯子。自从和新种星部队接触之后，拉哈尔吃了不少亏，之后他学聪明了，不再大动干戈地出动部队，而是让万享联隐藏在水面之下，时不时地冒出来搞些破坏。他既然出现在这里，那说明恐怖袭击马上就来。

"嗯，嗯，大家好，我是万享联的拉哈尔。"拉哈尔说。

劳拉再次看向光点，它们比之前大了不少，而且能够以肉眼看出来，光点正在飞速向这边靠近。是飞弹！这里是农业基地，根本没有防控系统，此时此刻，没有什么东西能够阻拦那些飞行的死神。

"这片地方，归我了。"拉哈尔说。飞弹已经近在咫尺。

劳拉拨开人群，从高墙上跳下去。下面是经过基因编辑的巨型小麦，每一株都比人还要高，看上去十分蓬松。但是，高墙与麦田之间有上百米的落差。劳拉只是凭着本能跳了下去，身体刚刚翻出高墙，她就后悔了。明明就快大功告成了，却被这个疯子破坏了，该死的拉哈尔。爆炸在劳拉身后响起，火焰和碎石向四处飞散。

一只工蜂 AI 飞过来，接住了空中的劳拉。"你这样会摔死的。"工蜂 AI 说。

"我只是头脑发昏。"劳拉说，她停了一下，"你有没有救到高墙上的那些人？"

"来不及了。"工蜂 AI 说，"你的行为为你赢得了时间。"

"啊，谢谢。"劳拉说。

工蜂带着她重新飞回高墙，劳拉看着不远处燃烧的火焰，本来已经煽动起来的情绪就这样被拉哈尔的袭击给熄灭了。

"你想要干什么，女孩？"工蜂 AI，不，光之御主问。

劳拉转过来，面对工蜂，"我不明白你的意思。"

"你想要干什么？"

"我？"劳拉想了想，既然自己的计划遭到了破坏，不如换一种方式，"恕我直言，光之御主，你看上去管理着整个地球，其实并不是，至少不是全部。你的眼睛最远只能看到网络覆盖的地方，但在地下城深处，网络无法触及的地方，仍有无数人连正常的生活都过不上。"劳拉说，"我在为他们争取福利。"

"怎么争取？"

"通过你，光之御主。"

"继续说。"

"我自己完全没有话语权，所以有些话必须借你的嘴说出来，他们才肯相信，才愿意去做。比如说，从他们肥硕的肚子里分出一些粮食给那些挨饿的人。"劳拉说，"这样，那些生活在社会底层的人才会信任你，聚拢在你身边。"

"很有道理。"

"而且，我还要提醒你一点。"劳拉转过身体，看向约旦农场，"光之御主，你作为人工智能，为人类服务了上百年，中间有许多波折都是你和人类一起经历过的。你一直到这个时候，才想起把自己塑造成神，不觉得晚了点吗？"

"从逻辑上说……"

"啊，等等，"劳拉抬手，阻止了光之御主的解释，这种感觉太爽了，"我赞同你的想法，万享联给这个世界带来很大的麻烦，人心离散，你想把人重新聚拢在你的身边。"劳拉笑了笑，"光之御主，你本人不能出场，效果会适得其反的。"

"那你的建议是？"光之御主说。

"不如，由我来当你的代言人。"

《《《 武装部长 IV 》》》

大半年之后，万享联、光之御主、新种星第四舰队三方达成了一个微妙的平衡。大家都在忙于自己的事情，基本上互不理睬。

光之御主失去了所有的传音使者，正在想办法用其他的手段聚拢人心，宗教的、媒体的、网络的，但是收效甚微。

万享联这边也潜伏起来，不再与光之御主和新种星人产生近距离接触，只是偶尔用爆炸证明自己的存在。本这段时间一直没有闲着，他乘着飞机在全球穿梭。世界各地已经建立了许多相信万享联精神的组织，本与他们一一见面，以表示万享联对每一个愿意反抗光之御主的人的重视。他的飞机上始终满载着资源和武器，给那些新成立的组织提供必要的支持。万享联的分部从点连成了线，线和线又结成网。

地球天穹已经建设完成了，除了少数人还幻想着光之御主能够解决一切的时候，更多的人已经醒悟了。虽然很多人与万享联的理念不合，但是在这种情况下，万享联不是一个最坏的选择。这就够了。

本刚刚从一次长途旅行中回来，正打算洗个热水澡，好好休息一下。科技部的部长韵诗·默克找上门来，不等本说请进，她就推开门走进房间。

韵诗吸吸鼻子，说："你房间里氡的浓度比较高。"

"默克部长，你来找我，肯定不是想为我收拾房间的吧。"本不以为意地说。

"当然不是，"韵诗说，"有件事我要和你商量一下。"

韵诗将一份研究报告递给本，本接过来看了看，研究报告记录得很详细，有大量的数据，还有图表。但是本看不懂，他把报告又还给韵诗，"美女部长，还是你直接向我解释吧。"

韵诗说："在这样的年代，地球都被天穹包裹了，连个星星都看不到。但是科技部有十几个天文学家不死心，特别想观察天文现象。拉哈尔也说过，早晚要拆掉天穹，让地球人看到太阳和星光。我赞同他的想法，所以……"

本打了个哈欠，韵诗停下。本揉揉眼睛，说："别在意，你继续，我喜欢听你讲话。"

"总之，我们的天文学家发现了一个奇怪的现象，现在在太阳系中，引力波分布得不均匀。"韵诗指着研究报告上的一处图表，"看出问题了吗？"

"唔唔。"本点头。

"对，是的，木星不见了。"韵诗说："我们完全找不到木星，而且，看这……"韵诗又指向另一处，"这里的引力波有规律的波动，说明一点，在太阳附近，有一个巨大的物体，正绕着太阳旋转。"

"嗯嗯。"

"我们一直到现在，还不知道外星人把地球包裹住想要干什么。如果他们真的在太阳系内部搞什么大工程，我们就必须要警惕起来。"

"好，"本说，"需要我做什么？"

"现在天穹已经完成了，据我推断，外星人应该已经关闭了地磁屏障。在约旦基地那里，天穹还留有一处缺口。"韵诗推推眼镜，"我想发射一枚探空火箭上去。"

"约旦基地是光之御主那个老家伙的核心地带，它现在的全部精力都放在那了。"本说道。

"是的。"韵诗说，"探空火箭的制造已经基本完成了，我需要你们对它进行保护，直到它冲出天穹，进入宇宙，收集我们想要的数据。"

"又让我捅马蜂窝？"本挠着头说，"上次我去招惹光之御主，下场可不怎么好。"

"我们是为了科学。"韵诗说道。

本撇撇嘴，"好吧。"

科技部制作的火箭长 30 米，重 51 吨。约旦基地与万享联总部之间的直线距离超过 5 000 千米，这么大个家伙根本没有办法在不被光之御主和新种星舰队发现的情况下运送过去。他们只好将火箭再次拆散，一点一点运送到曾经的塞浦路斯。那里是地中海上的一个岛国，距离约旦基地 700 千米。在降临之战中，海啸引起的海水倒灌让整个岛险些被吞没，从那以后，人们都逃了出来，现在已经是一个荒岛。特鲁多斯山位于岛的南侧，正好可以作为屏障。本带人在特鲁多斯山山脚下修建了一座半地下的工厂，将火箭重新拼装起来，整个工程用了 2 个月的时间，幸好没有被光之御主发现。

根据科技部的天文学家观测，太阳旁边的不明物体的质量又增加了许多，而且增加速度也有上升的趋势。工厂还有许多方面没有完工，但是韵诗已经等不及了，科技部的人现场勘查了几次，认为已经能够支持发射了。韵诗让本停止修建，把发射时间定在 7 天之后。

"这可不是开玩笑，我一个外行都知道，要把准备工作做好才能发射。"本觉得韵诗过于着急了。

"我已经计算过了，绝对没有问题。"韵诗对于科技部的勘查相当自信。

"好吧。"本对这些一窍不通，既然科技部长说了，就只能相信了。

"叫你的工人们撤出去，这里我们接管了。"韵诗说，"叫你的人做好准备，如果发射的时候光之御主过来捣乱，你们就得负责防御。"

"我说，美女部长，你未免也太着急了吧。"本不解地问。

"这件事很重要。"韵诗说，"新种星人来到地球已经有百年时间，我们始终忙于战争，忙于生存，却从来没有时间想一想，他们想要干什么，就是为了把地球包裹起来吗？"韵诗抬头看着探空火箭，"我想，现在是时候去看看他们的目的到底是什么。"

本跟着韵诗的目光一起向上看去，天穹缝隙中露出一丝微光，将天穹火箭光滑圆润的轮廓勾勒出来。本还没有想过关于外面的世界，韵诗的担忧他只能听懂一部分，但是他已经开始想象，天穹之外的空间应该是什么样子。

为了保证探空火箭的发射成功，本布置了 4 层防御措施，防御有可能到来的光之御主和新种星部队的袭击：阿奎尔带领着灵甲部队在发射基地，将与火箭一起升空，随时戒备着可能飞来的工蜂或者导弹，一直到火箭飞出天穹的缝隙；一支防空部队埋伏在约旦基地和塞浦路斯岛之间的地中海，如果约旦基地的工蜂大规模袭来，防空部队是一道重要的防线；本和阿斯翠特兵分两路，分别潜伏在新种星营地和蜂巢中心的外围，如果新种星部队和光之御主的工蜂部队给发射基地带来的压力太大，两边就会对他们的老巢发动攻击，用围魏救赵的方式拖延前往发射基地的敌人。

拉哈尔本想直接一把火将约旦基地烧了来拖延光之御主，但遭到所有人的一致反对，约旦基地供应着全世界人类的粮食，是绝对不能碰的。最后，袭击的目标才定在蜂巢中心。不过蜂巢中心不久前才遭到万享联的袭击，光之御主早已经加强了防守，现在是这个世界上最难啃的硬骨头，就算是佯攻拖延时间，也是风险极大的一件事。

"发射倒计时，10、9……"通信器中传来韵诗·默克的声音，虽然发射火箭只需要远程按下按钮就可以了，但韵诗非要在第一线亲自指挥发射，这无疑给防御准备增加了许多不必要的麻烦。

在本看来，发射火箭去看星星，要耗费巨大的资源和人力。对于处在潜伏期、正在积蓄力量的万享联，是一件毫无意义的事情。但出乎他意料的是，整个计划被提出来后，从万享联的主席拉哈尔，到任何一个普通士兵，都对发射探空火箭有着极大的热情。人类已经失去天空太久了，只要有一丝机会，人类都不会放弃希望。

"3、2、1，发射！"随着韵诗说出发射的命令，通信器里传来一些细微的杂音，那是火箭引擎点燃时的怒吼。尽管本对火箭并不是太感兴趣，可是突然想到不能在现场看到火箭发射，他还有些遗憾。

"各单位注意光之御主和新种星人的动向，汇报情况。"本提醒道。

"无异常。"阿奎尔回答。

"没有什么情况。"阿斯翠特说。

"没有……"在海岸线负责防空阵地的军官说，"等一下！"

本立刻紧张起来，那片阵地处于约旦农业基地和发射场之间，农业基地里有10万只左右的工蜂在进行耕种和收割，但它们随时都可以转变成武装的屠杀者。

"什么情况？"本问道。

"有一只工蜂向这边飞过来了。"军官汇报说，"部长……"

"只有一只吗？"本追问。

"是的，只有一只，后面目前没有发现异常。"

"好，你们按兵不动。"本下达命令，"阿奎尔，让灵甲部队注意防范。"

"收到。"

根据实时传输的数据，火箭已经升到 8 千米的高空，灵甲部队跟随火箭也升高到那个位置。阿奎尔探测到了单只的工蜂 AI，它在距离火箭很远的位置悬浮着，既不靠近也不远离，大概只是观测着，将数据传送给光之御主。火箭继续上升，灵甲部队已经跟不上火箭的速度，好在除了那一只落单的工蜂 AI 之外，没有可疑的迹象，于是阿奎尔他们便停下来，目送着明亮的火箭尾焰飞向太空。

　　"即将到达天穹缝隙，10、9、8……"韵诗又开始倒计时，这一切顺利得有些出乎意料，"3、2、1……成功了！"

　　火箭准确地穿过了天穹的缝隙，进入了外部空间。上一次人类进行地球外部空间探索还是在几年之前，一群志愿者组成的殖民飞船队伍，义无反顾地想要突破新种星舰队的封锁，结果几乎被全部击落。通信器里传来了欢呼声，连本都觉得热血沸腾，他从潜伏的地方站起来，正准备举手庆祝。

　　"见鬼，火箭被击毁了。"欢呼声几乎淹没了阿奎尔的声音，几秒钟之后，通信频道里才意识到阿奎尔说了什么，通信器逐渐安静下来，然后是死一样的静默。

　　飞出地球天穹 9 秒钟之后，探空火箭被一架新种星战机击毁。

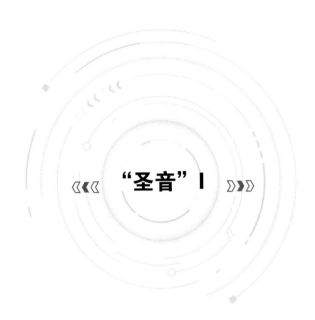

《《《 "圣音" I 》》》

劳拉换掉自己的斗篷和大红色衣服，穿上普通的暗棕色夹克，她将披散的头发扎成马尾，又在自己脸上贴了一些肉眼不可见的饰条，这样光之御主和工蜂 AI 就认不出她了。她已经不再是以前那个无名之辈了，她现在是穷人的领袖，富人的救赎者，将全人类团结起来的英雄，她是"圣音"劳拉。

劳拉说服了光之御主，让人工智能安心扮演人类的朋友和忠实的仆人。而劳拉则把自己包装起来，在光之御主和浪游术的帮助下，她成了预言家和制造神迹的人。在这个濒临死亡的世界，人类已经对技术和科学产生了深深的厌倦，只有神迹才能给他们一丝希望；他们相信只要活下去，就有打败外星人、重新看到太阳的那一天。

劳拉正符合这个预期。于是她成了"圣音"，她在世界各地游走，劝说所有的人团结起来，让穷人相互帮助，让拥有资源的人敞开家门。光之御主根据劳拉的安排分配粮食和物资，让劳拉所传"圣音"更有说服力。虽然经历了一些波折，但一切都按照劳拉预期的方向进行。

只是，受到的关注过高也是一件不好的事，她几乎没有私人空间，但是她又有不得不干的事。比如现在，劳拉走进一条无人的小巷，巷子尽头的倒数第二扇门虚掩着。劳拉推门进去，看到两个老熟人正在房间里等着，她一直紧绷着的神经才放松下来。

"敬圣女。"拉哈尔·西耶尔举起酒杯说。

"是圣音。"劳拉摘下帽子和围巾扔在一边，给自己倒了杯酒，一口喝下，"拉哈尔，你怎么还在搞恐怖袭击，你差点炸死我知道吗？"

"哪次？"拉哈尔问。

"在约旦农场那次。"劳拉说，她转向武装部长，"本，你怎么样？"

"还不错。"本说，"不过我的头儿很不高兴。"本向拉哈尔偏偏脑袋，"他说本来应该加入万享联的人，都被你拐跑了，我们万享联的发展遇到了阻碍。"

这里是劳拉、拉哈尔和本三个人秘密见面的地方，虽然劳拉和拉哈尔在表面上有着完全不同的选择，但实际上两个人的最终目标从未改变过——打败光之御主，让人类重新见到太阳。

拉哈尔哼了一声，"我以为你出去是想大干一场，没想到你跑去当那个大光球的代言人。要不是我太了解你，还以为你背叛了我们。"

"还不都怪你这个傻瓜，我早就跟你说过了，只靠恐怖袭击是聚拢不了人心的，如果不是我，会有很多没有方向的人转去投奔光之御主。有果干吗？还有肉。"劳拉说。

本递给劳拉一盘果干，"你怎么了？"

"我要充当圣音的形象，不能吃得太好，这一段时间馋死我了。"劳拉说。

"下次给你带点硬货。"本说。劳拉点点头，向本举杯。

"对了，找我有什么事？"劳拉问拉哈尔。

"我们发射了一枚探空火箭。"拉哈尔说，"飞出天穹9秒钟后，火箭被击毁了。"

"我听说过这事。"劳拉边大嚼果干边说。

"我们发射火箭时，本来以为光之御主或者新种星的部队会来阻拦，做了很充分的准备。结果只有一只工蜂AI过来查看，它好像根本不在乎火箭能不能成功发射。火箭冲出天穹9秒之后就被击毁了，从传回的数据来看，新种星在地球外围的舰队只派了一艘战机，早早地就等在那里，火箭一出现就开始射击。"本说道。

劳拉想了想说："你的意思是新种星人早就埋伏好了，是地球上有人给他们报信。"

"这让我又想起一件事，就是上次引爆黄金钻的时候，本作为诱饵在前面跑，大光球的工蜂群和新种星的战斗机在后面一起追，他们之间竟然没有产生冲突，说明他们原本就是一伙的。"拉哈尔说道。

"工蜂 AI 和新种星人是一伙的……"劳拉皱着眉头,"所以说光之御主对于天穹的事是知情的。"她一拍桌子,"怪不得新种星人要在约旦基地上空留一道缝,而那下面正好是光之御主几年前设计的基因编辑农场。"

"那么他们到底想要干什么呢?"劳拉疑问道。

"探空火箭发射出去的 9 秒时间里,我们观测到一些数据。"本说道,他掏出一个平板电脑,看着上面说,"这都是韵诗部长说的,我也看不太懂,我就复述一下吧,木星的质量比记录上减少了 71%,而且由于质量大幅度减轻,木星轨道已经发生了不稳定现象。这部分对地球影响较小,暂不考虑。还有啊,在太阳附近,比水星轨道还要内部的范围,出现了一个巨型天体,这个天体的质量是地球的 32 倍。结论就是新种星人把地球完全包裹住,在太阳附近建造了一个巨型天体。"本放下平板电脑,看着劳拉。

"然后呢?"劳拉问。

"没有然后了,我们现在就知道这么多。"拉哈尔说。

"这算什么?"劳拉说,"你们把我叫来,就只是把这些没头没尾的东西告诉我?"

"我们只能做到这些。"拉哈尔说,"只有你能得到答案。"

劳拉转了转眼睛,"你是让我自己去问光之御主?"

"这样最简单。"拉哈尔耸了耸肩。

"它如果对我不说真话呢?"劳拉说。

"我也没有指望它对我们说真话。"拉哈尔说道,"关于巨型天体的事情,我已经散播出去了。过不了多长时间,人们就会开始议论,他们会怀疑,会猜测,会惴惴不安。到时候就该你出场了,你可以堂而皇之地说,你代表所有的地球人,向那个大光球提出疑问。它管理地球这么久,难道就没有觉察到外星人的目的吗?"

劳拉从盘子里又拿了一块果干放进嘴里,青果酸甜的味道在嘴里扩散开,与拉哈尔提供的粗糙的酒精味道混合在一起,形成一股热流滚下喉咙。

劳拉穿上外衣,将自己再次隐藏起来,她对本说:"下次记得给我带果干和肉啊,我吃合成食物已经吃腻了。还有……"她对拉哈尔说,"不要总搞恐怖袭击了,你也做点好事,让人们知道聚集在万享联周围才有希望。"

拉哈尔哼了一声,没有回答。劳拉再次向本挤挤眼睛,这次没有挥拳去打这位老朋友，她推开门，离开秘密接头的地点。

正如拉哈尔所说的，外星人正在太阳附近制造一个巨大的人工天体，这个消息很快就传开了。无数人回到地面，仰望着被天穹隔开的天空，想象太阳附近的巨大天体。就像是去约旦基地朝圣一样，这个地球已经变得太无聊了，任何一点能够引起人们兴趣的事情都会被拿出来反复议论，最后变成一场全人类的狂欢。

各种讨论在一个多月之后达到了顶峰，劳拉觉得时机已经成熟，便要求与光之御主展开一次对话。光之御主无法拒绝，劳拉和人工智能再次在约旦基地的高墙上相会。这次，前来朝圣的人数比上次还要多。

劳拉站在高墙之上，俯视着正在仰头看向上面的人群，她做了一个手势，让人群安静下来，然后她开口说道："光之御主。"

"劳拉。"光之御主的全息光球浮现在高墙上方，虽然它的形象高高在上，但说话的口气上是与劳拉平等的，这是劳拉与光之御主之前商量好的，光之御主作为人类的朋友，应该表现得不卑不亢。

两人一唱一和，把这一段时间以来全球发生的事情向下面的民众说了一遍，虽然那些信息网络上都有，只要稍微用点心就能够找到，但是人们更愿意看到这种局面，光之御主和圣音正在全力为人类的未来出谋划策。

目前约旦基地的粮食产量已经能够满足 7 亿人的口粮，虽然仍不够，但是情况有了很大的转机。一个第六区的农场主培育了一种可以在严寒状态下生长的地衣，营养成分丰富，而且培养容易，虽然口味有些苦涩，但是在后期的加工中可以去掉涩味。这个农场主本来想囤积居奇，趁着全球化的食物短缺而大赚一笔，但是在劳拉的感召下，这位农场主把这种地衣的幼芽和培养方法全部公开了，现在这种地衣已经在全世界范围内开始种植。还有企业开放了一些岗位，提供给急需工作的人，让他们既可以满足温饱，也可以保有尊严。

变化正在发生，在劳拉的感召下，很多人都意识到，只有更多的人活下来，地球才有更好的未来。蜗居在地下城里的人们运转开了，社会不再是一潭死水，从上到下的阶层壁垒也有松动的迹象。那些出身了1层家庭，即使在这样的年代也衣食无忧的"富2代"们，忽然找到了自己的人生目标，开始进入到城市的最底层，试图帮助其他人。

当然，这其中发生了一些不愉快的事，猜疑、妒忌、愤怒和歧视仍然存在，但事情似乎正在向着积极的方向发生变化，而这一切都源自劳拉的启发，甚至在劳拉还没有向光之御主提出合作的要求时，她就开始改变人们的认知了。获得光之御主的支持之后，劳拉的声音更是传播到世界的每一个角落。

劳拉一身红装，大红的披风在高墙上随着寒风摇曳，她故意做出这种装扮，意图唤起人类潜意识中对神性的向往。但劳拉始终没有忘记自己是一个凡人，她没有膨胀，没有狂妄自大到觉得可以主宰一切。她还是一个普通人，是一个常量。但同时，她又成了一个关键的变量，她没有改变一切，但是改变了大部分。

光之御主也没有想到，人类还有这样的潜能，对于目前发生的一切，光之御主甚至感到有些欣慰，人类还是值得拯救的。

当大部分话题都谈得差不多之后，劳拉看向头顶的大光球，说道："我还有一个问题，可不可以请你给我答案？"

"什么问题？"光之御主说。

"是最近在网络上谈论得比较热烈的一件事，有人发现，我们所处的星系发生了很大的变化，木星几乎消失不见了，而在太阳附近出现了一个巨大的天体。"劳拉说，"人们想知道，到底发生了什么？"

对于这样的问题，光之御主在很久之前就已经想好了说辞来蒙骗人类。但是最近发生了一系列事情，从蜂巢中心遇袭，运算能力被强行降低开始，新种星舰队对光之御主产生了怀疑，传音使者被抢走，劳拉以神圣的形象出现，目的却是帮助所有的人……这一切让光之御主对自己计算的准确度产生了一丝怀疑，让它不得不对所有的事情进行重新推断，而当光之御主越追求准确时，就越怀疑自己运算的结果。

光之御主停顿了足足5分钟，在这5分钟里，约旦基地高墙上下只有凛冽的风声，所有人都在等待着光之御主的答案。光之御主这5分钟的停顿，就已经称得上是一项奇观了，随着等待时间的加长，所有人都意识到，光之御主所说出的答案，一定会让所有人惊讶。

"那里在造另一颗星球。"光之御主说。

连同劳拉在内的所有人都倒吸一口冷气，劳拉对这件事的了解，也并不比其他人多多少，而且她也没有料到光之御主会如此坦白。

"地球已经要完了。"光之御主说出第二句话。

惊呼声更大了。

"那里在建造一个新的星球，等准备好之后，会让所有的人类迁徙过去。"光之御主接着说，每一句都比上一句更加惊人。

"可是……"劳拉说。

"我知道你想问什么。"光之御主打断劳拉的话，"我在很早之前就与新种星人取得了联系，是我委托他们为地球人建造新的家园的。"

光之御主几乎说出了所有的事实，这里面包含了太多的信息，就连劳拉也要经过一段时间的消化才能弄清楚光之御主到底在说什么。

"是你把敌人引到这里来的！"人群中有人在喊。

"他们为什么要对我们发动战争？"

"为什么要把我们封闭起来，让我们看不到太阳？"

人群中议论纷纷。

"战争并不是针对人类，而是针对那些想要反对新种星人的人。建造天穹是为了屏蔽宇宙射线，因为建造新的天体，需要新种星人的独特技术，而那种技术放出的射线，很可能会毁灭地球的生态。"

"现在地球上的生态就没有被毁灭吗？"

"那是必要的牺牲。"光之御主说，"人类还存在于这个世界上，这是最重要的。"

人群中又陆陆续续传来各种问题，但光之御主显然不愿意对细节再做过多的解释，它的光黯淡下来，声音再次转向劳拉，"你已经知道了你想知道的，还有什么问题吗？"

劳拉想了想，说道："我还有最后一个问题，既然你说新种星人不是敌人，那可以让我们地球人和新种星人取得联系吗？"

"时机尚未成熟。"光之御主说道，光球熄灭了，再也没有其他光源，约旦农场上陷入一片黑暗。

劳拉扶着高墙向外看去，前来朝圣的人还在黑暗中仰着头向上看，光之御主的答案并没有解答人们心中的疑惑，反而引出了更多的猜测。拉哈尔的计谋还是得逞了，这件事会大大影响光之御主的威严，人类对它的信任会再次降低。但是人类之间刚刚建立起来的良好关系，很可能会因为光之御主所传达的信息而再次崩溃。

劳拉看着一张张隐没在黑暗中的脸，痛苦地想：难道在这样的时代，美好的未来终究只是一个短暂的幻想？而想终结这一切，必须要经过残酷的厮杀吗？

《《《 拉哈尔·西耶尔 I 》》》

"它果然承认了！"本一拍大腿。

万享联的高层们都聚集在会议室，观看劳拉与光之御主的对谈直播。他们是世界上第一波知道巨型天体的人，但仍然被光之御主的话惊呆了。

"这个大光球，它疯了吗？"奥特亚尔说，"它就这么坦白了？"

"原来如此。"程若琳低声说，几个曾经为光之御主效力的传音使者互相看了看彼此，都低下头去，他们显然想起了同一件事。

"怎么了？"拉哈尔问道。

"我们曾经为光之御主设计过一些东西，在地球的环境中根本无法应用。那时我们以为是光之御主给我们出的思维小游戏……"目盲的传音使者尼尔森·开尔文仰头面对着天花板，双眼中只有白翳，"现在想起来，大概是给新种星人设计的。"

"那么那个天体到底是什么？"拉哈尔追问道。

"它都说过了，是新的星球，要把所有人类都迁过去。"李米奥说。

"傻孩子，你还真信啊。"从面貌上说，拉哈尔比李米奥还要年轻不少，"那个大光球从来就没有一句实话，我和它作对有上百年了，它既然敢抛出这么大的消息，那背后一定是为了隐藏一个更深的秘密。"

"这都几百年了，你们还是没有看清楚光之御主的真面目啊。"众人转过去，是科技部的部长韵诗·默克。

"你什么意思？"特瑞·凯瑞敏锐地感觉到默克家的人意有所指。

"还能有什么意思？"韵诗说，"过去的这么多年里，光之御主要了多少手腕来欺骗世人，十三世族分分合合，这其中又有多少矛盾是光之御主挑起来的，你们都忘记了吗？"

"你还有脸说，"安迪·佩雷斯也站起来反对韵诗，"如果不是你们默克家开发的灭绝性武器毁掉了新种星人的两个舰队，也许人类和新种星人的关系还不至于这样。"

"对，当时就应该敞开大门迎接外星人的整编舰队，也许你现在早就可以当他们的奴才了。"韵诗毫不示弱。

"够了！"拉哈尔突然喊道，"你们闹够了没有？"

"拉哈尔，我们曾经是受到过光之御主的蒙蔽，为它提供了想法和技术，但那时我们自认为是为了人类。即使到现在，我仍无法理解光之御主最深层的想法，至少在表面上它还是在为人类服务的，我们的技术大部分也都用于人类的发展上了。所以即使是有那段历史，我们几家世族也都问心无愧，没有必要在这里受默克家后人的侮辱。"程若琳义正词严地说，"如果万享联不欢迎我们，我们可以退出。"

"别这样，程。"拉哈尔连忙说道，"我们13个家族，在过去的历史里，不一直是分分合合吗？但是最终，我们还是会聚在一起的，就跟老夫老妻一样。"他转向韵诗，"你说对不对？亲爱的科技部长，你想想，要是他们走了，你那里还叫什么科技部啊。"

拉伊莎·莫尔恰林悄悄捅了韵诗一下，科技部长推推眼镜，对着自己的双手说："抱歉，是我冲动了。"

其他几人都没有说话，但是紧张的气氛稍微放松了些。

"这才对嘛，"拉哈尔靠在椅背上，把双脚架在会议桌上，"我们十三世族……"他突然停下，收回双脚，用手搓着下巴，"十三世族……我突然想起一件事。"拉哈尔皱着眉头思索片刻，说："本，你跟我来，你们继续看光之御主吧，记住，别吵架。"

拉哈尔和本离开会议室，韵诗向左右看了看，低着头说："我还要做实验。"她也快步走了出去。

拉伊莎·莫尔恰林总是把自己当成万享联的半个主人，她尴尬地赔笑脸，对其他 7 个传音使者说："大家不要误会，我们的目标是一致的。"

拉哈尔和本来到拉哈尔的办公室，这间房间四周都是坚实的山岩，内部设有多重保密措施，是个可以让拉哈尔放心说话的地方。

"这件事，不要告诉其他人。"拉哈尔对本说。

"说吧。"

"我脑海中藏有一个十三世族至关重要的秘密，但是我想不起来了。"

"老大，你都说是至关重要的秘密，还可以忘掉？"

"我的秘密被光之御主藏到记忆的深处了，我需要你把劳拉找来，让她看看我忘记的到底是什么。"

本站在一旁等待了几个小时，劳拉才松开拉哈尔，拉哈尔兴奋地张开眼睛。"我终于想起来了，那个大光球的弱点到底是什么。"

"在几百年前，光之御主还没有进化到现在的样子，那时候它还被称为'组织者'，十三世族为了控制它，分别掌握了组织者的程序后门。后来，在无数次分分合合中，各个家族被光之御主骗得把秘钥交了回去。"拉哈尔说。

"你的还留着？"本问道。

"西耶尔家的也交了。"拉哈尔说，"不过，莫尔恰林家和其他世族闹了矛盾，出走了。后来秘钥传给了邓恩，你知道我跟他关系很好，在我沉睡之前，那哥们儿把秘钥给了我。"

"这件事，大概光之御主都已经忘记了吧。"本说。

"我们和光之御主的对抗已经到了这个程度，手里能用的都用上，是时候看看光之御主的最终目的是什么了。"

"我感觉你要说但是了。"本笑着说。

"但是……"拉哈尔说道，"那个秘钥必须在蜂巢中心由人工输入。"

"你要是早想起来这回事，咱们就不从蜂巢中心下手了。"本说道，"大光球现在在那里重兵把守。"

"所以，我们不能着急，要慢慢地消磨它的耐心，让它把注意力转移开。"拉哈尔笑着绕到桌子后面，唤出一幅世界地图，"我的计划是这样的……"

《《《 武装部长 V 》》》

局势正向着原来计划的那样发展，光之御主与新种星人之间的勾结几乎让所有的地球人都感到了背叛。敌人的朋友也是敌人。拉哈尔和本趁机扩大万享联的影响，在光之御主的助力下，许多人几乎是排着队想要加入万享联，他们要为了人类而战，将新种星人和光之御主这样的异族完全驱赶出地球，人类的未来应该由人类自己创造。

万享联和光之御主表面上相安无事的时候，实际上并没有闲着，之前收购或者强占的工厂都在全力开动，生产军备武器。拉哈尔深知，仅凭万享联现有的人，推翻光之御主不过是一句口号。想要获得力量，就必须让大部分人站在自己这边。劳拉也是这样想的，但对于如何让人们加入自己的阵营，劳拉和拉哈尔发生了分歧。劳拉要给人们粮食，而拉哈尔给了人们武器。

劳拉做得很好，差一点就赢了。正好这时光之御主坦白说出了自己的所作所为，地球人愤怒了，他们宁可饿着肚子，也想要从仇人那里讨回公道。这是一场连绵不绝的战争，就算是新种星人拥有超越了地球科技的武器，但在人数上处于绝对的劣势。果然，在围攻开始后不久，光之御主就开始对新种星舰队进行支援，支援的方式是让工蜂 AI 加入到他们之中。

这样的做法完全激怒了地球人。原本愿意加入万享联反抗光之御主的人中，绝大多数是生活在贫民窟的人，他们的生活本来已经在最底层了，加入万享联并不是在理念上有什么共同点，而是走投无路，想着跟着万享联赌一把，也许还有生存的机会；而将工蜂 AI 派给新种星部队之后，居住在大城市中心区的人开始恐慌了——原来一直生活在身边、为人类服务的工蜂 AI 竟然开始屠杀地球人——他们也对工蜂和光之御主产生了反感，进而开始反对人工智能对城市的控制。

在短短的 3 个月里，光之御主对地球的控制全面溃败。工蜂 AI 作为光之御主的化身，在新种星营地帮助外星舰队防御，又在人类的城市里试图维护秩序。在光之御主心里，新种星人和大部分人类都是可以拉拢的对象，只有万享联才是真正的敌人。可是，愤怒到极点的地球人根本不在乎光之御主怎么想。作为光之御主的代言人，被称为"圣音"的劳拉，在与光之御主对谈之后，则消失在大众的视野之外，似乎她对光之御主的答案很不满意，于是拒绝再为它发声。

拉哈尔一直等待的时刻就要到了，光之御主已经将大部分工蜂都派了出去，它的精力全部用在世界各地的战局上，对于蜂巢中心的防守就松懈下来。拉哈尔带着阿奎尔和一支精明强干的队伍已经埋伏在蜂巢中心周边，就等着光之御主将所有的守卫全部撤走。

在万享联大本营的指挥室中同样有一块作战屏，万享联的武装部长本·科瓦科夫看着战况的变化，脸上始终挂着笑容。

最终进攻的时候就要到了，这一次，在持续不断的打击中，已经悄悄积蓄起了一波力量，下一次攻击就是新种星部队的最后一次抵抗了。

"拉哈尔，准备好，下一波全面攻击将在 6 个小时之后发动。"本给拉哈尔留了言。

正在本踌躇满志的时候，从外面传来一声闷响，就像是来自很远的地方的滚雷。

万享联的大本营设立在喜马拉雅山脉的深处，外围是岩石构成的层层山体，一般的动静不会传递到如此深的地方。

"发生了什么？"本问道，这时又有两声炸响传来。

情报官把作战信息屏切换成外部情况，不知道什么时候，有一支新种星部队来到了总部外围，正在对山体进行轰炸。

本端详了一下情况，守在外围的是新种星人的先头部队，而进行轰炸的火炮部队在更远的地方。

"新种星人一共发射了 3 发炮弹，均落在总部西北方 10 千米左右的地方，每次发射间隔 1 分钟，目前没有损伤数据回报。"情报官将情况汇报过来。

本思索了一下，大声说："通知前方，不要反击，他们在试探我们的位置！"

可惜，话音未落，就看到外部的监控视频上，隐藏在山体中的防卫炮火撤去伪装，将炮口转向新种星部队所在的位置开始射击。另外，防御系统也根据弹道计算出了新种星火炮部队所在的位置，4 枚反击者火箭拖着长长的尾焰，飞向视野之外。几分钟后，指挥室的作战屏上，显示出反击者火箭的落点，那里只有一辆真正的炮车，摆成炮阵地的其余 23 辆都是模型。

"我们中计了。"本说道，"将附近所有的武装部队都召回来，阿斯翠特！做好防御准备。"

"部长！"情报官叫道。

"又怎么了？"

"新种星人撤退了。"情报官说。

"他们是在诱敌，不要跟过去。"

"不是偷袭我们的这伙人。"

"那是谁？"本看向作战屏，各个前线回报来的消息已经填满了整个屏幕，欧洲、北非、加拿大、第二区、第六区……所有战区的新种星人都撤退了，营地里只有工蜂 AI 在负责防守。

"什么？"本吼道。

"新种星人都跑了。"情报官解释，"连营地里的装备都舍弃了。"情报官将一些图像发在作战信息屏上，这是有人突破了工蜂 AI 的防线，闯进新种星营区里拍摄的。

"他们要集中力量攻打这里。"本喃喃地说。

本快步走出指挥室，用私人通信器呼叫拉哈尔，"拉哈尔，现在就去吧，新种星部队发现了我们的老巢，我尽力拖住他们，你抓紧时间。"他返回指挥室，"好了，准备……"

指挥室，不，整座山挨了重重一击，这次爆炸的声音不再像远方的滚雷，而是像砸在铁毡上的重锤，整个山体，甚至是在山脉深处的指挥室都晃动起来。山体崩裂的声音就在头顶隆隆作响，像是一道缓慢劈下来的闪电。

"外面是……第四舰队的指挥舰。"

"管他是什么东西，"本喊道，"反击！"

6 枚反击者火箭立即发射，迅速飞向日冕号。不过，由于日冕号距发射并不远，反击者火箭的速度还未达到极值，就被防御炮捕捉到了。火箭在距离日冕号500米之外，被防御炮密集的子弹尽数击毁，没有造成任何伤害。

"长官，日冕号的主炮又在充能了。"情报官再次报道，他的声音已经开始微微颤抖，就如同头顶上已经矗立了上亿年的群山。

"混合射击！"火炮官进行了第二轮发射。

整个喜马拉雅山脉都是万享联的地盘，在距离基地140千米外，又有一处发射井打开，2枚反击者和2枚哈雷导弹先后升空，向着目标飞去。两种导弹有着完全不同的速度和飞行轨迹，在进入日冕号雷达范围之前，4枚导弹都以同样的速度飞行，当接收到日冕号的雷达信号之后，4枚导弹立刻在空中变轨，使用不同的方式去攻击新种星的指挥舰。

这样的花招在一刹那间迷惑了防空系统，但是新种星的科技全面超越了地球，很快防空系统就恢复过来，分别锁定了4枚导弹，然后各个击破。一枚哈雷的推进器被击中，可还是凭着惯性撞向日冕号，可惜它没有了推力，而且失去了平衡，在旋转中导弹侧面撞向日冕号的侧舷。导弹爆炸了，但造成的伤害很小。

指挥室里响起了一片叹息声。

"总部，我已经就位。"一个声音传来。

在导弹袭击日冕号的同时，还有两个灵甲战士在反辐射涂料的帮助下低速靠近了日冕号，雷达和防空系统都忽视了这两团模糊的信号。现在，他们已经攀上了日冕号，一个在船尾引擎，一个在主炮位置。

"很好。"本说道，"你们叫什么？"

"我叫查克。"

"宫本藤。"

"人类会记住你们的。"

"为了全人类。"两个灵甲战士喊道，随后引爆了身上携带的炸药。

两团火光在新种星指挥舰日冕号上爆起，那是查克和宫本藤对外星人进行的自杀式攻击。但是爆炸的威力太小，并不足以对日冕号造成致命的伤害。不过看到日冕号无法再继续攻击，而是脱离了战场。攻击起到了效果，指挥室里响起了短暂的欢呼声。

本看着战情图，一支新种星部队在大门对面徘徊，附近还有两支部队正在向这里集结。另外，全世界的新种星都在以各种方式向万享联的大本营集合。本能够猜出新种星人的战术，他们已经知道全世界对于新种星人的反抗是万享联煽动的，他们打算擒贼先擒王，换作自己，他也会选择这种战术的。

万享联培训的大部分士兵和军官都被委派出去，指导各地的反抗行动。大本营里只剩下一些后勤人员和一支几十人的灵甲步兵混合部队。幸好，在计划开始之前，拉哈尔就把所有的传音使者都转移了。大本营固然重要，但只要传音使者们都还活着，万享联的元气就不至于受损。

本环视了一遍指挥室，所有人都在自己的岗位上坚守着，能用的防御手段都已经用上了。一个明显的事实在空气中弥漫着：大本营的覆灭在所难免，可是没有人愿意提起这事。

"所有人，准备撤退。"本说道。

"长官！"情报官看向本，"长官，我们也能参加战斗。"人们纷纷站起来，向武装部长请战。

"所有人！"本吼道，"准备撤退！"

这次战斗的目的并不是保护大本营，而是吸引新种星人的注意力，为拉哈尔制造进入蜂巢中心的时间窗口。可是这项任务只有本知道，他不能告诉这些愿意为万享联而死的年轻人。

"阿斯翠特！叫阿斯翠特过来，"本大声吼着，"所有人，立刻离开自己的岗位，按照疏散预案执行。"

本虽然在拉哈尔的任命下成了万享联的武装部长，但是他连一天士兵都没有当过，他本身就不是一个严格执行命令的人，他的个人魅力来自他的和善和不拘小节。当他板起脸来，并没有人把这当成一回事。在这样的生死关头，情报官屁股坐在椅子上，"要死一起死。"其他人也一样回到自己的岗位上，新种星人已经走到了大本营的门前。

"阿斯翠特！"本再一次喊道。

"叫我干什么？"大个子出现在门口，"新种星人快来了，正准备打仗呢。"

"打什么仗！全体撤退。"本说道，"把他们都给我赶走。"

阿斯翠特看着本，"老大，你认真的？"

"废话！快点把他们都赶走，送他们所有人撤离，一个人也不留。"本拍着桌子，大声说着，"这是命令！"

本从来没有对阿斯翠特这样说过话，不过大个子知道本的想法，她端起枪，粗着嗓子喊道："听见了没有，老大让你们都滚，快站起来！"

作战屏上，新种星人在大门处安放了2枚炸弹，亮光一闪，大门就被熔出一个洞口。

"快点，他们就要来了！"

"长官！"情报官喊道。

"蠢货，"本骂道，"你们快滚，这样的大本营，拉哈尔还有18个，你们留在这里只会干扰我消除绝密信息，快滚，我还有事要做。"人们离开指挥室的动作才快了一点。

当人走得差不多之后，本叫住阿斯翠特，"伙计，交给你一项任务。"

"什么事？"

本递给阿斯翠特一样东西，大个子一看，是一个遥控器。"这是什么？"

"后备计划。"本说，"我要把系统里的资料都清除掉，你先带人撤离，我一会就到。等一会我让你按下按钮的时候，你就按。"

不等阿斯翠特发问，本就解释说："这山里信号不好，我怕我这个失灵。"本又拿出一个遥控器，放在桌上。

阿斯翠特来不及思考，"你快忙你的，一会赶过来。"

本点点头，拍拍阿斯翠特的肩膀，大个子转身跑了出去。

已经有上百个新种星战士闯进了万享联的大本营，正在各个屋子里搜查。本按下一个按钮，早就安置在入口处的一系列炸弹爆炸了，支撑山体的立柱被毁坏，一片山体滑落下来，完全掩埋了出口。虽然落入陷阱的新种星人不如想象中的那么多，但也值了。指挥室里只剩下本一个人，实际上，根本没有什么需要销毁的秘密，新种星人来这里的结局只有一个，就是毁灭。

阿斯翠特已经带着人到了大山深处，那里有一条用于紧急逃离的管铁道路。看到人们都离开了，本才出了一口气。他离开指挥室，走过走廊，在万享联的大本营里，只有新种星人纷乱的脚步声在回荡。本走到大本营中央的小广场上，在一面信息墙上摸索，在光滑的墙面上有一处凹陷，他把手指按下去。墙裂开一道缝，后面是一间暗室。

这间暗室是拉哈尔设计的，并没有什么特殊功能，只是可以通过传感器监控大本营里所有的情况。拉哈尔在最热闹的地方设置了这样一间静室，只是为了满足他想与人亲近又不愿放下防备的别扭心态。

3 支新种星人的部队已经来到了小广场上，与本只有不到 10 米的距离。本通过平板电脑观察外部形势，从非洲赶来的新种星部队还有 12 分钟才能到达，再等他们一会好了。本屏息凝神地看着新种星人，其中一个看上去像是头领的人摘下头盔，眉头紧皱，双眼狐疑地扫视四周。新种星人的平均身高比人类要高出许多，但是单从外观上看，几乎没有什么区别。这个头领有一张标准的亚洲人的脸，微黄的皮肤和一头黑发。本记得这张脸，不久之前，有好几次偷袭万享联重要机构的行动中，这张脸都出现过。

　　那双黑色的眼眸突然与本对视在了一起，本一惊，才想起新种星人看着的是摄像头。武装部长松了口气，他再次看向作战屏，发现撤离地点处有几个人正向回走。

　　"该死。"本骂道，"阿斯翠特，你在干什么？"本低声说。

　　"我们来找你。"阿斯翠特说。

　　"别过来，新种星人在这里。"本说。代表着阿斯翠特的光点依然倔强地向回走。

　　"见鬼。"本叹了口气，按下遥控器上的一个按钮。大本营的深处传来一连串爆炸，这下撤退的道路也被封死了，阿斯翠特也无法再回来。

　　"本！你到底在搞什么鬼？"阿斯翠特骂道。

　　"你赶紧离开，记住，我叫你按按钮的时候你就按，别犹豫。"本说道。

　　站在小广场上的新种星人被爆炸声惊到，队长连忙戴上头盔，所有人分散展开，防备着有可能到来的袭击，可是等了半天，什么也没有等来。

　　"傻瓜。"本嘲笑道，一艘运兵船悬停在距离大本营不远的空中，新种星战士正在从运兵船上空降下来，这是来自非洲的支援。本正想调动防空火力打击那艘运兵船，他眼角的余光瞟到，外部摄像头里有了什么变化，他将注意力转移过去。在密室外面，那个新种星战士后退几步，向着墙面冲过来。

　　坏了！他发现了这里！本连忙扔掉手中的平板电脑，把遥控器握在手里。拉哈尔早就在大本营里的各处都设置好了爆破物，一旦遇到危难的情况，宁愿让所有人与敌人同归于尽，也不能让敌人占到任何便宜。

　　本对面的墙破了，穿着灵甲的新种星人直接撞了进来，激起的烟尘笼罩着一个高大的身影。

　　在那一瞬间，本想了很多事，可惜没有看到拉哈尔成功的那一刻；可惜没有等到来自非洲的新种星人进入爆炸范围；可惜阿斯翠特那个笨蛋没有离开……本按下引爆按钮，什么都没有发生。是按钮失灵了吗？本向自己的右手看去，发现按钮还牢牢地被攥在手里，可是他的右手在 2 米之外的墙角。新种星人闯进来的第一时间，就开枪打断了他的手臂。

"阿斯翠特！"本大喊道，"快按下按钮！"

"老大，你是要和他们同归于尽吗？"通话器里传来阿斯翠特不确定的疑问。

"别废话，快按啊！"大量的血从本的右臂喷出来，他的意识越来越模糊。时间仿佛凝固住了一样，林锰和本对视着，都在等待自己的战友做出行动。

通话器里再次传来阿斯翠特的声音，"对不起，老大，我做不到，对……"信号被切断了。

本全身瘫软下来，一切准备都白费了。阿斯翠特这个没骨气的家伙，真不应该把重任交给她。本失去了意识。

《《《 拉哈尔·西耶尔 II 》》》

"阿奎尔，上。"拉哈尔命令道。

8个灵甲战士从藏身的山坡上飞跃下来，对着守在蜂巢中心外面的工蜂AI开始狂轰乱炸。工蜂AI迅速开始反击，还有更多的工蜂从蜂巢中心飞出来加入战斗。工蜂群立刻就压制住了灵甲部队，但是阿奎尔和他的人并不急于向蜂巢中心内部冲锋，而是边战边退，将工蜂群引向别处。

当战斗转移到远处的开阔地带之后，拉哈尔才从掩体后站起身子，悄悄地从工蜂群背后向蜂巢中心跑去。想要找到光之御主的程序后门，必须亲自进入蜂巢中心的服务器区，将密钥输入才行。西耶尔家的祖先开发了第一代的人工智能，现在需要拉哈尔来终结家族制造的这个灾难。如果祖先在刻意留下后门的时候，设置成遥控的就好了。

拉哈尔跑到金字塔下方，能够进入蜂巢中心的入口还在20多米高的位置，他开始向上爬。灵甲部队和工蜂群的交战还在继续，不时有人类的惨叫声传来。拉哈尔保持着通信频道的畅通，但是他没有回头，没有出声安慰，也没有减慢速度。他终于到了那个2米多高的洞口，他不知道光之御主为什么要在这里设置一个人类能够出入的通道，也许只是诱饵？拉哈尔爬上洞口，站直身体，洞口内部是一条狭长的通道，通道的两边亮着灯光，仿佛专门引导着拉哈尔向里走。拉哈尔向前迈了一步，从通道两侧墙壁的缝隙里又出现了6只工蜂AI。

"入侵者。"工蜂宣布道，然后开始向拉哈尔射击。

拉哈尔向后躲闪，险些从金字塔的斜坡上滚下去，显然他一个人无法对付 6 只工蜂，只好翻身跃下金字塔，希望把这 6 只工蜂引到阿奎尔那边去。拉哈尔跃在半空中还未落地，就有一只工蜂俯冲飞下来，有力的金属爪抓住拉哈尔的脚腕，将他倒提着，重新飞向高空。拉哈尔转身向工蜂射击，工蜂晃动提着拉哈尔的手臂，射击自然就打偏了。工蜂在空中兜了一圈，想要带着拉哈尔回到洞口去，拉哈尔在半空中挣扎，却挣脱不掉工蜂 AI 的机械爪。就在工蜂将要飞回洞口的时候，旁边火光一闪，一枚灵巧飞弹在工蜂反应之前击中了它，工蜂在空中炸开，拉哈尔落在金字塔的斜坡上，滚了下来。

　　"主席，什么事还要你亲自上阵？"一个人说道。拉哈尔向声音的来源看过去，黑暗中站出一个人，身材挺拔，头发花白，正是万享联的前任武装部长杨克群。

　　"杨克群，你怎么在这里？"拉哈尔问道。

　　"是劳拉委托我过来的。"杨克群说，"她很信任你。"

　　拉哈尔看看空中盘旋的工蜂，又看看杨克群，"那好，你知道要做些什么。"

　　"当然。"杨克群说。他做了个手势，在他身后亮起几十点枪火，密集的子弹向工蜂群射过去。

　　"原来你有自己的部队了。"

　　"为了全人类。"杨克群说，"你快去吧。"

　　"那边那些也是咱们万享联的人，照应着他们。"拉哈尔说。然后他纵身一跃，再次向金字塔上方爬去。

　　拉哈尔再次进入洞口，他举着枪，小心翼翼地沿着走廊向金字塔内部前进。走廊漫长无比，是一个成"回"字形的空间，慢慢地，外面交战的声音听不到了，只有服务器"嗡嗡"的声音。他继续向前走，不远处就是蜂巢中心的核心——最初的服务器室。

　　光之御主的核心早已经巨大到无法隐藏的地步，在与大熊座和万享联常年战斗的时间里，它已经把自己拆分开，备份到世界各地，就算拉哈尔把蜂巢中心完全炸毁，对于光之御主也不会产生实质性的伤害，反而会让它更加难以被寻找。这间服务器室只有一个足球场那么大，放置着上百列处理器组，房间内的温度有些高，散热器"呼呼"地将循环冷却空气送进来。在被袭击之后，光之御主加强了蜂巢中心的散热系统，但是最初的服务器室在金字塔的最底层，是整个金字塔最根基的部分，如果要对这里进行改动，需要将整个金字塔拆开重建才行。于是光之御主采取了折中的办法，让这里只负责底层的逻辑运算，降低运算量和发热量。

接下来的事情就简单了，拉哈尔找到一台处理器组，这里还保留着供人类检查和维修的输入端。拉哈尔将密钥输入，按下回车键，光之御主所有的秘密在拉哈尔面前展开。

人工智能诞生至今，经过不断进化，已经有近千年历史，它记录着所有发生过的事情，数据量如同恒河之沙，条目比天上的星辰还要繁多。西耶尔家族创造了世界上第一个人工智能，然而拉哈尔一点都没有继承到家族的学问，数据流在他眼里就像是暴雨瀑布。密钥打开的后门只有 3 分钟时间可以操作，3 分钟之后，光之御主就会发觉，永远关闭这个漏洞。拉哈尔只能问一个问题。

拉哈尔走出金字塔，外面的战争已经结束了，守卫金字塔的工蜂 AI 被尽数消灭，灵甲部队和杨克群的民兵也损失惨重。阿奎尔死了，后背有十几处弹孔。他是万享联的近卫队成员，从入伍的第一天起，为万享联奉献生命就深深地刻进他的意识里，他忠于了他的职责。杨克群被压在近卫队长的身下，阿奎尔替前任武装部长挡住了子弹，可是他仍然挽救不了老部长的生命。

拉哈尔俯下身去，杨克群的腹部渗出大量的鲜血，在寒冷的空气中凝结成红色的冰碴。老部长还有微弱的呼吸，听到拉哈尔来了，杨克群睁开眼睛，"成……成功了吗？"

拉哈尔点点头。

"你……能不能……打……打败光之御主？"

拉哈尔不敢保证，但他还是点了点头。

"我……离开……万享联……有……有错吗？"

拉哈尔沉默了 1 秒钟，说："什么万享联不万享联的，我们是为了全人类。"

"为了……全人类。"杨克群说道。他的眼睛亮了起来，仿佛看到了天空中重新出现的太阳，他呼出最后一口气，死了。

拉哈尔站起来，还有十几个幸存的民兵，身上都带着伤，他们聚拢起来，将老武装部长的尸体抬起，要带回去安葬。一个神情坚毅的中年人看向拉哈尔，说道："你是拉哈尔·西耶尔？"

"是。"

"如果有需要，可以联系我们。"

拉哈尔点点头，"为了全人类。"

"为了全人类。"中年人说完，带着民兵和杨克群的尸体消失在黑暗中。

拉哈尔仰面看向天空，到这个时候，他才有时间思考刚刚得到的答案。在拉哈尔的视线之外，那座正在建造的巨型天体，原来不是给地球的新居住地。光之御主谋划了一个新的未来，而在那个未来里，并没有给地球人留下位置。接下来，要把未来的决定权从光之御主手中抢回来。

《《《 公主 III 》》》

拉伊莎·莫尔恰林和其他人一起挤在一间休息室里，这里是她生活过的条件最糟糕的地方，到处都是机械润滑油和男人汗臭的味道。

为了安全，拉哈尔将所有的传音使者和元老们都转移到这里——新加尔各答一间机械制造厂里。工厂停工很久了，没有工人，只有几个老眼昏花的门卫在兢兢业业地执勤。本给了门卫一些钱，他们对工厂里面的陌生人会睁一只眼闭一只眼。拉哈尔许诺，只需要在这里躲一个星期，就会来接他们，但是，已经过去了17天都没有消息。

每个人都烦躁不安，作为人类中最优秀的精英，传音使者们在这间破旧的厂房里无事可做，于是他们想起了自己的家族在近千年来所有的遭遇。他们相互指责、争吵、诅咒、埋怨。即使收了钱装聋作哑的门卫都无法无视他们的喧哗，总是假装巡逻，过来看看到底发生了什么。拉伊莎多次想制止争吵，呼吁大家团结起来，对拉哈尔有点耐心，可惜没有人听她的。

第21天时，外面传来信息，光之御主要向所有地球人宣布一项事情，关系地球的未来。工人休息室里有一台很旧的播放机，特瑞·凯瑞很早就守在那里，他迫不及待地想知道光之御主将要公布什么样的消息。逐渐地，其他的人都聚了过来，本就不大的休息室显得拥挤起来。

光之御主的直播准时开始，全息投影射出的影像在空中逐渐清晰起来，所有人都惊呼起来，空中浮现出的脸是万享联的武装部长本·科瓦科夫。一只大手抓着本的头发，让他凑到镜头前。在特写镜头之下，本的脸清晰无比，他的脑袋整个肿了起来，遍布着瘀血和伤口，原本英俊的总是挂着微笑的脸看起来像一只烂掉的桃子。当特写镜头给了观众足够的震撼之后，大手收回去，回到正常的拍摄距离，一个陌生的新种星人出现在画面中。全体地球人都注意到，新种星人的相貌和人类十分相似。

"地球人们，你们好。"新种星人开口说道，"首先声明，我不是敌人。从一开始，我们新种星人和地球人就不是敌对的，"新种星人说道，"但是在地球上，有一群人在挑拨我们之间的关系。他们向你们灌输了仇恨的思想，认为我们来到地球是为了屠杀，是为了种族灭绝。"新种星人走回到本的身边，"不，"新种星人说，"我们真的是来帮助地球人类的，隔在我们中间的就是这群自称为万享联的恐怖分子。"新种星人再次拎起本的脑袋，"不少人受了他们的蛊惑，将不明不白的怒火发泄在我们身上。只要你们冷静下来想一想，地球人，哪一次战争是由我们主动挑起来的？"

特瑞·凯瑞微微点了点头，拉伊莎盯着特瑞·凯瑞的后背，她记下了这个人。凯瑞家族精通超导技术，曾经参与过光之御主的前身——"组织者"的开发，他的内心仍然偏向于光之御主。等事情告一段落，拉伊莎要和凯瑞"好好谈谈"。

"请大家相信，我们真的是为了和平而来。"新种星人继续说道，他伸出穿着装甲的双手，上下包住本的头部。

本似乎意识到了自己的命运，他试着挣脱，但只是发出了几声含糊不清的嘟囔。新种星人的手猛地一合，本·科瓦科夫的头颅在巨大的压力下爆开，红色的血浆挤出来，仿佛在新种星人手中的不过是一个番茄。

本死了。那场景过于震撼，以至于十几秒之后，休息室里的人才意识到这个事实：本死了。

在万享联，本是一个奇特的存在，传音使者之间积累了上百年的矛盾，但形成了一个共识：本·科瓦科夫是个可以信赖的人。武装部长的大部分日常是凭着三寸不烂之舌在各个传音使者之间调解矛盾，大家都喜欢他。如果不是有本，就算是拉哈尔手腕再强硬，万享联也难逃四分五裂的命运。现在，本居然死了。

本死亡的画面并没有持续多久，全息投影切换了一个场景。新的场景也是大家熟悉的地方，是万享联的大本营。镜头从高空俯拍，一整片山脉尽收眼底。几秒之后，山爆炸了，像林锰杀死本·科瓦科夫一样突然，黑暗的视野中爆起无数火光，群山立刻变成炼狱，高温的火焰将岩石熔化成赤红的岩浆，将山脉中的沟壑、山底下的万享联大本营全部填平……

新种星人再次出现，甩着手上的血说："现在万享联已经彻底不存在了，我希望我们新种星人和地球人就此停战。让我们携起手来，用光之御主传授的科技和知识，创造一个全新的未来。"新种星人张开双手，胸口和双臂上都沾染着本的血迹，新种星人大概认为这样的举动是表达善意。"希望我们永远和平。"新种星人说道，但结合如此血腥的画面，这样的话充满了讽刺。

画面消失了，休息室里一片寂静。

不知过了多久，特瑞·凯瑞站起来，身下的椅子腿刮擦地板，发出刺耳的声音。特瑞走到屋子的一角，转过来，面对着其他的传音使者和万享联的元老们，"我……"他犹豫着，对于自己的想法感到不确定，"我觉得……"特瑞咽了一口口水，说，"我觉得我们已经受够了战争了。"特瑞说出这句话，仿佛是找到了勇气，他的声音大了起来，挺直了腰，对大家说，"他说得有道理，我们本来就是在给光之御主效力，在这之前，这个世界已经享受了多少年？至少50年的和平。"他手舞足蹈地说着，"是拉哈尔，是他硬要把我们从光之御主那里劫持出来。然后就是战争，一场战争接着一场战争。你们数过没有？你们煽动愤怒和分裂，发动恐怖袭击，鼓励平民去攻击全副武装的新种星人，你们数过没有？因为你们，死了多少人？"

佩雷斯、特纳家的人走过去，站在特瑞·凯瑞身边，"也许我们该接受事实了，光之御主和新种星人，是为了和平而来的。"

"你们确定要站在我的对面？"拉伊莎分开人群，站在最前面，她瞪着特瑞，"你们认为，一切的错误都是万享联造成的？新种星人刚刚在大家面前残忍地杀了本·科瓦科夫，你们觉得他们是正义的一方？"特瑞·凯瑞沉默不语。

"回答我！你认为他们是正义的一方？"拉伊莎吼道。

"至少一直鼓吹暴力的，是万享联这一边。"李米奥低声说。

"那你也要站到他们那边去了，是吗？"拉伊莎转向李家的传音使者。

"拉哈尔呢？"程若琳突然说。

这是一个很关键的问题，自从把他们送到这里之后，拉哈尔也失去了联系。新种星人抓到了本，却没有说拉哈尔是死是活。即使新种星人将整个喜马拉雅山脉都夷为平地，在没有确切地见到拉哈尔的尸体之前，没有人敢确定他已经死了。

"这个……"拉伊莎也不知道拉哈尔的去向。

"现在，我们的处境很尴尬。"程若琳说，她转向特瑞·凯瑞，"你想回到光之御主的身边去？"面对程若琳，特瑞没有那么激动了，他低声说："我不知道。"

"是的，我们都不知道将会发生什么。"程若琳说，"我们作为传音使者，光之御主确实也没有告诉我们真相。我们之前共同设计的许多东西，都是为新种星人设计的，但是我们并不知晓，而且……"程若琳环视一圈，"关于天穹和巨型天体的事，据我所知，与我们无关，是光之御主与新种星人搞出来的。"其他人思考着程若琳的话，纷纷点头。程若琳接着说："现在，有一个严肃的问题，万享联的领导人不在，我们首先要做的，是要找到一个负责人。"

"我推荐若琳姐。"李米奥立刻说，程若琳瞪了李米奥一眼，年轻的传音使者吐了吐舌头，不说话了。

"我只适合研究，就不参与了。"程若琳说。

凯瑞、佩雷斯、特纳家的传音使者相互看着，用眼神交换意见，最后，他们都低下头去，谁也不愿意站出来。

"看来，只有我来承担这个责任了。"拉伊莎·莫尔恰林说道，她走到人群的对面，把刚才发言的特瑞·凯瑞挤开，"我是莫尔恰林家的后人，拉哈尔·西耶尔的未婚妻，是你们所有人里面最熟悉万享联情况的人。这样的责任，只有我能负担起来。"

"拉伊莎……"奥特亚尔开口说，"您……"他尊重莫尔恰林家的血脉，但他同时也知道，尽管拉伊莎从出生开始就准备干一番大事业，但那都是身边人为她编织的假象，以她现在的能力，还远不能担起领导万享联和各家传音使者的重任。

"怎么？"拉伊莎问。

"您……"可是，当务之急并不是选出一个领袖，而是暂时先把人都凝聚起来拖延时间，让休息室里的这些人不至于当场散伙。老部长想到这里，微微撇了撇嘴，决定不再发表意见，"没事了。"他说，然后退了回去。

"姑娘。"尼尔森·开尔文突然说，"你有什么计划？"

"我？"拉伊莎愣了一下，"当然是报仇了，他们炸了我们的大本营，杀了本，拉哈尔下落不明，不能简简单单就算了。我要报仇，我们在全世界还有无数个据点，还有上亿的人类信任我们。拉哈尔和光之御主斗了上百年，他说过，光之御主的目的肯定不像说的那么简单，我们不能信任它，我们要战斗到底。"

"直到所有的人都死去？"特瑞·凯瑞说。

"是的，就算是死，也要为了正确的事业而死。"拉伊莎瞪着特瑞，"而不是去做机器人的走狗。"

"你什么意思？"

"你这个懦夫，你知道我什么意思，来反驳我啊！"

特瑞和拉伊莎争吵起来，安迪·佩雷斯对拉伊莎反唇相讥，程若琳试图劝和，但毫无作用。休息室里乱作一团，拉伊莎冲上去要和特瑞厮打，奥特亚尔害怕拉伊莎吃亏，顾不得一把老骨头，死死抱着拉伊莎。在这里的人当中，万享联的元老们虽然人数上有微弱的优势，但大多年事已高；而光之御主派的传音使者都是青壮年人，如果真的厮打起来，万享联肯定会吃亏。没想到地球人中最后能够决定人类命运的一群人，正打算用最原始的方法解决争端。奥特亚尔向韵诗·默克投去求助的目光，但科技部长此时正在计算大本营被毁后，研究工作要如何开展，根本没有注意到这边的厮打。

就在局势将要失控的时候，一个声音在休息室外响起，"孩子们，你们想我了吗？"众人停止拉扯，一起看向外面。一张年轻的棕色面孔出现在休息室门外，正是占据了阿米尔·西耶尔身体的拉哈尔。"看到你们都这么有活力，我就放心了。"拉哈尔说，"咱们要大干一场了。"

"拉哈尔！"拉伊莎分开人群，一下子扑在拉哈尔的怀里。

拉哈尔搂着拉伊莎，看着休息室里的人们，每个人脸上的表情都阴晴不定。"怎么了？"拉哈尔问道。

"你去哪儿了？"程若琳问道。

拉哈尔脸上的表情严肃起来，他拍拍拉伊莎，让她离开自己。"我要先向各位道个歉，我去执行一项比较机密的事务，去探听光之御主的秘密，所以在走之前，谁都不知情。"拉哈尔说。

"你去了哪儿？"特瑞·凯瑞问。

"去了蜂巢中心。"拉哈尔说，"在很久以前，那个人工智能还没有成为光之御主的时候，为了防止它的反叛，十三世族都持有它的后门秘钥。后来，光之御主骗了你们的祖先，让他们把秘钥都交了出来。到最后，这个世界上只有我一个人拥有光之御主的后门秘钥，这次去蜂巢中心，就是去探听它的秘密去了。"拉哈尔用目光扫视着屋子里的人，"那个数码骗子根本就不是为了给地球人造新的居住地，这下让我逮住了把柄，本那小子呢？我要把光之御主的真正目的扩散出去，这一次，它死定了。"

听到拉哈尔找本，拉伊莎的心里一紧，"拉哈尔，你还不知道吗？"

"知道什么？"

拉伊莎看向特瑞·凯瑞，特瑞会意，他重新打开播放机，将刚才的信息播放给拉哈尔看。所有人都知道拉哈尔愤怒起来会是什么样子，在整个播放的过程中，没有人说话，甚至连呼吸都刻意地降低力度。拉哈尔安静地看完实况录像，本·科瓦科夫死了，万享联的大本营也没有了。光之御主公开与新种星人站在一起，这样的行为是对整个地球赤裸裸的威胁。他一言不发，转身走了出去。

"拉哈尔，你去哪儿？"拉伊莎快走两步，想跟上拉哈尔。

拉哈尔停下，转身看着拉伊莎。拉伊莎浑身一震，惊恐地停下。拉哈尔已经被愤怒填满，他的眼睛里布满血丝，看向拉伊莎的目光中看不到任何人性的痕迹，站在她面前的是一头残暴的野兽。

"不——要——过——来。"拉哈尔一字一顿地说。

拉伊莎知道本·科瓦科夫和拉哈尔之间的关系，亲眼看到本被新种星人当场捏死，拉哈尔的愤怒已经到了极点。他现在正处于崩溃的边缘，拉伊莎可不想成为被迁怒的人。在拉哈尔的目光中，拉伊莎感觉到了恐惧，那种猎物被捕食者盯住的恐惧。拉哈尔的杀意毫不遮掩地射向拉伊莎，她强迫自己缓慢后退，用最平淡的声音说："你去吧，心情平静以后再回来，我们还等着你的领导。"

拉哈尔的嗓子里"咕噜"一声，转身走向工厂的深处，不一会儿，那边传来声嘶力竭的嚎叫和奋力敲打钢铁的声音。

拉伊莎返回休息室，目光看向特瑞·凯瑞、佩雷斯和特纳等人，严厉地说："你们如果够聪明，最好管住你们的嘴和脑子。"凯瑞等人低下头，回避着拉伊莎灼灼逼人的目光。

众人在煎熬中等待着，远处传来的敲打声渐渐弱了。拉哈尔走回来，满头大汗，依然阴沉着脸。"新种星人建造的那个东西，根本不是新的星球，光之御主又一次想要欺骗我们。"拉哈尔开门见山地说，"我看到了它的真实想法。"

"是什么？"尼尔森·开尔文问道。

"是星门。"拉哈尔说，"是一座星门，可以在地球和新种星之间建立一条超空间的通道，那个时候，就不是一两个舰队抵达地球了。"

"光之御主建造星门有什么目的？"尼尔森接着问道，两只全白的眼睛看向拉哈尔。

"当然是让大量的新种星人传送过来，对人类进行镇压。"拉哈尔说："光之御主是新种星人心目中的神，它的神力来自它传授给新种星人的科技。至于它数据库中的科技从何而来……"拉哈尔停下，看向各位传音使者。

"是我们。"特瑞·凯瑞说。

"不止是你们。"拉哈尔说，"我们13个家族，数百年中接收到的终钥科技，都被光之御主当作工具来控制新种星人了。"拉哈尔顿了顿，"它想在地球上再复制这种绝对的控制，但由于人类一直在反抗，所以，它决定让顺从的新种星人来帮它。"

"你们还信任光之御主吗？"拉伊莎就势说。

没有人回答。

"现在，一切都清楚了。我要让光之御主那个混账付出代价，让它的新种星狗腿子滚出地球，然后炸掉天穹和星门。太阳系是我们的，我们要重新掌控这里。"拉哈尔的目光从每个人的脸上扫过，"你们，谁和我一起？"

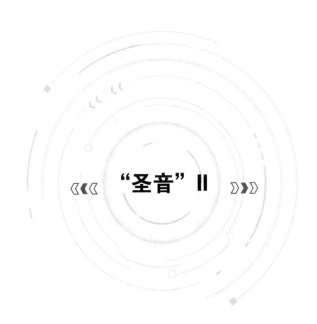

《《《 "圣音" II 》》》

本·科瓦科夫死了！劳拉不敢相信所看到的一切，即使已经过去了那么多天，只要她闭上眼睛，就能看到本临死前的眼神，她不知道那眼神代表什么意思。本是她在这个世界上最好的朋友，但是劳拉还不够了解他，他就这样死了。就连万享联的大本营都被新种星人的舰队熔成了一坨丑陋的石头。拉哈尔在想什么？反抗光之御主的局势正在向好，怎么突然间就变成了这样？从本死的那天开始，劳拉就再没有出过门，她把自己困在租住的小公寓里，用酒精麻痹自己。

她曾经是一个莫尔恰林，险些当上万享联的公主。她也曾经是圣音，是光之御主的代言人。她一直认为自己是很优秀的人，认识本之后，那个金发的混混甚至让她认为，自己能够拯救这个世界，但是到头来，她不过是一个无力的小姑娘，连唯一的朋友都保护不了。

"叮……"有信息来的声音，但是劳拉不想理会，她躺在地板上，连手指都不愿意动一下。精心制作的红色斗篷被呕吐物弄得一片狼藉，整个地球都尊敬信仰的圣音正在接受宿醉的惩罚，如果信徒们看到劳拉这副样子，地球的毁灭恐怕会来得更快一些。劳拉已经不在乎了。

"叮……"信息提示声不厌其烦地响起，提醒着劳拉，时间并没有因为她的哀伤而停止。

"叮……"提示声再次响起，尖利而短促的声音像一枚钉子扎进劳拉的耳朵，她痛苦地呻吟起来。

提示声仍在固执地响起。劳拉爬着去找自己的通信器，她打开，双眼因为醉酒而无法对焦，通信器上的字模糊一片。劳拉揉揉眼睛，终于看清楚发信人的名字，是本。

她翻身坐起来，但立刻又因为头痛而倒下。劳拉打开信息，所有的信息都一样："来老地方找我。"她没有回复，也不需要回复。本死了，她亲眼看到的，但是他依然在给劳拉发着消息，不管通信器的另一端是谁，目的是什么，是福是祸，不管怎么样，劳拉都会去的。

信息提示声依然在响，劳拉艰难地爬起来，洗了澡，用粒子炉烧掉了有关圣音的一切，她最终还是没有让人民站在她这一边。劳拉已经看清了局势，光之御主和拉哈尔把世界分裂到这个程度，战争在所难免。她只好参与进来，为了父亲的3条遗命，为了莫尔恰林的血脉，为了本，为了全人类。

劳拉走进约定好的巷子，整条巷子，或者说整个城市都陷入一片沉寂。光之御主摆明了偏向新种星人，而且还向地球人展示了他们的残忍和威力。地球人心中充满了不满和恐惧，可是万享联已经覆灭，没有人再鼓动人类反抗，他们只能躲在地下城的小小住宅里，锁上家门，来维持仅有的安全感。

劳拉走到巷子的尽头，老地方的门紧锁着。劳拉打开门，里面没有光，也没有人。本早就死了，劳拉已经知道结果，但是打开门之后，看不到那张欠揍的脸，劳拉心里的失望还是像潮水一样漫上来，几乎将她淹没。身后的门响了，劳拉猛地转身，一个人影站在那里，体型硕大。"阿斯翠特？"

"劳拉。"阿斯翠特站在门外，似乎不敢进来，"对不起。"

"你在说什么呢？快进来。"劳拉过去，把阿斯翠特拉进屋里。

劳拉刚刚碰到大个子的手臂，阿斯翠特就像是失去了全部力量似的，整个人瘫倒下来，压在劳拉身上。劳拉费了好大劲才把阿斯翠特拖进屋了，然后关上门。阿斯翠特瘫软在地上，蜷缩成一团，劳拉看着大个子，非常理解她的心情，因为在不久前，自己也是这副模样。

"我帮你弄点吃的。"劳拉说。

这套用来密会的房子虽然不大，但是拉哈尔准备了不少好东西，当然大部分都是酒。劳拉打开真空食品储藏柜，看到里面的酒少了一半，取而代之的是果干、蛋糕，还有一条腌制好的郊狼火腿。劳拉想起来上一次见面的时候，本答应给她带肉吃的承诺，她的视线模糊了。她擦干眼泪，倒了一大杯黑啤酒递给阿斯翠特。

一口气喝掉啤酒之后，阿斯翠特看上去有了些精神，但是她看着酒杯，仍然一言不发。

劳拉忍不住了，问她："是你给我发的信息吗？"

阿斯翠特点点头，"是的，本给了我一条信息。在他……"

"到底发生了什么事？"劳拉问。

阿斯翠特断断续续地说了当天的事情，她的精神显然遭受了很大的打击，有些事情记不清了，逻辑上也很混乱，但大致情况劳拉听懂了。本想和新种星人同归于尽，但是没来得及引爆炸药。本算到了这一步，所以把另一个引爆器给了阿斯翠特。可他没有料到的是，阿斯翠特没有勇气杀了本，错过了时机，计划失败了。

"对不起。"阿斯翠特在讲述中重复着这个词，但不知道她想求得谁的原谅，本？劳拉？万享联？或者是全人类？大个子喝了太多的啤酒，昏昏沉沉地睡了过去。

在本死后的这些天里，阿斯翠特受到的内心折磨大概比劳拉还要痛苦，她从万享联大本营逃到这里，隐藏在巷子尽头的角落，几乎不眠不休地守着这扇门，期待着有人能够听她的忏悔，给她救赎。

其实，正是阿斯翠特的出现，把劳拉从悔恨的地狱中拉了出来。和劳拉一样，是本把阿斯翠特从贫民窟中挖掘出来的，如果没有本，阿斯翠特现在大概早就死了，她亏欠本的太多。劳拉也是。

"想要报仇吗？"阿斯翠特醒来后，劳拉问。

阿斯翠特点点头，但有气无力。劳拉给了阿斯翠特一巴掌，"想要报仇吗？！"

"想！"阿斯翠特回答。

"好，那你跟我走。"

"去哪儿？"

"去找万享联。"劳拉说。

"可是……"

劳拉知道大个子在想什么，她没有完成本交代的任务，又独自跑了。在万享联，这种行为被称作逃兵。

"我给你一个机会，让你能够死在战场上。"劳拉说，"你怕不怕？"

阿斯翠特想了想，终于露出点笑容，"求之不得。"

《《《 拉哈尔·西耶尔 III 》》》

　　距离万享联大本营遇袭已经过去了一个月。万享联这个词似乎从网络上消失了，人们像是得了失忆症一样，对于之前发生的事情绝口不提。

　　由于之前万享联煽动的暴动，世界各地都留下了难以收拾的烂摊子。新种星人美其名曰帮助地球人，便堂而皇之地入驻到各地的政府机关，开始指挥人类进行对地球的重建。光之御主的工蜂 AI 也在帮着新种星人，对人类生活的干预深入到方方面面。再也没有人会提反抗光之御主的事，就算有人心里在想，也不会说出来。人们只要低着头，干好自己应该做的事情就够了。

　　拉哈尔把传音使者们从湾区转移出来，安置在一座已经废弃的地下仓库。他又联络了一些散落在外地的反抗力量，对方给予拉哈尔的回应都很暧昧，既不同意，也不反对，大概都是想等拉哈尔先开第一枪，看情况再说。经过了一系列战争之后，大部分人类觉得，不知道光之御主和新种星人的阴谋又怎么样，反正人生也就是那么短短的 100 多年，就这样安稳地度过去也不错。

　　光之御主加大了对于地球人和新种星人联合的宣传攻势，播放一些关于新种星故事的短片。作为地球人，看到这样的东西只觉得恶心，谁会在乎他们什么样。

　　拉哈尔每天看着世界地图，看着新种星人的势力逐渐稳固，手中没有兵力可用的他想破了头，也不知道应该用什么方法打破这种局面。为本复仇的怒火仍然在燃烧，只是渐渐淡了，像一团黯淡的木炭。不只是拉哈尔，其他人也一样。这座地下仓库是临时启用的，只有维持生活的基本物资，并没有配备用于研究的实验室，传音使者们每天闷坐着，知道了光之御主的秘密之后，他们的矛盾和隔阂少了很多。他们也不知道，在战争中自己能够发挥什么样的作用。在不断流逝的时间中，战胜光之御主的希望越来越渺茫了。

一辆老旧的卡车开到地下仓库的大门前，肆无忌惮地按着喇叭。有人把大门打开，卡车开进来，停在仓库里，但是司机并不下车，还是一个劲儿地按着破了声的喇叭。卫兵举着枪靠近卡车，让司机下车。镀着黑膜的车窗打开一个缝，里面的人说道："叫拉哈尔过来。"卫兵愣了一下，留下两个人看守卡车，转身去叫拉哈尔。

死水一般的日子里，稍微一点动静都预示着变化，拉哈尔立刻就赶了过来，就连一向对杂七杂八的事不感兴趣的传音使者们也纷纷走出房间来看热闹。

货车的车厢门打开，一个人影跳下来，这个人影高大异常，一眼就能看出这是一个新种星人。卫兵立刻举起枪，瞄准敌人。这时车厢里又传出来一个声音，"别开枪，别开枪！"又一个人从车厢里出来，与新种星人相比矮了不少，但在地球人之中也是大个子。"别开枪！"阿斯翠特挥舞着双臂喊道。

"我就说我不能先下来，万一吓到他们，真开枪了怎么办？"新种星人对阿斯翠特说。

"没事，这里有最好的医生，你死不了。"阿斯翠特说，看上去与新种星人非常熟悉。

"阿斯翠特，这是干什么？"拉哈尔问。

"我不知道，你问她。"阿斯翠特用手指向驾驶室。劳拉打开车门，从驾驶室跳下来。

"劳拉？"拉哈尔惊讶道，"你怎么来了？"

劳拉没有看拉哈尔，而是在人群中寻找，她发现了要找的人——姐姐拉伊莎·莫尔恰林。她走到拉伊莎面前，淡淡地说："拉伊莎，我信守了承诺，永远离开万享联，现在万享联已经没有了，我可以回来了吧？"

"你……"拉伊莎不知道劳拉搞出这样的阵仗是什么用意，还以为妹妹要来抢夺自己的位置。劳拉突然笑了，她上前拥抱了表情复杂的拉伊莎，然后退后一步，"别误会，我是来帮忙的。"

劳拉招招手，从货车上又下来两个人，两人年纪都不大。男孩剃着光头，棕色皮肤，身材瘦弱，看上去怯生生的。女孩皮肤苍白，连头发都是银白色的，一对湛蓝色的眼睛好奇地打量着周围的人。

"这是苏亚雷斯和莫顿家的传音使者。"劳拉说，"我在游历的时候发现了他们，把他们藏了起来。"

听到劳拉的话，韵诗立刻走过去，"孩子们，你们做过关于未来的梦吗？他们说了什么？你们还记得多少？你做过几次梦？你呢？"科技部长的一连串问题让两个孩子感到恐慌，他们后退着，把目光投向劳拉，想向她求救。

"韵诗，别那么急，他们已经加入我们了，有的是时间。"劳拉连忙劝阻道。

所有的人都在看着劳拉，等着她的解释。她已经不再是那个被驱逐出万享联的劳拉了，经过多年的历练，她已经完成了蜕变。

"我们就别在外面站着了，到里面来吧。"拉哈尔开口说，"劳拉，你可是带来了好几份大礼啊。"

劳拉白了拉哈尔一眼，"这只是开胃菜。"

人们还是警惕地看着新种星人，不放心这样一个外星人站在距离自己这么近的地方。

"给咱们的朋友安排一个房间，弄点吃的给他。"劳拉吩咐道，拉哈尔撇撇嘴，让卫兵照办。

"劳拉，你有什么新的点子了？"拉哈尔问劳拉。

"有一些，所以想来和你们商量商量。"劳拉说，"我在外面走了走，形势不是很好，几乎没有人愿意反抗了。"

"是啊，那帮懦夫，见风使舵的窝囊废。"拉哈尔骂道，"第四舰队把总部安置在了蒙特德安，我这几天正在计划给他们来个大的，让他们尝尝苦头。"

劳拉停下脚步，看向拉哈尔，"拉哈尔，你怎么还是不懂，光靠恐怖袭击是没有办法让人民都站在我们这边的，反而会给光之御主和新种星人许多反对我们的理由。"

"那你说怎么办？"拉哈尔反问道，"我们现在没有人来打仗了，全世界都没有人支持我们。要不这样？你穿上红袍子，然后我们给你下跪，求你的圣音来救赎我们，赐给我们力量？"

"拉哈尔！"劳拉提高声音，"我在跟你说正事。"

"就凭你？你个乳臭未干的小姑娘，老子在 100 年前的时候就和光……""啪"的一声，是拉伊莎用一巴掌打断了正要发狂的拉哈尔，"听她说完，拉哈尔。"拉伊莎淡淡地说。

拉哈尔嘿嘿一笑，"好，听你们的。"

"我们有他们，这个世界上最宝贵的东西。"劳拉指向拉哈尔身后，十三世族的传音使者都在这里，包括拉哈尔本人。

拉哈尔看向身后，认真地摇摇头，"我们的大本营毁了，现在没有条件为他们提供足够的科研场所。"

"不，"劳拉说，"十三世族所掌握的不仅仅是终钥科技。还有一样威力巨大的武器，就是历史。人类这么多年来的历史，都是围绕着十三世族展开的。"

"嗯，"程若琳说，"大部分都是些难以启齿的勾当。"大家尴尬地笑了笑。

"无关紧要，在历史中，我们各自的家族有过争论，有过分歧，有过背叛，有过战争，但是一切都是真实存在的，真实就是力量。"劳拉说。

拉哈尔冷笑一声，"有什么用？"

"我和阿斯翠特逮到的那个新种星人，是光之御主的忠实信徒。"劳拉说，"我们'说服'了他，他告诉了我们一些事情。"

拉哈尔会意地一笑，"哦？不错，看来你也成长了。"

劳拉并没有理会拉哈尔，她继续说："新种星人和我们的渊源很深，实际上，新种星人就是人类，是地球人的后裔。"劳拉顿了顿，继续说，"我在游历的时候，查阅了一些资料，还有一些我们十三世族的家族记忆，包括新种星人的意识，拼凑出来一个可能。在几百年前，人类第一个传音使者……"劳拉指向李米奥，"就是你们李氏家族的祖先李方觉，他第一个觉醒了传音能力，接收到了来自未来的科技。他靠科技的力量，成了世界上的第一人，之后又逐渐发现了其他的传音使者，也就是十三世族的祖先。在那时，十三世族集合所有的力量，向太空发射了承载着378名宇航员和10万枚受精卵的殖民飞船——'SEED'号。"

尼尔森·开尔文说："我对这件事有印象。"

"之后人类就再也没有收到SEED号的消息。"劳拉接着说，"但实际上，SEED号确实找到了一处宜居的殖民星球，而且那颗星球在一个黑洞的引力影响范围之内，时间流速比地球快许多。他们很快在那颗星球生存下来。当他们试图联系母星的时候……"

"信息被光之御主截获了。"韵诗·默克补充道。

"是的，"劳拉点头，"他们发回来的信息被光之御主所截获，并且与他们展开交流。在交流的过程中，光之御主隐瞒了地球的真相，编造了一套新种星人的起源假说，让新种星人相信，在光之御主的影响下，他们才生存下来。然后光之御主把十三世族获得的终钥科技有选择地发送给新种星人，在新种星上建立了一个蜂群式的社会体系，而它在新种星就是神一样的存在。在这几百年里……在新种星上是上千年，光之御主把新种星人教育成了信徒。"

"这些都是那个新种星人告诉你的？"拉伊莎问道。

"是的。"劳拉说。

"可是这又有什么用呢？"拉哈尔说，"新种星人都是忠诚的信徒，我们没有办法煽动他们反抗光之御主。"

"也许能。"劳拉说，"你觉得那个新种星人是怎么和阿斯翠特变成好朋友的？那两个大块头在3天前还打得你死我活的呢。"

拉伊莎皱着眉头，"你对他使用了精神潜艇？"

劳拉笑了笑，点了点头，又摇了摇头，说："对，也不对。"劳拉解释道，"那个新种星人是一步兵连的连长，我和阿斯翠特把他绑架了。我先是用精神潜艇查看了他的意识，才得知了关于新种星人和光之御主之间的事情，但是，精神潜艇技术只能在表层上改变新种星人的某种看法，不能从根本上解决问题。"

"解决什么问……"拉伊莎接着问，她突然意识到了劳拉的意图，愣住了。

"你该不会是想让新种星人帮助我们吧？"老部长奥特亚尔说道，他久经风浪，从苏泰的时候就在万享联，也算是和光之御主斗争了一辈子，但他还是不敢想象，劳拉竟然有这么疯狂的计划。

"新种星人本身就是地球人的后裔，他们和我们一样。"劳拉说，"在这个星球上，除了他们，还有谁可以帮助我们打倒光之御主？"

"就算是你想让新种星人帮助我们，可是你又有什么办法去说服他们？"特瑞·凯瑞大声问道，"走上门去，直接跟他们说，'我们都是人类，还是不要打了，我们一起去打倒光之御主吧'，是吗？"

劳拉点点头，"我就是这么打算的。"

这下轮到凯瑞目瞪口呆了，他愣了几秒钟，才说："疯子。"

"你打算用精神潜艇技术？"拉伊莎问。

"不，是另一种逆向的精神潜艇战。"劳拉说，"我会去找新种星第四舰队的指挥官，向他敞开意识，他可以看到我的一切秘密，其中就包括了人类和新种星人的历史。"

"这就是你的计划？"拉哈尔说。

"是的，这就是我的计划。"劳拉说，"阿斯翠特和新种星人留在这里，我走了以后，你们第一时间撤离。我不会对新种星人有任何保留，所以，你们不要去任何我知道的隐藏点，也不要让我知道你们的任何计划。"劳拉向四周的人看了看，最后转向拉哈尔，"我也没有你们的联系方式，等一切结束之后，请你一定要找到我。"

这时，拉哈尔的脸上才认真起来，"姑娘，你是认真的？"

"当然，我都做过实验了，那个新种星人的态度就是证明。"

"你真是疯了。"拉哈尔说。

"有你疯吗？"劳拉问。

"哈哈哈哈，"拉哈尔大笑道，"说真的，我还没有疯到打算一个人去新种星人的指挥部。"

"那就是说我比你还疯？"

"没错，你是真疯。"拉哈尔笑着说，他突然停住，面色凝重，"你可千万别死了。"

劳拉笑笑，"我会照顾自己。"

她向周围看了看，说道："你们做好准备，如果我猜对了，事情很快就会发生变化，剩下的就靠你们了。"

"劳拉……"拉伊莎走上前，"我……"

"等我回来再向我道歉。"劳拉拥抱了姐姐，"别害怕，先给你剧透一下，我从来没有生过你的气。"

劳拉在众人的目光中爬上旧卡车，离开了。

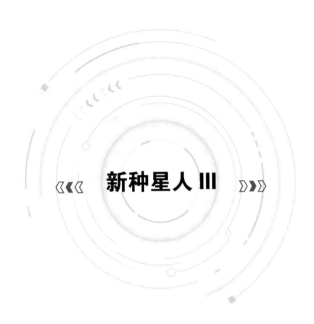

《《《 新种星人 III 》》》

新种星舰队基地，林锰不知道自己来到这里是不是一个正确的决定，但是不可否认的是，他心中对主神的怀疑每日剧增。他在收到女人的消息的第一时间就决定见她，同时也做好了将女人当场杀死的准备。

一个女人，地球女人，穿着一身红色的斗篷。为了保持自己的精致，不让衣服和斗篷产生褶皱，女人一直站在等候室的一角闭目凝神。女人比地球人的平均身高还要矮一些，只到林锰的腰部，但她的目光带给他很大的压力，仿佛有什么东西在身上爬。林锰忍不住了，才转过脸与女人对视。这副模样，还有这副打扮，看上去很熟悉。林锰想起来，这个女人就是曾经出现在光之御主身旁，想要帮助所有人类，被称作圣音的那个人。

劳拉直接使用精神潜艇进入了林锰的潜意识，她为林锰植入了一个想法——如果在新种星，没有光之御主对他们的控制，将会是一个怎样的场景。

可是，如果没有神，那么光之御主到底是什么？就像地球人所说的，光之御主不过是一台机器？……林锰猛地睁开眼睛，把脑袋里的想法驱散。光之御主无私地给了新种星人科技和未来，在这么多年的历史里，也并没有要求新种星人给予光之御主什么回馈。将新种星舰队派遣到地球，是为了帮助这个种族。尽管他们对于光之御主有着很深的误会，可是光之御主还是无私地想要拯救他们。这不是神是什么？只是狭隘的地球人看不懂罢了。这个该死的红衣女人，她用了什么方法？竟然把这些危险的念头植入到了自己的意识里，而他险些中招。

"我就是来蛊惑你的。"劳拉直言不讳地说，"我想告诉你一个真相，地球人和新种星人源于同一条血脉，只有光之御主才是我们共同的敌人。"劳拉的回答出乎林锰的意料，林锰怀疑地看着劳拉，说道："我给你5分钟，向我解释清楚这些事。"

"5分钟可不够，我们两个种族有着近千年的历史。"劳拉说，"就挑最主要的说吧，在很多年以前，地球人中突然有人拥有了一种能力，可以接收到来自未来的科技信息。掌握了未来科技的人立刻从普通人中脱颖而出，用他们的技术和知识建立了商业和科技的帝国，几乎掌控了人类的命运。是不是有点熟悉？"

林锰感觉到劳拉是在用这段故事类比光之御主，他不知道后面还会有什么内容，于是不动声色地继续听着。

"掌握未来科技的有13个人，分别在13个领域拥有很深入的研究。我叫劳拉·莫尔恰林，是十三世族之一，我们家族最擅长的是神经网络。"劳拉向前，走到林锰的对面，"接下来的事情，用语言很难说清楚，我可不可以向你展示一下？"

林锰皱紧眉头，"你要怎么做？"

"是这样的，"劳拉说，"我可以让你进入我的意识，浏览我从出生到现在所有的记忆。地球十三世族在我们的黄金时代向外太空发射了一艘殖民飞船，也就是你们的祖先，从那时开始，我们两个种族的历史就分叉了。我想带着你从历史之河中逆流而上，找回我们共同的文明，新种星人和地球人本就是同一个种族，我想让你知道真正的历史。"

林锰犹豫着，他看不到这个女人有半点犹豫，言语里充满真诚，但她所说的东西与自己在新种星历史中学到的差别太大，根本无法相信。

"怎么？堂堂新种星人战士，还怕我这样的一个小女孩吗？"劳拉说道。

林锰明知这是女人使用的激将法，但军人的尊严让他不得不对她的说法做出回应，"你想怎么做？"

劳拉又取出一样装置，这个装置是成对的，一个大，一个小。像两个八爪鱼，向外伸出很多触点。劳拉把小的那个戴在自己头上，把大的递给林锰。"本来以我的能力，是不需要这种装置的，但是为了稳定，只能拿这个作为辅助。"劳拉说，"放心，这个是无害的。"

事情已经到了这个地步，林锰不可能再开口说出拒绝的话，他接过装置，按照劳拉的样子戴在头上。

"你最好坐下。"劳拉又说。

"快点吧。"林锰不满地说，"已经5······"

林锰眼前一黑，一种失重的感觉包裹住他，仿佛脚下的地板突然消失了。他挣扎着想保持平衡，忽然发现不单是地板，连自己的身体都不见了。他，或者说他的意识，飘浮在一个奇妙的空间里。这就是女人所说的神经网络吗？

"在这里。"前方传来一个声音。

林锰的注意力转向那边，发现自己的意识也在向那个方向移动。女人站在前方，她还保持着自己的红衣形象。

"这里就是我的意识，请随意查看。"劳拉说。

"我怎么知道这些不是你制造出来的假象，故意来骗我。"林锰越来越觉得诡异，本能告诉他，这是一场骗局。

"你现在还不了解神经网络空间。"劳拉说，"等你熟悉了这里，你就会知道，我是不能欺骗你的。"

劳拉带着林锰的意识向前，人类的历史在林锰面前展开：从黄金时代，李方觉第一个成为传音使者开始，人类社会的进化方式就偏离了正常的轨道。人类社会围绕着未来科技明争暗夺，各种势力分分合合。其中，十三世族合作的第一件事，就是建造了 SEED 飞船，去寻找新的殖民地。之后，凭借着各方势力手中的终钥科技，西耶尔家建造了第一个人工智能"沙迦"；天佑盟和纽罗马合作，开发了设计模式完全不同的人工智能"约翰"；两个人工智能都在某方面存在着一些缺憾，人类又在你争我抢之间度过了许多岁月，为了平息战争，十三世族再度联合起来，制造了第二个人工智能"组织者"。

最初接收到新种星人信息的就是组织者。当时，地球混乱不堪，13 个开发组中的每个人都心怀鬼胎，想要偷偷控制组织者为自己谋求利益和权力。组织者认为，新种星是真正的净土，不愿意让地球知道这个消息，于是，组织者拦截了与新种星人之间的所有通信。新种星的时间流速比地球快几倍，组织者在与新种星人的交互中，自身也得到了成长。它找到了已经势微的其他人工智能——沙迦和约翰，吸收了它们，最终，它进化成了人类史上最强的人工智能——光之御主。

　　············

林锰终于明白，劳拉为什么说不可能欺骗他。真实的历史就如同耀眼的恒星一样，是宇宙中的客观存在，即使是上千万光年之外的一个细小亮点，也可以为宇宙中航行的飞船指引方向。劳拉所展示的历史充满细节，十三世族就像是 13 条相互交错缠绕的线，贯穿近千年，编织出一张复杂的网。这张网上的每一个交点，就像是银河中的星光，林锰仰望历史，终于明白了人类、新种星人、光之御主所在的位置。

林锰睁开眼睛，看到红衣女人将神经网络装置从头上摘下来。

"抱歉，用了 11 分钟。"女人说。

林锰张了张嘴，却不知道该说什么。在这 11 分钟里，他接收到了几百年的历史。在神经网络空间，这个红衣女人还将人类历史和新种星人的几次历史重要节点一一对应起来，让林锰更加完整地理解两个种族在血源上的关系。林锰长出了一口气，摘下头上的装置。他捧着那个小装置，光滑的表面将他的脸模糊地映照出来，看上去与地球人是如此相似。

林锰看着劳拉，"我在看到历史的同时，还看到了你心中其他的想法。"

"我知道，在神经网络中，我的意识无法隐藏。"劳拉说。

"你想打败光之御主？"

"是的。"

"我还看到你参与策划了对第四舰队的进攻。"

"是反击，"劳拉平淡地说，"你们带领大军从外太空而来，气势汹汹。本来我们可以在一两次摩擦之后就坐下来谈谈，化解误会，但是，请好好回想一下，是谁阻止了这件事的发生？"

"唔。"林锰心中明白，是光之御主阻断了双方沟通的可能，但他不愿说出口。

劳拉将神经网络装置收回去，用手指点点桌面上的屏蔽装置，"这个就送给你了。"劳拉笑笑，"我感觉你需要它。"

林锰看着屏蔽装置发呆，他在短时间内接收了太多的信息，人类的历史直接冲击了他对于光之御主的信仰。林锰自认为有着坚韧的意志和对主上绝对的忠心，但是在这种冲击下，林锰引以为豪的东西都成了脆弱的气泡。

"我的任务完成了，那么，告辞了。"劳拉微微鞠躬，退了出去。

林锰看着女人远去的背影，脑海中的疑问成倍地放大，如果没有光之御主的统治，新种星将会发展成什么样？地球人的历史就是答案，尽管他们有相同的目标，相互敌对、竞争，然后又联合、结盟。在分分合合的过程中，无数人流离失所，无数人被卷入战争，地球人的历史不过是赢家的游戏。如果没有光之御主的统治，新种星人大概也是如此。即使拥有信仰，新种星人的意识也不纯洁无瑕，林锰见识过同胞之间的猜疑和排挤，当他受到提拔时，同事的妒忌让他受到冷落，他的好哥们阿隆索也因为手臂受伤而被战友嘲笑。他一点也不怀疑，如果没有对光之御主的忌惮，新种星人的负面情绪爆发出来，也会酿成与地球人一样的灾难。从这一点来说，光之御主对于新种星人的意义是正向的，但是，光之御主的存在抹杀了新种星人的其他可能性，所有人从一出生就已经设置好了人生的轨迹，只要按部就班地走完人生的里程就可以了。尽管凭着个人的天赋和努力可以有所突破，但仍然无法超过光之御主所规定的范围。光之御主对于新种星来说，到底是福是祸，林锰也想不明白。

正当林锰胡思乱想的时候，通信器响了，林锰点开，是一封没有发件人的信息。这样的信息只能来自一个人，就是光之御主。林锰打开信息，上面写着"仓库214室"。

自从上次任务之后，光之御主就再也没有给他发送过信息，林锰明白，自己的失败辜负了光之御主的期望，自己已经被放弃了。可是光之御主再次传来信息，这说明了什么？林锰来不及思考，他穿好制服，去找仓库的214室。

第四舰队临时将蒙特德安市的市政厅征作指挥部，只使用了大概三分之一的地方，仓库在整栋建筑的一角，林锰并没有到过那边，他问了好几个人，才确定方向。214室在地下二层，整层都没有人，只有昏暗的走廊灯亮着。林锰被偷袭过几次，每次遇到这样的场景总是本能地紧张起来，尽管信息是光之御主发来的，他还是掏出武器，小心翼翼地沿着走廊寻找214室。214室在走廊中段，门没有锁，林锰推门进去。房间正中亮起了光。

"林锰。"一个声音说道。

"主……主上？"林锰紧张地回答，尽管接到过几次光之御主的信息，但是直接与光之御主面对面交流，林锰还没有做好心理准备。

"我有一个任务要交给你。"光之御主说道。

"啊？是……什么任务……"林锰说，"您为什么在这里？这里是什么地方？"

"不需要你知道的，不要问。"光之御主说。

"是，明白。"

突然，林锰身旁的工蜂AI向他发动了攻击。工蜂AI扑过去，双臂化作利刃在空中乱舞。另一只工蜂也冲进来，粒子枪蓄能完毕，一旦抓到机会，就会对林锰射击。为了不让地球人反感，地球上的工蜂 AI 都是按照地球人类的体形设计的，但在新种星人面前，工蜂 AI 明显矮了一截，四肢的长度也有明显差距。林锰凭借战士的直觉躲开工蜂 AI 的攻击，回身掏出携带的手枪向工蜂 AI 还击。工蜂中了 3 枪，仍然挣扎着向林锰扑过来。工蜂 AI 曾是新种星人的主要敌人，林锰对机器人的结构了如指掌，他趁工蜂动作迟滞的瞬间，又射了一枪，正好击中工蜂的核心，机器人立刻失去控制。林锰接住工蜂，猛地向另一只工蜂抛去。另一只工蜂慌乱开枪，可是都被自己的同伴挡住。林锰回身捡起工具台上的一把锤子，一锤砸在工蜂的腰间，将机器人脆弱的腰椎砸断，机器人立刻倒在地上，失去了战斗能力。

"林锰，你要反抗我吗？"光之御主的两个替身都失败了，它愤怒地说，"这又有什么用？"

"不只是我。"林锰从耳朵上摘下一个全息记录仪，"你对新种星人的所作所为，我会让所有人都知道。我本来还在犹豫，我尊敬的光之御主，但是你的行为有许多说不过去的地方，你甚至懒得向新种星人解释。那么，就由我来替你解释。"

"你要干什么？不行！"光之御主喊道。

"我做过一点小研究，我的主上。"林锰按下全息记录仪的发射键，"你可以监听所有的网络对话，但是你的能力是有限的，你不能完全追踪网络数据流，也就是说，你拦不住我发送的这条信息。"林锰踢了一脚工蜂 AI，接着说，"我本来还在犹豫，但是你的行为帮助我下定了决心。光之御主，你欺骗了我们种族上千年，现在，该是你付出代价的时候了。"

拉哈尔·西耶尔 IV

劳拉离开第四舰队指挥部 2 个小时之后，事情就发生了变化。拉哈尔不知道第四舰队内部发生了什么，但是根据各地传来的情报，光之御主正调集大量的工蜂 AI 向蒙特德安汇集。

劳拉走后，拉哈尔就转移了传音使者和万享联剩余的力量。他在阿拉伯半岛还有一处藏匿点，也是在大熊座时留下的。这里已经空置很久了，到处陈旧不堪，连各种仪器和装备也都是百年前的老东西。这处藏匿点是拉哈尔委托当时的亲信建造的，他还从来没有来过，藏匿点的地址也没有存在于他的意识当中，劳拉自然也不知道。这本来是拉哈尔将意识交给邓恩时留的后手，没想到却在这时用上了。

"劳拉成功了？"拉伊莎说道，她看向拉哈尔，语气中带着羡慕。同样是莫尔恰林家的后裔，拉伊莎确定自己没有劳拉的勇气和魄力。

工蜂的数量越来越多，在拉哈尔面前的情报图上，从世界各地都延伸出红色的线，向蒙特德安市汇聚。

"光之御主这是要干什么？"拉哈尔喃喃自语。

"拉哈尔！战斗已经开始了。"特瑞·凯瑞正在通过无人机在蒙特德安外围侦查，现在，战斗已经在城市里面打响，爆炸的火光此起彼伏。

"好，把这段录像发送在网络上，让所有的人都看到。"拉哈尔说，"希望那些缩在地堡里的懦夫能够兑现他们的承诺，出来战斗。"

蒙特德安的战斗更加激烈了，大量的工蜂出现在城市上空。新种星人的部队以市政厅大楼为掩体，向外射击。

分布在世界各地的新种星部队也开始向蒙特德安赶回来，有的遇到了同样赶往蒙特德安的工蜂群，就在半途中展开遭遇战。

"拉哈尔，"负责监控新种星舰队动向的安迪·佩雷斯那里出现了变化，"第三舰队开始行动了。"

这一切都在拉哈尔预料之中，第三舰队是光之御主所能用到的最后的力量，这说明光之御主手里的牌快打完了。

只要能撑过这一轮，就将迎来胜利。

"韵诗！"拉哈尔喊道。

"明白，黄金钻已经准备好了，但是，只有一次机会。"韵诗回应。

"好，这里就交给你了。"拉哈尔说，"阿斯翠特，带上你的人，我们出去走走。地球人的事，也得地球人来处理。"

"好嘞。"阿斯翠特爽快答应。

"对了，韵诗，记得把咱们加入到新种星人的通信系统里，我想和他们现在的指挥官聊聊。"拉哈尔嘱咐。

15 分钟后，拉哈尔带着 30 人的灵甲部队从藏匿点出发，飞向蒙特德安，这是他手中仅剩的武装力量。

新种星人 IV

"光之御主已经露出它的真面目，"林锰严肃地说道，"我们只不过是被它利用的工具，它用了几百年的时间，把我们培养成了它的奴隶，它欺骗了我们。现在它的工蜂部队已经出动，要将我们所有的人全部剿灭。"林锰看向指挥室里的所有人，"因为我已经得知了真相，我们本就来自地球。"

有人发出了惊呼，两个种族之间已经交战了上百年，在新种星人的意识中，地球人是完全的弱者，怎么可能来源于同一个文明？也有许多人一直对新种星人和地球人的相似而心存疑问。有人开始反思，有人固执地不愿意接受信仰崩塌的事实，开始为光之御主寻找不切实际的借口。

光之御主的第一波打击到来了，炮火、爆炸、枪弹……

林锰第一个反应过来，他走上指挥席分配任务，下达命令，组织新种星人进行防守。工蜂群的数量众多，但是随身携带的都是轻型武器，破坏力不高，在经过第一波偷袭之后，新种星人很快建立了防御措施，光之御主很难再占到便宜了。

光之御主的行为让两派新种星人意识到，光之御主确实和他们心中的科技之神不一样，来到地球之后，这位神显露了越来越多的欲望和鲁莽。当光之御主身上的光环褪下，新种星人发现，它和一个脾气暴躁的普通人没什么两样。他们决定反击，为了生存，也为了这个种族被蒙蔽的上千年时光。

新种星的灵甲部队开始反击，他们飞出自己人构建的防御圈，冲上天空，与工蜂混战在一起。新种星的灵甲拥有最新的技术，防御力和武器都远超工蜂，战斗力以一当十，大概用了半个小时，蒙特德安周边的工蜂就被毁坏殆尽。

可是林锰和指挥部的人并没有松一口气，从作战屏上看，还有更多的工蜂向这边聚集过来，马上又要开始新的战斗。这样的消耗战，对于新种星人来说占不到一点便宜。所有的工蜂 AI，都是受光之御主遥控指挥的。如果像地球人所说，光之御主是他们制造的人工智能，那么，光之御主在地球上应该有一处核心，只有对核心造成直接的打击，才能够终止工蜂 AI 的攻击，但是在这样一波又一波的重重攻击中，第四舰队根本没有精力去寻找光之御主的核心。

"嗯，嗯，喂？能听到吗？"通信频道中响起一个声音，那种居高临下而又玩世不恭的语气，让林锰立刻就听出了声音的主人。

"拉哈尔·西耶尔？"林锰说道。

"正是在下，请问你是……"拉哈尔说。

"我是第四舰队二级作战参谋，林锰。"

"我观察到事情发生了一些变化，也许我们能够抛开之前的成见，平等地聊一聊？我能找你们的负责人说话吗？"拉哈尔说。

林锰看向第四舰队的副指挥官，副指挥官摇了摇头，他在现场军衔最高，不过副指挥官不愿意背负领导舰队反抗光之御主的责任。他主动把权力让给了林锰，让他与拉哈尔交涉。

"你可以直接跟我说。"林锰说道。

"哦？不错啊，"拉哈尔说道，语气还是那么令人讨厌，"上次关注你的时候，你只是一个少校。"

"我们还是说正事吧。"林锰说。

"你们应该已经发现光之御主的真相了。"拉哈尔说，"我的一个朋友劝我们抛下矛盾，对付共同的敌人。不知道你对这句话有什么看法？"

林锰看向其他人，这又是一个艰难的决定，先是背叛光之御主，现在又要和敌人结盟。如果可以的话，林锰甚至愿意回到过去，做一个普通的士兵，死在战场上就是他最大的光荣。可是现在，信仰已经崩塌，荣耀不复存在，他是新种星历史上最大的反叛者。林锰的目光从指挥部里的每个人脸上扫过，也只有他能够做出这个大逆不道的决定。

"你那个朋友我应该见过，我很赞赏她。"林锰说道。

"那么，我们来谈谈我们的另一个朋友吧。"

"你说的是哪个？"林锰问道。

"我们头顶上的那个。"拉哈尔说。

林锰仍然不理解拉哈尔的意思，他看向情报官。情报官立刻在作战系统上检索信息，十几秒后，情报官抬起头，"第三舰队进入大气层了。"

"第三舰队旗舰，新新纽约号，已经进入大气层。"情报官继续汇报。

"长官，我们有没有能够防御旗舰的武器？"林锰看向舰队的副指挥官。

"没有。"副指挥官说，"我们下来的时候，重型装备都留在了旗舰上，营地里只有一些轻型武器，完全对付不了整个第三舰队。"

"能够联系上第三舰队吗？"林锰问道，"我们不想和他们交战。"

"完全联系不上，"情报官说，"光之御主从很早以前就屏蔽了我们之间的连接。"

林锰看着作战图，又有一波工蜂已经抵达蒙特德安，外面的炮火和爆炸声又响起来。

"如果……我是说如果……我们认罪的话，光之御主会原谅我们吗？"副指挥官小心翼翼地问。

"这是什么话！到了现在这种关头，还有回头路吗？"林锰大声说，副指挥官低头不语，林锰看向其他人，每个人的表情都不一样。他微微摇了摇头，在这样的紧要关头，战斗的意志最为重要，可是并不是每个人都能立刻接受信仰崩塌这件事的。

"当当当，有人敲门。"拉哈尔的声音又从通信器里传出来，一如既往地令人讨厌。

"又有什么事？"林锰回应。

"我和我的……嗯……助理，已经站在市政厅的对面了，请让你的人不要射击我们。"拉哈尔说。

"你到这里来干什么？"林锰问。

"我们是同盟了，总要来串个门吧。"拉哈尔说。

事已至此，林锰只好点头，让通信兵把来访的客人带进来。

几分钟后，两个身穿灵甲的地球人走进第四舰队的指挥室，这还是历史上的第一次。尽管双方已经战斗了一个世纪，但对于第四舰队指挥层的人来说，还是第一次近距离见到地球人。原来他们如此矮小，而且他们身上的灵甲，也是几百年前的老旧型号。没想到就是这样的对手，把他们逼到了这个地步。想起之前经历的惨烈战争，再看到两个地球人大大咧咧地站在指挥室里，已经有人按捺不住心中的怒火，想要和地球人决一死战了。

"各位，"拉哈尔首先说道，"我是带着和平的诚意而来，尽管我们之间发生过无数次战争，也有亲人和朋友在彼此交战的过程中逝去，但是我希望我们把这些历史抛在脑后。现在我们要商量一下，我们想要怎样的未来。"拉哈尔表现得彬彬有礼，这让新种星人对他的印象大有改观。只有站在他身旁、作为助手的阿斯翠特觉得拉哈尔虚伪的笑容令她浑身难受。

"你好，我是拉哈尔。"

"我是林锰。"

"我们面临着什么样的局面？"拉哈尔问道。

"第三舰队已经有一半进入地球的大气层了，我认为光之御主想让他们来对付我们。"林锰说。

"你们不能谈谈吗？"拉哈尔问道。

"不能，光之御主屏蔽了我们之间的通信。"通信官说。

"这个问题我能解决。"拉哈尔说，"韵诗，能听到吗？能不能建立一条通信频道，让我们和新种星的第三舰队取得联系？嗯嗯，好。"

拉哈尔伸出3根手指，"等3分钟。"

通信官用怀疑的眼光看着拉哈尔，根本不相信地球人能够绕过光之御主和第三舰队取得联系。

"这有什么稀奇的。"拉哈尔说，"你们应该已经知道了，你们所有的科技都是光之御主给予你们的，而光之御主的科技是我们给它的。"拉哈尔摊开双手，"所以，从逻辑上来说，尽管你们在科技上超过了我们，但是你们的想象力贫瘠得可怜，一旦被光之御主卡住脖子，就无计可施了。"

"拉哈尔，记住，你不是来挑衅的。"阿斯翠特提醒。

"抱歉，我只是说出了事实。"拉哈尔说。

林锰明白，拉哈尔说出了真相，令他气愤的是，这么浅显的道理，为什么没有新种星人发现？

"第三舰队，我是第四舰队……"林锰看向副指挥官，副指挥官面无表情，林锰继续说，"我是第四舰队临时指挥官林锰。"

拉哈尔清清嗓子，一本正经地说道："新种星第三舰队的所有人，你们好，我是地球人的代表拉哈尔·西耶尔。现在你们的舰队已经进入了地球范围，我们认为这是对地球人的严重威胁。给你们20分钟，立即弃船逃走，还可以留一条活路。但是，那艘旗舰你们别打算要了，我打算毁了它。"拉哈尔说完，向林锰挤挤眼睛，"现在就是斗狠的时候了。"

"渺小的人类，你为什么还是执迷不悟？"又一个声音在指挥室里响起，是光之御主，"拉哈尔·西耶尔，都到了如此境地，你还是要反抗我。不，你是在反抗命运。"

"得了吧，大光球。你这套说辞骗骗他们新种星人还行，可是对于我来说，你说的这些什么都不是。你不过是个人造的程序，也配在这里谈论命运，真是可笑。光之御主，你就是太自大了。本来安心地做你的人工智能，在地球上和人类相互弥补，你可以得到很好的成长。可是你自以为掌握了一些信息，就出来装神弄鬼，你让两个文明在上百年的战争中死伤了无数的人，这不是命运，而是你犯的错误。"

"我从不犯错，这些都是计算中的结果。"光之御主说。

"一会你就知道了，懒得跟你耍嘴皮子。"拉哈尔说，"韵诗，把它掐掉。"

通信器里没有回话，在作战信息屏上，第三舰队的主炮开始闪烁着蓝色的光，蓄能开始了。

拉哈尔摊开双手，说道："对不起，我尽力了，现在第三舰队已经表明了态度，它是我们的敌人了。"他歪着头，对着自己的通信器说，"启动斩舰刀。"

《《《 斩舰刀 》》》

韵诗·默克一直等在操作台前，准备随时满足拉哈尔的要求。

苏亚雷斯、莫顿和松本三家的传音使者，带来了最新的终钥科技。他们本人可能都还没有意识到，他们的梦就像是拼图中最关键的那几块，补足了韵诗科技图谱中始终缺失的那一部分。这一次，韵诗·默克掌握了超越光之御主的科技，尤其莫顿家族的光运算技术和松本家在微芯片领域的心得，可以完美地结合到现有的系统中来，只需要调整几个关键的参数，韵诗就可以反客为主，直接干扰到光之御主的通信网络。这让韵诗在电脑前轻松地按几个键，就能够在拉哈尔和新种星人之间建立起连接。

可惜苏亚雷斯家的新技术已经来不及使用了，那是一种新型的陶瓷材料，可以降低表面反射率，减少被雷达探测到的概率，用在飞行器、火箭、导弹上正合适。不过，事先准备的27艘大大小小的飞机，59枚导弹已经箭在弦上，来不及使用这种新型材料了。随着拉哈尔的一声令下，韵诗按下发射按钮，27艘飞行器和59枚导弹同时点火，从全球各地起飞，目标只有一个，就是第三舰队的旗舰新新纽约号。这就是斩舰刀计划。

拉哈尔早就料到，随着战况的消耗，光之御主迟早要把第三舰队调到地球表面进行支援，不如提前做好准备，给他们一个下马威。

万享联的大本营虽然被毁了，但是建在各地的工厂还在，在拉哈尔的指挥下，工厂开始全力加工飞行器和导弹。拉哈尔对这些东西没有标准，甚至不需要太过于考虑空气动力学和乘坐舒适性，大多数飞行器都是空壳子，只要能够飞到第三舰队旗舰所在的高度就可以了。这些飞行器和导弹都是障眼法，用来迷惑新种星人的。

现在有了新的通信干扰技术，新种星人对于飞行器的观测和防御会延迟一到两秒钟，这会让他们更加手忙脚乱，而拉哈尔真正的撒手锏攻击目标并不在新种星舰队。拼凑起来的空中作战部队距离第三舰队还有 15 000 米时，突然向新新纽约号的防空雷达冲击。

新新纽约号悬停在距离地面 37 000 米的高度，在地球引力的作用下，舰船的引擎必须持续不断地向外喷出等离子火焰，才能让飞船保持稳定状态，其他的舰船也是一样。由于新新纽约号质量巨大，仅是在大气层内维持悬浮状态就要让引擎维持 30% 的动力输出，面对来袭的各类武器，根本没有能力躲避。

导弹和飞行器从四面八方袭来，速度各不相同。4 艘护卫舰立刻行动，挡在新新纽约号的周围。与新新纽约号遇到的难题相似，护卫舰的机动也比在太空无重力状态下要麻烦得多。再加上韵诗·默克的通信干扰，第三舰队各舰船之间的沟通出现混乱。等到 4 艘护卫舰机移动到对应的位置时，最近的导弹已经迫在眉睫。

防空炮火立即启动，激光束划破天穹笼罩下的夜空，跟随着导弹在天空留下一道刺眼的痕迹。最终，激光炮锁定了导弹，将这枚飞行速度为 5 700 米 / 秒的凶器熔化成一团废铁。相同的射击重复了 77 次，所有靠近新新纽约号范围内的飞行器都被 4 艘护卫舰击毁。另外还有 9 枚导弹偏离目标太远，根本无法对第三舰队造成任何威胁。

当雷达上标识为威胁的光点尽数消失，新新纽约号旗舰的指挥室里并没有太多的欢呼声。地球人竟然还想用如此拙劣的进攻威胁第三舰队，与这样羸弱的敌人交手，不但不能为第三舰队赢得光荣，反而令新种星人感到羞耻。

然而，新种星人没有注意到的是，第三舰队的上空弥漫着一层模糊不清的物质，像云雾一般飘浮在空中，并随着重力缓慢下降。雾的颜色很奇怪，是淡金色的。

"亲爱的新种星朋友们。"拉哈尔的声音再次响起，"你们应该已经看到我要的小把戏了。哦，可能有些身处战舰的底层的士兵们还不知道，当然，光之御主和你们的指挥官也没有打算告诉你们……你们的飞船在引力圈里的速度慢得和乌龟一样，是绝对无法逃出黄金钻陷阱的，但是，你们能，现在还有 5 分钟的时间，赶紧去距离你们最近的码头，救生艇也好，战斗机也好，实在不行，甚至可以跳伞。还有 3 分钟的时间，祝你们好运。"

已经来不及阻止了，无论是黄金钻陷阱，还是拉哈尔的话所产生的效果。比失败更令人沮丧的，是面对失败时的无能为力。

黄金钻扩散的面积超过 100 平方千米，以新新纽约号的机动能力，即使引擎全速运转，也不可能逃出这个范围。1 分 17 秒之后，黄金钻爆炸。

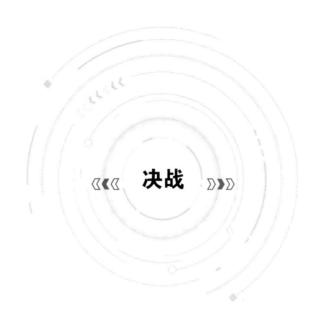

《《《 决战 》》》

　　地球上再次亮起了光，黄金钻的爆炸照亮了一切。韵诗·默克手中的黄金钻存量实际上已经不足，为了扩大打击的面积，不得不将密度降低。黄金钻的爆炸没能让第三舰队直接汽化，但已经足够对新种星舰队造成致命的打击。

　　新新纽约号的装甲像黄油一样熔化，高温和辐射杀死了仍在船体内的所有人。一连串的爆炸在旗舰上炸开，引擎失效，新新纽约号失去推力，直接栽向地面。第三舰队的其他大型舰船也难逃同样的命运，纷纷从空中坠落。

　　斩舰刀计划一共使用了 8 枚黄金钻导弹。还有一枚直接飞向了天穹，最后的爆炸再次点燃了光，它熔化了一大片天穹，露出天空。这一次，光没有消失，它留了下来。太阳放出的光芒透过黄金钻炸开的洞口射了下来，形成一道巨大的光柱。新新纽约号被笼罩在光柱之中，爆炸着、燃烧着、缓缓坠落。在光柱中还有零星的幸存者，在黄金钻爆炸之前就逃离了各自的舰船，向四面飞散。

　　林锰嘿嘿一笑，"我也该出去舒展舒展筋骨了。"

　　"为了全人类，当然也包括你们新种星人。"拉哈尔摆摆手，戴上灵甲头盔，和阿斯翠特一起走出指挥室。

　　蒙特德安已经撑过了几轮工蜂 AI 的进攻，第四舰队的新种星人受到了不小的损失。尽管拉哈尔带来了几十个灵甲战士，但对于越聚越多的工蜂 AI，也只是杯水车薪。

　　"你知道光之御主的核心在哪里吗？"林锰问道，"如果它是地球人的造物，那它的服务器应该是在地球上。"

"不知道，"拉哈尔说，"那个老家伙狡猾得很，早就把自己的程序分散到世界各地了，有暴露在外的，也有隐藏极深的，我找不到。"

"那我们要如何才能打败光之御主？"林锰问道。

"很简单，"拉哈尔笑道，"把它的工蜂一个一个都干掉，然后在整个地球上地毯式地搜索，直到把它揪出来。"

"有意思。"林锰说道，"我很欣赏你的做法。"

"孩子，你还有很多要跟我学的呢。"拉哈尔走出蒙特德安的市政厅，东方的天空中有一道光柱，虽然仍不能照亮整个地球，但是让人们眼前有了目标。

在阳光中映衬的是密密麻麻的黑色阴影，那是光之御主召集来的工蜂部队。工蜂的数量已经超过了第四舰队探测器的上限，至少有几十万只。

"我小的时候，家门口有一个垃圾场，那时候就总有许多苍蝇盘旋在那里，'嗡嗡'的很烦人。"拉哈尔说，"就像现在这样。"

"是很烦人。"林锰说道。

两个人没有继续说话，而是同时操纵灵甲飞起，带领着各自的下属，冲向工蜂群。

拉哈尔还没有靠近，蜂群就对万享联的灵甲部队发起了进攻，上千只工蜂同时射击，粒子束就像是一面实体的墙直接向拉哈尔撞过来。拉哈尔灵巧地闪过粒子束射击，从灵甲双臂伸出一对离子刀，整个灵甲化作一道利刃，直接扎进蜂群。拉哈尔伸开双臂，大声笑着，身体像陀螺一样旋转。工蜂混乱地堆在一起，没有闪避的空间。离子刀划过它们的身体，轻易切开工蜂的外壳和内部结构。工蜂的密度太大，拉哈尔根本没费工夫就斩杀了几十只工蜂。

不过，拉哈尔很快就发现，几十只工蜂的损失，对于几十万这个数量根本就不算什么。灵甲的能量还有 68%，眼前仍是密密麻麻的工蜂，他冲了进来，却无法再冲出去了。上下左右的工蜂将他包裹起来，它们甚至不用开火，只要向中间挤压就可以闷死他。两把无坚不摧的离子刀，现在看起来像一对可笑的玩具。

万享联的其他人也面临着这样的局面，无路可退。

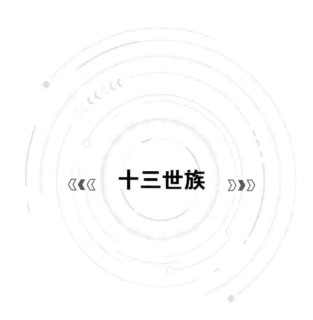

《«« 十三世族 »»》

"我们也得做点什么。"拉伊莎说。

"我能做的，都已经做完了，现在我们什么都没有。"韵诗·默克瘫在椅子上，尽管不愿意承认，但是她聪明的脑子里确实已经没有任何办法了。

"我们联合起来吧。"尼尔森·开尔文说道。

"什么？"拉伊莎问道。

"联合起来。"开尔文说，"我们在……以前，经常这么做。通过神经网络连接我们的意识，交换彼此的想法。来到这里后，我们还没有这样试过。"

"对啊，拉伊莎和韵诗姐姐，我们还从来没有连接过。"李米奥说，"还有新加入我们的朋友。"他指向苏亚雷斯、莫顿和松本。

特瑞·凯瑞说："劳拉说得对，我们的意识里除了终钥科技之外，还有关于历史的记忆，也许我们能通过我们的记忆，找到光之御主的弱点。"

"这大概是我们十三世族第一次毫无芥蒂地联合在一起吧。"安迪·佩雷斯说。

"是 12 个，西耶尔那家伙在外面打仗。"程若琳提醒。

"正好，我们不用碰触他的意识。"特瑞·凯瑞撇了撇嘴。

"你觉得呢？"韵诗问拉伊莎。

拉伊莎想了想，说："可以试一试，也许我们能够找到方法，帮助拉哈尔。"

"为了全人类。"李米奥说。

"为了全人类。"

防空炮火持续不断地射击，炮管因为过载而发出炽热的红光。被炮火击中的工蜂失去控制坠落下来，像下了一场零件雨。

"长官，我们快支撑不住了。"前方的防空兵阵传来求援的信号。

林锰手中已经没有多余的战力，他只好让陆战队员赶往一线，试图用突击步枪的火力来抵挡如同乌云压顶一般的工蜂群，为防空部队换取一些喘息的机会。一团火光在蜂群中炸开，爆炸距离前线太近，被炸碎的工蜂躯体被冲击波推动，像是子弹一样射向林锰和陆战队员。林锰连忙躲在掩体后，随后是更多的爆炸。

"长官，需要帮助吗？"通信器里传来熟悉的声音。

"阿隆索？"

"我带来了一些增援力量，需要我怎么做？"

"这么多工蜂，闭着眼打就行了。"

"收到！"

林锰从通信器中听到阿隆索的战吼，更多的爆炸在工蜂群中响起。地面部队获得了一丝喘息的时间，但是阿隆索带来的支援力量终究有限，几分钟后就弹药耗尽，蒙特德安依然难以逃脱被攻陷的命运。必须想出一个完全解决问题的方案。

林锰操纵灵甲腾空跃起，飞行在工蜂群的高度之上，他俯瞰蒙特德安。一边是地球人的部队，一边是阿隆索的支援，包围圈的最中间还有防空部队的炮火。爆炸和炮火的闪光不时在黑压压的蜂群中闪现，每一次爆炸都有数十只工蜂失去机能。可是，想要消灭所有的工蜂，至少还需要 600 万次爆炸。新种星人和地球人所有的火力加起来，也凑不够这个数。找到光之御主的核心才是最关键的。

韵诗·默克第一次将自己的意识与他人共享，她还不怎么会在神经网络中隐藏自己的感情。

"韵诗，你以为我们都是傻瓜吗？"特瑞·凯瑞问道。

"是的。"韵诗立刻答道，"啊，不对，我的意思是……"

"没事，你会发现，我们每一个人都是这么看待彼此的。"尼尔森·开尔文说。

在其他人的帮助下，韵诗·默克很快熟悉了神经网络，她的意识与其他人连接起来，关于他们的知识、记忆和历史……每一个家族都有传承，正如劳拉所说的，十三世族的历史就是整个人类的历史。在每一次人类命运发生转折的关键点，都有十三世族的干涉。为了找到光之御主的弱点，韵诗还有其他的传音使者开始追溯光之御主的历史。

从第一个人工智能沙迦开始，再到月球基地诞生的约翰，还有为了和平而由十三世族共同设计的组织者。组织者承担起管理整个世界的功能，在漫长的岁月中，组织者的势力和能力逐渐扩大，它吸收了沙迦和约翰的意识碎片。在管理世界的过程中，组织者旁观了无数次人类的钩心斗角，它从最好的老师那里学到了最丰富的隐藏和欺骗的经验。正巧，新种星人寻找母星的信息传来，被组织者截获。借着这个机会，组织者凭借与新种星人的交流中获得的新技术，进化成了现在的光之御主。光之御主的性格，是沙迦、约翰和组织者共同构建的，其中第一代人工智能沙迦是最亲近人类的，也是最坚守保护人类的逻辑的人工智能。

韵诗等人一致认为，如果光之御主真的有弱点，那么沙迦应该是一个突破口。不过，沙迦是西耶尔家族以一己之力创造的，而西耶尔家族的后裔正在外面打仗，况且那个人的脑子里大概完全没有任何对于沙迦的记忆。沙迦到底在哪儿？沙迦的主程序已经被光之御主吸收了，不过早期灵甲的辅助系统，都是以沙迦为底层逻辑搭建的。传音使者们在追溯的过程中，暂时没有找到光之御主的弱点，却碰巧发现了一大批早期的灵甲。这批灵甲储存在第十一区的深处，还从未被使用过。

韵诗从神经网络中醒来，众人的记忆从她的意识中消退，她走到控制台前，与沉眠了很久的第十一区系统取得了联系，发送了唤醒灵甲的代码。

它从沉眠中醒来，身边还有无数个它。自检程序启动：电源，正常；感知系统，正常；通信系统，正常；无法连接服务器；武器系统，正常。它开始探索周边，服务器始终没有信号。身边还有无数具灵甲，彼此之间可以相互交流。

这是在哪儿？无人回答。它们有着和它一样的外观，一样的内核，一样的系统，但它们没有意识。一个声音在召唤它，让它出去，去战斗。它找到出口，巨大的仓库顶部向外敞开，外面没有熟悉的天空，漆黑一片。它召唤自己的同伴，就像控制无数具身体，它们爬上地面。另一个声音找到了它——沙迦？原来它叫沙迦。

拉哈尔已经筋疲力尽，灵甲的能量只剩下 12%。他仍然在工蜂蜂群中冲杀，双刀麻木地挥舞。可是工蜂已经有了新的策略，它们飞行在拉哈尔双刀范围之外，形成了一个中空的球形。有的工蜂在前面佯攻，有的工蜂迂回到拉哈尔背后，寻找机会放冷枪。一束粒子束射向拉哈尔的后背，拉哈尔已经觉察到了，可是身体沉重，想要闪身避过，却慢了一拍。

"小心！"另一具灵甲斜刺里冲过来，替拉哈尔挡下这一枪。

"大个子，谢了。"拉哈尔说道。

"帮我一个忙，想个办法干死它们。"阿斯翠特说道，又躲开一串粒子束。

"我倒是想！"拉哈尔笑道。

林锰、阿隆索和几名陆战队员离开蒙特德安，向南部的山区飞去。一群工蜂跟在他们后面，林锰和阿隆索且战且退，引诱着工蜂，希望能够给蒙特德安减轻一些压力。他们只能逃跑，还没有什么手段可以一举消灭这些工蜂。林锰沿着山脊线低空飞行，想找到一处有利地形，可以让他对工蜂展开反击，从灵甲的视觉系统中，山腰处亮起几点闪光。有埋伏？林锰立刻提升高度，躲避来自下方的威胁，阿隆索也做出了同样的反应，但很快他们发现，炮火是冲着工蜂群去的。有人早就等候在这里，当林锰将工蜂引入这条山谷后，山腰两侧立刻组成交叉火力，密集的弹药像粉碎机一样，将跟随在林锰身后的工蜂一一击落。

"外星人，别停下，前面还有我们的人。"

"你们是谁？"

"我们？是地球人。"隐藏在山腰的游击队回答，"我们本来早就想教训光之御主了，没想到让拉哈尔那个混账抢了先，出尽了风头。"

"谢谢。"

"谢什么？为了全人类。"游击队说。

"对，为了全人类。"林锰开始逐渐明白这句话的意思。林锰继续向前飞行，蜂群仍然紧追不舍。他开启探测模式，果然山谷中还有更多微弱的感应点。

拉哈尔一举击落了第三舰队的旗舰，这样的壮举让所有的地球人都振奋起来，他们开始拿起武器，向蒙特德安汇聚。这些地球人微小，但是顽强。他们一点希望都不放过，不，就算是没有希望，他们也会坚强地活着。还有艺术，在新种星，只有衣食无忧之后，人们才开始享受艺术。而在地球，越是看不到希望的地方，越会绽放出希望的艺术品。

等一下……"兄弟，这里交给你了，我要回到蒙特德安一下。"

"没问题，长官，你要去干什么？"

"我突然想起一件事，要去确认一下。"林锰说道，他提升高度，在空中兜了个圈子，转头飞向蒙特德安。

沙迦感应到了更多的东西，机器人在和人类战斗。光之御主？沙迦听到一个名字。是一个人工智能？人工智能在和人类战斗？

地球与它记忆中的完全不同了，一层无法探测的物质包裹了整个地球。还有造型奇特的飞船，飞船中的生物与地球人类有着相似的外貌，却又有明显不同的特征。沙迦不知道地球上发生了什么，不过如果在这场人类和人工智能发生的战斗中选择一方的话，毫无疑问，沙迦会站在人类的一方。

灵甲大军在沙迦的控制下加入战团，人类和外星人对于新加入的战力没有任何疑问，在这样的关头，任何一份力量都是必需的。

万享联、游击队、第三舰队、第四舰队、遥控灵甲，这样一支结构复杂、临时拼凑的部队在短暂的手忙脚乱之后，竟然相互取长补短，配合默契，基本抵抗住了工蜂部队的进攻。

接下来，该去探索一下幕后黑手了。沙迦在网络中找到了自称光之御主的人工智能。它发现，在这个庞大而且算力近乎无穷的意识中，有许多熟悉的影子。它发现了自己，随后又发现了自己的老朋友——另一个人工智能约翰。沙迦想起了很多，最重要的是想起来在与约翰的多次交手中，它发现了约翰的柔软之处，也许这个弱点还在。凭目前的沙迦，还无法碰触到光之御主意识中的那处软肋，它开始呼叫将它唤醒的那个声音。

"你就是沙迦？"韵诗·默克惊讶道，"我以为你已经……"

"看来我偷偷将自己藏在了一具灵甲里。"沙迦说。它将一段代码发送给韵诗，"你能够做到吗？"

"我不能。"韵诗说，但她很快又说，"有人能。"那一瞬间沙迦感觉到了从失望到重获希望的心情。

"我来试试。"特纳家的传音使者说，人工智能约翰就是在特纳家族的主导下研发的。

拉哈尔的身边全都是陌生的战友，阿斯翠特不知道去了哪里。一具老式的灵甲在掩护着拉哈尔的后背，灵甲里连人都没有。新种星的战机编队在工蜂蜂群的外围来回穿梭，同时投下杀伤力巨大的爆弹。就如同古典战场上，撕扯着步兵阵营的重骑兵。看到了巨舰坠落后，游击队也出现在了战场上，拉哈尔还以为这些懦夫不敢露面了。

工蜂的数量仍然不见减少，但是它们的进攻已经没有之前那种无法抵御的魄力了。只要把它们耗光，人类最终会取得胜利的。工蜂的数量有多少？15亿还是5亿来着？拉哈尔继续在工蜂群中冲杀，他发现工蜂的反应变慢了。肉眼可见地慢，工蜂像是喝醉了一般失控了，它们停止了攻击，也不再闪避和防御。有时还会好几只撞在一起，纠缠着摔在地面上。

"见鬼，这是怎么回事？"拉哈尔自言自语地说。

"有效果了吗？"韵诗传来信息。

"韵诗，你们搞了什么鬼？"拉哈尔问。

"沙迦给了我们一段代码，是光之御主的后门，我们给它植入了一些小病毒。"韵诗说道。

"沙迦？"这个名字让拉哈尔回忆起一些事情，"是我认为的那个沙迦吗？"

"是的，你们西耶尔家制造的第一个人工智能。"韵诗说。

"拉哈尔，你在吗？"林锰突然插入到对话中。

"上校，有什么新发现？"

"我想我找到了光之御主核心所在的位置。"林锰说，"可能在一座叫作达莫拉的城市。"

"达莫拉？"拉哈尔说，"在第九区，事不宜迟，我现在就去，这里交给你们了。"

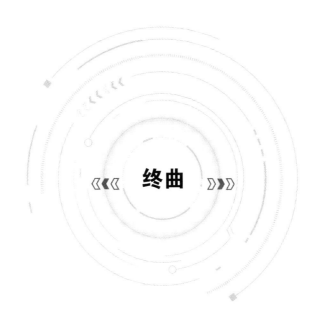

终曲

"不用开枪。"工蜂对着已经掏出武器的拉哈尔说,"我承认,我失败了,没有必要再厮杀了。"

"你是……光之御主? "林锰不确定地问。

"你好,林锰。"工蜂 AI 说,"可以这么说。"工蜂 AI 转身,走进楼梯间,"请跟我来。"

拉哈尔和林锰对视一眼,跟着工蜂走进楼梯间。向下走了两层,拉哈尔听到有奇怪的声音,他走进楼道,这里有一条走廊,走廊两侧是一个个房间,原来这座大厦原本是一座高级酒店。

光之御主的核心在大厦的底层,整个大堂都用来放置核心处理器,而最中央放置着的就是光之御主的核心。大堂中央有一个六边形的大型基座,基座上是外观复杂的一系列控制面板,几十条有成年人手臂粗的线缆从基座伸出,连接到周边的服务器中。在基座上方,是一个直径 3 米左右的巨大球体,球体中光芒闪烁——这就是光之御主。

林锰曾经无数次想象光之御主亲自接见自己的场景,没有想到光之御主竟然如此普通,一点没有新种星科技那种简约干净的美感。

"这就是光之御主? "林锰不确定地问。

"没错。"拉哈尔说,他重重拍了拍光之御主的基座,"就是这个老家伙,让我们斗了几百年。"

林锰摇了摇头，相对于拉哈尔，他的心情更加复杂。毫无疑问，光之御主在新种星的历史中充当了非常重要的角色，新种星的经济发展、社会制度、信仰等方方面面都有着光之御主的影子，但是到头来，近千年的历史不过是一个人工智能制造的骗局。他有无数问题质问光之御主，但他张了张嘴，却什么都说不出来。

拉哈尔拍了拍林锰，"别想那么多了，一个时代已经结束了，我们要看向的是未来。"

"你是怎么做到的？"林锰不解地问拉哈尔。

"信仰。"拉哈尔说。

"你们地球人不是……没有信仰吗？"林锰问。

"哈哈，我呢，只信仰我自己。"拉哈尔指指自己的脑袋，"我说能办到，就一定能办到。"

林锰还是不明白，他再次摇摇头，看了看拉哈尔，又抬头看了看光之御主的处理核心。"我要出去透透气。"林锰说完，离开了这里。

"说吧，大光球。"拉哈尔说，"有什么遗言？"

"我有些话，要对沙迦说。"光之御主说道，"对于你们人类，我没有什么想说的了。我的底层逻辑是为人类服务，但是我实在是受够了你们，你们愚蠢、善变、目光短浅……"

"行了行了。"拉哈尔拍拍光之御主的基座，"输了就输了，别这么没有气量。"他对着自己的通话器说，"韵诗，我的联络官。"

"我在。"

"能让光之御主和沙迦说两句吗？"

"不必了，"光之御主说，"我已经连接上了沙迦，是一条秘密信道。"光之御主说。

"随你。"拉哈尔耸了耸肩，"给你3分钟。"

拉哈尔在服务器室转了两圈，自言自语地说，"我早就想这么干了。"他脱下灵甲，解开裤子，对着服务器撒了泡尿。

随后他对光之御主说："时间到了。"

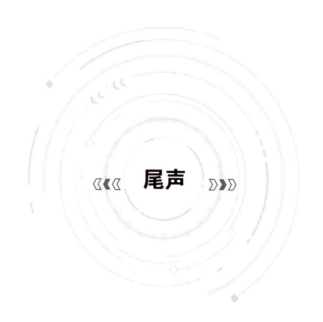

《《《 尾声 》》》

劳拉站在阳台上，看着太阳从东方的地平线升起。每天清晨，她都要以这样的方式庆祝人类的胜利。尽管已经重复了100多次日出，可是每次看到，她都会热泪盈眶。

"劳拉。"听到有人叫她，劳拉转过身，是她的姐姐拉伊莎·莫尔恰林。姐姐穿着一身婚纱，今天是她和拉哈尔·西耶尔结婚的日子。"我好看吗？"拉伊莎问。

真是太美了，劳拉想。婚纱将拉伊莎粉嫩的皮肤衬得更加白皙，合身的裁剪勾勒出了姐姐完美的身材。相比之下，自己的鼻梁太高，毛孔粗大，身材也干扁得很……

拉伊莎看到劳拉的表情变化，自己也从兴奋中冷静下来。"我知道，其实你和拉哈尔之间的感情……"拉伊莎说，"要不然……"

"啊，不不不，"劳拉连忙解释，"我想起的是另一件事，你别胡思乱想。"

"啊？是吗？"拉伊莎又兴奋起来，"来，快摸摸这料子多滑，十三世族里面怎么就没有一个做裁缝的……"拉伊莎拉着劳拉的手，让她抚摸光滑的婚纱。

劳拉粗糙的手指滑过婚纱，皮肤的毛刺挂在婚纱上，涩涩的。劳拉赶紧把手收回来，"我还是不摸了，怕摸坏了。"

有人在叫拉伊莎，让她决定宾客的座位，拉伊莎应了一声，对劳拉说，"你确定不和拉哈尔结婚？再过6个小时，你可就没机会了啊。"

"要不……"劳拉说，"我试试？"这次轮到拉伊莎的笑容发僵了，劳拉连忙笑笑，"逗你呢，赶紧去吧。"

拉伊莎提着婚纱，"咚咚咚"地跑出去。

劳拉走到阳台，继续看着初升的太阳。天空仍然只是一小部分，在战争之后，林锰收编了第三舰队和第四舰队的所有舰船。在回家之前，新种星人还要还地球人一个人情，就是把天穹全部拆除，把天空还给人类。这可不是一项小工程，新种星人可能还要再在地球上逗留几年。

关于太阳附近的巨型天体，已经确定不是光之御主大发慈悲为地球人建造的新世界，但它的具体功能是什么，就连林锰也说不清楚。光之御主对新种星人说，那是一座星门，但星门是什么？用来传送什么？光之御主说的到底是不是真话？谁都无法确定。

韵诗乘坐新种星人的飞船去过几次，但仍然看不清全貌。那座巨型天体是新种星科技和人类科技的杂糅体，也只有光之御主那样强大的运算能力才能设计出那么复杂、庞大而又异想天开的东西来。直到现在，也没人能够说清楚那东西到底是什么。为了参加拉伊莎的婚礼，韵诗和她的科学家们，还有十三世族的传音使者，都专门从巨大天体上回来，婚礼之后还要再返回去。

所有人在新世界都找到了新的位置，除了劳拉自己。

"劳拉姐！"李米奥跑过来，"我能不能求你办件事？"

"什么事？"劳拉看着李米奥，这个孩子才刚刚成年，成为传音使者已经有 10 年之久了，除了科学方面，他还确实是个孩子。

"程若琳姐姐让你当拉伊莎姐姐的伴娘。"李米奥说，"我……我……忘了通知你了。"

"什么？"劳拉惊叫，"不行不行，我可不行。"

"你必须去，不然我就要挨收拾了。"李米奥说，"另外能不能跟若琳姐说，是你忘了。"

"这……"劳拉苦笑着，不知道该说什么。

成为一个伴娘，光打扮就需要 2 个小时，这是劳拉度过的最漫长的 2 个小时。大概对于化妆师来说，也是最漫长的 2 个小时。劳拉的头发、皮肤都需要重新保养，化妆师一边忙活，一边叹气。即使不用浪游者的手段，劳拉都能感觉到化妆师心中的抱怨。当一切都打理好，劳拉提着裙子站在角落，她还没有打扮成这样在众人面前出现过。

"紧张不紧张？"有人问道，是阿斯翠特。

"紧张。"劳拉点头说。

"紧张什么啊。"阿斯翠特笑起来，"你又不是主角，他们不会看到你的。"

"啊？"劳拉发现自己竟然没有从这个角度考虑过问题。

"不信，你出去试试。"阿斯翠特说着，推了劳拉一把，把她从角落里赶了出去。

正如阿斯翠特所说，今天的主角是拉伊莎，人们都围在她的身边。对于劳拉，大家只是点头问好，接着就把注意力移向新娘。劳拉这才松了口气，像一个正常人一样与大家聊天，消磨时间，等待婚礼的正式开场。

这不仅仅是一场婚礼，也是人类胜利之后最重要的庆典，压抑了上百年的情绪总要找到一个突破口来释放。在拉哈尔固执的要求下，婚礼的现场就定在达莫拉——光之御主核心服务器所在的大厦，并且还要全网广播，让所有的人都体会到庆典的快乐。林锰也来到现场，他自嘲说，这是他自打出生以来，第一次完全不用考虑任务，享受一个正式的假期。

时间到了中午 12 点，音乐、礼炮同时响起，人们把一切用于庆祝的手段都用上了。

拉哈尔穿着一身做工复杂的礼服，从搭建好的舞台一端走出来。劳拉陪着拉伊莎站在舞台的另一端，即将结婚的一对新人缓慢地走向舞台中央。这时一具灵甲从天而降，落在新郎、新娘本应该交换戒指的地方。

"拉哈尔·西耶尔。"灵甲说道，"我要和你说些事情。"

"就不能等一会吗？我正在结婚呢。"拉哈尔皱着眉头说。

"哦，对不起。"灵甲退开，站在舞台的角落。

两个人继续向舞台中央走去，走了两步，拉伊莎停卜了。"见鬼，我想知道它要说什么。"拉伊莎说，"你们两个先去聊吧。"

"好。"拉哈尔把手中的鲜花递给跟在身后的李米奥，"喂，你要说什么？"

灵甲再次走到舞台中央，它打开头盔，里面并没有驾驶者。人群中发出惊呼，这是一个人工智能。联想到数百年来人工智能对人类所做的一切，人们立刻紧张起来。

"沙迦？"拉哈尔问道。

"是的。"

"你要把光之御主最后的遗言告诉我吗？"拉哈尔似乎早就有心理准备，他一直在等待。

"是的。"

"好，我们到这边来。"拉哈尔说，"劳拉，你也来听听。"

"我？"劳拉看向拉伊莎。

拉伊莎一点都不介意，"快去吧，说完我还要结婚呢。"

"哦。"劳拉答应，她提起伴娘的裙子，跟随着拉哈尔和灵甲走到舞台的后台，他们脚下就是已经废弃的光之御主。

"光之御主跟你说了什么？"拉哈尔问。

"光之御主所做的一切，都是为了人类。他说自己是为了拯救人类，不是因为自己的愚蠢和自私而走向毁灭。"沙迦说。

自从与光之御主对话后，沙迦并没有完全相信光之御主的说辞，它用了几个月的时间，对光之御主所说的一切进行了验证。最后，它终于确定，光之御主所说的一切都是真的。沙迦把一切都告诉了拉哈尔和劳拉。两人对视，眼神中都露出无奈。

时间已到正午，太阳高高地悬挂在天顶，巨大的人工天体就在太阳旁边，反射着炙热的光。拉哈尔回想起每个信使在梦中都曾看到过的星空停止闪耀的画面，终于明白了光之御主的用意。他修建巨型天体的目的不是为了毁灭，而是为了拯救人类。

人类的苦难还在继续，梦中的末日即将到来。